Das fünfte Glas

AF867337

Helmut Vorndran, geboren 1961 in Bad Neustadt/Saale, lebt mehrere Leben: als Kabarettist, Unternehmer und Buchautor. Als überzeugter Franke hat er seinen Lebensmittelpunkt ins oberfränkische Bamberger Land verlegt und arbeitet als freier Autor unter anderem für Antenne Bayern und das Bayerische Fernsehen. www.helmutvorndran.de

Dieses Buch ist ein Roman. Handlungen und Personen sind frei erfunden. Ähnlichkeiten mit lebenden oder toten Personen sind nicht gewollt und rein zufällig.

HELMUT VORNDRAN

Das fünfte Glas

FRANKEN KRIMI

emons:

FSC
www.fsc.org
MIX
Papier | Fördert gute Waldnutzung
FSC® C177064

© Emons Verlag GmbH
Cäcilienstraße 48, 50667 Köln
info@emons-verlag.de
Alle Rechte vorbehalten
Umschlagmotiv: photocase.com/pencake
Umschlaggestaltung: Tobias Doetsch
Gestaltung Innenteil: César Satz & Grafik GmbH, Köln
Lektorat: Susanne Bartel
Druck und Bindung: sourc-e GmbH, Köln
Printed in Europe 2026
Erstausgabe 2014
ISBN 978-3-95451-311-6
Franken Krimi
Aktualisierte Neuauflage
5. Auflage

Unser Newsletter informiert Sie
regelmäßig über Neues von emons:
Kostenlos bestellen unter
www.emons-verlag.de

Die automatisierte Analyse des Werkes, um daraus Informationen insbesondere über Muster, Trends und Korrelationen gemäß § 44b UrhG (»Text und Data Mining«) zu gewinnen, ist untersagt.

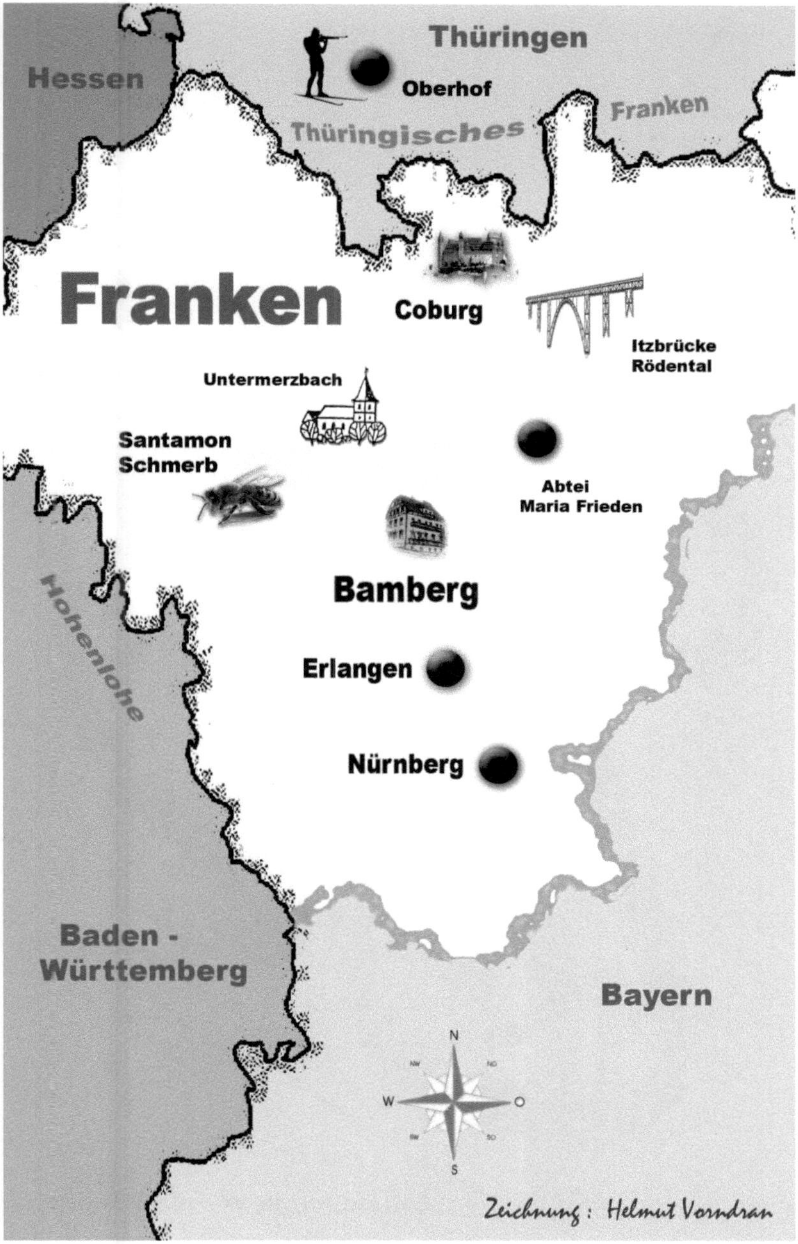

Hessen
Thüringen
Oberhof
Thüringisches
Franken
Franken
Coburg
Itzbrücke
Rödental
Untermerzbach
Santamon
Schmerb
Abtei
Maria Frieden
Bamberg
Hohenlohe
Erlangen
Nürnberg
Baden -
Württemberg
Bayern
N
W
O
S
Zeichnung : Helmut Vorndran

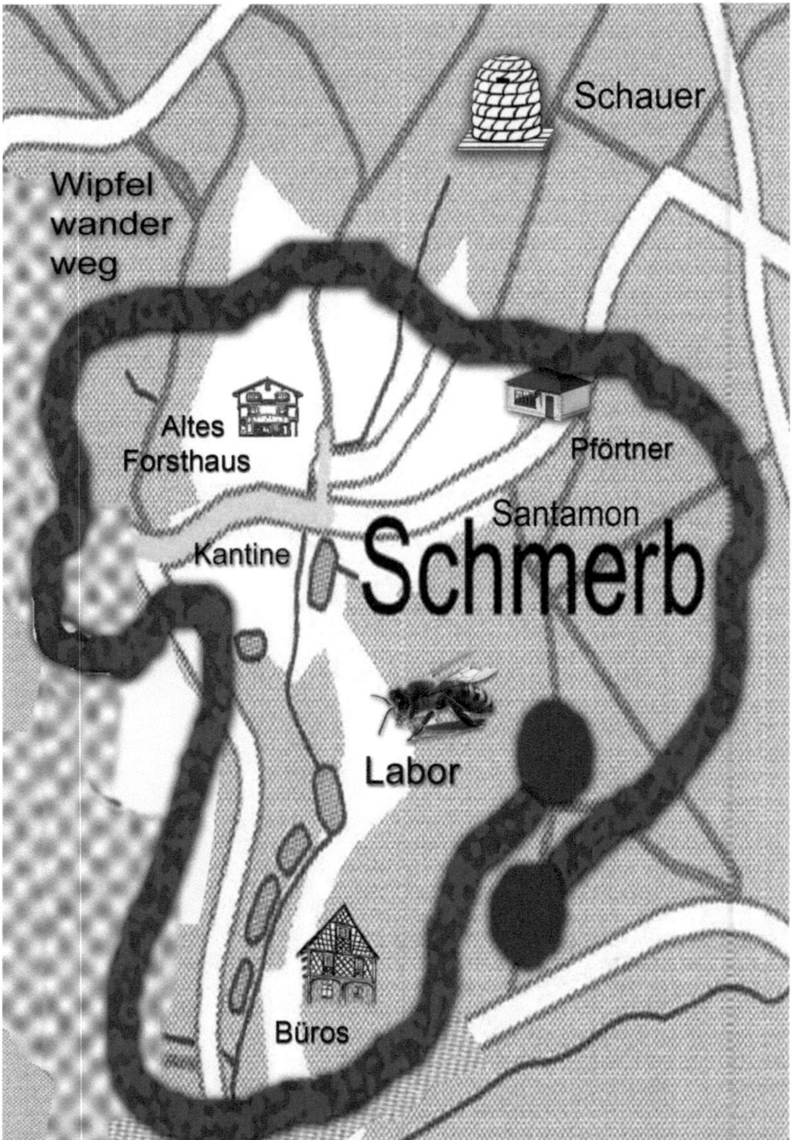

Schauer
Wipfel
wander
weg
Altes
Forsthaus
Pförtner
Santamon
Schmerb
Kantine
Labor
Büros
Zeichnung Helmut Vorndran

Prolog

Byron Gray las alles mehrmals, Wort für Wort, durch, dann legte er das Blatt Papier neben sich auf die Motorhaube und nahm mit der rechten Hand seine Beretta aus der Jacke. Er legte die Waffe auf den Brief – nicht dass ein plötzlicher Windstoß das wertvolle Stück noch davonwehen würde. Die Arme verschränkt, stand er minutenlang an die Kühlerhaube seines Jeeps gelehnt und schaute der Abendsonne beim Untergehen zu. Ein Unbeteiligter hätte in ihm zweifelsohne einen Mann gesehen, der verträumt die romantische Stimmung des Momentes genoss und in die Weiten des Obermaintals sah. Ein Anblick, wie er friedlicher nicht hätte sein können. Niemand, der Byron Gray so betrachtete, hätte sich jemals vorstellen können, dass ihn einzig und allein eines beschäftigte: was Franziska Büchler genau vorhatte und wie er sie möglichst schnell finden und töten konnte.

Teil 1
Der Plan

Himmel, ich erschrecke;
Was ich riech und schmecke,
Stinkt nach Höllenglut,
Weil der Streich der Rache
Meiner bösen Sache
Schwer und Bange tut.
Angst und Not,
Ja gar der Tod.

Johann Christian Günther

Die gelbe Villa

Er saß auf einem Stuhl und betrachtete ihn. Hätte er das Gefühl, mit dem er sein Gegenüber gerade musterte, beschreiben sollen, er hätte sich reichlich schwergetan. Es war eine undefinierte Mischung aus Fassungslosigkeit, Wut und kalter Entschlossenheit. Sie saßen sich gegenüber wie zwei Schwergewichtsboxer vor dem ultimativen Kampf. Nur dass es sich hier nicht um einen Boxring handelte und es auch keine Siegesprämie gab. Wie es schien, war der Kampf bereits entschieden, zumindest standen die Verlierer augenscheinlich fest. Ob da vor ihm auf dem Stuhl jedoch der Sieger saß, das war Kriminalhauptkommissar Franz Haderlein noch nicht wirklich klar. Auf jeden Fall war der Mann maßgeblich in den verworrenen Mordfall verwickelt. Jede Faser seines Körpers, jegliches kriminalistische Feingefühl, das er jemals entwickelt hatte, sagte dem erfahrenen Ermittler der Bamberger Kriminalpolizei, dass hier ein eiskalter Verbrecher vor ihm saß. Eine Ewigkeit hatten sie ihre Blicke bereits ineinander versenkt. Ruhig, kalt und mit dem Wissen auf beiden Seiten, dass nichts und niemand diesen Status quo würde ändern können, auch wenn Kriminalhauptkommissar Haderlein nichts lieber getan hätte als das. Doch die Dinge waren nun einmal so, wie sie waren.

Der Mann vor ihm hatte keine Angst, sondern war vielmehr die absolute Selbstsicherheit in Person. Angespannt, ja, aber nichtsdestotrotz zu hundert Prozent von sich und seinem Plan überzeugt. Mit einem leicht arroganten Lächeln auf den Lippen erwiderte er nun schon seit geraumer Zeit Haderleins forschenden Blick. In seinen tiefen, kalten Augen lag unverstellte Bosheit. *Du ahnst die Wahrheit, wirst sie aber nicht beweisen können, niemals.* Leider wusste Kriminalhauptkommissar Haderlein, dass nach Lage der Dinge Dr. Gerhard Irrlinger damit womöglich recht haben könnte.

Bernd Schmitt blickte erschüttert auf das Bild des Grauens, das sich ihm darbot. In seiner jungen Karriere war ihm schon so einiges an Verbrechen untergekommen, aber so ein Massaker hatte er noch nie gesehen. Fünf Leichen lagen hier, mehr oder weniger willkürlich angeordnet, auf dem Boden, anscheinend aus nächster Nähe erschossen. Dazu kam noch die eine Leiche mit dem schwarzen Jagdpfeil im Hals. Der Paukraum der Coburger Studentenverbindung »Rhenania Bavaria« war nicht mehr länger eine bloße Übungsstätte für sich selbst verstümmelnde, rechtslastige Traditionalisten, nein, der Trainingsraum in der gelben Villa war zu einer üblen Leichenhalle geworden. Der junge Kriminalkommissar, den alle ob seines äußeren Erscheinungsbildes nur »Lagerfeld« riefen, schaukelte seine leicht überdimensionierte Sonnenbrille gerade etwas unmotiviert mit der rechten Hand in der Luft herum. Auch ohne Spurensicherung und Scheinwerfer konnte er sehen, dass der Mörder sich erst vor Kurzem vom Acker gemacht haben musste. Das Blut auf dem alten Holzboden breitete sich noch immer weiter aus und versickerte in dem einen oder anderen Holzspalt. Diese Menschen hier hatten gerade eben erst ihr Leben ausgehaucht, und sie, die Polizeibeamten, hatten den Mörder um Haaresbreite verpasst. Und alles nur wegen eines durchgeknallten Tankstellenbesitzers in Rödental, der sie für Benzinpreller gehalten hatte. Bei dem Gedanken an diesen oberfränkischen Vollidioten ballte Lagerfeld spontan seine Hand in der Tasche zu einer Faust. Dann erklangen Stimmen und das Getrappel von Schuhen von der Treppe her. Die Spurensicherung war endlich eingetroffen. Nun, dann sollten die mal sehen, was sie in diesem bluttriefenden Zimmer feststellen konnten. Um ihren Job beneidete Lagerfeld die Jungs von der Spusi definitiv nicht.

Er drehte sich um und ging den Männern entgegen. Er würde ihnen erst mal den ganzen Schlamassel hier überlassen und sich um Leiche Nummer sechs kümmern, die im Garten lag. Das Opfer war wohl durch den Rückschlag der Kugeln durch das Fenster gestürzt. Insgesamt hatten sie sechs Leichen, die alle zur gleichen Zeit umgebracht worden waren. Fünf durch eine Schusswaffe, eine mit Pfeil und Bogen. Keine offensichtlichen Spuren, keine Zeugen, keine Anhaltspunkte. Sie hatten sechs Ermordete, und die Kriminalpolizei stand auf dem Schlauch.

In einem Fernsehzimmer saßen lauter Figuren der Frankenpartei herum, die auf dem Riesenfernseher angeblich das Ergebnis der heutigen Volksabstimmung mitverfolgen wollten. Aber ob die Franken jetzt für oder gegen ein eigenes Bundesland gestimmt hatten, war Kriminalkommissar Schmitt im Moment scheißegal. Dazu waren die Eindrücke vor Ort doch zu erschütternd.

In ihrem Adrenalinrausch kurz vor der ersten Hochrechnung wollte die politische Gesellschaft vom Sechsfachmord im Nebenzimmer angeblich nichts mitbekommen haben. Eigentlich unglaublich, aber gerade die unglaublichen Begebenheiten stellten sich im Nachhinein oft als wahr heraus. Außerdem waren im Nebenraum lauter honorige Mitbürger zu finden. Da gab es niemanden, der nicht Jurist, Oberarzt, Firmenbesitzer oder so was in der Art war. Irgendwie schien es ziemlich unwahrscheinlich, dass die Crème de la Crème der oberfränkischen Gesellschaftsprominenz in ein brutales Verbrechen verwickelt sein sollte. Lagerfeld traute den dort versammelten Figuren ja wirklich fast alles zu, aber keinen gemeinschaftlich verübten Mehrfachmord. Andererseits konnte man ja nie wissen …

Interessanterweise hatte sich sein Spiritus Rector im Bamberger Polizeidienst, Kriminalhauptkommissar Franz Haderlein, gleich mit dem Anführer der Wahlveranstaltung ins Separee verzogen, um Dr. Irrlinger zu verhören. Lagerfeld hatte den Eindruck, dass Haderlein den Möchtegernministerpräsidenten von Anfang an auf dem Kieker gehabt hatte. Schon als sie hier angekommen waren, hatte er gespürt, dass zwischen den beiden Männern eine undefinierte Spannung in der Luft lag. Allerdings war Dr. Gerhard Irrlinger bis jetzt offiziell auch nicht verdächtiger als alle anderen, schließlich besaß er das, was auch die anderen Gäste ihr Eigen nennen durften: ein wasserdichtes Alibi. Entweder waren alle Anwesenden hier zum Mörder geworden – oder keiner von ihnen.

Die Wächterin der Gattung Apis mellifera carnica war müde. Sie war eine überlastete westliche Honigbiene, fühlte sich schlapp, leer und ausgelaugt. Fast schon war sie froh darüber, dass dies hier nun ein etwas geruhsamerer Job in ihrem Leben sein würde. Allerdings dachte sie auch nicht sonderlich darüber nach, ob sie bis hierhin ein erfülltes Leben geführt hatte oder ob ihr die Arbeit immer Spaß gemacht hatte. Nein, solche Fragen stellte man sich in ihrem Volk nicht, stattdessen folgte man einfach seinem seit Jahrtausenden festgelegten Programm.

Ihr erstes Engagement nach dem Schlüpfen war als Putzbiene gewesen. Einige Tage lang säuberte sie vor allem die gerade verlassenen Zellen ihrer jüngeren Schwestern, um sie einer weiteren Verwendung zuführen zu können. Typische Frauenarbeit, dachte sie sogleich enttäuscht.

Dann wandte sie sich ihrer nächsten Tätigkeit zu, die schon anspruchsvoller war: Sie wurde Amme und fütterte die kleinen Larven drei Tage lang mit einem nahrhaften Futtersaft, den sie aus ihrer Kopfspeicheldrüse absonderte, dem Gelée royale. Nach dieser dreitägigen Völlerei gab es für die Larven dann nur noch die übliche Magerkost, die hauptsächlich aus Nektar und Pollen bestand. Nur eine einzige Biene gab es im ganzen Volk, die bis zum Ende ihres Lebens mit Gelée royale gefüttert wurde, und das war die Königin. Ihr allein war der edle Futtersaft vorbehalten, der bei den kleinen Larven zudem darüber entschied, als was sie auf die Welt kommen würden: als Königin oder als Arbeitsbiene.

Doch auch die Zeit der Kinderaufzucht war für die Ammenbiene bald wieder vorbei, und sie wurde für die nächste Aufgabe eingeteilt, die ihr bis dato am meisten Spaß machte. Als Lageristin für den hereingebrachten Nektar nahm sie den wertvollen Stoff von den Flugbienen in Empfang, kaute ihn gut durch und füllte ihn in die entsprechende Wabe, die anschließend von ihr sorgfältig mit einem Wachsdeckel verschlossen wurde. Das war ein Beruf nach ihrem Geschmack, ein Job, den sie gern noch etwas länger ausgeübt hätte, aber leider wurde sie nach einiger Zeit wieder abkommandiert und zu den Wachsbienen gesteckt, wo es ihr überhaupt nicht gefiel. Dort musste sie aus speziellen Drüsen an ihrem Hinterleib, den sogenannten Wachsspiegeln, Wachs ausschwitzen und zu Waben basteln. Das war anstrengend, das war mühselig, das war pure Schinderei. Aus über zweihundert verschiedenen Verbindungen das Wachs herzustellen und auszuscheiden, das ging schon an die Substanz.

Und dann kam auch noch die Mehrarbeit durch diese ekelhaften Milben dazu. Sie kam gar nicht so schnell hinterher mit dem Hinausschaffen, wie sich die Varroa in die frische Brut hineinbiss und festsaugte. Der ganze Stock tat zwar sein Möglichstes, aber immer blieben genug Varroamilben übrig, um die Nachkommenschaft zu schwächen, die dann teilweise gar nicht oder verkrüppelt auf die Welt kam. Auch die Arbeiterinnen gelangten durch die Varroa destructor allmählich an die Grenzen ihrer Leistungsfähigkeit, und das konnte man ihnen auch ansehen. Das gesamte Bienenvolk war ausgelaugt, geschwächt.

Und nun hatte man sie, quasi um ihr eine Verschnaufpause zu gönnen, als Wächterbiene für den Stock eingeteilt. Sie sollte nur diejenigen durch das Flugloch hereinlassen, die hier auch hingehörten. Mit den anderen Wächterbienen am Einflugschlitz würde sie nur Bienen mit dem richtigen Geruch, also dem ihres Volkes, den Zutritt zum Bau gestatten. Bienen eines anderen Stammes hatten keine Chance, hier illegal einzudringen und Honig zu räubern, das würde sie mit ihren Kolleginnen sehr wohl zu verhindern wissen.

Die zweite potenzielle Gruppe unerwünschter Eindringlinge entstammte zwar sehr wohl ihrem eigenen Volk, hatte aber das Wohnrecht in dem Augenblick verwirkt, in dem sie den Bienenstock verlassen hatte. Es war ein arbeitsscheues, vergnügungssüchtiges Pack, das sie teilweise persönlich in separaten Wabenzellen großgefüttert hatte. Faule männliche Müßiggänger, die unbefruchteten Eiern entstammten und nur aus einem einzigen Grunde auf dieser Welt waren – wegen Sex.

Das musste man sich mal vorstellen: Sie selbst ging bereits ihrer dritten beruflichen Tätigkeit nach, während diese Drohnen sich bisher nur den Bauch vollgeschlagen und auf eine vorbeifliegende Königin gewartet hatten. Dann allerdings konnte es diesen notgeilen Figuren nicht schnell genug gehen: In ausufernder Polygamie stürzten sie sich auf die begattungswillige Königin, sozusagen ihren Schwarm. Aber da sich das Blut beim Sex ja nicht unbedingt im Kopf befindet, wo es das Denken fördert, sondern in weiter unten gelagerten Körpergliedern, folgte das böse Erwachen für die Kerle auf dem Fuß.

Diejenigen unter den Drohnen, die es schafften, sich mit der Königin zu paaren, erlebten zwar den erregendsten Moment ihres kurzen Lebens, fielen danach aber von der Königin ab, um umgehend zu sterben. Ein wirklich schöner Tod, sollte man meinen, genau dann abzutreten, wenn's am schönsten ist.

Blöd wurde es hingegen für die Drohnen, die bei Frau Königin nicht zum Zuge gekommen waren und nun frustriert und sozusagen mit noch offenem Hosenstall zum heimatlichen Bienenstock zurückkehrten. Wenn schon der One-Night-Stand nicht geklappt hatte, so wollte man sich doch wenigstens wieder in dem behaglichen All-inclusive-Hotel niederlassen, um sich weiterhin durchfüttern zu lassen. Aber da hatten sie die Rechnung ohne die militanten Mädels am Einflugloch gemacht, die ihr Leben lang ohne Aussicht auf Weihnachtsgeld oder flächendeckenden Mindestlohn gearbeitet hatten. Sie hatten Gott und die Welt gefüttert, gepflegt und aufgezogen und sollten jetzt die Taugenichtse im Hotel Mama weiterschmarotzen lassen? Nicht mit ihnen!

Die Evolution hatte schließlich ein Einsehen mit der bienlichen Arbeiterschicht und die Gruppe der Wächterbienen erfunden. Diese bereits in die Tage gekommenen, gereiften Bienenladys waren allesamt Singles mit Frustrationshintergrund und dementsprechend ungnädig. Erschienen die fliegenden Drohnen am Flugloch und setzten zur Landung an, trafen sie auf eine Mauer voller bitterbös blickender Wächterbienen, die ihnen klarmachten, dass das süße Leben in dem Bienenstock für sie endgültig vorbei war. Für die begriffsstutzigsten unter den verblüfften Gigolos wurde da schon mal der Stachel ausgefahren. Diese Behandlung führte schließlich dazu, dass der männliche Teil der diesjährigen Bienenbevölkerung sich ab sofort völlig verstört und konsterniert von der Schlechtigkeit der Welt das Mittagessen in der Wiese selbst organisieren musste. Und da Bienendrohnen dieses genauso wenig gelernt hatten wie bügeln oder Essen einkaufen, hungerten sie erst einmal eine Weile verzweifelt vor sich hin, bis sie jämmerlich zugrunde gingen.

Aber jetzt im Juni focht diese düstere Zukunft die Drohnen noch nicht an. Noch waren sie für die Fortpflanzung des Volkes wichtig und wurden durchgefüttert, um weitere Königinnen beglücken zu können. Erst ab August, dem Beginn des Bienenjahres, würden sie endgültig der Tür verwiesen werden, bis dahin stand ihnen noch ein feudales Leben mit Pollen, Weib und Gesang bevor. Bis dahin konnten die Herren der Schöpfung noch mit einem jämmerlichen Gesichtsausdruck zurückgeflogen kommen, wenn sie keine Königin abbekommen hatten. Allerdings hielt sich das Mitleid des Matriarchats im ersten Stock sehr in Grenzen – auch an Einflugloch Numero sieben, dem Arbeitsplatz unserer etwas überarbeiteten Wächterbiene, die missmutig auf die Rückkehr der Drohnengesellschaft wartete.

Dr. Gerhard Irrlinger war der Erste, der nach Minuten des Schweigens das Wort ergriff. Zuvor hatte ihn Haderlein noch einmal mit den Fakten konfrontiert, die sie in der kurzen Zeit bereits hatten sammeln können: mit den gefundenen Leichenresten auf den Eierbergen, dem Mordanschlag auf Irrlingers Begleher und mit der Handynummer, die in der Vespa der ermordeten Lehrerin gefunden worden war. Für Haderlein waren das alles glasklare Hinweise darauf, dass er einen eiskalten Mörder vor sich sitzen hatte. Allein, es waren sehr dünne und vor allem sehr unzureichende Indizien, die nie und nimmer für eine Verhaftung ausreichen würden, ganz zu schweigen für eine Mordanklage. Haderleins Überzeugung nach hatte Irrlinger alles genauso geplant, und nichts und niemand schien ihn in seinem Selbstbewusstsein erschüttern zu können. Seine Botschaft, die er Haderlein übermittelte, war glasklar, seine Stimme ruhig und kalt, während er dem Kriminalhauptkommissar weiterhin ruhig in die Augen schaute.

»Es ist und bleibt, wie ich es Ihnen bereits mehrfach geschildert habe, Herr Kommissar. Wir waren zusammen im Chargiertenzimmer und haben uns intensiv mit der Wahl zur fränkischen Unabhängigkeit beschäftigt. Die Stimmung war gut, wir unterhielten uns angeregt, und im Hintergrund lief die ganze Zeit der Fernseher. Niemand von uns hat zu der von Ihnen angedeuteten fraglichen Zeit das Zimmer verlassen, keiner meiner Gäste, mich eingeschlossen, hat von diesen schrecklichen Geschehnissen und Vorfällen etwas gehört oder gesehen. Im Moment kann ich Ihnen leider nicht weiterhelfen, Herr Haderlein. Und nun würde ich wirklich gern wieder zurück zu meinen Gästen. Außerdem werde ich in Kürze in der Bamberger Konzerthalle erwartet, um das vorläufige amtliche Endergebnis der Abstimmung mit meinen Freunden zu feiern. Selbstverständlich werde ich in den nächsten Tagen wieder zu einer Vernehmung Ihrerseits zur Verfügung stehen, aber im Moment kann ich Ihnen wirklich nicht mehr sagen. Mir ist das alles ja auch ein Rätsel, die furchtbare Tat ist einfach unerklärlich. Ich werde Sie meinerseits unterstützen, wo ich nur kann, aber wenn Sie mich nun entschuldigen würden, Herr Kommissar?« Dr. Gerhard Irrlinger wartete die Antwort des Kriminalhauptkommissars nicht mehr ab, sondern erhob sich, nickte Haderlein kurz und förmlich zu und verließ dann mit schnellen, gleichmäßigen Schritten das Zimmer.

Haderlein saß da wie ein gemaßregelter Schuljunge und hätte am liebsten voller Wut seinen Stuhl durch das nächstbeste Fenster der gelben Villa geworfen.

Als sie das charakteristische Summen von herannahenden Bienenflügeln vernahm, schrak die Wächterin in ihrem Erschöpfungszustand hoch. Zuerst glaubte sie, die zurückkehrenden Drohnen vor sich zu haben, erkannte dann aber sehr schnell die andere Form und Färbung der Hinterleiber. Die Neuankömmlinge waren Bienen eines fremden Volkes. Und es waren zu viele, als dass es sich bei ihnen nur um zufällig verirrte Pollensammlerinnen handeln konnte. Hunderte, Tausende von ihnen flogen auf den Stock zu. Sofort war ihre Müdigkeit verschwunden, und sie schlug Alarm, indem sie ein leicht flüchtiges Pheromon ausstieß, das sich schnell in der Luft und im Stock ausbreitete. Das Pheromon signalisierte allen Bienen eine einzige Botschaft: Gefahr, Gefahr! Wir werden angegriffen!

Sofort schwangen sich alle in die Lüfte, um ihr Volk zu verteidigen, aber die erste Angreiferin mit ihrem länglichen Hinterleib und dem breiten gelben Ring darauf war bereits am Flugloch gelandet. Sofort stürzte sich die Wächterin mit Engagement und aller Kraft, die sie aufbringen konnte, auf die Fremde, die von der Wucht des Angriffs umgestoßen wurde und auf den Rücken fiel. Die Wächterin nutzte ihren Vorteil und stieß der Fremden sofort ihren Stachel in ihren Körper. Eine tödliche Attacke. Die

Angreiferin rollte sich krümmend vom Einflugbrett und fiel hilflos ins Gras der Frühlingswiese, um dort an dem gegnerischen Bienengift zu sterben.

Vom schnellen Sieg berauscht, drehte sich die Wächterin zu neuen Verteidigungstaten bereit um – und sah sich einer Übermacht gegenüber. Das Einflugloch wimmelte nur so von Angreiferinnen, und auch in der Luft davor tummelten sie sich in Massen. Die Wächterin erkannte sofort, dass ihr Volk verloren war, es gab keine Chance. Von der Varroa geschwächt und in Unterzahl, hatten sie gegen die Angreiferinnen keine Chance. Wäre die Wächterin ein vernunftbegabtes Insekt gewesen, hätte sie mit der Königin ihres Volkes sofort fliehen müssen, aber sie war nur eine kleine Honigbiene, darauf programmiert, ihre Nachkommenschaft zu beschützen, koste es, was es wolle. Also stürzte sie sich mit einem verzweifelten Brummen todesmutig auf die nächstbeste Angreiferin.

Als Lagerfeld das Zimmer betrat, saß Franz Haderlein noch immer auf seinem Stuhl, den Kopf in die Hände gestützt, und starrte die Wand an. Kriminalkommissar Schmitt war verblüfft. Das Bild der absoluten Ratlosigkeit, vermischt mit genauso viel Wut, kannte er von seinem erfahrenen Kollegen nicht. Aber Franz Haderlein schien tatsächlich hilf- und ratlos zu sein. Lagerfeld nahm seine Sonnenbrille ab, zog sich mit der freien Hand einen Stuhl heran und setzte sich seinem dienstälteren Kollegen schräg gegenüber. Haderlein würdigte ihn keines Blickes, dafür konnte man sehen, wie es in ihm arbeitete. Lagerfeld war sich nicht ganz sicher, ob er ihn lieber in Ruhe vor sich hin köcheln lassen sollte oder ob der liebe Franz etwas psychologische Stütze brauchte.

»Also, ich weiß ja jetzt nicht so genau –«, wollte er einen Testballon steigen lassen, doch Haderlein fiel ihm sofort ins Wort.

»Ich werde ihn kriegen«, schallte es dumpf von Haderleins Stuhl herüber. »Ich werde diesen arroganten, eiskalten Finanzarsch an die Wand nageln. Ich weiß, was er getan hat, und er weiß, dass ich es weiß. Allerdings weiß er auch, dass wir es ihm nicht beweisen können. Er hat geplant, dass seine Kumpels und Spielgefährten dieser Hobbykillertruppe jetzt alle mausetot dort drüben in dem

Zimmer liegen. Er hat sie einfach um die Ecke gebracht, um sich von seiner schmutzigen Vergangenheit reinzuwaschen«, zischte Haderlein äußerst erregt die Wand an, während Lagerfeld den Ausführungen seines Gegenübers nur staunend lauschte.

»Aber Franz, das ist doch völlig unmöglich. Der Typ hat ein absolut wasserdichtes Alibi, so wie die ganze restliche Politikertruppe da drüben, alle waren –«

»Sag mal, Bernd, wie naiv bist du eigentlich?«, platzte es aus Haderlein heraus. »Glaubst du wirklich, dieser aalglatte, smarte Finanzhai hat sich selbst die Finger schmutzig gemacht? So blöd solltest nicht einmal du sein.«

Lagerfeld schrak zurück und betrachtete Franz Haderlein mit etwas mehr Abstand. So hatte er ihn wirklich noch nie erlebt. Nahm er die ganze Angelegenheit etwa persönlich? Witzigerweise war genau das die erste Lektion gewesen, die Haderlein ihm seinerzeit beigebracht hatte: niemals etwas persönlich zu nehmen. Es zählten nur Fakten, Fakten, Fakten und der nüchterne Verstand. Und trotzdem saß sein erfahrungsweiser Kollege jetzt völlig außer sich auf einem Stuhl und musste sich mühsam zusammenreißen, um nicht gleich an die Decke zu gehen. Diesen Tag muss ich mir in meinem Kalender rot anstreichen, dachte sich Bernd Schmitt Lagerfeld.

»Wir können es ihm nicht beweisen«, wiederholte Haderlein grimmig und wendete seinen Blick wieder auf die Wand. »Das alles ist viel zu lange her, die Opfer sind mittlerweile verwest, die Mittäter sind umgebracht oder liegen mit einem Jagdpfeil im Kopf im Krankenhaus, es gibt keine Zeugen. Das perfekte Verbrechen.« Der sonst so beherrschte Franz Haderlein erhob sich und tat etwas, womit Lagerfeld in seinem Leben nicht gerechnet hätte: Er packte den alten Holzstuhl und warf ihn mit einem lauten wütenden Schrei durch das Fenster. Willenlos zerbrachen die in die Jahre gekommenen Sprossen unter der Wucht des heranfliegenden Möbelstückes und fielen zusammen mit den Glassplittern und den Stuhlüberresten auf den geteerten Vorplatz.

Sofort stürzte Lagerfeld zum Fenster und winkte den Kollegen unten hektisch zu. »Alles in Ordnung, alles gut, war nur ein Versehen!« Verwirrt, aber auch verärgert starrten die Beamten nach oben, widmeten sich dann aber wieder ihrer momentanen Tätigkeit. Lagerfeld wandte sich wieder zu dem schwer atmenden Haderlein, der ihn von der Zimmermitte her frustriert anblickte.

»Keine Beweise, keine Zeugen«, wiederholte Haderlein noch einmal wütend und funkelte Lagerfeld böse an, als wollte er auch ihn gleich durch das zerbrochene Fenster befördern.

»Natürlich gibt es Zeugen«, stellte Lagerfeld lapidar fest und setzte sich zuerst einmal seine Sonnenbrille wieder ins Gesicht, die er bei Ankunft am Tatort aus dem Gesicht genommen hatte. »Eine Zeugin, um genau zu sein«, präzisierte er seine Angaben. »Unsere Bogenschützin, die liebe Franziska, die ist doch die beste Zeugin, die man sich wünschen kann, sollte deine Vermutung zutreffen, mein lieber Franz. Wenn sie wirklich auf einem Rachefeldzug ist, weil die irren Verbindungsfritzen hier ihren Vater gekillt haben, dann ist sie eine Mörderin, aber eben auch eine Zeugin, mit der wir Irrlinger an die Wand nageln können, wie du deinem Wunsch so schön Ausdruck verliehen hast, oder nicht?« Ruhig, fast triumphierend schaute er seinen älteren Vorgesetzten an. Fakten, Fakten, Fakten und ein klarer Verstand, so hatte es ihm sein Gegenüber vor längerer Zeit beigebracht. Schön, dass er dieses Wissen auch mal zurückgeben konnte.

Franz Haderlein brauchte nur einen kurzen Moment, dann war er wieder ganz der Alte, und Verzweiflung und Wut waren schlagartig verflogen. Lagerfeld hatte ja recht. Natürlich hatten sie eine Zeugin, die allerdings, wie bereits erwähnt, flüchtig war und ebenfalls wegen Mordes gesucht wurde. Zwar konnte er Franziskas Motiv weit eher gutheißen, trotzdem rechtfertigte auch die nachvollziehbarste Rache keine Selbstjustiz. Franziska Büchler alias Groh war eine Mörderin und würde auch als solche verurteilt werden. Doch zuvor mussten sie sie erst einmal finden, und das würde wohl kein Kindergeburtstag werden. Wie sich die Dinge darstellten, war sie mit einer gehörigen Portion Cleverness gesegnet und hatte bisher alle genarrt. Irrlinger, die Polizei, einfach alle. Aber wenn sie Irrlinger etwas beweisen wollten, mussten sie sie finden. Und dann war da ja auch noch dieser unbekannte Killer, der das Massaker im Paukraum der Rhenania Bavaria angerichtet hatte und von dem sie noch gar nichts wussten. Haderlein wurde es bei der Überlegung endgültig zu viel. Er packte Lagerfeld am Ärmel und zog ihn zur Tür. »Los, wir gehen jetzt an die frische Luft, ich muss nachdenken«, brummte er und schleifte ihn hinter sich her durch den Flur.

Als Josef Schauer sich seinen Bienenkästen näherte, beschlich ihn eine böse Vorahnung. Die Ahnung wurde zu einer Gewissheit, als er Kasten Nummer sieben erreichte. Vor ihm im Gras lagen Hunderte, vielleicht sogar Tausende getöteter Bienen. Ein ganzes Volk hatte sein Leben ausgehaucht. Natürlich wusste Josef Schauer als erfahrener Imker, was das zu bedeuten hatte. Ein Überfall. Ein fremdes Volk hatte sich der Einfachheit halber über seine Honigbienen hergemacht, hatte sie zusammengestochen und den Honig mitgenommen. Was für eine Sauerei, dachte er grimmig. Da hatte er in den letzten Jahren seine gesamte Freizeit und viel Geld, Know-how und Energie im Kampf gegen die Varroa und das Völkersterben geopfert und nun das.

Seufzend machte er sich daran, den Deckel von Bienenkasten Nummer sieben zu entfernen. Er gab sich keinen Illusionen hin. Außer weiteren toten Bienen und leeren Honigwaben würde er nichts mehr vorfinden. Es würde ihm nichts anderes übrig bleiben, als den Stock zu säubern, ein neues Volk zu kaufen und mit einem neuen Schwarm ganz von vorn anzufangen. Missmutig bereitete er sich innerlich auf den desaströsen Anblick vor, der sich ihm gleich bieten würde.

Doch als sein Blick in das Innere des Stockes wanderte, glaubte er, seinen Augen nicht zu trauen. Er hatte eine verlassene Wabenruine erwartet, aber in diesem Stock wimmelte es nur so von Bienen. Josef Schauer blieb stocksteif stehen, um das, was er da vor sich sah, zu begreifen. In Bienenstock Numero sieben herrschte auf den ersten Blick *business as usual.* Allerdings bemerkte Schauer bald, dass trotz des Anblicks etwas überhaupt nicht stimmte. In dem Stock waren nämlich nicht seine Carnicas, die lagen alle tot und verstreut in der Wiese, die neuen Bewohner waren eine Bienenrasse, die er nicht kannte und noch nie gesehen hatte. Der Hinterleib der Bienen war länger als der seiner Apis mellitus carnica und hatte einen markanten gelben Ring direkt hinter den

Flügeln: definitiv eine fremde Art, aber das Volk schien gesund und robust zu sein.

Nach einer Minute der Unschlüssigkeit setzte Josef Schauer den Deckel wieder auf die Kiste und ging grübelnd zu seinem Bauernhof am Ortsrand von Neudorf zurück. In seinem Arbeitszimmer holte er sämtliche Bücher aus den Regalen, die zur Artenbestimmung der neuen Bienenrasse herhalten konnten, und begann zu lesen.

Haderlein schleifte Lagerfeld so lange in seinem Schlepptau hinter sich her, bis sie vor der Tür der Villa standen. Um sie herum herrschte geschäftiges Treiben durch Spurensicherung und Polizeibeamten. Die beiden Kriminalbeamten wurden nur mit einem kurzen Augenaufschlag bedacht, dann wandte sich jeder wieder seiner Arbeit zu, die bei einem solchen Blutbad umfangreich genug war. Die zwei Kommissare standen also etwas verloren und unbeachtet herum, aber das war ihnen eigentlich sogar ganz recht.

»Okay, Bernd, ich glaube, hier kommen wir erst einmal nicht weiter«, sagte Haderlein etwas resigniert. »Die Spurensicherung hat vor Ort sowieso noch mehr als genug zu tun, und für uns beide war es ein langer Tag. Ich würde vorschlagen, du gehst jetzt nach Hause zu deiner schwangeren Ute, und ich bleibe hier, bis die Baustelle abgeschlossen ist.«

Lagerfeld nickte zufrieden. Der heutige Tag, der schließlich in diesem beispiellosen Gemetzel gemündet hatte, war wirklich nicht gerade arm an Überraschungen gewesen. Er musste Franz recht geben: Im Moment war er kaum noch in der Lage, einen klaren Gedanken zu fassen. Abgesehen von dem Desaster hier hatten sie ja auch erst vor Kurzem diese Skelette auf den Eierbergen ausgegraben, und als ob das alles nicht schon genug gewesen wäre, hatte er auch noch spontan erfahren, dass er ganz unverhofft Vater werden würde. Übermüdet, wie er war, musste das alles erst einmal gründlich verdaut werden.

Aber noch bevor Lagerfeld Haderlein seine uneingeschränkte Zustimmung zu diesem Plan mitteilen konnte, fuhr eine schwarze Limousine mit abgedunkelten Scheiben an ihnen vorbei. Jedem der

Anwesenden war klar, dass nur Dr. Gerhard Irrlinger in ihr sitzen konnte, der zur Bamberger Konzerthalle wollte, um sich um seine Frankenpartei und das amtliche Endergebnis der Volksabstimmung zu kümmern. Schließlich stand immer noch nicht fest, ob die Franken für ein eigenes Bundesland gestimmt hatten oder nicht. Nach den letzten Hochrechnungen vor dem Mordgeschehen hatte es noch fifty-fifty gestanden. Mit grimmigem Blick, aber immerhin ohne weiteren Gefühlsausbruch ließ Haderlein den schwarzen BMW an sich vorbeigleiten. Er war wieder ganz der alte graue Silberrücken der Bamberger Kriminalpolizei und arbeitete innerlich schon voller Entschlossenheit an seiner weiteren Strategie.

Als die schwarze Karosse auf der Straße verschwunden war, klopfte Lagerfeld Haderlein kurz auf die Schulter. »Echt geile Idee mit dem Feierabend, Franz«, sagte er. »Mich legt's nämlich wirklich gleich zam. Mir langt's. Mir treffen uns dann morchen früh in der Dienststelle. Schau mer mal, dann sehn mer scho«, sagte er in seinem berüchtigten Fränkisch. »Ich geh jetzt ham zur zukünftigen Mama, da gibt's ja aach noch reichlich Gesprächsbedarf«, fügte er mit gespielt gequältem Augenaufschlag hinzu, drehte sich dann um und winkte einem der Streifenbeamten. Irgendwer musste ihn ja nach Hause in seine Mühle fahren.

Haderlein war mit seinen Gedanken schon ganz woanders. Es gab so viele Fakten und Vorkommnisse zu ordnen und sortieren, dass ihm fast schwindelig wurde. Da waren zuerst einmal die regelrecht hingerichteten Mitglieder einer Studentenverbindung, die früher wohl in ihrer pfingstlichen Freizeit mit Pfeil und Bogen Jagd auf ausgewählte menschliche Opfer gemacht hatten. Doch jetzt hatte jemand den Spieß umgedreht und machte seinerseits Jagd auf die durchgeknallte Truppe. Und inzwischen wussten sie auch schon, wer dieser Jemand war: Franziska Büchler, Waise eines der Mordopfer längst vergangener Tage. Aber bevor Franziska ihre Rache hatte vollenden können, waren alle Übriggebliebenen des Clubs der »Drei Eichen« auf einen Schlag selbst Opfer eines bisher unbekannten Mörders geworden. Alle, bis auf ihren mutmaßlichen Anführer, Dr. Gerhard Irrlinger, international anerkannter Finanzexperte und Vorsitzender der Frankenpartei, waren tot.

Und auch Franziska Büchler war womöglich heute hier gewesen, denn eines der Opfer war mit einem ihrer Pfeile getötet worden. Steckte sie womöglich auch hinter dem Gemetzel im Paukraum? Hatte sie plötzlich beschlossen, zur Pistole zu greifen und kurzen Prozess zu machen? Eine durchaus mögliche Theorie, aber so ganz wollte Haderlein daran nicht glauben. Während dieser Gedankengänge war er mehrmals über das Gelände gewandert. Jetzt saß er auf der Mauer, die das Grundstück umgab. Gedankenverloren blickte er sich um und stutzte, als er sich umdrehte und an der anderen Seite der Mauer hinuntersah. Er sprang ins Gras und bückte sich, um das schwarze Etwas, das er am Boden gesehen hatte, genauer zu untersuchen. Ein wissendes Lächeln breitete sich auf seinem Gesicht aus, als er den schwarzen Jagdpfeil aufhob. Es handelte sich um genau die Sorte Pfeil, mit der der Bräutigam auf dem Staffelberg niedergestreckt worden war, die dem um sein Leben kämpfenden Hausmeister Roland Schurig aus dem Kopf entfernt worden war und die dem abgelebten Mitglied der Freien Landsmannschaft Rhenania Bavaria mit Namen Amann im Hals steckte. Franziska Büchler war also definitiv hier gewesen. Haderlein blickte von der Mauer zu dem zerbrochenen Fenster der Villa hinauf. Alles klar, der unglückselige Amann war von hier unten von Franziska mit ihrem Jagdbogen angeschossen worden. Er sah auf den Boden und entdeckte die Fußspuren, die an der Mauer entlang Richtung naheliegendem Zaun verliefen. Sie schienen von zwei Menschen zu stammen, einem Mann und einer Frau. Es gab einen kleineren Abdruck, dessen Spur zusammen mit einer anderen, die von größeren Schuhen herrührte, zum Zaun führte, aber nur die Männerschuhe schienen wieder zurückgelaufen zu sein. Was sollte das denn nun wieder heißen?

Riemenschneider, schoss es ihm durch den Kopf. Das kleine Ferkel musste ihm in seiner Notlage helfen, Spuren wie diese waren genau sein Terrain. Haderlein legte den Pfeil auf die Mauer und spurtete zu seinem Landrover zurück, der hinter der Villa stand.

Riemenschneider war gelinde gesagt *not amused*, nach diesem anstrengenden Arbeitstag aus ihrem wohlverdienten Schlaf gerissen zu werden. Gerade noch war sie in allergrößter Dunkelheit auf dem Staffelberg herumgerannt und hatte wertvolle Spürarbeit geleistet, dann wieder hatte sie eine wilde Hetzjagd quer durch Coburg auf dem Rücksitz hin und her geworfen. Als Ermittlerferkel hatte man sich nach so einem Tag doch wirklich seinen Feierabendschlaf auf seiner Decke verdient, oder etwa nicht? Aber nein, stattdessen wurde man nach unnatürlich kurzer Zeit wieder von seinem Herrchen geweckt, um weiterzuschuften. Eigentlich ging das ja gar nicht. Riemenschneider war eine ausgeprägte Verfechterin des natürlichen Erwachens, und außerdem verstieß diese nicht enden wollende Nachtschicht hier ganz sicher gegen jegliche Arbeitsschutzgesetze für Polizeiferkel. Doch Herrchen Haderlein schien von alldem nichts wissen zu wollen. Mit ungeduldigem Blick stand er an der geöffneten Landrovertür und schaute sie an. Mein Gott, welches Schwein konnte einem solchen Bild des Jammers schon widerstehen? Dann würde sie ihm halt wieder helfen. Ohne sie ging hier anscheinend gar nichts mehr. Allerdings erwartete sie nach getaner Arbeit schon eine Extraportion Äpfel. Eine sehr, sehr große Extraportion …

Als Haderlein mit Riemenschneider an der versammelten Truppe der Spurensicherer vorbeilief, hob sich bereits die eine oder andere Augenbraue. War Haderlein mit dem kleinen Schwein unterwegs, so bedeutete das für die Kollegen eigentlich nur, dass er ihnen ihre Arbeit nicht zutraute und die Bamberger Spurensicherung kurz davorstand, weitere Minuspunkte einzuheimsen. In Fachkreisen hatte man Heribert Ruckdeschl und seine Spusi-Mannen bereits der Lächerlichkeit preisgegeben. Weil die Bamberger auf ihren Tatorten versäumten, ihre Arbeit korrekt zu verrichten, habe man ein Schwein engagiert, um die Aufklärungsquote nicht gegen null sinken zu lassen, so hieß es. »Na, wieder mal Schwein gehabt?«, war bereits zu einem belustigten Kalauer unter Kollegen geworden, wenn die Bamberger Kriminaler wieder einmal einen Fall gelöst hatten. Ein nicht gerade erbauliches Image, was die Riemenschneiderin ihnen da eingebrockt hatte.

Und jetzt war dieses kleine Schwein augenscheinlich schon wieder unterwegs, um ihren ohnehin schon ramponierten Ruf noch weiter zu demolieren. Äußerst ungehaltene Blicke verfolgten Haderlein samt tierischem Anhang auf dem Weg vom Landrover bis zu der steinernen Mauer auf der Rückseite der Villa.

Haderlein zeigte Riemenschneider die Fußspur des Mannes und flüsterte ihr ein dringliches »Such!« ins herabhängende rosa Ohr. Bei Riemenschneider zeigte der Befehl in etwa die gleiche Wirkung wie ein Freibier bei einem Bamberger Stammgast in einem Bierkeller: Der Adrenalinspiegel stieg schlagartig, ihre kleinen Füße wurden unruhig, und es stellte sich massiver Speichelfluss ein. Dann ging sie ab wie Schmidts Katze.

Obwohl Haderlein damit gerechnet hatte, war er vom Temperament seines Ferkels doch etwas überrascht. Aber die olfaktorische Sachlage war für den außerordentlich feinen Spürsinn Riemenschneiders vollkommen klar. Ein eindeutiger Geruch war am Boden auszumachen. Und je schneller sie der Spur bis zu deren Ende gefolgt war, umso zügiger konnte sie mit ihrem Herrchen die Heimreise nach Bamberg antreten. Mit diesem Hintergrundwissen zerrte sie an ihrer Leine wie ein verdurstender Hund auf dem Weg zur Wasserstelle.

Als sie den Holzzaun zum Nachbargrundstück erreicht hatte, zwängte sie sich zwischen den lockeren Latten hindurch und spurtete auf der anderen Seite weiter. Ihr Enthusiasmus führte dazu, dass Herrchen Haderleins rechte Schulter fast ungebremst in den alten Holzzaun krachte, trotzdem hielt er die Leine mit aller Kraft fest, woraufhin Riemenschneider, den allgemeinen physikalischen Gesetzen folgend, einen schwungvollen Rückwärtssalto hinzauberte und sich auf dem Rücken liegend im Gras wiederfand. Als sie wieder auf ihren vier kurzen Beinen stand, schaute sie Haderlein mit dem gleichen entrüsteten Blick an, den auch er ihr zuwarf, als er durch die Latten gekrochen kam.

»Also gut, weiter«, brummte Haderlein, nachdem er sich notdürftig trockenes Gras aus den Klamotten geklopft hatte.

Sofort schaltete Riemenschneider wieder den Nachbrenner ein, und Haderlein wurde erneut im Tiefflug hinter seinem Ferker her gezerrt. Die wilde Jagd führte über das nächste Grundstück, wo am Ende des akkurat gemähten Rasens ein Loch in einem Maschendrahtzaun lockte, das gerade groß genug war, dass Riemenschneider im gestreckten Galopp hindurchsausen konnte.

Haderlein sah das Unglück auf sich zukommen und sonderte noch ein halblautes »Riemenschneider, nicht!« ab, was von der kleinen Zugmaschine aber geflissentlich ignoriert wurde. Mit schweinischer Maximalgeschwindigkeit schoss sie durch die homöopathisch große Zaunlücke, und Haderlein klatschte, diesmal mit ausgebreiteten Armen und mit dem Gesicht voraus, gegen die verdrahtete Grundstücksbegrenzung. Auch diesmal versuchte er, die Leine zu halten, aber schlussendlich rutschte ihm die Lederschlaufe doch aus der Hand. Immerhin hatten die letzten seiner rudimentären Haltekräfte noch dazu geführt, dass Riemenschneider mit einem weiteren Rückwärtssalto, diesmal mit halber Pirouette, wieder in der Wiese landete.

Haderlein blieb die Luft weg und kippte rücklings auf den vorbildlich gepflegten Rasen. Vor seinen Augen tanzten Sternchen, er musste sich erst einmal sammeln. Riemenschneider tat es ihm gleich, während in dem dem englischen Rasen zugehörigen Haus sämtliche Lichter angingen. Haderlein schaffte es nach seiner kurzen Verschnaufpause zwar mühsam, den etwa zwei Meter hohen Zaun zu überklettern, sank aber auf der anderen Seite wieder auf die Knie, schwindelig, wie ihm war.

Der Kriminalhauptkommissar war noch damit beschäftigt, schwankend auf die Beine zu kommen, als der Hausbesitzer mit Taschenlampe in der einen und wild geschwenkter Weinflasche in der anderen Hand auf sie zugelaufen kam.

»Was machen Sie auf meinem Grundstück, das ist Privatbesitz, verdammt noch mal!«, schallte es Haderlein laut und unmissverständlich ins Ohr, während er noch leicht schwankend mit der Wiederherstellung seiner Sehfähigkeit zu kämpfen hatte. Irgendwie wollten diese kleinen Sterne vor seinen Augen einfach nicht verschwinden. Im Gegenteil: Eines der funkelnden Dinger wurde sogar immer größer, bis es sich direkt vor seinem Gesicht zu einer Supernova aufgebläht hatte. Haderlein bemerkte erst, dass mit dem Gestirn etwas faul war, als die Supernova ihn laut und vernehmlich anschnauzte.

»Sie sagen mir jetzt sofort, was Sie hier machen, oder ich rufe die Polizei«, belferte die Stimme.

Haderlein hielt sich schützend die Hände vors Gesicht, um nicht länger geblendet zu werden.

»Haben Sie etwa etwas mit dem Tumult dort drüben in der Villa zu tun?«, zeterte die hohe Stimme der Supernova weiter. »Wissen Sie was, ich glaube, ich rufe sicherheitshalber gleich die Polizei!«

Jetzt erst begriff Haderlein, dass das vor seinen Augen keine explodierende Sonne, sondern nur eine Taschenlampe war, neben der eine wild gewordene Weinflasche auf- und abtanzte. Der Kriminalhauptkommissar erinnerte sich an seine Kampfausbildungen und griff mit der rechten Hand an der Taschenlampe vorbei und vehement zu. »Schluss jetzt mit dem Blödsinn«, knurrte er. Er bekam eine Art Kragen zu fassen und wollte gerade mit einer schnellen Beinschere den Lampenbesitzer zu Boden werfen, als die Weinflasche mit einem hellen Klirren auf seinem Kopf zerbarst. Erneut sah er eine erstaunliche Vielzahl an Gestirnen vor sich und sank zurück auf seine Knie, während der Geruch nach frisch dekantiertem Rotwein ihn umwehte. Dann verabschiedete sich sein Bewusstsein.

Bernd Schmitt bedankte sich bei den Kollegen der Bereitschaftspolizei und öffnete die Tür seiner Mühle. Er war hundemüde und wollte nur noch in die Heia. Was für ein Tag, was für ein ekelhafter Fall. Tief in ihm dämmerte die Erkenntnis herauf, dass die Aufklärung der Mordfälle sicher nicht von heute auf morgen erfolgen würde. Außerdem war er sich nicht ganz so sicher wie Haderlein, dass dieser Frankenpapst Irrlinger wirklich eindeutig als Hauptverantwortlicher überführt werden konnte. Gut, auch er konnte sich vorstellen, dass dieser aalglatte Typ da irgendwie mit drinsteckte, aber noch war nichts bewiesen. Jetzt wollte er erst einmal darüber schlafen, und morgen sah die Welt bestimmt schon wieder ganz anders aus. Ute war sicher auch schon im Bett, also würde er mal lieber ganz vorsichtig und leise –

»Wo kommst du denn jetzt her?«, tönte es fragend aus der Küche.

Als Lagerfeld den Kopf durch die Küchentür steckte, sah er seine Freundin im Bademantel am Küchentisch sitzen. Wie so oft in letzter Zeit hatte sie eine Kerze angezündet und ihre Hände um eine Tasse Tee gelegt. Manchmal glaubte Lagerfeld, dass seine liebe Ute den Tee gar nicht machte, um ihn zu trinken, sondern um sich ihre hübschen langen, aber meistens kalten Finger an ihm zu wärmen.

»Na, wie geht's denn meiner schönen Mama?« Grinsend nahm er neben ihr auf einem Stuhl Platz. Er versuchte, seinen Arm um sie zu legen, aber sie reagierte nicht im Geringsten auf seine Annäherungsversuche und schaute nur streng in die flackernde Kerzenflamme.

»Du wirst jetzt Vater, Bernd«, sagte sie. Und dann: »Ich finde, du solltest mal langsam darüber nachdenken, ob ein so gefährlicher Beruf wirklich das Richtige für dich ist. Schließlich habe ich keine Lust, irgendwann als alleinerziehende Mutter dazustehen, nur weil der Vater meines Kindes von einem Pfeil oder etwas Ähnlichem getroffen wurde.«

Lagerfeld glaubte, sich verhört zu haben. Was sollte das denn jetzt? »Äh, ich glaube, das ist wirklich nicht das richtige Thema, so abends um halb elf«, versuchte sich der junge Vater in Abwiegelung.

Doch Ute von Heesen hatte sich anscheinend den ganzen Abend auf das Thema vorbereitet. »Hör mal, Bernd, ich möchte, dass du dich in nächster Zeit ernsthaft mit dem Thema auseinandersetzt, ja? Schließlich ist das ja auch dein Kind. Wir haben damit jetzt eine ganz andere Verantwortung, unser Leben wird sich fundamental ändern. So ein Kind zu bekommen, damit geht schließlich auch eine gänzlich andere Art zu leben einher. Und ich weiß wirklich nicht, ob so ein Beruf mit tödlichen Gefahren das Richtige für den Vater einer kleinen Familie ist«, sagte sie mit einem fast religiösen Unterton in der Stimme.

Lagerfeld hielt lieber erst einmal den Mund. Ob ihrer merkwürdigen Einlassungen war er zudem so konsterniert, dass er gar nicht gewusst hätte, was er darauf sagen sollte, hätte er denn etwas sagen wollen. Noch nie zuvor hatten sie darüber gesprochen, noch nie hatte Ute irgendwelche Andeutungen in diese Richtung gemacht. Aber der Umstand, dass sie jetzt im dritten Monat schwanger war, schien doch einiges in ihr ausgelöst zu haben. Aus dem Augenwinkel heraus sah er einige Bücher auf der anderen Seite des Küchentisches liegen. Im unsteten Schein der flackernden Kerzenflamme konnte er nur schwer die Buchtitel entziffern: »Die alleinerziehende Frau, das Gerüst der Gesellschaft«, und auch das zweite Buch befasste sich mit dem gleichen Thema: »Die emanzipierte Mutter, unabhängig, selbstbewusst, frei«. Der Untertitel war auch nicht zu verachten: »Das Matriarchat als Konsequenz der Evolution von A.S.« Die Abkürzung konnte nur Alice Schwarzer heißen. Hoffentlich stand da auch was von Steuergerechtigkeit und geheimen Auslandskonten drin, dachte Lagerfeld sarkastisch, bevor ihn ein merkwürdiges Gefühl beschlich. Auf welchem Trip war seine Ute da eigentlich? Es war höchste Zeit, der Situation die Brisanz zu nehmen. Am besten trat er die Flucht nach vorn an.

»Schluss jetzt. Auf so einen Pseudofeministinnenquatsch habe ich echt keine Lust. Ich hatte mit Verlaub einen Scheißtag, und morgen wird's auch nicht viel besser werden. Die hübsche Mutter und der stolze Papa sollten sich jetzt besser zu Bett begeben.« Mit diesen Worten griff Lagerfeld der Dame des Hauses um Hüfte und Allerwertesten, hob sie von ihrem Stuhl und machte sich mit ihr auf dem Arm auf in Richtung oberes Stockwerk. Erst wollte sich die so plötzlich Angehobene noch wehren, schließlich war das ja ein ernstes Thema, aber dann musste sie doch lachen.

»Soll das heißen, du willst uns zwei jetzt die Treppe rauftragen?«, meinte sie amüsiert.

»Allerdings«, erwiderte ihr Kommissar grinsend. »Wer weiß, wie lange ich das noch kann. In ein paar Monaten wirst du die Figur eines aufgeblasenen Gymnastikballs haben, dann werde ich dich nur noch hochrollen können.«

»Also, das ist doch …« Ute von Heesen war von Lagerfelds Frechheit so verblüfft, dass sie erst kurz vor der elterlichen Lagerstatt die Fassung wiedererlangte. Aber da war es zum Protestieren bereits zu spät. Ihr Kommissar senkte sie sanft, aber konsequent auf die Matratze und verschloss ihr mit einem Kuss sofort den Mund.

Als Kriminalhauptkommissar Franz Haderlein wieder zu sich gekommen war und sich aufrappelte, fiel ihm zuallererst sein kleines Ferkel auf, das sich nur wenige Meter von ihm entfernt in den linken Schuh eines kleinen dicklichen Mannes verbissen hatte, der im Gras liegend verzweifelt versuchte, das angriffslustige kleine Schwein loszuwerden. Immer noch leicht benommen und reichlich vom Rotwein durchnässt, krabbelte Haderlein zu dem Dicken hinüber und drehte ihm die Hände auf den Rücken.

»Riemenschneider, aus, Platz!«, rief er dann energisch, woraufhin sich Riemenschneider sofort von dem Grundstücksbesitzer löste und in circa einem Meter Entfernung in Habachtstellung im Gras sitzen blieb. Gelernt war eben gelernt. Haderlein hockte sich seinerseits breitbeinig auf den Rücken des lautstark protestierenden Mannes, um ihn zu belehren.

»Jetzt hören Sie mal zu, Sie Giftzwerg«, sagte er laut, während sich ein Paar Handschellen klickend um die Handgelenke des auf dem Rücken Zappelnden schloss. »Statt hier rumzubrüllen und zu schimpfen, sollten Sie mir besser zuhören, guter Mann«, versuchte es Haderlein noch einmal mit schlichter Vernunft, während er mit der linken Hand den eigenen dröhnenden Schädel abtastete. Aber noch bevor er weiter an den Gefangenen appellieren konnte, spürte er einen heftigen Schlag. Ein lautes metallisches »Dong!« erklang, Schmerz durchfuhr seinen Kopf, an dem eben erst die Weinflasche zerschellt war, dann wurde es erneut dunkel in seinem Bewusstsein.

Riemenschneider saß wie befohlen artig aufrecht in ihrer Habachtstellung da und sah ihr Herrchen ein weiteres Mal mit dem Gesicht voraus auf den Rasen fallen. Über ihrem Kommissar erhob sich eine kleine Frau, die noch dicker war als der Mann, den Riemenschneider vorhin in den Fuß gebissen hatte. Sie hielt eine von Bratenfett verschmierte Bratpfanne in der Hand und bückte sich heulend zu ihrem Mann auf die Wiese hinunter, der verzweifelt versuchte, sich auf den Rücken zu drehen, was ihm aber ob seiner Leibesfülle nicht gelingen wollte. Daraufhin warf die dicke Frau ihre Bratpfanne ins Gras und versuchte hektisch und tränenüberströmt, ihren Mann von den Handschellen zu befreien beziehungsweise ihn auf den Rücken zu drehen. Keines ihrer beiden Vorhaben gelang, was den am Boden liegenden Hausherrn irgendwann zu immer schrilleren Ausbrüchen animierte.

»Jetzt sag mir doch, was ich tun soll, Gerold. Ich weiß doch auch nicht, wie ich diese Metallfesseln abkriegen soll, die sind verschlossen. Jetzt sag doch endlich, was ich tun soll, Gerold.« Sie zerrte an den Handschellen herum, wogegen der am Boden liegende Ehegatte aufs Heftigste protestierte.

Haderlein ruhte derweil bewusstlos quer über den Unterleib des Gefesselten gestreckt und bewegte sich nicht.

Riemenschneider beschloss, sich aus dieser ganzen unangenehmen Sache rauszuhalten. Haderlein hatte gesagt, sie solle sitzen bleiben, und als Absolventin einer Polizeihundeausbildung mit Diplom würde sie den Befehl auch so lange ausführen, bis sie eine neue Anweisung von ihrem Herrchen erhielt, komme, was da wolle – oder auch nicht.

Josef Schauer klappte nachdenklich auch das letzte Fachbuch über das Imkereiwesen zu und setzte sich an den Computer, um das Internet zu durchforsten. Doch auch in den Weiten des Netzes fand er nicht das, wonach er suchte. Keine der existierenden Bienenarten, auch nicht die exotischste, wies eine signifikante Ähnlichkeit mit dem eingeflogenen Volk in seinem Stock Nummer sieben auf. Wenn überhaupt, dann hatten die Neulinge eine entfernte Ähnlichkeit mit der afrikanisierten Honigbiene, die gemeinhin als mittelamerikanische Killerbiene bekannt war. Aber das konnte doch nicht sein, dazu hatte das Volk, das ihm zugeflogen war, einen viel zu friedlichen Eindruck gemacht. Bei Killerbienen hätte allein schon das Abheben des Holzdeckels ausgereicht, um ihn aus ihrer Sicht zum Staatsfeind Nummer eins zu erklären. Die Konsequenz wollte er sich lieber nicht ausmalen. Resigniert schaltete Josef Schauer seinen Computer wieder aus, blieb im Halbdunkel seines Arbeitszimmers sitzen und überlegte. Wenn er ehrlich war, hatte er keine Ahnung, was er machen sollte. Er betrieb in Neudorf eine ökologische Landwirtschaft, und auch bei seiner Imkerei arbeitete er ausschließlich mit ökologischen Methoden. Das bedeutete erstens, nur heimische Völker zu verwenden, zweitens, auf jegliche Art von Chemie zu verzichten, und drittens, der Natur weitestgehend ihren Lauf zu lassen. Wenn also ein Volk schwärmte, dann schwärmte es eben, und er würde es sicher nicht wieder einfangen. Genauso wenig halbierte er Völker und pflanzte der einen Hälfte irgendeine fremde Königin ein. Nein, seine Imkerei war so natürlich, wie es nur ging. Im Umkehrschluss bedeutete das, dass er das neue Volk, das in seinen Stock eingezogen war, auch dort belassen würde, da musste er jetzt konsequent sein. Entschlossen sprang er auf und griff sich seinen Fotoapparat. Er würde noch einmal zu seinem Stock zurückgehen und ein paar hochauflösende Fotos von den Bienen machen. Er musste sich beeilen, stand doch heute noch die Bauernversammlung in der »Zehendner Bräu« in Mönchsambach auf dem Programm, und die wollte er auf keinen Fall versäumen. Eilig packte Josef Schauer die Kamera in einen Rucksack und machte sich auf den Weg zu seinem Bienenkasten Nummer sieben.

Langsam ließ das Dröhnen nach, und ein Lichtschein drang durch seine halb geschlossenen Lider. Auch konnte er die aufgeregten Stimmen eines Mannes und einer Frau vernehmen, die sich in seiner direkten Nachbarschaft über irgendetwas zu streiten schienen.

»Dann hol eben eine Säge, eine Kneifzange, von mir aus auch eine Flex aus dem Keller, Hauptsache, ich werde diese Dinger wieder los!«, hörte er die Männerstimme, und gleich darauf waren davoneilende Tippelschritte zu vernehmen.

Mühsam öffnete Franz Haderlein die Augen und musste wegen der extremen Helligkeit blinzeln. Als er sich an die flutlichtartige Ausleuchtung gewöhnt hatte, erkannte er, dass er zweifelsohne in einer Küche saß, in einem fast quadratischen Raum mit makellos weißen Möbeln und hell marmorierter Arbeitsplatte. Unwillkürlich fühlte sich Haderlein an das kalte sterile gerichtsmedizinische Reich von Siebenstädter erinnert. Allerdings gab es zu den dortigen Räumlichkeiten einen signifikanten Unterschied in Form des kleinen dicklichen Mannes mit Stirnglatze, der verzweifelt darum bemüht war, die Handschellen loszuwerden, die seine Arme auf den Rücken zwangen.

Der Kriminalhauptkommissar wandte seinen Blick ab und sondierte seine eigene Lage. Als er an sich hinuntersah, stellte er fest, dass er mit Hunderten von Metern grauen Klebebands an einem Stuhl fixiert worden war. Sogar seine Füße hatte man ihm an die Stuhlbeine geklebt. Aus eigener Kraft würde er sich ganz sicher nicht befreien können.

»He, Sie!«, rief er dem sich verrenkenden Wonneproppen an der Spüle zu und stöhnte auf, als sich bereits nach dem ersten Laut, der seinem Mund entwich, wieder heftiges Dröhnen im Schädel einstellte.

Ruckartig flog der Kopf des Mannes herum, er stierte Haderlein an, dann kam er in leicht gebückter Haltung und mit seiner Stirnglatze voraus aus der linken Küchenecke auf den Kommissar zugeschossen. Irgendwie wirkte er wie ein aus dem Leim geratener Skispringer kurz vor dem Schanzentisch. Aber wenige Zentimeter vor dem geplanten Absprung stoppte die Stirnglatze, und zwei blutunterlaufene Schweinsäuglein schauten Haderlein aus nächster Nähe an.

»Na warte, du Gauner!«, kam es wie aus der Pistole geschossen aus dem Mund des behandschellten Küchenbesitzers. »Nur dass du es weißt, Schurke, wir haben die Polizei gerufen, du wirst uns also nicht mehr entkommen.« Das schweißnasse Gesicht verzog sich zu einer hämischen Fratze. »Wahrscheinlich gehörst du zu einer dieser rumänischen Einbrecherbanden, die mit schweren Ketten Tresore aus der Wand reißen, um dann mit ihrer Beute im Wald zu verschwinden, nicht wahr? Aber nicht mit mir, Bürschchen, da bist du an den Falschen geraten! Ich bin durchaus in der Lage, mein teures Hab und Gut –«

»Die Polizei ist da, Gerold«, unterbrach ihn seine Frau, die mit zwei Streifenbeamten in der Küchentür stand.

Der Angesprochene fuhr herum, um wieder in Skispringermanier auf das Trio an der Küchentür zuzuschießen. Am nächsten Schanzentisch angekommen, hatte Gerold ziemliche Probleme, sein Anliegen von Angesicht zu Angesicht verständlich zu formulieren, da er durch seine unterdurchschnittliche Körpergröße, die überdurchschnittliche Körperfülle und vor allem durch seine auf den Rücken gefesselten Arme Schwierigkeiten hatte, sein Sprechorgan auf adäquate Kommunikationshöhe zu bringen, was beide Polizisten dazu animierte, fast synchron einen Schritt zurückzutreten. Die Ehefrau des potenziellen Vierschanzentourneesiegers stand in ihrem langen geblümten Nachthemd daneben und wischte sich stumm die Tränen der Verzweiflung von der Backe.

»Na, das ging ja richtig flugs, meine Herren!«, rief Gerold schließlich grimmig begeistert, während er angriffslustig von schräg unten zu den beiden Beamten hinaufblickte. »Meine Herren, mein Name ist Gerold Bittermann, Oberstudienrat a. D., und ich habe hier ein undurchsichtiges Individuum ungeklärter Herkunft, welches meiner Meinung nach gerade dabei war, einen Raubzug durch die Anwesen der hier wohnenden gut situierten Coburger Bürgerschaft zu verüben. Jedoch konnten ich und meine Frau den Verbrecher auf frischer Tat ertappen und in unserem Garten bewusstlos schlagen. Leider hatte der Mann noch kurz zuvor die Gelegenheit, mich zu überrumpeln und mir diese Handschellen anzulegen. Wenn Sie also so freundlich wären, mir zuerst diese Dinger abzunehmen und dann in Ihrer Verbrecherdatenbank nachzuforschen, woher dieses Subjekt stammt? Und dann hoffe ich doch, meine Herren, dass Sie den Rumänen so schnell wie möglich ausweisen.« Er strahlte die beiden Beamten an, und auch seiner Frau im Nachthemd stahl sich nach dem überzeugenden Auftritt ihres Mannes ein gewisser Hoffnungsschimmer in ihr tränennasses Gesicht. Gerold Bittermann hatte sich inzwischen umgedreht und streckte seine gefesselten Arme so weit und so hoch er konnte nach hinten. Spätestens jetzt war seine Absprunghaltung vorbildlich, beispielsweise für die Bergiselschanze in Innsbruck. Allerdings würde sein Bauch in diesem Fall noch eine breite Extraspur zwischen der der Skier im Anlauf hinterlassen.

Die beiden Polizisten waren die gleichen, die Haderlein und Lagerfeld vor wenigen Stunden unberechtigterweise an der Straßensperre hatten festnehmen wollen. Entsprechend vorsichtig verhielten sie sich nun. Aus der Ferne betrachtet sah der Mann auf dem Stuhl da hinten nämlich gar nicht wie ein rumänischer Einbrecher aus, sondern irgendwie viel eher wie der Bamberger Kriminalkommissar, der gerade noch in der gelben Villa mit seinem Schwein ermittelt hatte. Aber konnten sie sicher sein? Nein, sicher war nur der Tod, besser, sie fragten noch mal nach, bevor sie schon wieder einen peinlichen Fehler machten.

»Das ist also ein gefährlicher rumänischer Einbrecher, den Sie auf frischer Tat in Ihrem Garten ertappt haben?«, erkundigte sich der Polizist.

»Genau. Sie sollten umgehend jemanden dazuholen, der als Übersetzer fungieren kann«, erwiderte Bittermann und versuchte, seine Arme inklusive Hintern dem Beamten noch etwas mehr entgegenzustrecken.

Doch der Polizeibeamte machte keinerlei Anstalten, ihn von den Handschellen zu befreien. Im Gegenteil, er hatte erst noch weitere Fragen. Die Situation war kompliziert und bedurfte einer Klarstellung. »Hatte der Mann denn Komplizen dabei, war er bewaffnet, trug er Einbruchswerkzeuge bei sich, oder wie kommen Sie darauf, dass er bei Ihnen einbrechen wollte?«, fragte der Polizist misstrauisch.

Gerold Bittermann drehte sich halb erstaunt, halb verärgert um. Was sollte das denn jetzt? Warum wurden ihm nicht umgehend diese Fesseln abgenommen, und warum wurde dieser Rumäne nicht sofort an seinen Haaren aus der Küche geschleppt und in die tiefsten Tiefen eines deutschen Verlieses geworfen? »Warum fragen Sie nach Einbruchswerkzeugen und Komplizen? Er hat Löcher in meinen Zaun geschnitten … Und ein Schwein hatte der Ganove auch noch dabei. Ein wirklich aggressives Vieh, das mich zu allem Überfluss auch noch in den Fuß gebissen hat. Das Tier sitzt seit geraumer Zeit draußen im Garten und rührt sich nicht vom Fleck. Wahrscheinlich hat es Angst und ist ohne sein rumänisches Herrchen völlig hilflos.« Wieder erschien ein hämischer Zug auf Bittermanns Gesicht, der aber sogleich von einem fordernden Blick abgelöst wurde. Er drehte sich um und nahm wieder seine Skisprunghaltung ein. »Wenn Sie mir jetzt bitte die Handfesseln entfernen könnten.« Es war keine Frage, sondern eine Feststellung.

Doch der dienstältere der beiden Streifenbeamten ging einfach an Gerolds Hintern vorbei, ohne ihn zu beachten, und besah sich den Delinquenten auf dem Küchenstuhl etwas näher.

Haderlein hatte die ganze Zeit geschwiegen, und auch jetzt schaute er den Polizeibeamten nur stumm mit dunklem Blick an. Erst in diesem Moment erkannte der Streifenbeamte sicher, wen der Oberstudienrat a. D. an den Stuhl geklebt hatte. Er schaute sich kurz um, griff sich das nächstbeste Küchenmesser und begann, das graue Klebeband, das Haderlein fesselte, so schnell wie möglich durchzuschneiden.

»Ja, aber was machen Sie denn da?«, rief Frau Bittermann schrill, als sie realisierte, dass der Polizist drauf und dran war, den mühsam überwältigten rumänischen Verbrecher eigenhändig zu befreien.

Auch Skispringer Gerold richtete sich jetzt wieder auf und bemerkte das schändliche Unterfangen der deutschen Polizei. »Aber, aber, das ist bestimmt ein gesuchter Verbrecher«, stieß er verdattert und ungläubig staunend hervor, bevor er es nicht mehr aushielt und zum finalen Angriff überging. In gebückter Haltung schoss er aus seiner Ecke und stieß den Polizisten mit einer Schulter zur Seite, sodass dieser fast das Gleichgewicht verloren hätte. Dann presste er seine schweißnasse Stirn auf die seines rumänischen Gefangenen und rief lautstark, dass auch jeder anwesende Beamte es hören konnte: »Los jetzt, sprich endlich, Rumäne, wer bist du?«

Von Angesicht zu Angesicht erkannte Haderlein nun auch, dass das Augenpaar, das nur wenige Zentimeter vor seinem eigenen schwebte, mit einem dezenten Sehfehler gesegnet war. Gerold Bittermann schielte, und zwar anscheinend umso mehr, je aufgeregter er war.

Bevor Haderlein noch antworten konnte, hatte der angerempelte Polizist Bittermann von hinten gepackt und zerrte den wild Protestierenden vom Stuhl weg.

»Franz Haderlein, Kriminalhauptkommissar, Dienststelle Bamberg«, knurrte Haderlein und versuchte währenddessen mit den inzwischen befreiten Händen, das durchgeschnittene Klebeband an seinen Füßen zu entfernen.

Schlagartig hörte Oberstudienrat Bittermann auf zu strampeln. »Was?«, stieß er aus, während seiner geblümten Frau bereits neue Tränen der Verzweiflung über das Gesicht strömten.

Der Ortsobmann der Gemeinde Mönchsambach hob beide Hände zu einer beschwichtigenden Geste. »Jetzt hockt euch doch amal hie, so wird des doch nie was, Herrschaftszeiten!«

Nur allmählich folgte die Versammlung der Grundstücksbesitzer in der »Zehendner Bräu« seiner energischen Aufforderung. Schließlich war das Treffen am heutigen Abend wegen eines äußerst emotionalen Themas einberufen worden: Der großflächige Verkauf von landwirtschaftlichen Nutzflächen stand zur Debatte. Sämtliche Bauern rings um Burgebrach waren von der Gesellschaft für konservative Bodenbearbeitung angeschrieben worden, um ihnen, den fränkischen Landökonomen des westlichsten Zipfels im Bamberger Landkreis, großzügige Angebote für ihre Äcker und Wiesen zu unterbreiten. Um es genauer zu formulieren: Die GKB bot gut das Zehnfache dessen pro Quadratmeter landwirtschaftlicher Nutzfläche, was diese eigentlich wert waren. Eigentlich also ein Glücksfall für den oberfränkischen Landwirt, der aufgrund sinkender Milchpreise und Regulierung durch die EU sowieso schon am Rande der Rentabilität entlangkrebste. Trotzdem waren die Meinungen zu dieser Offerte durchaus geteilt. Auf der einen Seite standen die Nebenerwerbslandwirte inklusive mehrerer Großbauern, die ein gigantisches Geschäft witterten und sich den landwirtschaftlichen Lebensabend versüßen wollten. Auf der anderen Seite standen ihnen die heimatbewussten Landwirte gegenüber, die die Flächen unbedingt für den generationenalten Hof benötigten, sowie ein widerborstiger Ökobauer, der hier schon länger globalisiertes Teufelswerk vermutete.

Doch die Ökoansichten waren den verkaufswilligen Landwirten scheißegal. Wenn ihnen für den Quadratmeter ihrer Ackerflächen das Zehnfache seines Wertes geboten wurde, dann wären sie ja wohl völlig bescheuert, den Deal auszuschlagen. Nur einige wenige hingen hartnäckig an der Scholle und wollten erst einmal nicht verkaufen, aber nur einer von ihnen war unumstößlich dagegen, auch nur einen Quadratzentimeter seiner Ackerfläche zu verkaufen. Diese erste Versammlung war von Obmann Dütsch einberufen worden, um die Fronten zu klären und alle Betroffenen erst einmal wieder zu beruhigen. Ein Haken des unterbreiteten Angebots war der Umstand, dass es nur für die angefragten Flächen insgesamt galt. Willigte auch nur einer der angefragten Eigentümer nicht ein, so war das gesamte Angebot hinfällig. Warum das so war, begründete die GKB nicht. Mit diesem Hintergrundwissen war es nur leicht verständlich, dass der Querulant Josef Schauer nicht der große Sympathieträger auf der Bauernversammlung in der »Zehendner Bräu« war.

»Jetzt hockt euch doch erscht amal alle auf euern Arsch, sonst wird des doch nix«, wiederholte Ortsobmann Dütsch energisch seine Aufforderung, und ganz allmählich wurde es ruhiger im Wirtshaus in Mönchsambach. Auch Josef Schauer suchte sich einen Platz an einem noch nicht besetzten Tisch. Er erwartete, dass es ein ziemlich ungemütlicher Abend werden würde, da er mit seinen Ansichten eindeutig in der Minderheit war, wenn nicht sogar allein dastand. Aber er würde den Ignoranten hier einen Kampf liefern, den sie so schnell nicht vergessen würden.

Haderlein hatte die beiden Polizisten angewiesen, den guten Bittermann von seinen Fesseln zu befreien und ihm im Groben die Lage der Dinge darzulegen. Letztendlich war der Vorfall ja tatsächlich seine eigene Schuld gewesen, er hatte ja unbedingt unangemeldet über fremde Grundstücke laufen müssen, auch wenn Bittermanns Methode – »Erst eine Flasche über die Rübe ziehen, dann fragen« – auf ihn doch sehr rustikal wirkte.

Anschließend war Haderlein in den Garten geeilt, wo Riemenschneider noch, immerhin nun bereits seit fast einer Stunde, kerzengerade auf ihrem Platz im Garten gesessen hatte. Nach einem kurzen Begrüßungsleckerli hatte er das tapfere Schweinchen auf den Arm genommen und in die Küche zurückgetragen, wo Herr Bittermann ziemlich kleinlaut auf einem Stuhl saß. Neben ihm stand einer der Streifenbeamten, während der andere die

Hausherrin betreute, die einem Nervenzusammenbruch nahe im Wohnzimmer auf dem Sofa lag und Taschentücher im Sekundentakt verbrauchte.

Haderlein stellte Riemenschneider neben dem Backofen ab und setzte sich auf seinen schon angestammten Platz, von dem noch immer graue Klebestreifen in Fetzen hinabhingen. Gerold Bittermann hockte ihm mit zerstörtem Gesichtsausdruck gegenüber. Zwar schien er sich gewaschen und umgezogen zu haben, und auch eine recht hässliche rechteckige Brille saß jetzt auf seiner Nase, aber glücklich wirkte er dennoch nicht. Sein Erscheinungsbild glich beileibe nicht mehr einem übermotivierten, vollschlanken Wintersportler, sondern eher einem fehlsichtigen Mäusebussard, der verpeilt, wie er war, gegen einen Telegrafenmast geflogen war.

Das Dröhnen in Haderleins Kopf war einem gleichmäßig dumpfen Druck gewichen. Lediglich die massive Beule am Hinterkopf verursachte noch höllische Schmerzen, wenn er sie zufällig berührte. Also ließ er seine Hände erst einmal da, wo sie waren, und beschloss, jetzt erst einmal dem unschuldigen, aber etwas übermotivierten Rasenwächter vor ihm ein paar Fragen zu stellen. Wenn dieser vermaledeite Tag noch einen einigermaßen versöhnlichen Ausgang nehmen sollte, dann brauchte er jetzt dringend ein paar Erfolgserlebnisse. Vielleicht konnte der drüsenkranke Oberstudienrat ja etwas zur Wahrheitsfindung beitragen.

»Gut, Herr Bittermann –«, begann Haderlein sehr förmlich, wurde aber sofort von dem pensionierten Gymnasiallehrer unterbrochen.

»Um das gleich einmal klarzustellen, Herr Kommissar, ich hatte ja keine Ahnung«, erregte er sich, was dazu führte, dass der Polizeibeamte neben ihm mahnend die Hand hob und Riemenschneider tief und drohend knurrte. Während sie die dunklen kehligen Laute produzierte, schielte sie überdeutlich auf Bittermanns linken Schuh, der noch immer deutliche Spuren von Riemenschneiders Gebiss aufwies, die dieses bei ihrer Nahkampfaktion auf dem Rasen hinterlassen hatte. Erschrocken schaute Gerold Bittermann auf das knurrende Ferkel und zog seine Füße instinktiv unter seinen Stuhl.

Haderlein hob beschwichtigend die Hände. »Sie sitzen hier nicht als Beschuldigter, sondern als Zeuge, Herr Bittermann. Was Ihre Rasenverteidigungsmethoden anbelangt, werden wir uns wohl noch einmal gesondert unterhalten müssen, aber jetzt will ich von Ihnen nur wissen, ob Sie heute Abend irgendetwas Ungewöhnliches bemerkt haben – also mal abgesehen von meiner Person. Bei Ihren Nachbarn in der gelben Villa gab es heute mehrere Mordfälle, ist Ihnen also etwas aufgefallen, was uns in den Ermittlungen weiterhelfen könnte?« Haderlein beobachtete Bittermann, während er sich erneut verkneifen musste, seine stetig anwachsende Beule am Kopf zu befühlen.

Bittermann schaute ihn erschrocken, aber wortlos an. Man konnte sehen, wie der Terminus »Mordfälle« durch sein Gehirn kreiste und Wellen schlug. Kurz schien er zu überlegen, dann aber sprudelte es nur so aus ihm heraus. »Ob ich etwas bemerkt habe? Aber natürlich habe ich etwas bemerkt, Herr Kommissar. Heute Nacht war hier in der Gegend der Teufel los. Zuerst habe ich gehört, wie in der Villa drüben Glas zerbrochen ist, ein Fenster oder so etwas. Also bin ich nach draußen gegangen, um nach dem Rechten zu sehen. Doch der Tumult war gleich wieder vorbei, alles war wieder still. Aber da ich schon mal draußen war, dachte ich mir, dass ich bei der Gelegenheit ja gleich einmal den Rasen nach Maulwurfshügeln und Wühlmäusen absuchen könnte. Schließlich haben wir Vollmond, da sieht man so etwas besonders gut.« Gerold Bittermann lächelte. Er wirkte sehr zufrieden bei dem Gedanken an seinen nächtlichen Maulwurfsrundgang. »Ich hatte die Raseninspektion gerade beendet und war im Mondlicht bereits auf dem Rückweg zur Terrasse, als ich plötzlich eine junge Frau sah, die sich durch ein Loch meines Gartenzaunes zwängte und danach wie von der Tarantel gestochen mit ihrem Rucksack quer über mein Grundstück rannte. Kurz vor der Mauer meines Nachbarn stolperte oder stürzte sie, sie schien sich den Fuß vertreten zu haben, ist aber sofort wieder aufgestanden und zur Straße hochgerannt, wo sie in ein Auto gestiegen ist, das dann auch gleich weggefahren ist.«

Haderleins Unterkiefer war schon zu Beginn des Vortrages nach unten geklappt, sodass er den ausführlichen Erzählungen mit offenem Mund gefolgt war. Eigentlich hatte er mit einem »Danke, nein, es war dunkel, ich habe gar nichts gesehen« gerechnet, aber stattdessen hatte dieser Kerl wasserfallartig alles ausgeplaudert, was er ansonsten hätte mühsam ermitteln müssen. »Ach, was!«, brachte Haderlein nur staunend heraus.

»Ja, und dann war da ja noch dieser Mann«, fuhr der phantastische Zeuge auch schon wieder mit seinen nicht enden wollenden Beobachtungen fort.

»Der was?«, stieß Haderlein ungläubig aus.

»Na, der Mann, der am Zaun stand. Direkt bei dem Loch, durch das die junge Frau gekrochen war«, wiederholte Gerold Bittermann ungeduldig seine Beobachtung. Konnte es sein, dass dieser Kommissar etwas schwerhörig war? Oder sprach er zu schnell? Aber eigentlich sprach er doch ganz deutlich. Immerhin war er Studienrat a. D. und hatte sich durch das jahrelange Unterrichten einen hervorragenden Ausdruck der deutschen Sprache angeeignet. Aber der Bamberger Kommissar schaute ihn so an, als würde er Kisuaheli sprechen. Na, egal. Er würde jetzt jedenfalls alles erzählen, was er wusste, und sich dann um seine Frau kümmern, die war nämlich nervlich nicht sehr belastbar, die Gute. »Also, dieser Mann, der stand da und hat dem Auto mit der Rucksackfrau nachgesehen. Aber nur kurz, dann hat er sich umgedreht und ist verschwunden«, beendete Bittermann seine Ausführungen.

»Der Mann am Zaun, können Sie mir sagen, wie der ausgesehen hat?«, fragte Haderlein hektisch. Das war ja alles nicht zu glauben.

Erleichtert, dass die Botschaft doch rübergekommen war, konkretisierte Oberstudienrat a. D. Gerold Bittermann seine Beobachtungen. »Nun ja, das ist es ja eben, Herr Kommissar. Nach allem, was ich im Mondlicht sehen konnte, war er Ihnen von der Statur her ganz ähnlich, würde ich sagen. Groß, schlank, er trug eine Jeans und eine hellbraune Lederjacke, wenn mich meine Erinnerung nicht täuscht«, sinnierte er vor sich hin. »Ja, doch, ich glaub, die Jacke war aus Wildleder, aber ganz sicher bin ich mir natürlich nicht … Und jetzt fragen Sie bloß nicht nach Gesicht, Haarfarbe und wo dieser Mensch wohnt, Herr

Kommissar, damit kann ich Ihnen nämlich beim besten Willen nicht dienen.« Zufrieden mit sich setzte er sich in seinem Stuhl zurück und schaute sicherheitshalber noch einmal zu dem Ferkel hinüber, das nicht mehr knurrte, ihn aber noch immer mit seinen kleinen Augen fixierte.

Haderlein brauchte einen Moment, um zu notieren, was der gute Bittermann ihm erzählt hatte. »Und diese junge Frau, haben Sie die auch genauer gesehen?«, wollte er noch wissen.

»Nein, eigentlich nicht, wenn ich ehrlich bin«, gab Gerold Bittermann zurück. »Ich war zu überrascht. Ich weiß nur noch, dass sie lange blonde Haare hatte, mittelgroß, schlank, bestenfalls dreißig Jahre alt war, würde ich sagen, eher jünger. Aber eigentlich habe ich sie ja nur von der Seite und von hinten gesehen, als sie zu dem Auto gerannt ist. Und fragen Sie mich jetzt bloß nicht nach dem Auto, das war zu weit weg«, fügte er noch hinzu.

Haderlein notierte auch das, dann hatte er es plötzlich sehr eilig. »Herr Bittermann, ich danke Ihnen vielmals, Sie waren uns wirklich eine große Hilfe. Ich verzeihe Ihnen sogar die Beule«, schob er noch bittersüß lächelnd hinterher und erhob sich.

»Ach, da bin ich aber froh«, sagte der Oberstudienrat erleichtert und erhob sich ebenfalls, was der Riemenschneiderin sofort wieder ein leises Knurren entlockte. »Eine Frage noch, Herr Kommissar, ich lasse morgen gleich meinen Zaun reparieren und würde gern wissen, wer das bezahlen wird. Ich meine, immerhin ist dieser Zaun eine Sonderanfertigung aus englischem Spezialdraht, der auf zwanzig Meter Länge nur eine Abweichung von höchstens –«

»Herr Oberstudienrat«, unterbrach Haderlein den Redeschwall des Mannes, »ich muss Sie leider bitten, erst einmal von der Reparatur abzusehen. Um es noch genauer zu sagen: Bis auf Weiteres werden Sie Ihren Garten nicht mehr betreten. Erst wenn die Spurensicherung, die ich sofort vorbeischicken werde, ihre Arbeit auf Ihrem Grundstück beendet hat, dürfen Sie dort wieder schalten und walten. Ich lasse Ihnen die beiden Beamten gleich hier, die werden sich dann um alles Weitere kümmern«, stellte Haderlein nüchtern und lapidar fest.

Nun war es am Hausherrn, den Vortrag des Kommissars mit

offenem Mund zu verfolgen. Gefallen tat ihm nicht, was er da hörte, doch seine Einwände würde er wohl den beiden Polizeibeamten erzählen müssen, denn Haderlein packte Riemenschneiders Leine und verabschiedete sich. Beim Hinausgehen traf der Hauptkommissar auf den zweiten Beamten, der auf der Suche nach einer weiteren Packung Papiertaschentücher war.

Zusammen mit Riemenschneider ging Haderlein im hellen Mondlicht durch den Garten zurück und kletterte wieder mühsam über den Zaun. Riemenschneider benutzte der Einfachheit halber das Loch im Maschendraht. Haderlein ging in die Knie und deutete auf einen großen Fußabdruck im Rasen. Umgehend nahm das Ferkel Witterung auf und wollte sein Herrchen wieder lokomotivenartig Richtung Villa ziehen, aber diesmal war Haderlein auf die Reaktion gefasst gewesen und stemmte sich mit aller Kraft gegen den Vorwärtsdrang seiner kleinen Zugmaschine. Riemenschneider folgte also gebremst und mit dem Rüssel am Boden der Spur bis zu der steinernen Mauer an der Villa und überquerte dann auch noch den Vorplatz. Vorbei an den staunenden Ermittlungsleuten erreichte sie den Hauseingang und folgte dort der Spur die Treppe hinauf bis zur Tür des Paukraumes, in dem das blutige Massaker stattgefunden hatte. Dort knurrte sie kurz, schaute Haderlein an, senkte ihren Rüssel wieder auf den Boden und ging zum Erstaunen des Hauptkommissars die Treppe hinunter und hinaus. Draußen lief sie schnurstracks bis zum Parkplatz, wo sie sich hinsetzte und ihr Herrchen fragend anblickte. Aber sie brauchte nichts erklären, Haderlein konnte sich auch so alles zusammenreimen.

Killer war auf Killerin getroffen. Franziska Büchler war geflohen, und der fremde Mann hatte sie verfolgt, aber nicht erwischt, und war in die Villa zurückgekehrt, um sein blutiges Werk zu vollenden. Anschließend war er zur Tür hinausspaziert, hier auf dem Parkplatz ins Auto gestiegen und verschwunden. Und die ganze saubere Gesellschaft im Fernsehzimmer nebenan hatte von alldem nichts mitgekriegt, da die fränkischen Patrioten während ihrer Veranstaltung einen euphorischen Krach fabriziert hatten. Haderlein kniete sich hin und betrachtete die Spur im Kies vor sich genauer. Grobstollige Reifen, sah nach irgendeinem Geländewagen aus. Auf dem Gebiet kannte er sich aus, er fuhr ja selbst einen. Seufzend richtete er sich wieder auf. Also mussten sie neben Franziska Büchler auch noch einen unbekannten Killer finden. Männlich, groß, schlank, eiskalt, in Jeans und Lederjacke, der einen Geländewagen fuhr. Das war ja immerhin schon mal etwas, dachte sich Haderlein, während Riemenschneider sich geruchstechnisch vergeblich damit beschäftigte, wohin dieser unbekannte grobe Autoreifen wohl gefahren sein könnte. Haderlein überlegte kurz und beschloss dann, die Spur erst einmal dort aufzunehmen, wo er sie vor vielen Jahren verloren hatte. Wortlos packte er sein Ferkel und ging zu seinem Wagen.

Byron Gray hatte es sich gerade in seinem Jeep gemütlich gemacht, als ein leises »Beep!« aus seiner Westentasche erklang. Auf seinem Smartphone war eine E-Mail eingegangen. Das an sich wäre in der heutigen Welt nicht weiter erwähnenswert gewesen, denn E-Mails konnte inzwischen jeder auf seinem Mobiltelefon empfangen, wenn er das nur wollte, doch bei Byron Gray war die Sache etwas anders gelagert. Erstens gab es nur eine Person, die seine Handynummer kannte, sein anonymer Auftraggeber. Und zweitens gab es auch nur eine Person, die von seiner E-Mail-Adresse wusste, nämlich Ewan Macfain aus den Smokey Mountains. Hier in Europa konnte der versoffene Trottel ihm die Mails natürlich nicht wie gewohnt persönlich vorbeibringen, also hatte Gray ihm gezeigt, wie man derartige Nachrichten einfach auf sein E-Mail-Konto weiterleitete. Die Bezahlung dafür würde er Ewan dann in bar geben, wenn er wieder in den USA war und sich in seine einsame Blockhütte zurückgezogen hatte. Aber das war nun wirklich nebensächlich, wichtig war allein der Inhalt der Mail.

Er langte nach vorn über den Fahrersitz, über dessen Kopfstütze seine Weste hing, und fingerte das Mobiltelefon aus der Innentasche. Er tippte kurz auf den Bildschirm, und eine knappe Nachricht erschien auf dem Display.

»Morgen früh 6.30 Uhr Wipfelwanderweg Schmerb. Code Red.«

Byron ließ die Worte auf sich wirken. Was bedeuteten sie? *Code Red* hieß ganz eindeutig, dass diese Mail von seinem Auftraggeber stammte. Code Red war das Erkennungsmerkmal, mit dem er viele Jahre schon seine Aufträge entgegennahm. Von ebenjenem Auftraggeber, der ihn hierhergeschickt hatte, um seine, Grays, ehemaligen Schüler in dem Verbindungshaus in Coburg zu töten. Der Auftrag hatte auch leidlich gut geklappt, nur war ausgerechnet der Anführer der ehemaligen Schüler nicht dabei gewesen. Joe konnte Gray noch nicht abhaken, obwohl ihm sein unbekannter Auftraggeber doch mitgeteilt hatte, dass Joe sich mit den anderen in diesem Raum befinden würde. Wahrscheinlich deshalb die Mail. Wahrscheinlich sollte geklärt werden, wie mit Joe weiterverfahren werden würde. Gray war jedenfalls klar, dass Joe den nächsten Tag auf keinen Fall überleben durfte. Wer lebte, würde plaudern. Und wer plauderte, verriet, und das durfte keinesfalls geschehen. Sein Auftraggeber würde nie und nimmer das Überleben der Zielperson dulden.

Er hatte ihn in den vergangenen Jahren nie kennengelernt. Nicht seine Stimme gehört, ihn nie gesehen. Alles war nach den Regeln der modernen digitalen Technik abgelaufen. E-Mails waren ausschließlich über nicht zu hackende, eigens installierte Server verschickt worden, immer mit dem Zusatz: Code Red.

Seinem Auftraggeber hatte er bereits unmissverständlich klargemacht, dass dies nun sein letzter Auftrag sein würde. Danach war Schluss, für immer. Es schien, als müsse er zum ersten Mal improvisieren, denn irgendetwas an dem Auftrag war anders als an denen zuvor. Er konnte den Unterschied nicht benennen, aber es gab ihn. Vielleicht die eine oder andere Kleinigkeit im Ablauf der Aktion, E-Mails, die ihn plötzlich abends statt am Morgen erreichten, oder Ungenauigkeiten wie das Fehlen des Zielobjektes Joe? Auf jeden Fall gab es gute Gründe, die Augen offen zu halten. Gray war nicht misstrauisch, aber vorsichtig geworden. Wie auch immer, morgen würde er an diesem Wipfelwanderweg erscheinen, egal, wer sich da mit ihm warum auch immer treffen wollte, und zwar gut vorbereitet. Ein Treffpunkt im Wald kam ihm sehr gelegen, denn in einer solchen Gegend kannte er sich aus. So viel anders als die Smokey Mountains konnte dieser Steigerwald nun auch nicht sein. Er steckte das Smartphone zurück in seine Westentasche und lehnte sich auf der

Rückbank seines Jeeps zurück. Nachdenklich griff er nach einiger Zeit zu seiner Pfeife und begann, sie langsam und konzentriert zu stopfen. Ein Wipfelwanderweg in einem von Buchen dominierten Mischwald, soso. Nun, er würde bald losfahren und alles über diesen Wipfelwanderweg herausfinden, was es herauszufinden gab. Auch das würde er konsequent erledigen. Alles, was er in diesem Leben tat, unterwarf er dieser Vorgehensweise: langsam und voll konzentriert.

Der Auftrag

Dr. Gerhard Irrlinger saß im Fond des BMWs und analysierte während der Fahrt, die etwa vierzig Minuten dauerte, intensiv die Situation. Im Grunde war alles nach Plan verlaufen. Der Club der »Drei Eichen« war eliminiert, und nichts und niemand konnte eine Spur zu ihm zurückverfolgen. Selbst dieser Bamberger Kommissar würde nichts ausrichten können. Aus Gründen, die Dr. Gerhard Irrlinger vollkommen schleierhaft waren, war der Mann anscheinend auf ihn und seine albernen Jugendsünden gestoßen. Dabei war es doch absolut unwahrscheinlich gewesen, dass irgendwer ausgerechnet auf den Eierbergen, ausgerechnet an dieser Stelle im Boden, jemals graben würde. Doch selbst dieser irrwitzige Zufall würde dem Kommissar nicht helfen. Selbst wenn er zugegebenermaßen vieles wusste, selbst wenn er den Rest der Wahrheit ahnte, am Ende würde er doch nichts beweisen können. Beweise waren alles, was zählte, doch sämtliche davon waren inzwischen verrottet und vergessen. Seit dem heutigen Abend waren die »Drei Eichen« Geschichte. In der ganzen Angelegenheit gab es eigentlich nur eine ernst zu nehmende Unwägbarkeit. Nun ja, eigentlich eineinhalb, wenn er denn ehrlich zu sich selbst war. Der gute Schurig lag mit einem Pfeil im Kopf im Bamberger Klinikum und würde mit hoher Wahrscheinlichkeit den heutigen Tag nicht mehr überleben. Und wenn doch, dann stellte sich die Frage, ob er überhaupt jemals wieder aus dem Koma erwachen würde. Dieser naive Hausmeister. Für Geld hatte Roland Schurig fast alles für ihn gemacht, sogar Leichen auf den Eierbergen hatte er vergraben. Schurig hatte nur an seine Oldtimer gedacht, die er mit dem Geld in seiner Scheune stapeln könnte. Aber Schurig war das geringste Problem, das würde sich schon von allein regeln lassen. Nein, nicht die Polizei und Schurig lagen ihm im Magen, sondern der unbekannte Bogenschütze. Irrlinger hatte keinen Plan, wo der so plötzlich hergekommen war. Er war es doch auch gewesen, der Josef Simon bei seiner eigenen Hochzeit auf dem Staffelberg regelrecht hingerichtet hatte. Und dann noch diese merkwürdigen Sendungen mit dem Sandstein. Den Stein, den er erhalten hatte, hatte er einem geologischen Institut in Nürnberg zur Bestimmung bringen lassen. Morgen im Laufe des Tages würde er das Ergebnis über dessen Herkunft erhalten, und mit diesem Wissen würde er vielleicht dann auch die Botschaft entschlüsseln können, die ihm sein unsichtbarer Feind gesandt hatte. Ihm und den anderen der »Drei Eichen«. Dieser Unbekannte wusste, was sie getan hatten. Er wusste von den sogenannten »pfingstlichen Jagdausflügen«, die sie vor langer Zeit im Schutze der Coburger Verbindungsfeierlichkeiten im Lande gemacht hatten. Und dieser Unbekannte war nicht zur Polizei gegangen. Er hatte sich explizit ihrer eigenen Methode bedient und damit begonnen, Jagd auf die Gruppe zu machen. Zwar hatte Dr. Irrlinger sofort gehandelt und die Gruppe eliminieren lassen, trotzdem hatte er noch einen unbekannten Gegner, den er ernst nehmen musste. Auf jeden Fall weit ernster als die Polizei.

Dieser Kommissar hatte ihn ausgefragt, aber keinen Ton darüber verloren, was er über den unbekannten Schützen wusste und ob es schon Verdächtige gab. Aber das war kein Problem, das würde er in Kürze herausgefunden haben, schließlich besaß er allerbeste Verbindungen in die bayerische Staatsregierung – auch wenn er die Loslösung Frankens mit Vehemenz betrieben hatte. Er lächelte bei dem Gedanken, dass Zöder immer noch glaubte, er, Dr. Gerhard Irrlinger, wolle wirklich fränkischer Ministerpräsident werden. Wahrscheinlich schmiedete dieser Ex-CSUler bereits Pläne, wie er Irrlinger irgendwann beerben oder, besser noch, frühzeitig loswerden könnte. Das Lächeln auf den schmalen Lippen Irrlingers wurde etwas breiter, als der BMW auf den für ihn reservierten Parkplatz hinter der Bamberger Konzerthalle einbog.

Es hatte nicht lange gedauert, alles zusammenzupacken. Er war es gewohnt, sich schnell niederzulassen, aber auch schnell wieder zu verschwinden. Eigentlich war es ein schöner Platz gewesen. Wenn diese Autobahnbrücke über ihm nicht gewesen wäre, sogar regelrecht idyllisch: ein kleiner Fluss unter einer Autobahnbrücke. Er hatte alles auf seinen Jeep verladen und ging noch einmal zu dem Flüsschen hinunter, um sich Hände und Gesicht zu waschen und, was viel wichtiger war, um die Tatwaffe verschwinden zu lassen. Ein Ritual, das er nach jedem seiner Aufträge absolvierte. Vielleicht war er sentimental, vielleicht aber wollte er sich damit von der Tat auch einfach nur »reinwaschen«.

Der Auftrag war schnell und einfach erledigt gewesen, und war die Waffe entsorgt, würde auch seine Erinnerung an den Auftrag schnell verblassen. Er war Profi, er kannte kein schlechtes Gewissen, nur weil er ein paar Menschen umgebracht hatte. Alles war ein Geschäft, und seine Zielpersonen waren nun einmal Teil eines bestimmten Geschäftes gewesen. Er lief den schmalen Pfad zum Wasser hinunter, ging in die Knie und tauchte die Hände in das kühle Nass. Als das Wasser über sein Gesicht rann, hielt er plötzlich inne und lauschte. Er hatte etwas gehört. Regungslos verharrte er in der kauernden Haltung und horchte erneut, aber es war nichts Verdächtiges zu hören. Nur das leise Plätschern und Fließen der Itz und das sonore Geräusch von Automobilen auf der Autobahnbrücke hoch über ihm. Er blieb noch minutenlang sitzen und horchte in die Nacht, aber nichts an der Geräuschkulisse veränderte sich.

Schließlich zog er die Waffe aus seinem Gürtel, wickelte sie in einen alten Baumwolllappen und legte sie auf die Seite. Auf einem angeschwemmten Holzstück kniend hob er mit den Händen ein tiefes Loch im überschwemmten Uferdreck aus und legte die eingewickelte Waffe hinein, sodass sie sich etwa fünfzig Zentimeter unter der Wasseroberfläche befand. Sofort danach schob er den zähen Schlick, den er aus dem Uferbereich entfernt hatte, zurück und ebnete die Stelle wieder ein. Erneut wusch er sich die Hände und betrachtete zufrieden sein Werk. Von einem Loch war nichts mehr zu sehen. Wie eh und je floss die Itz leise plätschernd über die Uferstelle, und das Beweismittel war verschwunden. Wenn in vielen Jahren jemand vielleicht die Waffe ausgraben würde, wäre er schon lange nicht mehr hier.

Irgendwann richtete er sich erleichtert auf, blieb aber sofort wieder stehen. Wieder meinte er, ein Geräusch vernommen zu haben. Ein leises Klicken. Fast unhörbar, und trotzdem hatten seine geschulten Ohren den Laut vernommen. Er schaltete in einen anderen Modus, ahnte, dass er nicht allein war. Langsam fuhr Byron Grays Hand in die Innentasche seiner Wildlederjacke und schoss dann blitzschnell wieder hervor. In den Fingern hielt er eine kleine moderne Taschenlampe mit einer Hochleistungs-LED. Ein scharf umrissener Lichtkegel flammte auf und brannte ein helles Loch in das etwa sieben Meter entfernte, gegenüberliegende Ufer. Zwei Biber schauten ihn halb erstaunt, halb empört an. Was sollte denn der Quatsch, konnte man denn nirgendwo in Ruhe seine Bäume fällen? Mehr frustriert als erschrocken suchten sie im Ufergestrüpp der Itz das Weite.

Byron Gray entspannte sich und atmete tief durch. Lieber einmal zu viel aufmerksam als einmal zu wenig, dachte er erleichtert. Es hatte schon seinen Grund, warum er noch immer am Leben war. Er drehte sich mit seiner Taschenlampe um und ging über die Böschung zu seinem Wrangler zurück. Ohne sich noch einmal umzusehen, stieg er in den Wagen und machte sich auf den Weg nach Ebrach im Naturpark Steigerwald.

Claudia Fraas hatte den Wagen irgendwo in der Nähe von Großheirath auf einen Feldweg gelenkt und den Motor abgestellt. Franziska saß schweigend neben ihr. Die langen blonden Haare hingen ihr wirr über die Schulter und ins Gesicht, während sie mit leerem Blick durch das Fenster der Beifahrertür schaute. Claudia Fraas, die auch Clax genannt wurde, stieg aus und ging um den Wagen herum, um auf der anderen Seite ebenfalls die Tür zu öffnen. Sofort fiel ihr Blick auf das Blut an Franziskas Hose, offensichtlich war sie von der Kugel am Oberschenkel getroffen worden. Sie untersuchte die Wunde, aber es war wohl nur ein Streifschuss gewesen. Franziska hatte unglaubliches Glück gehabt. Claudia Fraas holte den Verbandskasten aus dem Kofferraum und versorgte die oberflächliche lange Wunde mit Hansaplast. Fürs Erste würde das reichen. Dann ging sie in die Hocke und schaute Franziska ins Gesicht. Es spiegelte eine tiefe, wilde Verzweiflung, die nun in Form von immer mehr Tränen aus ihr herausbrach. Claudia Fraas nahm ihre Adoptivtochter in den Arm und ließ sie eine Weile weinen. Sie wiegte sie hin und her, so wie sie es mit ihr schon als Teenager gemacht hatte. Einige Minuten lagen sich Mutter und Tochter schweigend in den Armen, bis Franziskas Tränen versiegten. Claudia Fraas fasste einen Entschluss: Sie würde ihrer Tochter etwas sagen, was sie schon längst hätte sagen sollen. Sie nahm Franziskas tränennasses Gesicht in ihre Hände und schaute ihr tief in die Augen.

»Es ist vorbei, Franziska.« Sie sprach ruhig und bestimmt. »Du kannst so nicht weitermachen. Du wärst vorhin fast umgebracht worden. Du weißt genauso wenig wie ich, wer dieser Mann ist, aber er hat dich gesehen, und er war kein Kappe tragender Armleuchter so wie die anderen. Aber das ist auch gar nicht der Punkt, mein Mädchen. Ich kann deine Gefühle gut verstehen, aber du kannst deinen Vater auch nicht zurückbringen, indem du zur Massenmörderin wirst. Von nun an werde ich dir nicht mehr dabei helfen, Menschen zu töten, auch wenn sie noch so viel Schuld auf sich geladen haben, hast du mich verstanden, Liebes? Du musst damit aufhören, Menschen zu töten. Wie willst du den Rest deines Lebens in Frieden mit dir selbst verbringen, wenn du dich weiter in Selbstjustiz ergehst? Und was, wenn du womöglich irgendwann einen Unschuldigen tötest, was dann?« Clax Fraas legte sanft ihre Hand auf Franziskas Kopf.

»Aber er ist nicht unschuldig, Mama«, kam endlich eine Reaktion. »Ich habe ihn gesehen. Er stand direkt vor mir und hat mir in die Augen geblickt. Ich werde ihn niemals vergessen und kann nicht aufhören, bevor er nicht tot ist.« Wieder trieben ihr die Gefühle die Tränen in die Augen.

Ihre Mutter wich keinen Zentimeter zurück. Sie liebte ihre Tochter von ganzem Herzen, unter anderem auch gerade deshalb, weil Franziska in ihrer Kindheit so etwas Schreckliches widerfahren war. »Dann musst du diesen Konflikt anders lösen, Kleines. Aber hör auf, Böses zu tun. Bestrafe ihn, aber tue es so, dass du dir anschließend noch in die Augen schauen kannst. Schlaf eine Nacht drüber und mach morgen einen Plan B, einen Plan, der diesen Irrlinger vor den Richter bringt. Am einfachsten wäre es natürlich, wenn du zur Polizei gehen würdest, aber davon willst du wahrscheinlich nichts wissen, oder?« Sie schaute ihrer Tochter eindringlich in die Augen.

»Nein, aber vielleicht wäre ein Plan B tatsächlich nicht

schlecht.« Franziska Büchler rannen noch immer die Tränen über das Gesicht, aber sie nickte ihrer Mutter lächelnd zu.

»Gut.« Clax Fraas nahm ihre Tochter wieder in den Arm.

Franziska war erleichtert. Ihre Mutter hatte es geschafft, Klarheit in ihre Gedanken zu bringen. Rache war ein starker Antrieb, vielleicht der stärkste überhaupt, und doch hatte ihre Mutter recht, sie musste aufhören zu töten. Sie selbst hatte gespürt und eigentlich schon immer gewusst, dass sie dieser Weg geradewegs ins Verderben führen würde. Deswegen gab es ihn auch schon, den Plan B, sehr lange sogar, wovon ihre Mutter aber nichts wusste. Erleichtert drückte Franziska sie an sich. Ihre Mutter war all das, was sie selbst bisher nicht sein konnte: selbstlos, ein guter Mensch. Aber irgendwann würde auch Franziska versuchen, ein guter Mensch zu werden. Doch jetzt war es dafür noch zu früh, der Tod ihres Vaters saß noch immer tief. Ihre Mutter konnte wirklich alles von ihr verlangen, aber nicht, dass Irrlinger, der Mörder ihres Vaters, weiterleben durfte. Trotzdem musste sie an dem Weg, den sie bisher gegangen war, etwas ändern. Vielleicht war die Methode ja tatsächlich falsch, aber das Ziel war es nicht.

Als Gerhard Irrlinger die Bamberger Konzerthalle betrat, brandete ihm sofort allgemeiner Applaus entgegen. Obwohl in dieser Nacht noch nichts entschieden war, klopften ihm bereits alle Umstehenden auf die Schulter, und Bravorufe ertönten. Irrlinger war Politprofi genug, um zu wissen, dass er jetzt erst einmal Hände über Hände schütteln musste. Auf die Bühne würde er sich erst dann begeben, wenn der Wahlleiter ein offizielles Ergebnis gemeldet hatte. Nach einem schier endlosen Ovationsmarathon erreichte Gerhard Irrlinger schließlich die Bühne, vor der Manfred Zöder schon auf ihn wartete. Sein Vize zog ihn auf die Seite, um ihm den letzten Stand der Dinge mitzuteilen.

»Na, du hast vielleicht Nerven, Gerhard«, fuhr ihn Zöder verärgert an. »Ich muss hier ganz allein die Show schmeißen, während du in Coburg deine Privatfete mit irgendwelchen Verbindungsheinis feierst. Für einen zukünftigen Ministerpräsidenten etwas unambitioniert, mein Lieber. Außerdem war die Polizei hier und hat sich nach dir erkundigt. Kannst du mir vielleicht erklären, was du für eine Suppe kochst, Herr zukünftiger Ministerpräsident?« Zöder funkelte Irrlinger unverhohlen aggressiv an.

Aha, dachte sich Irrlinger, jetzt geht es also los. Der Kronprinz hat am alten Herrn schon etwas gefunden, an dem er sich festbeißen kann. Aber den Wind würde er ihm gleich aus den Segeln nehmen, und zwar auf eine Art, mit der Zöder ganz bestimmt nicht rechnete. Mit Zöder verband ihn sowieso nicht gerade eine Freundschaft. Viel eher war ihre Beziehung eine Zweckgemeinschaft auf Zeit zwischen zwei Machtmenschen. Und diese Gemeinschaft würde sich nun auflösen, beziehungsweise er, Gerhard Irrlinger, würde sie verlassen. Aber davon ahnte der gute Zöder noch nichts. »Pass mal auf, Manfred, ich habe dir etwas zu sagen.« Irrlinger zog seinen karrierelüsternen Vize hinter die Bühne. »Egal, wie diese Wahl ausgeht, ob für oder gegen uns, nach dem offiziellen Ergebnis werde ich von allen Ämtern zurücktreten und dir das Feld überlassen«, offenbarte Irrlinger seine schon lange getroffene Entscheidung.

Manfred Zöder glaubte, sich verhört zu haben. Gerhard überließ ihm einfach so das Feld? Kampflos? »Ja, äh, aber wie, wann, warum?«, stotterte er überrascht.

Irrlinger musste unwillkürlich lächeln. Seine dünnen Lippen verzogen sich zu einem feinen, scharfen Strich. »Sobald wir die Zustimmung für unser fränkisches Bundesland haben, darfst du Ministerpräsident werden, Manfred, und ich bleibe einfacher Abgeordneter«, sagte er emotionslos. »Das Einzige, was ich von dir dafür verlange, sind Loyalität und ein gewisses Entgegenkommen, was meine Tätigkeit als Vorstandsvorsitzender bei Santamon-Europa anbelangt. Ich werde dich zu gegebener Zeit an deine Zusagen und Versprechen Santamon gegenüber erinnern, verstanden?« Prüfend schaute er Manfred Zöder an, dessen Hirn sichtbar arbeitete.

Das alles war ziemlich plötzlich über ihn gekommen. Natürlich freute er sich maßlos darüber, dass er zur Nummer eins auf der Rangliste der Frankenpartei aufgerückt war. Womöglich würde er der erste fränkische Ministerpräsident in der Geschichte werden, andererseits war er sich fast sicher, dass an der Sache etwas faul sein musste. Gerhard Irrlinger war ein hundertprozentiger Machtmensch, eigentlich schon fast ein Psychopath, der seinen Willen stets mit allen ihm zur Verfügung stehenden Mitteln durchsetzte. Dabei kannte er keine Freunde und Feinde. Das hatte auch er, Manfred Zöder, schon am eigenen Leib erfahren müssen. Trotzdem hatten gerade Irrlingers Rücksichtslosigkeit und sein Durchsetzungsvermögen die Franken und ihre Unabhängigkeitsbestrebungen bis zu diesem Punkt gebracht, an dem sie nun standen, das musste man ihm lassen. Und jetzt, nach jahrelangem zermürbendem politischem Kampf um die Unabhängigkeit wollte er den Erfolg einfach so verschenken? Den Lohn sollte ein anderer einheimsen, der ihm Santamon betreffend nur entgegenkommen sollte? Gerhard Irrlinger tat nichts in seinem Leben ohne Sinn und Grund, und er bekam immer, was er wollte, also stellte sich Zöder die Frage: Was wollte Dr. Gerhard Irrlinger, der momentan so seltsam ruhig und aufgeräumt vor ihm stand? Offensichtlich nicht diesen Ministerpräsidentenposten.

»Hat dein Meinungsumschwung irgendetwas mit dieser Polizeigeschichte zu tun? Bist du in eine unsaubere Sache verwickelt, Gerhard?«, ließ Manfred Zöder den ersten Testballon steigen. Er konnte nur instinktiv im Nebel herumstochern, etwas anderes blieb ihm nicht übrig.

»Nicht direkt, Manfred«, lächelte Irrlinger. »Es gibt zwar tatsächlich einen Mordfall in Coburg, in dem mich die Polizei als Zeuge benötigt, aber das ist nichts, was mich direkt betrifft. Und es hat nichts mit meiner Entscheidung zu tun.« Er legte seine linke Hand gönnerhaft auf Zöders Schulter und sagte fast feierlich: »Wenn das alles hier überstanden ist, Manfred, dann ist die Politbühne ausschließlich deine Kiste. Dann wirst du dich um alle Angelegenheiten kümmern, die die Wahl betreffen. Ich werde natürlich noch offiziell repräsentieren, bis alles vorbei ist, aber dann bist du an der Reihe. Und«, der Griff um Zöders Schulter wurde eine Spur fester, »zu gegebener Zeit werde ich auf dich zurückkommen und dich an dieses Gespräch erinnern, mein Freund.« Irrlinger schaute Manfred Zöder mit einem solch kalten Blick in die Augen, dass diesem fröstelte, drehte sich wortlos um und mischte sich wieder unter das ungeduldige fränkische

Wahlvolk. Im Joseph-Keilberth-Saal warteten schon reihenweise Reporter und Kameras sämtlicher deutscher Fernsehanstalten auf ihn, um ein paar Worte von ihm zu erhaschen. Lächelnd öffnete er die Tür.

Claudia Fraas saß mit ihrer Tochter in der gemeinsamen Wohnung in Scheßlitz am Küchentisch. Sie mussten Entscheidungen treffen, die Lage hatte sich geändert. Nun, eigentlich nicht nur die Lage, sondern alles, vor allem aber das Verhältnis von Claudia und Franziska zueinander.

»Du kannst nicht mehr bei mir bleiben, du bist hier nicht sicher«, sprach Claudia Fraas die unangenehme Wahrheit aus, woraufhin Franziska unmerklich nickte. In dem Moment, als der fremde Mann nahe der Villa aufgetaucht war und sie gesehen hatte, hatte sie bereits gewusst, dass sie nicht mehr unerkannt durch die Welt laufen konnte. Sie war gesehen worden, der Mann hatte sie töten wollen. Natürlich musste das nicht zwingend dazu führen, dass ihre Spur bis zur Wohnung ihrer Mutter in Scheßlitz zurückverfolgt werden konnte, aber es war auch nicht ausgeschlossen.

»Pack alles zusammen, was du brauchst, und versteck dich irgendwo. Ich will nicht wissen, wo du bist, und ruf mich nur im äußersten Notfall an, Kleines. Und wenn du Hilfe brauchst, wende dich an die Polizei. Du erinnerst dich doch noch an den Kommissar, der dich damals zu mir gebracht hat, Haderlein hieß er. Wenn alle Stricke reißen, wende dich an ihn. Ich glaube, ihm kannst du vertrauen.«

Wieder nickte Franziska Büchler, erst verhalten, dann aber kam urplötzlich die wilde Entschlossenheit zurück, die sie die letzten Jahre ausgezeichnet hatte. Sie erhob sich, ging in ihr altes Zimmer und begann zu packen, während Clax Fraas nachdenklich den Rucksack mit dem zerlegten Hochleistungsbogen an sich nahm. Sie würde das Mordinstrument beseitigen, ein für alle Mal. Immerhin das konnte sie ihrer Tochter abnehmen.

Als Franziska mit einer gepackten Reisetasche aus ihrem Zimmer kam, wollte sie nach dem Rucksack greifen, der auf dem Schoß ihrer Mutter lag, aber die zog ihn nur an sich und schüttelte den Kopf. Franziska nickte lächelnd, sie hatte verstanden. Sie stellte ihre Tasche auf den Boden, nahm ihre Ziehmutter noch einmal in den Arm, dann packte sie ihre Siebensachen und verließ eilig das Haus.

Ein seltsames Gefühl bemächtigte sich Claudia Fraas'. Sie ahnte, dass die Chancen darauf, Franziska jemals wiederzusehen, nicht besonders gut standen. Sie hatte Angst um ihre Adoptivtochter, große Angst.

Die Bauernversammlung in der »Zehendner Bräu« strebte ihrem stimmungsmäßigen Höhepunkt entgegen. Wobei unter dem Begriff Stimmung nicht zwingend etwas Positives zu verstehen war. Die Standpunkte waren klar verteilt. Es gab die, die verkaufen wollten, und die, die eben nicht.

Landwirt Erwin Dittberner wollte auf jeden Fall verkaufen. Für das Geld, das ihm die GKB zahlen würde, konnte er doppelt so große Flächen bei Rauhenebrach kaufen oder pachten. Dafür würde er seine Äcker in Neudorf gern hergeben. Vor allem musste man ja auch nicht zwingend verkaufen, alternativ würde die GKB die Flächen auch für fünfundzwanzig Jahre pachten. Auch die Pacht überstieg den tatsächlichen Wert um ein Vielfaches, und anschließend bekam man seinen Grund und Boden ja wieder. Aus Dittberners Sicht gab es kein Argument, das Angebot der Amerikaner, die hinter der GKB standen, nicht anzunehmen. Wenn dieser Schauer nur nicht wäre, dieser grüne Bienenfreund, dann wäre das ganze Geschäft sowieso schon längst unter Dach und Fach. Ohne diesen Müslifresser hätte Dittberner die paar kleinen Mondscheinbauern, die Schauer mit seinem Ökogeschwafel angesteckt hatte, schon längst mit Geld oder weit rabiateren Mitteln vom Gegenteil überzeugt. Wut stieg in ihm auf, er würde dem Schauer jetzt mal so richtig die Meinung geigen. Ohne auf die Genehmigung von Obmann Dütsch zu warten, sprang er auf und brüllte in Richtung Josef Schauer los. »Ei, Schauer, waasd du was, du hast ja an dodalen Badscher hast ja du. Mir ham fei hier ka Lust, wechen so am Ökofuzzi wie dir so an Haufen Kohle liechen zu lassen. Was für a Bioviech hat denn dir neis Hirn gschissn, sach amal?« Seine Augen funkelten, während er mit massigen Händen wild über seinem Kopf herumgestikulierte. »Ei, Josef, ich waas scho, du hältst dich für so eine Art Heilicher, so a Art Beschützer der Diere und Bflanzen. Aber ich kann mir so an Quatsch ned leisten, ich muss mei Geld verdiena a. Ich kann ned übers Wasser laafen wie unner Bienajesus da, und mir wächst aach ka Gras aus der Daschen. Und wenn die vo dera GKB, aus welchem Grund aach immer, maane, sie müsserden uns so viel Geld geben, dann lass mer uns des doch nich entgehen, Herrschaftszeiten. In meim ganzen Leben hab ich noch nie so viel Geld einfach so liechen gelassd. Aans sach ich dir, Josef, wenn du des Gschäft bladzen lässd, dann grichsd du richtich Ärcher. Dann babbt irchendwann auf daaner Bladdn a Babierla, wo draufstehd: ›Achdung, Debb‹. Und wenn du dann widder aagerennt kommst, weil ich dein Schlebber ausm Agger zia soll, Josef, dann hab ich dir ned helfen gekonnt, weil ich halt grad was anneres machen gemussd hab!« Schnaufend setzte sich Erwin Dittberner wieder auf seinen Platz, während seine Anhänger um ihn herum nickten und fleißig Beifall klatschten.

Josef Schauer hatte während des Monologs die Augen an die Decke gerichtet und überlegt, was er seinem adrenalingeschwängerten Gegenüber antworten sollte. Aber wenn er ehrlich war, musste er sich eingestehen: So richtig gut stand es für ihn und seine Argumente nicht.

Haderlein erwartete nicht wirklich, dass er jemanden unter der alten Adresse antreffen würde, geschweige denn, dass noch jemand wach wäre. Umso überraschter war er, als in dem Haus in Scheßlitz Licht brannte. Er bedeutete den beiden Streifenbeamten, die ihn begleiteten, auf der Straße zu warten, während er ausstieg und klingelte. »Claudia Fraas, Landschaftsarchitektin« stand auf einer kleinen Tafel über der Klingel. Kurz darauf öffnete ihm die Frau, der er vor Kurzem auf dem Staffelberg und vor vielen Jahren bereits in einem anderen Fall begegnet war. Obwohl, wenn er es recht bedachte, war es eigentlich immer noch derselbe Fall, überlegte Haderlein und unterdrückte ein Gähnen. So langsam machte sich auch bei ihm der lange Arbeitstag bemerkbar.

»Kommen Sie rein, Herr Haderlein«, begrüßte ihn Claudia Fraas und tat so, als würde sie die Polizeibeamten am Gartenzaun nicht bemerken. Haderlein nickte den beiden Männern noch kurz zu und betrat dann die Wohnung. Nur noch verschwommen konnte er sich an die Räumlichkeiten erinnern, aber vom Mobiliar her schien sich so einiges geändert zu haben. Nur in der Küche sah es noch fast so aus wie damals. Einen Moment lang saßen sie schweigend am Küchentisch, dann fiel Haderleins Blick auf den Rucksack, der an der Wand neben der Tür lehnte. Er kannte ihn, er hatte ihn erst vor wenigen Tagen auf dem Staffelberg gesehen. Claudia Fraas hatte seinen Blick bemerkt, ging, ohne zu zögern, zu dem Rucksack, hob ihn an und drückte ihn Haderlein in die Hand. »Es ist vorbei«, sagte sie, bevor sie sich wieder auf ihren Küchenstuhl fallen ließ.

Haderlein öffnete stumm den oberen Reißverschluss des Rucksacks und schaute prüfend hinein. Der Inhalt überraschte ihn nicht: ein zusammengelegter, sündhaft teurer Jagdbogen neuester Bauart mit einem kompletten Satz schwarzer Carbonpfeile. Er ersparte es sich, die Pfeile genauer zu untersuchen, er konnte auf den ersten Blick sehen, dass es sich um genau die Sorte Pfeil handelte, mit der auf Josef Simon auf dem Staffelberg und Roland Schurig in seiner Scheune geschossen worden war. Er schloss den Reißverschluss wieder und hob den Kopf. »Wo ist sie?«, fragte er Claudia Fraas.

»Ich weiß es nicht, und ich will es auch nicht wissen«, erwiderte die Landschaftsarchitektin, die mit einer tiefen Traurigkeit zu kämpfen hatte. So schnell hatte sie dann doch nicht mit dem Auftauchen der Polizei gerechnet. Aber egal, nun hieß es, Abschied nehmen. In dem Moment, als sie sich bereit erklärt hatte, mit Franziska auf den Staffelberg zu gehen, war sie auch bereit gewesen, das alles hier aufzugeben und für ihre Tochter ins Gefängnis zu wandern.

»Und wo ist Gernot, Ihr Mann?« Haderlein schaute sich prüfend um.

»In Oberhof bei Suhl. Wir leben seit kurzer Zeit getrennt. Wir sind in Frieden auseinandergegangen. Gernot hat uns nur zum Staffelberg gebracht und oben wieder abgeholt. Er weiß nichts.

Wir wollten es ihm nicht antun, da hineingezogen zu werden. Aber Sie können ihn gern besuchen und selbst fragen.«

»Wo ist Franziska?«, wiederholte Haderlein seine Frage. »Um das klarzustellen, ich suche sie nicht in erster Linie, um sie zu verhaften.« Er legte seine Unterarme auf den Tisch und faltete die Hände. Streng genommen hatte er ja keine Verbrecherin vor sich, ja, bis zu einem gewissen Grad hatte er sogar Verständnis für das, was Claudia Fraas und Franziska Büchler getan hatten. Er konnte es verstehen, aber nicht billigen. Ein Mord blieb auch dann noch ein Mord, wenn die Gründe dafür nachvollziehbar waren. Trotzdem wollte er Claudia Fraas vermitteln, dass er zuvorderst hier war, um zu helfen. Die Bestrafung oblag einer anderen Instanz, die zu einem späteren Zeitpunkt über diesen Fall zu richten hatte. »Ich möchte, dass Franziska diesen ganzen Wahnsinn überlebt und gegen Irrlinger als Zeugin aussagt, verstehen Sie mich?«

Tatsächlich war Claudia Fraas überrascht. Das Gespräch nahm einen anderen Verlauf als gedacht. Obwohl ihr dieser Kommissar schon damals ehrlich, ja sogar hilfsbereit begegnet war, hatte sie wegen Franziskas Verschwinden mit massiven Vorwürfen gerechnet, stattdessen spürte sie erneut fast etwas wie Verständnis, das ihr dieser Polizeibeamte entgegenbrachte. Aber schließlich hatte Haderlein schon damals, als er das mit Franziska und dem Jugendamt für sie geregelt hatte, sehr sympathisch und hilfsbereit gewirkt. Sie schien ihm vertrauen zu können. Sie lächelte erleichtert. Sie überlegte nur kurz, dann nickte sie kaum wahrnehmbar. »Wissen Sie, was damals passiert ist?«, fragte sie. Ihre Finger wanderten hilfesuchend über die Platte des Küchentisches, dann hatten sich ihre beiden Hände gefunden und verschränkten sich ineinander. Claudia Fraas' Blick war traurig und verzweifelt.

»Ich denke schon, aber es wäre trotzdem gut, die ganze Wahrheit zu hören. Ohne Ausnahme«, meinte Haderlein und lehnte sich zurück.

Claudia Fraas nickte erleichtert. »Dann hol ich uns jetzt einen Rotwein«, sagte sie mit sarkastischem Ton in der Stimme. »Das wird höchstwahrscheinlich länger dauern. Außerdem wird es womöglich mein letzter Rotwein für längere Zeit sein.« Sie stand auf und ging gemessenen Schrittes zum Küchenschrank.

Haderlein war nur kurz verblüfft, aber er wollte die Geschichte unbedingt hören, und fahren musste er heute auch nicht mehr. Wenn der Alkohol also der Wahrheitsfindung diente, warum nicht.

Claudia Fraas stellte zwei große Weingläser auf den Tisch und schenkte ihnen dunkelroten spanischen Tinto ein. Als sie wieder Platz genommen hatte, nahm sie einen tiefen Schluck und begann dann zu berichten. Sie erzählte von den schrecklichen Geschehnissen im verlassenen Steinbruch von Ludvag, davon, wie Irrlinger und seine Helfershelfer Franziskas Vater vor deren Augen umgebracht hatten. Vollkommen grundlos, einfach nur aus Spaß. Sie waren auf der Jagd gewesen und hatten sich Franziskas Vater als Wild ausgesucht, das es zu erlegen galt. Die gerade mal zwölfjährige Franziska hatte alles aus nächster Nähe mitansehen müssen. Entdeckt hatten die Männer das Mädchen in seinem Versteck im Gebüsch zum Glück nicht, nur durch einen Zufall war sie damals von ihrer jetzigen Adoptivmutter aufgegriffen und gerettet worden. Nach längerem Hin und Her hatte sich schließlich herausgestellt, dass das Kind, das bereits sehr an seiner Retterin hing, keine Eltern mehr hatte.

Claudia Fraas hatte die kleine Franziska also bei sich aufgenommen und adoptiert, aber die Geschehnisse hatten tiefe Spuren in Franziskas Seele hinterlassen. Claudia Fraas erinnerte daran, wie das verwaiste, traumatisierte Kind wochenlang nicht gesprochen hatte. Die ganze Wahrheit hatte sie ihrer Ziehmutter erst viel später erzählen können, als sie aus den USA zurückgekehrt war, wo sie Sport und Biologie studiert hatte. Während ihres Studiums hatte sie Dr. Gerhard Irrlinger durch Zufall im amerikanischen Fernsehen gesehen, als man den international anerkannten, aber eher medienscheuen Finanzfachmann und Politiker interviewt hatte. Zuerst war sie geschockt gewesen, als sie ihn als den Mörder ihres Vaters erkannte, dann hatte sie angefangen zu recherchieren. Konsequent und geduldig. Irgendwann lag die grausame Wahrheit vor ihr wie ein offenes Buch. Die internationale Gruppe der »Three Oaks«, übersetzt »Drei Eichen«, deren Chef Irrlinger gewesen war, hatte sich jedes Jahr zu Pfingsten in fränkischen Gefilden einem perfiden, grausamen Spiel hingegeben. Warum und weshalb die Männer so handelten, hatte Franziska nicht herausfinden können, sie wusste nur, dass es so war. Sie recherchierte weiter, und irgendwann besaß sie eine komplette Mitgliederliste der »Drei Eichen«. Einen nach dem anderen hatte sie aufgespürt.

Erst zu diesem Zeitpunkt hatte sie beschlossen, ihrer Mutter zu erzählen, was sie herausgefunden hatte, und ihr bei der Gelegenheit auch gleich mitgeteilt, dass sie beabsichtige, nun ihrerseits Jagd auf diese Psychopathen zu machen – und zwar mit exakt der gleichen Waffe, mit der vor vielen Jahren ihr Vater ermordet worden war. Vor allem den Mann, den sie im Steinbruch damals aus nächster Nähe gesehen hatte, wollte sie tot wissen. Doch ausgerechnet Irrlinger war am schwersten zu erwischen, weil er schon immer sehr vorsichtig war und normalerweise die Öffentlichkeit mied. Das änderte sich erst, als er beschlossen hatte, in der Politik mitzumischen, aber auch in dieser Funktion war er in der Öffentlichkeit eher zurückhaltend gewesen.

Claudia Fraas hatte lange Zeit versucht, Franziska von ihrem Plan abzubringen, und angeregt, stattdessen doch einfach zur Polizei zu gehen. Aber das kam für Franziska Büchler nicht in Frage. Sie würde sich auf einen Rachefeldzug begeben, auf dem es für sie kein Zurück gab, niemals. So war der Stand bis heute Abend gewesen, bis sie in Coburg fast selbst das Opfer eines unerwartet aufgetauchten Killers geworden war.

Jetzt war Franziska verschwunden, und niemand wusste, wohin, nicht einmal ihre Mutter Claudia. Auch was sie als Nächstes tun würde, war ihr nicht bekannt. Sicher schien nur zu sein, dass Franziska niemanden mehr mit ihrem Jagdbogen hinrichten würde. Claudia Fraas nahm noch einen Schluck aus ihrem Weinglas und stand auf. Sie hatte es getan, sie hatte ihre Geschichte gewissenhaft und wahrheitsgemäß erzählt. Einen Moment lang kämpfte sie mit ihren Gefühlen, die sie zu überwältigen drohten. »Können wir jetzt gehen?«, fragte sie Haderlein schließlich und lächelte ihn traurig an.

Fast schien es dem Kommissar so, als wäre die Frau trotz allem froh, sich der üblen Geschichte endlich entledigt zu haben. »Bitte, Claudia, wo ist Franziska?«, versuchte er es ein letztes Mal sehr eindringlich.

»Ich weiß es nicht«, sagte sie leise, »ich weiß es wirklich nicht, niemand weiß, wo sie sich befindet, nur Franziska selbst.« Doch plötzlich verschwand die Traurigkeit aus ihrem Blick, und sie hob selbstbewusst ihren Kopf. Ihre Augen hatten einen seltsamen Glanz angenommen. »Franziska wird ihr Ziel nicht aus den Augen verlieren, Herr Kommissar, aber vielleicht wird sie die Kurve kriegen und niemanden mehr töten. Trotzdem wird sie bekommen, was sie will, und auch die Polizei wird sie nicht daran hindern können. Ich kenne meine Tochter. Sie ist intelligent und hat nichts mehr zu verlieren. Sie wird Irrlinger erwischen, wenn auch vielleicht nicht mehr mit einem Bogen.«

Haderlein zweifelte nicht an ihren Worten. Franziska Büchler war untergetaucht, und wenn er Irrlinger etwas nachweisen wollte, dann musste er sie finden, wo immer sie auch sein mochte, und zwar lebend.

»Ich kann Ihnen noch ein paar Namen von Personen nennen, zu denen sie als Kind und Jugendliche ein gutes Verhältnis hatte. Auch auf diesem Jugendzeltlagerplatz in Untermerzbach hat es ihr damals gefallen.« Claudia Fraas holte einen Zettel, notierte ein paar Namen darauf und reichte ihn dem Kriminalhauptkommissar. »Das ist alles, was ich für Sie tun kann«, sagte sie, und für Franz Haderlein klangen ihre Worte ehrlich.

Die Bauernversammlung in der »Zehendner Bräu« beschloss nach stundenlanger Diskussion, erst einmal nichts zu beschließen. Die Meinungen über den Felderverkauf oder die Verpachtung an die GKB prallten nach wie vor hart und unversöhnlich aufeinander. Die große Mehrheit der Anwesenden wollte nach wie vor ihre Äcker, Wiesen oder den Wald opfern und im Gegenzug einen satten Gewinn einstreichen. Einwände vonseiten der Bedenkenträger, insbesondere in Person von Josef Schauer, wurden kurz andiskutiert, dann aber weggebrüllt. Ortsobmann Dütsch brach die Versammlung schließlich ab, weil die Lage in der Gaststube kurz davor war, ihm aus dem Ruder zu laufen. Sie würden die Debatte an einem anderen Tag fortsetzen müssen, an diesem Abend würde ein Versuch nur in einer Katastrophe, womöglich sogar in Handgreiflichkeiten enden. Also bog er die Stimmung in einem Gewaltakt in eine halbwegs friedliche Richtung, sodass alle Teilnehmer der Versammlung am späten Abend gesund und munter den Heimweg antreten konnten. Sollte doch jeder daheim und in Ruhe die ganze Sache noch einmal überdenken. Beim Verlassen der Gaststätte hatte Roman Dütsch den wildesten Streithähnen noch einmal ins Gewissen geredet. Auch Josef Schauer hatte er eindringlich gebeten, etwas mehr Kompromissbereitschaft an den Tag zu legen, aber der hatte nur verbittert den Kopf geschüttelt.

Josef Schauer hatte auf dem Weg nach Hause noch einmal bei seinen neuen Bienen vorbeigeschaut und sich im Bett die schlaflose Zeit mit Abregen vertrieben. An diesem Tag war etwas mehr als normalerweise im Leben eines einsamen Ökobauern oben auf den Höhen des Steigerwaldes passiert. Doch selbst Josef Schauer schaffte es in dieser Nacht irgendwann, das Licht zu löschen und seine Augen zu schließen.

Im Kasten Nummer sieben des Imkers Josef Schauer wurde in dieser Nacht hingegen alles andere als geschlafen. Zuallererst passten die Putzbienen der Kolonie das neue Zuhause ihren Bedürfnissen an. Das hieß in erster Linie: sauber machen. Das erste Opfer der Putzkolonne war die Varroa destructor. Alle im Stock auffindbaren Milben wurden von den Putzbienen kurzerhand hinausgeworfen. Als diese Arbeit erledigt war, machten sich die emsigen Arbeiterinnen daran, die zurückgelassene infizierte Brut aus den Waben zu holen und auch diese aus dem Stock zu entfernen. Wabe für Wabe arbeiteten sie sich penibel vor, bis auch die wirklich letzte Varroa-Milbe an die frische Luft gesetzt oder getötet worden war. Zufrieden verkündeten die Arbeiterinnen über Botenstoffe die freudige Nachricht der vollendeten Reinigung, was aber mitnichten dazu führte, dass sich das Volk für den Rest der Nacht zur Ruhe legte. Nein, stattdessen rief die Nachricht regelrechte Hektik hervor. Emsig und ausgiebig verbreitete das Volk Pheromone, was dazu führte, dass die zweite Königin, die bis dato auf Abruf bereitgestanden hatte, nun ziemlich genau die Hälfte der anwesenden Bienen um sich versammelt hatte. Innerhalb weniger Minuten spaltete sich das Volk in zwei gleichberechtigte und gleich große Teile, bevor sich die wiedererwachte zweite Königin durch das Flugloch nach draußen verabschiedete. Kaum war sie in die Dunkelheit der Nacht entschwunden, folgte ihr umgehend ihre Hälfte des Volkes, die sie im Laufe der letzten Stunde um sich geschart hatte.

Der ganze Schwarm summte nun durch die Luft und wartete auf das weitere Verhalten ihrer Königin. Die hielt für einige Minuten ihre ungefähre Position, bevor sie urplötzlich, geradezu explosionsartig, eine leicht flüchtige Substanz ausstieß, die sich binnen Sekunden in der Luft und zwischen den um sie herum fliegenden Bienen ausbreitete. Die hochkomplexen Geruchsstoffe wurden von den Bienen gierig aufgesogen und bewirkten sofort zweierlei. Zuallererst bemächtigte sich jeder Biene eine wilde, unbändige Wut. Die Aggression war so gewaltig, dass der Schwarm sich innerhalb von Sekunden in ein bösartig summendes Inferno verwandelte. Ohne weiteres Zögern verließ das aufgepeitschte Bienenvolk seine Position in etwa zehn Metern Höhe und schoss auf die Bienenkästen zu, von denen es soeben erst emporgestiegen war. Das Ziel war dabei nicht der Kasten Nummer sieben, sondern der mit der rot aufgemalten Nummer drei. Wütend landeten sie am Einflugloch der dort beheimateten Carnicas und drangen in deren Stock ein. Sofort begann das fürchterliche Gemetzel. Die Angriffslust der schwarzen Bienen mit dem gelben Ring am Hinterleib war so groß, dass teilweise gleich mehrere von ihnen über eine der heimischen Bewohnerinnen herfielen und ihre Stachel in den Leib der Überraschten stießen. Innerhalb kürzester Zeit war der Sieg des fremden Volkes trotz numerischer Unterlegenheit besiegelt.

Nur langsam ebbte die Aggression im Bienenvolk wieder ab. Als die Immen wieder zu sich kamen, machten sie sich sofort wieder an die Arbeit, um die Varroa und auch sonstigen Unrat aus dem neu eroberten Stock zu entfernen.

Inmitten des emsigen Treibens hatte die Königin bereits damit begonnen erste Eier in die gereinigten Waben zu legen. Nachschub für das Volk hatte jetzt höchste Priorität. Neue Arbeiterinnen und Drohnen wurden gebraucht, und vor allem fehlte eine neue zweite Königin, die den Auftrag, der in ihnen allen schlummerte, ausführen würde. Ein Auftrag, der ihnen befahl, sich so schnell wie möglich zu vermehren und dann weiterzufliegen. Weiter, weiter und immer, immer weiter.

Entsetzt schaute er auf die kleine, etwa zehn mal zehn Zentimeter große quadratische Öffnung. Sein Entsetzen rührte nicht etwa daher, dass diese Öffnung vorhanden war, nein, dieser Umstand an sich war völlig in Ordnung. Weniger in Ordnung war allerdings die Tatsache, dass das Drahtgitter in dem kleinen Loch fehlte. Normalerweise hätte sich in der Öffnung ein kleinmaschiger Drahtverschluss befinden sollen, der an den Seiten aus Beton mit einem Spezialkleber befestigt war. Einen Moment lang schaute er konsterniert auf die unverschlossene Öffnung, dann stopfte er das Nächstbeste in das Loch, was er finden konnte. Es handelte sich um einen kleinen Schwamm, der normalerweise zum Abwischen der kleinen Steinflächen neben dem Loch verwendet wurde. Er hob den Deckel des Kastens an, doch seine schlimmsten Befürchtungen wurden nicht bestätigt. Der Kasten war noch immer voller Bienen. Erleichtert setzte er sich in seiner Schutzmontur auf den Boden des weißen Raumes und hätte sich gern den Schweiß aus seinem Gesicht gewischt, aber die durchsichtige Plastikscheibe des Schutzanzuges hing ihm vor dem Gesicht. Er konnte nichts gegen den kalten Angstschweiß machen, der ihm von der Stirn lief. Das Volk war noch da. Gott sei Dank. Nicht auszudenken, hätten die Bienen den Weg ins Freie gefunden.

Hahns Puls näherte sich langsam wieder den Normalwerten. Er war nur wissenschaftlicher Assistent und nicht wirklich mit dem eigentlichen Anliegen der Experimente vertraut, denn eines hatte man ihm eingeschärft: Er hatte sich um die ihm zugewiesene Aufgabe zu kümmern und um sonst nichts. Er brauchte nicht zu wissen, um was genau es hier ging, er musste nur wissen, dass er mit ernsten Konsequenzen zu rechnen hatte, wenn auch nur eine der Königinnen des Volkes oder womöglich das gesamte Volk entkommen sollte. Sehr ernsten Konsequenzen. Aber zum Glück war das Volk noch da. Blieb nur die Frage, wer vom Einflugloch das feinmaschige Gitter entfernt hatte, das nirgendwo zu sehen war. Eilig verließ er den quadratischen weiß gestrichenen

Raum, schloss die Tür mit dem kleinen Glasfenster hinter sich und drückte den roten Knopf, der die zweite Glastür der Schleuse öffnen würde. Weißer Dampf schoss aus der Decke, hüllte ihn ein und wurde Sekunden später durch eine spezielle Ventilation abgezogen. Kurz darauf öffnete sich die Tür vor ihm mit einem hellen, seufzenden Ton. Ein schmaler Raum lag vor ihm, rechts und links an der Wand standen Spinde. Weiß lackierte Kleiderschränke, die alle mit je einem Namen beschriftet waren. Er öffnete seinen Spind und warf die weiße Schutzkleidung hinein, der er sich schon im Gehen begonnen hatte zu entledigen. Als er den Schrank wieder verschlossen hatte, ging er durch die Tür ins Labor. Zügig durchquerte er den Raum, in dem sich mehrere Mitarbeiterinnen auf ihre Arbeit konzentrierten. Er lief an den Reihen aufgebauter Apparaturen und Versuchsanordnungen vorbei, bis er die nächste Tür erreichte, die diesmal nicht aus Aluminium, sondern aus Edelstahl bestand, aber ebenso ein eingebautes Fenster aus Sicherheitsglas hatte. Es bedurfte einiger Kraft, um die massige Tür zu öffnen, aber dann stand er in einem Flur und schlug den Weg nach rechts ein. An der Wand hingen mehrere kleine grüne Schilder, auf denen mit einem weißen Symbol der Fluchtweg gekennzeichnet war. Am Ende des Ganges stieß er eine schwere, letzte Edelstahltür auf, dann stand er endlich im Freien auf einem geteerten Platz. Links parkten mehrere Fahrzeuge, die einheitlich weiß lackiert waren, rechts wurde der kleine Platz von einem hohen Maschendrahtzaun begrenzt, in dem sich eine Tür befand, die sein nächstes Ziel war. Er rannte die etwa fünfzig Meter bis zum Zaun, während seine Hand bereits in der Manteltasche nach dem Schlüsselbund fingerte. Hektisch holte er ihn heraus und steckte den Generalschlüssel für die Außenanlagen schließlich klimpernd ins Schloss. Kaum hatte sich die Metalltür quietschend geöffnet, huschte er hindurch und hastete zur Rückseite des Gebäudes.

An der nach Süden ausgerichteten Wand konnte er die zehn quadratischen Öffnungen erkennen, die sich nebeneinander im Abstand von circa zwei Metern auf Hüfthöhe befanden. Er ging zu der ersten Öffnung und schaute sich alles etwas genauer an. Er konnte seinen Schwamm sehen, den er als Notmaßnahme in das Loch gesteckt hatte. Direkt an den Innenseiten waren noch die zerfledderten Reste des weichen Spezialklebers zu erkennen, mit dem er das Gitter befestigt hatte. Von dem Gitter selbst war allerdings nichts mehr zu sehen. Suchend wanderte sein Blick durch das hohe Gras vor der Wand, und sofort wurde er fündig. Das kleine Gitter lag verkehrt herum am Boden, nicht weit von seinem angestammten Platz entfernt. Er hob es auf und unterzog es nachdenklich einer kurzen, aber genauen Prüfung. Das drahtige Viereck war an sich intakt, doch in der Mitte konnte er eine kleine runde Ausbuchtung erkennen, so als hätte es jemand mit einem Besenstiel oder etwas Ähnlichem nach außen und so schließlich aus der Verklebung gedrückt. Kopfschüttelnd schob er das Gitter wieder zurück an seinen Platz und drückte mit den Fingern seine Ränder wieder in die weiche Klebemasse. Die Dichtigkeit im Sinne der Versuchsanordnung war wiederhergestellt.

Es war ihm unerklärlich, was genau hier vorgefallen war, aber offensichtlich hatte jemand mit Absicht das Gitter entfernt. Nachdenklich wanderte Hahns Blick vom Haus in Richtung der blühenden Wiesen, die sich fächerförmig vor dem Gebäude erstreckten. Bis zum Waldrand fügte sich eine Blütenplantage an die nächste, zusätzlich war eine das ganze Areal umfassende Streuobstwiese mit zahlreichen Obstbäumen angelegt worden. Markus Hahn schaute sich um, konnte aber weder Fußspuren noch niedergetretenes Gras erkennen. Offensichtlich war er seit Längerem die erste Person, die sich hinter dem Haus aufgehalten hatte. Das alles war absolut rätselhaft.

Beim Zurücklaufen rekapitulierte er, was man ihm über die Drahtgitter gesagt hatte. Die Maschenweite war exakt so berechnet, dass die Arbeiterinnen und Drohnen eines Bienenvolkes hindurchpassten, die Königin jedoch nicht. Damit wurde das Schwärmen eines Volkes beziehungsweise der unkontrollierte Hochzeitsflug der Königin verhindert, sodass diese sich nicht wahllos mit irgendwelchen fremden Genen fortpflanzen konnte. Durch das Gitter hatte man alles schön unter Kontrolle.

Seufzend begab sich Markus Hahn auf den Rückweg. Er beschloss, den seltsamen Vorfall für sich zu behalten und damit eventuellem Ärger erst einmal aus dem Weg zu gehen, aber im Grunde genommen war ja auch nichts Schlimmes geschehen. Allerdings wusste er ganz genau, was passieren konnte, funktionierte man nicht zur vollsten Zufriedenheit von Santamon. Amerikanische Firmen verhielten sich sehr viel restriktiver als deutsche Firmenleitungen. Von wegen soziale Marktwirtschaft. Aber was machte er sich darüber eigentlich Gedanken? Er hatte einen sicheren Arbeitsplatz, und Santamon bezahlte ihm relativ gutes Geld. Er schaute in die Frühjahrssonne des Morgens, schob alle Bedenken auf die Seite und begab sich zurück ins Labor.

Manfred Zöder betrat die Bühne der Stadthalle, stellte sich hinter das reich mit Blumen geschmückte Rednerpult, das von Dutzenden von Kameras umlagert wurde, und holte sein Redemanuskript heraus. Unglaublicher enthusiastischer Applaus brandete auf und ebbte erst nach geraumer Zeit wieder allmählich ab. In dem kurzen Moment des Jubels und der Begeisterung erinnerte sich der erste fränkische Ministerpräsident an die vergangenen drei Jahre. Die ersten drei Jahre des Bundeslandes Franken waren eine einzigartige Erfolgsgeschichte gewesen. Die Loslösung von Bayern hatten die Münchner, neben der Tatsache, dass sie sämtliche geraubten Kulturgüter nach Franken zurückbringen mussten, auch anderweitig teuer bezahlt, und die anderen Bundesländer der Republik hatten sich ebenso kräftig am Neuaufbau des Bundeslandes Franken beteiligt. Im Rahmen des Länderfinanzausgleichs waren immense Summen in die neu gebildete Kasse geflossen, aber vor allem aus privater Hand hatte das Land völlig unerwartet großzügige Spenden erhalten. Umso bedeutungsvoller war der heutige Tag, umso stolzer waren die Franken und an erster Stelle ihr Ministerpräsident Manfred Zöder.

Als die Geräuschkulisse im Saal ein erträgliches Maß erreicht hatte und auch die Kameramänner ihre Linsen wieder fest im Griff hatten, begann Manfred Zöder endlich mit seiner lang erwarteten Rede. Es war mucksmäuschenstill im Saal.

»Liebe Bürgerinnen und Bürger, liebe Anwesende, liebe Franken.« Erneut brandeten Jubel und Applaus auf, wieder verging eine gute Minute, bis sich das Publikum beruhigt hatte und Manfred Zöder fortfahren konnte. »Liebe Freundinnen und Freunde, liebe Gäste. Als erster fränkischer Ministerpräsident heiße ich Sie hier in Haßfurt recht herzlich willkommen. Wie Sie wissen, wollen wir gemeinsam den bedeutendsten Moment in unserer jungen Landesgeschichte feiern, den Start der ersten fränkischen Marsmission. Die Trägerrakete mit dem Namen ›Allmächd 4‹ steht bereits auf der Startrampe am alten Rathaus in Haßfurt, und auch das Marsmodul ›Adela 1‹, das den ersten Frankonauten auf dem roten Planeten absetzen wird, ist bereits eingetroffen.«

Wieder rollte frenetischer Jubel durch die Haßfurter Stadthalle, der durch andauernden Applaus begleitet wurde. Die Kameras der versammelten deutschen Fernsehsender kamen mit dem Schwenken der Objektive gar nicht mehr hinterher, unter den Zuschauern herrschte bombastische Stimmung. Manfred Zöder quittierte den Jubel mit einem milden Lächeln und wartete ab, bis sich alle wieder beruhigt hatten, bevor er seinen ersten Ehrengast hereinbat. »Besonders begrüßen möchte ich an diesem denkwürdigen Tag den Leiter der FASA, der Franconian Aeronautic Space Agency, Herrn Professor Dr. Habermehl aus Bamberg!«

Unter Bravorufen betrat ein weißhaariger älterer Herr die Bühne der Stadthalle, verneigte sich und stellte sich seriös lächelnd direkt neben den Ministerpräsidenten. Der zögerte nicht lange und rief sogleich seinen zweiten Ehrengast des Abends zu sich.

»Des Weiteren möchte ich an dieser Stelle den womöglich ersten Menschen auf dem Mars begrüßen, unseren tapferen Frankonauten, Herrn Dr. Dr. Rudolf Eck aus Haßfurt!«

Auf sein Stichwort betrat Frankonaut Rudolf Eck in voller Astronautenmontur, den Helm unter dem Arm geklemmt, die Bühne und winkte strahlend ins Publikum. Die Begeisterung im Saal kannte keine Grenzen mehr. Es wurde geklatscht, gejohlt, gepfiffen, getrampelt, Jubelstürme brandeten in Richtung Bühne und zurück, während sich Frankens inzwischen wohl bekanntester Bürger, Frankonaut Rudi Eck, neben Habermehl und Zöder stellte. Der erste Mensch, der den Mars betreten würde, kam noch dazu aus der fränkischen Landeshauptstadt Haßfurt, ein weiterer Grund für den überschäumenden Enthusiasmus der

Anwesenden. Alle Franken waren stolz auf ihren Rudi, auch wenn der eine oder andere leichte Zweifel hegte, ob es wirklich so eine gute Idee war, einen Haßfurter die Marsrakete steuern zu lassen. Doch Manfred Zöder ging auf solche antipatriotischen Gedankenspielchen gar nicht ein, sondern begann sofort mit der Befragung des Nationalhelden.

»Herr Eck, bevor wir in die Details gehen, vielleicht eine kurze Frage: Wie weit sind Sie mit Ihren Vorbereitungen für den Aufenthalt im All, wie steht es mit Ihrem Trainings- und Fitnesszustand?« Sofort kehrte im Saal absolute Stille ein.

Rudi Eck streckte sich ein wenig in seinem Raumanzug, bevor er lässig antwortete: »Alles genau im Zeitplan, Herr Ministerpräsident. Ich fühle mich absolut fit, was ganz sicher auch an den hervorragenden Trainingsbedingungen liegt. Seit drei Monaten trainieren wir Frankonauten bereits für unsere Mission in den Haßbergen, weil wir dort sehr marsähnliche Bedingungen vorfinden. Seit Jahrmillionen hat sich dort nichts geändert, in der Gegend ist überhaupt nichts los, und die Einwohner eignen sich ganz hervorragend als Attrappen für etwaige Aliens.«

Erneut brach Jubel unter den versammelten Saalgästen aus, auch wenn sich der eine oder andere Zuschauer aus Hofheim oder Königsberg im Stillen fragte, was der liebe Rudi Eck damit jetzt wohl genau hatte sagen wollen. Doch leidige Überlegungen wie diese wurden vom fränkischen Ministerpräsidenten sofort unterbunden, indem er umgehend mit seiner Befragung fortfuhr.

»Gut zu hören, und was ist mit den Schwierigkeiten die Verpflegung für den Raumflug betreffend, von denen zuletzt doch häufiger berichtet wurde? Haben Sie die auch endlich in den Griff bekommen, Herr Eck?«

Der Angesprochene strahlte mit dem Wissen ins Publikum, auch auf diese Frage nur Positives berichten zu können. »Allerdings, Herr Ministerpräsident. Ich darf hiermit feierlich verkünden, dass es unserer wissenschaftlichen Abteilung endlich gelungen ist, blaue Zipfel in Tuben zu pressen. Sie sehen, die Schwierigkeiten mit dem Proviant sind umfassend gelöst, wenn überhaupt, haben wir nur noch kleinere Probleme mit den Auswirkungen des Startvorgangs im Allgemeinen und Speziellen.«

Der strahlende Gesichtsausdruck Ecks wich einer gewissen Verunsicherung.

»Und was sollen das für Problemchen sein?«, fragte Manfred Zöder verwirrt, denn von noch bestehenden Problemen hatte ihm niemand etwas gesagt. Hoffentlich war es nichts Ernstes, das konnte er so kurz vor dem Start nicht gebrauchen. Bis zum Abheben der Marsrakete hatten sie einen streng terminierten Zeitplan einzuhalten, und schließlich war hier die ganze Politprominenz Deutschlands anwesend. Da durfte es um Gottes willen keine Verzögerungen oder Problemchen geben, mochten sie auch noch so klein sein.

»Nun, Herr Ministerpräsident«, sprang Professor Dr. Habermehl, der Chef der FASA, seinem Frankonauten argumentativ zur Seite. »Es ist lediglich ein kleines Problem, das sich im Laufe der nächsten Tage sicher noch auf einfache Art und Weise lösen lässt.«

Erleichtert atmete Zöder auf. Was er, was Franken jetzt nicht gebrauchen konnte, war ein Rückschlag in diesem ganzen Unternehmen. Zudem war kein Geld mehr da. Weitere Verzögerungen oder finanzielle Nachforderungen würden die privaten Sponsoren der Marsmission wie Brose, Bosch, die HUK Coburg und der Landgasthof Hummel in Prächting nicht so ohne Weiteres mitmachen.

Habermehl legte seinem Ministerpräsidenten beruhigend die Hand auf die Schulter. »Es ist einfach nur so, dass unsere Computermodelle beim Testlauf gestern errechnet haben, dass der Rückstoß der Triebwerke beim Start ganz Haßfurt dem Erdboden gleichmachen wird.«

»Und wo ist das Problem?«, fragte Manfred Zöder, der technisch ein absoluter Rohrkrepierer war und deswegen auch nicht Raketentechniker, sondern Politiker geworden war. Hilflos schaute er in Richtung Habermehl.

Bereitwillig erklärte ihm der Professor die Sachlage. »Nun, der Rückstoß wird womöglich unkalkulierbare gesundheitliche Auswirkungen auf die in Haßfurt lebenden Einheimischen haben. Das muss ich zumindest der Form halber erwähnen.«

»Gesundheitliche Auswirkungen?« Dem fränkischen Ministerpräsidenten schwante Übles. Wahrscheinlich war es besser, da etwas genauer nachzubohren. »Könnten Sie uns ahnungslosen Laien diese gesundheitlichen Auswirkungen nicht wenigstens einmal in Stichpunkten skizzieren, Herr Professor?«

»Ja, aber natürlich, gern«, erwiderte Habermehl sofort, »es ist ja auch schnell erklärt. Nun, also, beim Start einer Marsrakete vom Typ ›Allmächd 4‹ wird bei der Zündung der Triebwerke innerhalb von wenigen Sekunden natürlich unglaublich viel Energie freigesetzt, damit die Rakete die Erdanziehungskraft überwindet. Das heißt, in ganz Haßfurt wird in kürzester Zeit eine Temperatur von mehreren tausend Grad erreicht. Diese Temperatur hält ungefähr siebzehn Sekunden an, bis die Rakete eine Höhe von einem Kilometer erreicht hat. Dann beginnt die Temperatur langsam wieder zu sinken, bis man nach spätestens zwanzig Minuten in der Stadt wieder eine der Jahreszeit entsprechende Temperatur vorfindet.«

Manfred Zöder glaubte, sich verhört zu haben. War Habermehl nicht mehr ganz dicht, oder machte er nur einen schlechten Scherz? »Nur der Korrektheit halber, Sie meinten tatsächlich mehrere tausend Grad in ganz Haßfurt?«, fragte Zöder noch einmal vorsichtig nach.

»Ja, in der Tat, das wären die physikalischen Abläufe«, meinte Habermehl nüchtern, aber zufrieden, etwas zum allgemeinen wissenschaftlichen Verständnis von Raketenstarts in Wohngebieten beigetragen zu haben.

Der fränkische Ministerpräsident stand unter Schock. Wusste Professor Habermehl überhaupt, wovon er da redete? Das konnte er doch nicht ernst meinen! Auch unter dem Publikum war es verdächtig ruhig geworden. Unsicherheit machte sich breit, der Professor hatte gerade Dinge verkündet, die sich nicht unbedingt zum Vorteil der hiesigen Bevölkerung auswirken könnten, um es mal vorsichtig auszudrücken. Als erfahrener Politprofi spürte Manfred Zöder, dass die Stimmung im Saal zu kippen drohte, und machte sich zum Anwalt des verwirrten Volkes im Parterre.

»Ja, aber, Herr Habermehl, mehrere tausend Grad, das ist ja ziemlich heiß, oder nicht? Was wird denn dann bei diesem Szenario aus den ganzen Haßfurtern, wenn ich mal fragen darf?«

Aber Professor Habermehl ließ sich nicht aus dem Konzept bringen, er hatte mit dieser Frage gerechnet. Solche Auskünfte waren natürlich dafür prädestiniert, bei der Zuhörerschaft ungute Gefühle zu produzieren, das kannte er schon aus früheren Vorträgen. Irgendwann konnte das ahnungslose Gesocks einem Fachvortrag wie dem seinen intellektuell nicht mehr folgen. Ergo war ihm die Stimmung im Saal als Wissenschaftler von internationalem Rang im Grunde egal.

»Nun, auch das ist recht einfach und schnell erklärt, Herr Ministerpräsident. Der gemeine Haßfurter wird zu Anfang des Raketenstartes leichte Unruhezustände zeigen und verdampft schließlich.«

»Verdampft?«

»Verdampft«, bestätigte Habermehl nüchtern. Kein Mucks war aus dem Saal zu hören, die Kameras blieben konsequent auf die Bühne gerichtet, und Manfred Zöder stand am Rand eines Nervenzusammenbruchs.

»Mit Verlaub, Herr Professor Habermehl, das kann ich nicht zulassen. Beim besten Willen, das geht so nicht. Verdampfen ...«

»Damit verweigern Sie sich dem Fortschritt«, bockte Habermehl.

»Nein, ich verweigere mich der Vernichtung meiner Landeshauptstadt und deren Bewohner!«, fauchte Zöder zurück und erntete zögerlichen, zustimmenden Applaus aus dem Saal. Doch Habermehl schien nicht begreifen zu wollen, was die Stunde geschlagen hatte, und auch Frankonaut Eck stand einigermaßen verstört in der Gegend herum.

Dann aber begann Habermehl richtig auszuteilen. Schließlich sollte das Projekt sein Lebenswerk werden, und das würde er sich von irgendwelchen Provinzpolitikern nicht madig machen oder kaputtreden lassen. »Ach, hören Sie doch auf, Zöder, das ist doch ein ganz durchsichtiges Manöver! Sie fürchten doch nur Verluste unter Ihrer Wählerschaft! Wie wäre es denn mit einem Kompromiss? Wir starten die Rakete wie geplant, und Sie bekommen als Kompensation dafür von der FASA einen großen Kinderspielplatz in Zeil am Main.«

»Sie wollen Haßfurt von der Landkarte radieren und uns als

Ausgleich einen neuen Sandkasten in Zeil hinstellen? Nur über meine Leiche!«, knurrte Zöder.

»Auch das lässt sich einrichten, Herr Ministerpräsident. Dazu müssten Sie nur am Tage des Startes an der Startrampe in Haßfurt …« Er stockte, als er den wütenden Blick Zöders wahrnahm, und ging zu einer anderen Taktik über. »Also, Herr Ministerpräsident, mal im Ernst, ich verstehe Ihre Aufregung nicht ganz. Sie waren anfangs doch so stolz auf Haßfurt als ersten fränkischen Weltraumhafen?«

»Ja, aber da wusste ich auch noch nicht, was das alles für ein Riesenunsinn ist! Allein der Raketenantrieb, was ist das denn für ein Schnapsidee?«, schrie Zöder jetzt laut.

Die Stimmung im Saal schwankte bedenklich, aus dem Publikum waren erste Buhrufe zu vernehmen.

Doch der Professor reagierte erneut wenig einsichtig. »Wir sind sehr stolz auf unseren selbst entwickelten, revolutionären Antrieb auf Rauchbierbasis«, erwiderte Habermehl, während Frankonaut Rudi Eck so unauffällig wie möglich in geduckter Haltung von der Bühne der Stadthalle schlich. »Mit dem Antrieb sind wir außerdem völlig unabhängig vom ständig schwankenden Ölpreis in Rotterdam«, fügte der Professor noch hinzu, während Zöder ihn nur noch anglotzte. »Wir verwenden übrigens deswegen Rauchbier, weil wir Folgendes festgestellt haben: Je schlechter der Geschmack des Biers, desto höher ist dessen Brennwert«, schob Habermehl noch ein letztes Argument nach, das aber keinen mehr zu interessieren schien. Und da Manfred Zöder nicht mehr fähig war, auch nur ein Wort zu sagen, übernahm Professor Habermehl spontan die Saalhoheit und rief enthusiastisch: »So, liebe Franken, dann singen wir jetzt zum Abschluss noch unsere fränkische Nationalhymne: Wohlauf, die Luft geht frisch und rein …«

Manfred Zöder erwachte zitternd und schweißgebadet. Was um Gottes willen war das nur für ein Alptraum gewesen? Auch ohne dieses Horrorszenario war es bereits eine der schlimmsten Nächte gewesen, die Manfred Zöder in seinem bisherigen Leben durchlebt hatte. Erst nach vier Uhr früh war er ins Bett gekommen, weil die Auszählung der Stimmen sich hingezogen hatte. Genauer gesagt war es nicht die Auszählung, sondern deren Nachzählung gewesen. Denn nach dem ersten Zählvorgang hatte der Landeswahlleiter bekannt gegeben, dass die Abstimmung tatsächlich nicht unentschieden, also fifty-fifty, ausgegangen war. Exakt ein Wahlberechtigter war das Zünglein an der Waage gewesen, ein Wähler, der sich für ein Bundesland Franken ausgesprochen hatte. Eine nervenzerreißende Situation für alle Beteiligten war die Folge dieser Nachricht gewesen. Und da man sich nicht sicher sein konnte, ob sich nicht irgendwer mit einem Wahlzettel womöglich vertan hatte, hing die Unabhängigkeit Frankens noch immer am seidenen Faden. Daraufhin hatten die Vertreter von CSU, SPD und FDP sofort eine Nachzählung beantragt, da sie gegen ein eigenes Bundesland Franken votierten, Freie Wähler und Grünen hatten sich enthalten.

Der Landeswahlleiter wies die einzelnen Stimmbezirke also an, noch einmal gründlich auszuzählen. Aus dem Beamtenjargon übersetzt hieß das: langsam, also noch langsamer als sonst. Der Landeswahlleiter hatte schließlich den Anspruch, dass das vorläufige amtliche Endergebnis auch dem endgültigen entsprechen sollte.

Um kurz vor vier Uhr in der Frühe war es endlich so weit gewesen: Das vorläufig endgültige Endergebnis hatte vorläufig endgültig festgestanden. Und tatsächlich hatte sich niemand irgendwo in Franken verzählt. Die Unabhängigkeit Frankens war mit genau einer Stimme Mehrheit angenommen worden.

Nach der Bekanntgabe des Ergebnisses durch den Landeswahlleiter war in der Bamberger Konzerthalle, in Franken, in Bayern, eigentlich in der ganzen Bundesrepublik der Teufel los gewesen. Die Politiker aller Parteien mussten noch einmal den Kameras Rede und Antwort stehen. Der Wahlabend hatte dazu geführt, dass Manfred Zöders Gefühlsleben am Wahlnachmorgen einem verwahrlosten Schrottplatz glich, aber schließlich war er mit der erleichternden Gewissheit in sein Bett gesunken, mit großer Wahrscheinlichkeit erster fränkischer Ministerpräsident zu werden. Die totale Erschöpfung hatte etliche Alpträume der abgedrehtesten Sorte zur Folge gehabt, etwa den der fränkischen

Marsmission. Hoffentlich würden sich diese Phantastereien in der nächsten Nacht nicht wiederholen. Insgeheim wünschte er sich für seine Psyche etwas mehr Ruhe und Ausgeglichenheit.

Seufzend quälte er sich aus dem Bett und hörte seine Frau schon unten in der Küche mit dem Geschirr klappern. Er stolperte ins Bad. Erst einmal das Gesicht aufräumen, das ihn im Spiegel erwartete, und dann auf in den neuen Tag, dachte sich Manfred Zöder.

Die Nacht war für Byron Gray kurz und kalt gewesen. In Ebrach hatte er seinen Jeep direkt auf dem Besucherparkplatz der Kirche des Zisterzienserklosters geparkt und war noch in der Nacht zum Wipfelwanderweg hinaufgestiegen.

Zuvor hatte er alles Wissenswerte über den Holzpfad hoch in den Bäumen im Internet nachgelesen. Das ehrgeizige Projekt war wohl ein sehr ambitioniertes Unterfangen gewesen. Summa summarum fast fünf Kilometer war der Weg mit seinen zahlreichen Verästelungen und Verzweigungen lang. Es gab Aussichtspunkte, Erlebnisplateaus mit Informationstafeln über den Steigerwald, kleine Türmchen mit fest installierten Fernrohren, durch die man in die Weiten der fränkischen Lande schauen konnte, sowie zwei kleine Kioskhäuschen, die Miniaturausgaben von Blockhütten ähnelten.

Byron Gray war mit Nachtsichtbrille auf dem Kopf noch in der Nacht den ganzen Pfad von vorn bis hinten abgelaufen, auch die zwei Seitenarme hatte er nicht vergessen. Insgesamt verfügte der Weg über drei Zugänge, davon war einer der offizielle Eingang am Parkplatz, der leicht zu überwinden gewesen war. Eine lange Treppe führte direkt nach dem Kassenhäuschen hinauf in die Baumkronen, eine ebenso lange Treppe fußte am anderen Ende des Parkplatzes, zudem endete dort eine lange Rutsche für Wagemutige, die ihren Ausflugstag mit einer fast fünfzig Meter langen Rutschpartie krönen wollten. Ansonsten bewegte man sich in circa zwanzig Meter Höhe durch den Wald und konnte den Weg ohne Fallschirm oder Rettungshubschrauber nicht verlassen.

Mehrmals hatte Byron Gray von oben prüfende Blicke Richtung Waldboden geworfen. Einen Sprung hinab konnte man völlig vergessen, und auch Klettern war in dieser Höhe ein mehr als gewagtes Unterfangen und im Ernstfall sowieso zu umständlich und zu langsam. Als Treffpunkt mit einem Unbekannten war der Waldwipfelweg gänzlich unbefriedigend. Er verspürte deutliches Unbehagen und beschloss, neben dem Wipfelweg im Wald zu campieren, jedoch nicht ohne vorher noch zwei Stolperfäden aus hauchdünner Glasfaser zu installieren. Wirklich praktisch: Sollte jemand die Zugänge benutzen wollen, während er schlief, würde sich sein Smartphone bemerkbar machen.

Etwa zwanzig Meter vom Parkplatz entfernt schlug er im Steigerwald sein tarnfarbenes Einmannzelt auf. Von hier aus konnte er sowohl das Kassenhäuschen als auch die beiden Zugänge zu dem Wipfelpfad beobachten. Kurz nach drei Uhr schloss er die Augen.

Nach zwei Stunden Schlaf weckte ihn um fünf Uhr morgens seine Armbanduhr. Die Uhr war noch aus seiner Zeit bei den Navy Seals. Einfach unkaputtbar, das Ding. Byron Gray schlüpfte aus seinem Schlafsack, absolvierte seine Morgentoilette im Wald nach Manövermanier und harrte anschließend mit gepacktem Rucksack den weiteren Geschehnissen des Tages. Sein Auftraggeber hatte ihn hierherbestellt, also würde er sich zu gegebener Zeit melden.

Er saß am Waldrand neben dem Parkplatz auf einem abgesägten Baumstumpf und beobachtete die Zugänge zum Pfad, als um sechs Uhr einunddreißig sein Smartphone den Eingang einer E-Mail vermeldete.

Kiosk 2, Dachrinne

Byron Gray stutzte und schaute sich um. Niemand war auf oder um den Parkplatz herum zu sehen, auch die Zugänge zum Wipfelpfad lagen verlassen und ruhig im Dunst des Frühlingsmorgens. Gray schaute auf sein iPhone und tippte auf die selbst programmierte App. Laut Überwachungsprogramm waren seine Nylonfallen noch immer unbeschädigt, niemand war hindurchgegangen. Verließ man sich auf den gesunden Menschenverstand, dann war niemand außer ihm den Pfad hinauf- oder hinuntergekommen. Noch einmal warf er einen Blick ringsum, konnte aber nichts Verdächtiges entdecken. Der Wald lag still und friedlich da. Er stellte seinen Rucksack neben den Baumstumpf und legte sich einen Plan zurecht. Nachdem er sich sein Überlebensmesser in den Gürtel gesteckt und sich das Schulterholster mit seiner Beretta umgeschnallt hatte, checkte er der Reihe nach alle drei gesicherten Zugänge zum Wipfelweg, aber sämtliche Nylonfäden waren tatsächlich intakt. Okay. Wieder schaute er sich um, stieg dann vorsichtig über den Stolperfaden am Treppenausgang und lief die Holzstufen mit gezogener Waffe hinauf. Sie waren noch mit einem leichten Feuchtigkeitsfilm überzogen, und er musste aufpassen, mit den Gummisohlen seiner Lederstiefel nicht seitlich wegzurutschen. In den Baumwipfeln blickte er misstrauisch den gewundenen Verlauf des Weges entlang. Auch hier war nichts Ungewöhnliches zu erkennen. Mit der linken Hand holte Gray den Plan aus der Tasche, den er gestern Nacht auf einen Zettel skizziert hatte. Der Kiosk lag ungefähr zwei Kilometer von seiner jetzigen Position entfernt. Bis dorthin gab es auf dem Weg drei Plattformen und einen Aussichtsturm. Möglichkeiten genug für einen imaginären Gegner, um ihm aufzulauern. Sein Mund verzog sich zu einem ahnenden Lächeln, und kaltes Glitzern lag in seinen Augen. Okay, dann wollte er doch einmal sehen, ob es jemand wagen würde, sich mit einem ehemaligen Ausbilder der Navy Seals anzulegen. Geräuschlos und in leicht geduckter Haltung lief er los.

Lagerfeld hatte nicht gut geschlafen. Die vergangenen Tage waren aber auch wirklich ein bisschen viel für so ein einfaches Polizistenleben wie das seine gewesen. Vorsichtig drehte er den Kopf und schaute nach links in die Kissen, aber seine Behutsamkeit war völlig unnötig. Ute war schon weg, wahrscheinlich bereits auf dem Weg zur HUK in die Arbeit. Erleichtert ließ der junge Kommissar seinen Kopf zurück in die Kissen fallen, aber das gute Gefühl währte nur wenige Sekunden, dann füllte sich sein Denkapparat mit den Neuigkeiten, die ihm das berufliche sowie private Leben in den letzten Tagen ungebeten serviert hatte. Ermordete, Verweste, Vergrabene, Flüchtige, ein Hauptverdächtiger, eine fränkische Volksabstimmung und als Gipfel der Glückseligkeit die Nachricht, dass er ungeplant Vater werden würde. Irgendwie reichte das für ein Pfingstwochenende. Als strenger Verfechter einer eher unaufgeregten Lebensführung hoffte er darauf, dass sich die Aufgaben und Problemstellungen in seinem Leben allmählich wieder verringern würden, statt sich zu vervielfachen.

Am besten und einfachsten würde ihm das Abschalten, das er so dringend nötig hatte, sicher mit der Mühlradbaustelle gelingen, dachte er sich zufrieden. Heute sollten die Arbeiten für das Betonfundament des Wasserrades beginnen. Am ersten Arbeitstag nach den Feiertagen sollte die Baufirma aus Memmelsdorf noch am Morgen mit den Betonarbeiten anfangen, damit das Fundament für das Mühlrad in zwei Wochen stand. Er würde sich jetzt erheben, sich für die Dienststelle frisch machen und vor der Abfahrt den Betonbauern noch ein bisschen beim Einrichten der Baustelle zusehen. Wenigstens ein Erfolgserlebnis brauchte er heute Morgen, bevor er sich wieder mit Verbrechern, Mördern und sonstigen Halsabschneidern beschäftigen konnte. Und so ein Haufen emsiger Arbeiter, der Anblick musste einen doch einfach aufbauen.

Allerdings beschlich ihn schon beim Zähneputzen ein erster Zweifel, was die Arbeiten im jetzt trockenen Bachbett anbelangte. Und zwar deshalb, weil er nicht das Geringste von Bauarbeiten bemerkte. Eigentlich hatte er das Geräusch der Bagger erwartet, das Klappern von Schalttafeln oder zumindest die Stimmen von Bauarbeitern. Doch nichts dergleichen war zu hören. Es herrschte idyllische Ruhe.

Als Lagerfeld in voller Arbeitskluft vor die Tür trat, wurde aus seiner Vermutung bittere Gewissheit. Von der Firma Bösel aus Memmelsdorf war weit und breit nichts zu sehen. Keine Bagger, keine Arbeiter, keine sonstigen Gerätschaften. Die Brüder schienen die Baustelle, Ute und ihn versetzt zu haben. Lagerfelds Gemüt verdüsterte sich. Klappte denn gerade überhaupt nichts mehr in seinem Leben? Mit schwerer Seele schickte er Ute eine kurze Nachricht, in der er die ruhende Baustelle erwähnte, und schwang sich dann in sein rotes Honda Cabriolet. Dann eben ohne Erfolgserlebnis auf zu den nächsten Baustellen der Verbrechensbekämpfung, dachte er verbissen und bretterte Richtung Bamberg.

Franz Haderlein hatte bereits die gesamte Dienststellenbesetzung um sich versammelt und wollte gerade mit einem Bericht zur Lage beginnen, als die Tür aufging und der Kollege Bernd Schmitt den Kopf hereinsteckte.

»Einen schönen guten Morgen an die Bamberger Polizei!«, rief er allen zu, aber jeder merkte, dass Lagerfeld bisher alles andere als einen schönen guten Morgen erlebt hatte. Offensichtlich war der Mann schon zu dieser frühen Stunde vom Leben gestraft.

Haderlein verkniff sich einen Kommentar und wartete geduldig, bis sein Bernd einen Platz in der Runde gefunden hatte. Doch als er endlich seinen ersten Tagesordnungspunkt an die große Metalltafel heften wollte, öffnete sich erneut die Tür. Wieder fuhren alle Köpfe herum, und wieder ließ Haderlein, jetzt ebenfalls genervt, seine Mappe mit dem vorbereiteten Informationsmaterial sinken. Der Chef der Dienststelle, Hüter eines speziell für ihn aus Glas angefertigten Dienstzimmers, Robert Suckfüll, hatte den Raum betreten. Fidibus hängte seinen Mantel an einen Kleiderhaken neben der Tür und drehte sich zu den Anwesenden um. Als er die Versammlung um Haderleins Schreibtisch bemerkte, zuckte er kurz zusammen, kam dann aber mit neugierigem Blick näher und gesellte sich schließlich zu den reihum Stehenden.

»Na, mein lieber Haderlein, was haben Sie denn vor? Wohl wieder eins Ihrer taktischen Kabinettstückchen, die von Ihren Kollegen immer so über den grünen Mais gelobt werden, was? Dann machen Sie mal zu, Sie haben doch bestimmt schon einen Plan«, sagte Robert Suckfüll gespannt, ohne zu merken, dass in seiner Redewendung so einiges durcheinandergeraten war. In der Dienststelle regte sich niemand mehr darüber auf, was Robert Suckfüll alias Fidibus an germanistischem Schrott zum Besten gab. Seine Untergebenen hatten sich schon daran gewöhnt, dass ihr ansonsten fachlich hochkompetenter Chef sprachlich etwas unterbelichtet war. Wahrscheinlich hätten sich die Mitarbeiter der Bamberger Kriminalpolizei eher Sorgen gemacht, hätte sie Suckfüll zur Abwechslung mal mit einer korrekten Satzkonstruktion überrascht.

Marina Hoffmann bespaßte währenddessen lieber die Riemenschneiderin mit frisch geschälten Äpfeln, was ihr das kleine Ferkel mit lautem Grunzen dankte. Dienstbesprechungen waren für Polizeiferkel allgemein eine ziemlich trockene Angelegenheit, da war ein geachtelter Gravensteiner die perfekte kulinarische Überbrückung. Auch Haderlein ging nicht auf seinen Dienststellenleiter ein, sondern eröffnete die große Besprechung nun energisch mit einer zusammengefassten Aktenlage.

Byron Gray hatte sich vorsichtig, aber kontinuierlich über den Wipfelpfad vorgearbeitet. An sämtlichen Kurven und Winkeln, die auch nur im Entferntesten als Hinterhalt taugen konnten, ließ er alle gebotene Vorsicht walten, aber nirgends war er auf irgendetwas oder irgendwen Bedrohliches gestoßen. Nun, nach über einer Stunde des überflüssigen Anpirschens, lag das Ziel direkt vor ihm. Kiosk Nummer zwei.

Letztendlich war er nur ein kleines Blockhaus, gebaut aus Fichtenrundlingen, die dem quadratischen Kiosk die rustikale Note einer fränkischen Waldläuferbehausung verliehen. Gedacht war er als Verpflegungsstation für durstige und hungrige Besucher. Um diese frühe Zeit war das Häuschen noch komplett verrammelt. Die massive Lärchentür war abgeschlossen, die dicken Fensterläden waren von innen versperrt. Als Byron Gray an allen verschlossenen Öffnungen der Hütte gerüttelt hatte, umrundete er die Holzbehausung. Wieder nichts Verdächtiges. Auch dieses Fleckchen lag genauso friedlich in der Morgensonne wie der komplette Wipfelwanderweg rings um ihn herum.

Er betrachtete das Dach der Blockhütte genauer. Ein Grasdach, ungefähr so wie die Dächer der Häuser in den Wäldern in den Smokey Mountains, seiner Heimat. Darum herum verlief eine Regenrinne aus ausgehöhlten halben, dünnen Baumstämmen, die schließlich in einem ebenfalls aus einem ausgehöhlten Stamm bestehenden Fallrohr mündete, das im Boden der Wegbeplankung verschwand.

Er streckte seine Arme Richtung Dach. Vergeblich. Aber wenn er nur einen Arm verwendete und sich auf die Zehenspitzen stellte, konnte er gerade so mit der Hand in die hölzerne Dachrinne hineingreifen. Er tastete sich um sie herum, bis er nach wenigen Metern einen metallischen runden Gegenstand erfühlte. Er griff zu, nahm den Arm herunter und hielt in der Hand eine runde hellgraue Aluminiumbox, die auf einer Seite mit einem Schraubverschluss gesichert war. Vorsichtig drehte er den Deckel ab. Im Innern lag ein brauner Briefumschlag. Als er das große Kuvert öffnete, kam ein DIN-A4-Schnellhefter zum Vorschein, durch dessen durchsichtige Hülle ihm eine junge Frau entgegenblickte. Er studierte ihr Gesicht. Die Frau musste Mitte bis Ende zwanzig sein, sie wirkte freundlich, fast fröhlich. Und trotzdem schimmerte etwas Dunkles, Entschlossenes in ihrem Blick, stellte Byron Gray sofort fest, und irgendwoher kam ihm das Gesicht auch seltsam bekannt vor.

»Franziska Büchler« stand unter der Fotografie, dann folgte der Lebenslauf. Soso, bemerkte er überrascht, sie hatte also in den USA studiert. Er las die sonstigen Angaben, und als er zur Kategorie »Hobbys« kam, erstarrte er. Fast wäre ihm der Hefter aus den Händen gefallen. Franziska Büchler war Collegemeisterin im Bogenschießen gewesen. Sofort wusste Byron Gray, woher er das Gesicht kannte. Er hatte die Frau hinter der gelben Villa gesehen und auf sie geschossen, als sie mit ihrem Bogen geflüchtet war. Ob er sie getroffen hatte oder nicht, hatte er nicht mehr feststellen können. Es war schon zu dunkel gewesen, und er hatte ihr nur noch hinterherschauen können, wie sie ziemlich schnell verschwunden war.

Franziska Büchler aus Scheßlitz war also sein nächster und letzter Auftrag. Okay, dann sollte es so sein. Erneut las er die Angaben sorgsam durch und fotografierte mit seinem Smartphone jede Seite. Auf der letzten hatte jemand ein Zeichen aufgemalt. Eine große Null, die von rechts oben nach links unten durchgestrichen war. Darunter standen seine Initialen: B.G.

Ihm war sofort klar, was die durchgestrichene Null zu bedeuten hatte. Nach diesem Auftrag war Ende, Schicht im Schacht, Feierabend. Das war das Zeichen für seinen definitiv letzten Auftrag. Nur noch Joe und diese Frau erledigen, und danach konnte er in Ruhe …

»Hallo, Byron«, hörte er plötzlich eine Männerstimme hinter sich. Er war in Gedanken versunken gewesen und fuhr alarmiert herum. In leicht gebückter Haltung, das Überlebensmesser in der Hand seines ausgestreckten rechten Armes, starrte er in das schmallippig lächelnde Gesicht eines Mannes, das er nur zu gut kannte.

»Joe«, stieß er verblüfft aus, während der Mann die Fensterläden der Hütte nach außen öffnete. Byron Gray brauchte ein paar Sekunden, um den Anblick zu verdauen, aber dann verarbeitete sein Gehirn die soeben erhaltene optische Information rasend schnell und wandelte sie in die einzig mögliche Schlussfolgerung um. Wenn dieser Mann da Joe war, dann war Joe logischerweise auch sein Auftraggeber. Der Auftraggeber für diesen Trip nach *Germany* und auch der Auftraggeber für alle Aufträge in den Jahren davor. Die Ausbildung, die Joe in seiner Hütte in den Smokey Mountains absolviert hatte, war also die private Schulung seines langjährigen Auftraggebers gewesen, ohne dass Gray etwas davon geahnt hatte. Byron Gray war sprachlos, während Gerhard Irrlinger in seinem Anzug ziemlich geschmeidig durch das geöffnete Fenster kletterte.

»Du wunderst dich bestimmt, wieso ich mich dir zu erkennen gebe«, stellte »Joe« die rhetorische Frage. »Nun, du hättest es sowieso erfahren, hättest du irgendwann Fernsehen geschaut, Byron. Schließlich wäre ich fast Ministerpräsident eines neuen Bundeslandes in Deutschland geworden, dann hättest du mich vielleicht von früher erkannt und eins und eins zusammengezählt.« Er lächelte noch immer dünn und relaxed.

Doch Gray reagierte nicht. Er stand wie zuvor in Angriffshaltung da, in der rechten Hand das Messer, in der anderen die Mappe mit den Unterlagen über sein nächstes Opfer.

»Gib mir den Hefter, Byron, ich werde ihn für dich vernichten.« Irrlinger hielt die Hand auf.

Zögernd hob Byron Gray den Arm. Wenn Joe ihn hätte töten wollen, so hätte er es längst getan. Trotzdem würde er diesem Mann nicht trauen, niemals. Schon damals, als er ihn ausgebildet hatte, hatte er es nicht getan. Auch wenn er jetzt im Zehntausend-Dollar-Anzug vor ihm stand und seriös wirkte, blieb er sein Auftraggeber, der über Leichen ging. Gray reichte ihm die Mappe und steckte das Messer zurück. Nur den Inhalt hatte er behalten und gefaltet unter sein Hemd gesteckt. *»For you, Joe«*, sagte er kühl lächelnd, während seine rechte Hand sicherheitshalber auf dem Messergriff liegen blieb.

Irrlinger tat so, als würde er Grays distanziertes Verhalten nicht bemerken, und nahm die Mappe wortlos an sich. »Es ist dein letzter Auftrag, Byron«, sagte er ruhig. »Und dein wichtigster. Soweit es mich betrifft, bist du danach von allen Verpflichtungen entbunden. Aber dieser Auftrag muss noch erledigt werden, zwingend und erfolgreich, hast du mich verstanden?« Irrlingers Blick war unmissverständlich.

Byron Gray ahnte bereits, dass es sich bei diesem Auftrag nicht um ein Geschäft, sondern um etwas Persönliches handelte. Anscheinend steckte Joe in Schwierigkeiten, die nicht finanzieller Natur waren. Den Unterlagen nach war diese Frau jetzt ein gläserner Mensch für ihn. Er wusste, wer sie war, was sie wusste, was sie konnte und was sie wollte. Er wusste mehr über diese Frau, als ihre Eltern, die es nicht mehr gab, je hätten wissen wollen. Das Einzige, was nicht in den Unterlagen gestanden hatte, war der Aufenthaltsort von Franziska Büchler. Allerdings gab es Hinweise darauf, vielleicht.

»*Searching is more expensive* – teurer«, teilte er Irrlinger mit. Es war keine Frage und auch kein Vorschlag, sondern eine feststehende Tatsache.

Irrlinger verstand. »Der übliche Betrag, Byron. Das Geld ist schon überwiesen. Aber wenn der Auftrag erledigt ist, bekommst du das Gleiche noch einmal«, bestätigte ihm Irrlinger.

Byron zog unmerklich die Augenbrauen hoch. Das Doppelte? Das war wirklich sehr spendabel. Warum nur?

»Betrachte es als Hinweis auf die Bedeutung deines Auftrages«, lächelte Irrlinger ihn immer noch an, »und vielleicht auch als Abschiedsprämie für deine lebenslangen Leistungen.«

Byron Gray nickte, drehte sich ohne einen Abschiedsgruß um und lief den gleichen Weg zurück, den er gekommen war. Beiden Männern war klar, dass das ihre einzige und letzte Begegnung in diesem Leben gewesen war. Auch Irrlinger stieg nun durch die Fensteröffnung in die Hütte zurück, verschloss von innen den Fensterladen und kletterte durch die Bodenklappe und die

Hängeleiter hinunter. Zurück am Boden zog er mit Hilfe einer Seiles und einer Umlenkrolle an der Hütte die Hängeleiter nach oben, sodass diese unerreichbar in Höhe der Bäume hing. Nachdem er das Seil unauffällig an einer extra für diesen Zweck an einem Baum verschraubten Krampe befestigt hatte, kehrte er zum Haupthaus des Santamon-Firmenkomplexes zurück, der nur etwa zweihundert Meter entfernt versteckt im Wald lag.

Treibjagd

»Ich will mich gar nicht mit den ganzen Einzelheiten der vergangenen Tage aufhalten, die Indizien sprechen meines Erachtens eine deutliche Sprache«, eröffnete Franz Haderlein endlich die Besprechung und ließ seinen Blick entschlossen durch die Runde schweifen. »Auch wenn noch nichts wirklich bewiesen ist, stellt sich die Lage für mich folgendermaßen dar.« Er holte noch einmal tief Luft, um dann die Lage zu erläutern, wie sie sich ihm darstellte. Und dabei war Franz Haderlein gewohnt konsequent. Wenn er sich einmal festgelegt hatte, gab es kein Zurück mehr. Nur außerordentliche, nicht widerlegbare Argumente würden ihn von seinem Kurs abbringen können. »Wir haben eine Mördertruppe, die über Jahrzehnte hinweg immer zu Pfingsten zwischen Bamberg und Coburg Menschen umgebracht hat. Nach ersten Ermittlungsergebnissen sind sämtliche Gruppenmitglieder Mitmenschen aus hoch angesehenen Bevölkerungsschichten. Motiv der Taten sind allein sportliche Gründe, wie ich es mal bezeichnen möchte. Das klingt zuerst einmal pervers und ist es meiner Meinung nach auch.« Er warf seinen lodernden Blick in die Versammlung. Niemand hätte es in diesem Moment gewagt, auch nur eine Silbe des Widerspruchs zu äußern. Haderlein verstrahlte die Aura eines fürchterlichen Drachen aus der Unterwelt, der seine Gegner jeden Moment zu Asche verbrennen würde, hätte er denn irgendwelche Gegner gehabt.

»Diese Truppe ist nun ihrerseits ins Fadenkreuz von Mördern geraten. Zuallererst wurden die Männer von einer Frau namens Franziska Büchler gejagt. Sie ist die Tochter eines der Mordopfer, Felix Groh, der im Steinbruch von Ludvag ermordet wurde. Jene Franziska ist beziehungsweise war auf einem privaten Rachefeldzug, weil sie während ihres Studienaufenthaltes in den USA zufällig den mutmaßlichen Anführer der Bande, den Mörder ihres Vaters, erkannt und nach und nach sämtliche Mitglieder enttarnt hat. Ihr erstes Opfer war unser Bräutigam auf dem Staffelberg, das zweite der ehemalige Hausmeister Roland Schurig, der momentan im Bamberger Klinikum im Koma liegt. Die Chance, dass der Mann jemals eine verwertbare Zeugenaussage machen wird, ist verschwindend gering, wobei es eigentlich sonnenklar und beweisbar ist, dass Franziska Büchler die Bogenschützin war, die ihn in seiner Scheune erwischt hat. Ihr drittes und bisher letztes Opfer hat sie gestern Nacht in einer gelben Villa vom Leben in den Tod befördert.«

Alle lauschten gebannt und auch ein wenig respektvoll dem engagierten Vortrag des dienstältesten Kommissars der Bamberger Kriminalpolizei. Niemand sagte ein Wort, aber es gab dem Gesagten ja auch nichts hinzuzufügen. Selbst vor Gericht war Schweigen gleichbedeutend mit Zustimmung, also fuhr Haderlein mit seiner Brandrede fort.

»Das Verrückte an der Geschichte ist nun, dass dieses Opfer nicht das letzte an dem Abend war, das ins Gras beißen musste. Nein, fast alle anderen der mörderischen Vereinigung wurden von einem Unbekannten im Paukraum der Villa kaltblütig erschossen, während nebenan die feuchtfröhliche Wahlparty zur fränkischen Unabhängigkeit stieg. Nach glaubwürdigen Aussagen eines Zeugen aus der Nachbarschaft hat der unbekannte Killer dann wohl auch noch die Bogenschützin Franziska Büchler verfolgt, die aber mittels einer Helfershelferin den Tatort fluchtartig verlassen und ihm entkommen konnte. Eine sehr ungefähre Täterbeschreibung haben wir auch bereits erhalten. Der Mann hat laut der Aussage des Zeugen ungefähr meine Statur, trägt eine Jeanshose und eine Wildlederjacke. Das ist nicht wirklich viel, aber immerhin.«

»Deine Statur, aha«, warf Lagerfeld mit einem wissenden Grinsen flapsig ein, aber der Blick, mit dem Franz Haderlein ihm begegnete, hinderte ihn daran, weitere unpassende Kommentare dieses Kalibers abzugeben. Haderleins Augen erinnerten an ein geladenes Schnellfeuergewehr der neuesten Bauart, und in dessen Sperrfeuer wollte der junge Kommissar nicht geraten, besonders nicht heute.

»Der Punkt ist, dass der einzige Überlebende des ganzen Wahnsinns ausgerechnet der mutmaßliche Anführer der sogenannten ›Drei Eichen‹ ist. Das habe ich von der Ziehmutter der inzwischen flüchtigen Franziska Büchler erfahren. Jene Franziska war nämlich als Kind als Augenzeugin bei der Ermordung ihres

Vaters im Steinbruch von Ludvag dabei. Und genau das ist jetzt unser Problem.« Franz Haderlein hob das letzte Foto in die Höhe und befestigte es mit einem Magneten an der Schautafel.

»Wir haben einen Mehrfachmörder, wir haben die Opfer, wir haben den Tathergang, wir haben das Motiv, wir haben einfach alles – bis auf den zwingenden Beweis, mit dem wir Irrlinger etwas anhängen können. Unter seiner Führung haben diese Typen in den letzten Jahrzehnten einen unschuldigen Menschen nach dem anderen umgebracht. Einfach so, weil sie es konnten und es ihnen Spaß gemacht hat. Eine Art Großwildjagd für gelangweilte Investmentbanker. Alles liegt klar und eindeutig vor uns auf dem Tisch, aber«, wütend schüttelte er eine geballte Faust, »aber wir haben eben keinen Beweis. Es gibt nichts, womit wir Irrlinger festnageln können, nichts!« Haderlein war so wütend, dass alle erschrocken die Köpfe einzogen. Selbst Riemenschneider stellte unter Honeypennys Stuhl für einen kurzen Moment das Schmatzen ein und horchte der lauten Stimme ihres Herrchens, das offensichtlich ziemlich aufgebracht war.

»Wir haben nur eine einzige Chance, diesen Wahnsinnigen dingfest zu machen«, deklamierte Haderlein eindringlich und schaute von einem zum anderen. »Wir müssen Franziska Büchler finden, wissen aber nicht, wo sie sich aufhält. Wir wissen nicht wirklich, wo sie sein könnte, haben nur Vermutungen und können davon ausgehen, dass sie sich an Irrlinger ranmachen wird. Vielleicht wird sie ihn nicht töten, aber irgendetwas wird passieren. Und noch etwas.« Er erhob die rechte Hand und den dazugehörigen Zeigefinger. »Die Fahndung nach Franziska Büchler läuft bereits seit gestern Nacht, trotzdem möchte ich euch bitten, sie nicht öffentlich –«

»Ich möchte ja nicht dauernd meinen, äh, Keks dazugeben, aber da fällt mir gerade etwas ein«, war plötzlich die Stimme von Robert Suckfüll zu vernehmen, sodass Haderlein erstaunt in seinem Vortrag innehielt. »Nun ja, beim Thema Geheimhaltung ist mir eingefallen, dass mich gestern Abend kurz vor Dienstschluss eine Anfrage der Innenministerin erreichte, in der sie um den aktuellen Stand der Ermittlungen und vor allem um die Akten der Verdächtigen bat.«

»Was?«, fragte Haderlein erstaunt. »Was wollen die in München denn mit unseren Ermittlungsakten? Was geht die das überhaupt an?« Dann kam ihm ein Verdacht. »Irrlinger«, knurrte er wie ein Hund, der ein Rudel Löwen vom Hof vertreiben wollte. Und er wusste auch schon ganz genau, wer sich hinter dem Anführer des Löwenrudels verbarg. »Wahrscheinlich nutzt er seine Kontakte in die bayerische Staatsregierung, schließlich war er ja mal Staatssekretär im Innenministerium. Wie praktisch.«

Auch Fidibus nickte, genauso hörte sich das gerade an. Und jeder seiner Untergebenen wusste, dass er nicht anders gekonnt hatte, als die Informationen herauszugeben. Da heutzutage ja alles digitalisiert war, hatte er eine E-Mail nach München geschickt. Trotzdem war noch nicht alles verloren. »Na, jetzt lassen Sie mal den Ball im Dorf, mein lieber Haderlein.« Aufmunternd klopfte Fidibus seinem erfahrenen Kommissar auf die Schulter. »Ich geh jetzt mal in meine bescheidene Hütte und lasse Sie allein mit Ihren Problemchen. Sie werden das Kind schon, äh, also … werden Sie schon«, sagte er im Abgehen, während seine Gedanken wieder Ringelreihen tanzten.

»Dann an die Arbeit!«, rief Haderlein energisch. »Cesar, Bernd und Honeypenny zu mir!« Die Gerufenen holten sich jeweils ein Gestühl und hockten sich rings um Haderleins Schreibtisch. Der Hauptkommissar nahm ein schlichtes weißes DIN-A4-Blatt aus der obersten Schreibtischschublade und machte sich daran, Arbeitsaufträge zu verteilen.

»Wir haben keine Chance, aber wir werden sie nutzen«, gab Lagerfeld sogleich die als Aufmunterung gedachte Lebensweisheit zum Besten.

Jetzt aber zu behaupten, Haderlein hätte den Sinnspruch inhaltlich aufgenommen und auf seine Logik hin überprüft, wäre glatt gelogen gewesen. Er widmete sich direkt dem heutigen Tagesplan. »So, Cesar, du wirst dich auf den Weg nach Suhl machen und nach dem guten Gernot Fraas suchen. Versuch rauszufinden, ob er uns etwas Neues zu Franziska Büchler erzählen kann. Laut seiner Exfrau hat er nichts gewusst, aber ich glaube der Aussage erst, wenn du sie überprüft hast. Außerdem ist der Mann derjenige, über den wir in dieser ganzen Angelegenheit am wenigsten wissen.«

Huppendorfer hatte sich alles notiert und kritzelte nun noch ein paar zusätzliche Anmerkungen auf seinen Notizblock.

»Honeypenny«, fuhr Haderlein fort, »du schwirrst durchs Internet und versuchst, alles über Irrlinger und seine Funktion bei der Firma Santamon herauszufinden. Ich will alles genau wissen: was die in Deutschland treiben, herstellen, verkaufen. Sobald du etwas von Belang herausgefunden hast, schickst du es uns als Rundmail auf die Handys, verstanden? Das Prozedere gilt übrigens für alle Beteiligten.« Wieder warf er seinen lodernden Blick in die Runde, erntete dafür aber nur routiniertes Kopfnicken, das Vorgehen war ohnehin klar gewesen.

»Und jetzt zu dir, Bernd. Du darfst jetzt etwas tun, was du in deinem Privatleben sowieso schon immer praktizierst, nämlich was du willst.«

Während Honeypenny und Huppendorfer so breit grinsten, wie sie nur konnten, zuckte Lagerfeld spontan zusammen. Er war mit Haderleins Aussage nicht wirklich einverstanden.

»Äh, Franz, nur mal so als zarter Hinweis meinerseits, ich mache privat neuerdings überhaupt nicht mehr, was ich will. Im Gegenteil, ich werd ja demnächst Papa, und da werde ich doch nicht –«

»Das ist jetzt nicht wahr, oder?«, juchzte Honeypenny sofort. Ihre Augen wurden groß wie Faschingskrapfen. »Du wirst wirklich Papa, Bernd? Ach, dass ich das noch erleben darf, du und Vater!«

»Schluss jetzt damit!«, fuhr Haderlein ärgerlich dazwischen. »Das alles soll euch der Kollege Schmitt ein andermal erzählen. Ich habe jedenfalls beschlossen, dass wir uns für diesen Fall von jetzt an trennen. Jeder hat seine Aufgabe, jeder arbeitet fürs Erste für sich allein. Du, Bernd, hast ab jetzt völlig freie Hand, einzige Vorgabe ist: Du wirst losziehen und Franziska Büchler suchen. Da wir bis auf die paar dünnen Angaben ihrer Ziehmutter nichts zu ihrem möglichen Aufenthaltsort haben, wirst du deinem Bauchgefühl folgen müssen, von dem du ja bei deiner Polizeiarbeit sonst auch immer profitierst. Ausnahmsweise bitte ich dich diesmal sogar ausdrücklich darum, die Schemata der üblichen Polizeivorgehensweisen zu vergessen. Wir haben keine objektiven

Anhaltspunkte, also ist das vielleicht der aussichtsreichste Weg. Und noch was, Bernd: Versuche, dich in eine Frau hineinzuversetzen. Das könnte dir vielleicht dabei helfen, die –«

»Ich soll was?«, warf Lagerfeld sofort halb entsetzt, halb belustigt ein.

Haderlein betrachtete ihn einen Moment lang und überlegte. »Du weißt schon, Bernd«, meinte er dann. »Du hast doch manchmal so abstruse Eingebungen, vielleicht helfen die dir ja diesmal sogar weiter.«

Lagerfeld wusste zwar nicht, was sein älterer Vorgesetzter genau mit »abstrusen Eingebungen« meinte, nahm aber seine Aufgabe hin. Eine verkehrte Welt war das plötzlich, dachte er verwundert. Dienstlich sollte er jetzt alle Freiheiten haben, während sich zu Hause in der Mühle mit Freundin und Kind die Schlinge um seinen persönlichen Freiraum allmählich zusammenzog? Der zukünftige Vater schluckte noch immer bei dem Gedanken an das, was da kommen sollte.

»Du wirst diese Franziska finden, Bernd, wie auch immer du es anstellst. Aber du musst schneller als Irrlinger und sein unbekannter Killer sein, denn auch die werden nach ihr suchen. Von mir kannst du jede Unterstützung erwarten, die du brauchst, Bernd.«

Lagerfeld nickte. Langsam begann ihm zu dämmern, was Haderlein von ihm wollte, und auch, dass eine solche Aktion gewisse Konsequenzen hatte. »Und was machst du in der Zeit, oh, großer Meister aller Jedi-Ritter? Rauchst du mit Fidibus Zigarren, oder was?«

Zum ersten Mal an diesem Tag huschte so etwas wie ein Lächeln über Haderleins Gesicht. Die Vorstellung, mit Fidibus in seinem Glaskasten zu sitzen und eine Zigarre zu rauchen, während sein Chef die seine mit den Fingern zerkrümelte, weil er im Dienst nicht mehr rauchen durfte, erheiterte ihn doch ungemein. »Nein, das werde ich nicht tun, Bernd«, wurde er gleich darauf dann aber doch wieder dienstlich. »Ich werde erstens versuchen, Irrlinger auf den Fersen zu bleiben, ihn zweitens zu nerven und drittens vielleicht zu irgendeinem Fehler zu verleiten. Er weiß, dass wir hinter ihm her sind, also macht es keinen Sinn, das Gegenteil vortäuschen zu wollen. Stattdessen werde ich ihm zeigen, dass ich ihm am Arsch hänge. Er wird keinen Schritt tun können, ohne das Gefühl zu haben, in den Rückspiegel schauen zu müssen. Er soll ruhig merken, dass es die Kriminalpolizei verdammt ernst mit ihm meint. Und dann wollen wir mal sehen.« Das wilde Leuchten war in Haderleins Augen zurückgekehrt. Ein Feuer, das erst erlöschen würde, wenn Irrlinger nicht mehr in Freiheit war.

Erwin Dittberner hatte der gestrige Abend im Wirtshaus solchermaßen aufgeregt, dass er sich selbst jetzt, einen Tag später, noch nicht beruhigt hatte. Dieser Schauer ging ihm so was von auf den Senkel mit seiner Antihaltung zu dem Verkauf. Er hatte sich schon alles so schön ausgemalt. Mit der Pacht, die man ihm für fünfundzwanzig Prozent seiner Ackerfläche zahlen würde, könnte er locker zwei neue Ställe bauen, das musste man sich mal vorstellen! Wenn nur dieser Betonkopf Schauer nicht wäre. Über so einen Deppen musste man sich doch aufregen, verdammt noch mal.

Erst jetzt, so zwischen seinem ganzen Vieh, wurde er wieder ruhiger. Kühe, Schweine und die Hühner waren ja quasi seine Familie, da fühlte sich Dittberner sichtlich wohl, da kehrte in des Bauern Seele Frieden ein. Allerdings auch die Sehnsucht. Landwirt Erwin Dittberner war nämlich Single, und zwar von Geburt an. Vielleicht lag es an seinem Beruf, vielleicht an der abgeschiedenen Lage seines Aussiedlerhofs, dass er keine Frau abbekommen hatte. Dass es vielleicht an ihm selbst liegen könnte, darauf kam Erwin Dittberner allerdings nicht. Ihm reichten ja eigentlich auch die alltäglichen Vergnügen wie weißer Presssack mit Bier oder Bier mit rotem Presssack. Sonntags gab's dann auch schon mal Spanferkel mit Bier und abends zur Abwechslung Bier mit Leberwurscht.

Einen Gemüsegarten besaß Erwin Dittberner nicht, Fleisch war sein Salat. Aber würde sich zufällig eine Frau auf seinen Hof verlaufen, die das alles gut fand, dann könnte die von ihm aus ruhig bleiben. Wirklich bemüht hatte sich der Neununddreißigjährige allerdings bisher nicht um eine Lebensgefährtin. Zwar war er ein stattliches Mannsbild mit fast hundertvierzig Kilo, aber in Gefühlsdingen äußerst unbedarft und noch dazu überraschend schüchtern. Also hatte er schon in jungen Jahren mit dem Thema Frauen abgeschlossen. Das weibliche Geschlecht hatte für Erwin Dittberner somit nur grammatikalische Bedeutung.

Alles hatte sich schlagartig in dem Moment geändert, als er im Fernsehen die Kuppelsendung »Bauer sucht Frau« entdeckt hatte. Fast wäre ihm das Presssackbrot ins Bier gefallen. Es gab also doch noch Hoffnung für Bauern wie ihn. Selbst solche bisher von Romanzen verschonte Gesellen wie er konnten anscheinend zu Frauen kommen. Schon länger hatte ihm geschwant, dass es im Leben womöglich noch höhere Genüsse und Freuden als Presssack mit Bier geben konnte, auch wenn das konkret nur schwer vorstellbar war. »Bauer sucht Frau« wurde zu seiner konsequenten alleinigen Abendunterhaltung. Er hatte alle bisherigen Folgen mit seinem antiquierten Videorekorder auf Band gebannt und schaute sie sich abends auf dem Sofa mit Bier und Presssack an, bis er müde in den Schlaf fiel. Aber irgendwann war ihm eine Idee gekommen. Bei einem Wortwechsel im Fernsehen hatte er eine Eingebung gehabt. Als einer der bäuerlichen Junggesellen erwähnt hatte, er hätte zuvor schon im Internet inseriert, da hatte Erwin Dittberner beschlossen, das auch mal zu versuchen. In eine Fernsehsendung würde er sich freiwillig niemals begeben, dazu war er viel zu schüchtern, aber für das Internet ein Video aufnehmen, das kriegte er gerade noch auf die Reihe, schließlich hatte er vor drei Wochen auch ein Video davon gedreht, wie seine beste Milchkuh gekalbt hatte. Also war er quasi ein Fachmann. Er legte die einzige Garnitur sauberer Kleidung an, die er besaß, und setzte sich vor der Digitalkamera in der Küche in Positur. Der gelbe Pullover, den ihm seine Mutter vor vielen Jahren einmal gestrickt hatte, spannte sich über seinen gewaltigen Presssackbauch, als er Luft holte, um seinen Text vorzutragen. Zwischendurch immer wieder auf seinen Zettel spähend, begann er, durch seine Bewerbungsrede zu stolpern:

»Hallo. Also, ich bin der Erwin. Ich bin neununddreißig Jahre alt und suche also a Fraa. Ich bin Bauer auf aaner Bauerei. Das ist a spannender und sehr sicherer Beruf. Ich hab nämlich über fuffzich

Säu und fast hunnerd Küh. Ich hab also so aan Weg des Kennenlernens gewählt, weil, also, ich hab's aach scho im ›Fränggischen Daach‹ probiert, aber da ham sich bloß Grundschullehrerinnen gemeldet. Na ja, deswegen etzerd übers Inderned. Also, ich hab noch nie a Fraa kabt, aber dafür hald die Küh.« An dieser Stelle stockte Erwin mit seinem Vortrag, die Stelle war ihm ein wenig peinlich und machte ihn verlegen. Nach einigen Sekunden machte er dann mit rotem Kopf trotzdem weiter, schließlich war das da vor ihm ja bloß eine Kamera und keine richtige Frau. Die waren in Wirklichkeit auch viel größer.

»So. Ach ja, meine sexuellen Vorlieben.« Noch einmal schluckte er, seine Augen wurden größer und bekamen einen fiebrigen Glanz. Aber dann erinnerte er sich an seine Vorbilder aus der Fernsehsendung, die für die Vorstellungsrunde ja auch so ein Video gedreht hatten. »Also, ich bin ja Bauer, und ich find, also, Sex muss ned unbedingt sein. Aber wenn, ja, dann hätt ich also auf jeden Fall gern a Fraa, die mich respektiert und sich an meine Anordnungen hält. Ich bin beim Sex ja dodal dolerand, aber ich hasse Widerrede und Gridig. Ich muss auch ned jedes Jahr Sex ham, da bin ich flexibel und liberal.«

Erwin Dittberner schnaufte tief durch. Das war schon mal geschafft. Erleichtert grinste er in die Kamera und wischte sich mit dem behaarten rechten Handrücken den Schweiß von der Stirn. Er wollte die Kamera schon ausschalten, als ihm noch etwas Wichtiges einfiel. Eigentlich etwas Essenzielles. Noch einmal setzte er sich in Positur und strahlte in die Kamera: »Aussehen, ja genau. Du solltest also gut aussehen und einen großen Busen haben …« Er stutzte, dann fügte er hinzu: »Äh, naa, besser zwei. Und du solltest so ungefähr zwischen siebenunddreißig und siebenunddreißigeinhalb Jahre alt sein und noch keinen Sex mit annere Männern gehabt ham.« Verschämt richtete er seinen Blick gen Boden, das, was folgen sollte, war ihm wieder peinlich. »Es is nämlich so, dass ich großen Werd auf Sauberkeit lech, und wenn ich mir vorstellen tu, dass da scho a annerer, also, da quasi so in dir rum … also, naa!« Bei diesem widerwärtigen Gedanken verzog sich Dittberners Gesicht zu einer angeekelten Grimasse, er schien körperliche Qualen zu leiden. »Also, a Kind könntest du aber scho ham«, fügte er sicherheitshalber noch dazu. Erleichtert, dass er wenigstens dieses Zugeständnis gemacht hatte, entspannten sich seine Gesichtszüge wieder, er blätterte emsig in seinen Spickzetteln und kam zu seinem wohlvorbereiteten Schluss.

»Schick mir jetzt also eine E-Mail mit einem Bild von deinem Busen. Bitte sei a weng geduldich, wenn ich ned gleich antworten tu, ich griech nämlich jetzt bestimmt viele Zuschriften. Also dann, bis bald, ich liebe dich, dei Erwin.« Noch einmal strahlte er übers ganze Gesicht, dann erst schaltete er die Kamera aus und machte sich nach dem ganzen Stress über fünf Presssackbrote mit Bier her.

Die Nachricht vom Landeswahlleiter, dass die CSU Protest gegen das Wahlergebnis einlegen würde, überraschte Manfred Zöder nicht. Schon im Vorhinein war ihm klar gewesen, dass die nach jedem Strohhalm greifen würden, der sich ihnen bot, um das Wahlergebnis anzufechten und die fränkische Unabhängigkeit zu verhindern. Sorgen machte ihm hingegen der Umstand, dass ihn der Landeswahlleiter persönlich angerufen hatte. Hieß das, die Anfechter hatten wirklich etwas in der Hand? Anscheinend war in der »Coburger Neuen Presse« ein Artikel aufgetaucht, in dem von einem Mann berichtet wurde, der in Coburg am Wählen gehindert worden sei. Eine Zeitungsreporterin namens Habermann hatte den ganzen Vorgang sogar bildlich dokumentiert und den Wahlschein des Mannes aufgehoben. Es wusste zwar niemand, ob und wie der Mann ihn ausgefüllt hatte, aber der Vorfall war Grund genug für die CSU, ein Treffen mit der Landeswahlleitung zu fordern und prüfen zu lassen, ob diese eine Stimme noch gezählt werden würde oder nicht. Immerhin konnte sie das Ergebnis der Wahl erheblich beeinflussen. Bei Stimmengleichheit wäre die Unabhängigkeit nämlich beim Teufel. Zöder blieb nichts übrig, als die Entscheidung des Landeswahlleiters in der Bamberger Konzerthalle abzuwarten. Dabei hatte er ein mulmiges Gefühl, schließlich war er im Grunde ja schon fränkischer Ministerpräsident. Doch er war wild entschlossen, sich so kurz vor dem Ziel von so einem CSU-Einspruch nicht mehr die Butter vom Brot nehmen zu lassen.

Gerhard Irrlinger hatte es sich gerade vor seinem Schreibtisch in seinem Sessel bequem gemacht. Langsam fiel etwas von der Anspannung der letzten Tage von ihm ab. Alles lief im Grunde so, wie er es vorausberechnet hatte, alles lief nach Plan. Natürlich, gewisse Unwägbarkeiten gab es immer, aber auch die waren einkalkuliert. Das Einzige, was er nicht vorausgesehen hatte und was ihm wirklich gefährlich werden konnte, war diese kleine beschissene Bogenschützin, diese Büchler. Wo zum Teufel war die auf einmal hergekommen? Zum Glück verfügte er noch über seine Kontakte zur Staatskanzlei und zum Justizministerium, so hatte er ein paar alte Gefallen einfordern können und die Akte über die Frau bekommen, die die Bamberger Ermittler bereits angelegt hatten. Allerdings waren die Ergebnisse gelinde gesagt oberflächlich gewesen. Die Polizei wusste zwar, wer die Frau war, Geburtsort, Alter, Lebenslauf, aber das war's dann eigentlich schon. Kein letzter Wohnsitz, keine Freunde, Bekannte oder Unterschlupfmöglichkeiten. Auch hatte sich kein Hinweis darauf gefunden, dass und wie sie auf ihn und seine Freunde der Jagdgesellschaft gekommen war. Und sie musste zweifelsohne wissen, was die »Three Oaks« getan hatten, sonst wäre sie niemals auf die Idee gekommen, mit dem Bogen Jagd auf sie zu machen. Warum war diese Frau so wild darauf, sie alle zu töten? Wie war sie ihnen auf die Spur gekommen, sie hatten doch immer alle Spuren verwischt, eigentlich hätte nichts und niemand auf sie hindeuten dürfen. Fragen über Fragen.

Der Akte nach tappte die Bamberger Polizei noch ziemlich im Dunkeln, genau wie er es sich schon gedacht hatte. Dieser alberne Kriminalhauptkommissar Haderlein war zwar bei der Befragung in der Villa ziemlich penetrant gewesen und hatte sich die grobe Wahrheit in seinem Polizistenhirn wohl irgendwie zusammengereimt, aber er würde ihm niemals etwas beweisen können. Sein Plan besaß keine Fehler, zumindest keine, die man nicht beheben konnte. Byron Gray würde bald die letzte Spur beseitigen, die zu ihm führen konnte: Franziska Büchler, die es auf ihn, Gerhard Irrlinger, abgesehen hatte. Er vertraute auf Gray, dass er diese Schlampe früher oder später erwischen würde, auch wenn er widerwillig zugeben musste, dass sie ziemlich raffiniert vorgegangen war. Zwei Mitglieder seiner Gruppe hatte sie schon erledigen können, ohne von ihm oder der Polizei erwischt worden zu sein. Aber Gray würde sie nicht entkommen. Er war kein fränkischer Provinzpolizist, sondern der beste Profikiller, den er kannte. Über viele Jahrzehnte lag seine Erfolgsquote bei nahezu hundert Prozent, das musste ihm erst einmal einer nachmachen. Und den einen Auftrag, der ihm bekannt war, hatte Gray nicht ausführen können, weil sich der Mann kurz zuvor eigenhändig mit einer Schrotflinte den Kopf weggeschossen hatte. Das war Pech gewesen, aber gegen Selbstmord konnte man sich nicht wirklich wappnen.

Diese wild gewordene Amazone würde Gray jedenfalls früher oder später mit Sicherheit aus der Welt schaffen, doch bis dahin lief sie noch irgendwo da draußen mit ihrem Hochleistungsbogen durch die Welt und wollte ihn, Gerhard Irrlinger, abschießen. Aber er wusste, wie er das vermeiden würde. Da gab es eine ganz einfache Vorgehensweise, dies zu verhindern. Eine absolut narrensichere Möglichkeit, die er so lange anwenden würde, bis Gray seinen Auftrag ausgeführt hatte. Er würde einfach hier in Schmerb hinter den Mauern seiner Firma Santamon verharren. Irrlinger lächelte. Er hatte von diesem Haderlein sowieso die Auflage aufgedrückt bekommen, bis zum Abschluss der Ermittlungen in der Nähe zu bleiben, das passte also gut. Er würde sich so lange daran halten, bis der Bamberger Polizei ihre einzige und zugleich wichtigste Zeugin in dem Fall plötzlich unwiederbringlich abhandengekommen war.

Die Zeit bis dahin würde er sich mit seinem geschäftlichen Projekt vertreiben, welches mit der fränkischen Unabhängigkeit seiner Verwirklichung wieder ein gutes Stück näher gekommen war. Bald würde er alle Fäden ziehen können, die notwendig waren, um das Unterfangen umzusetzen. Er drückte eine Taste auf seinem Schreibtisch und gab seiner Sekretärin Bescheid, so schnell wie möglich eine Betriebsversammlung einzuberufen, er habe etwas Wichtiges mitzuteilen. Carola Zosig, seine treue Seele, notierte sich normalerweise seine Wünsche und klärte im nächsten Schritt alles mit dem Betriebsrat ab. Aber heute Vormittag hatte Carola frei und würde ihm erst in einigen

Stunden wieder zur Verfügung stehen. Bis dahin wurde sie von der Zeitarbeitskraft vertreten. Seit Eröffnung der Gebäudekomplexe vor einem Jahr war Carola Zosig seine wichtigste Ansprechpartnerin vor Ort gewesen. Die resolute Sekretärin mit den dunklen leicht gewellten Haaren war top in ihrem Job, hatte die sechzig aber schon länger überschritten. Es bestand nicht einmal der Hauch einer Chance, dass sie für Irrlinger auch nur irgendwie sexuell interessant sein könnte. Das war für ihn wichtig gewesen. Er wollte keine gut aussehende Rothaarige in der Blüte ihrer Jahre in seinem Vorzimmer sitzen haben, damit hätte er als begehrter Single nur sinnlosen Gerüchten reichhaltige Nahrung gegeben. Derlei Vergnügungen fanden in seinem Leben zwar statt, aber so, dass nichts und niemand in seinem beruflichen Umfeld etwas mitbekam. Er hatte keinen Grund zur Klage, was das anbetraf, denn Gerhard Irrlinger bekam immer, was er wollte. Und der Lebenslauf von Carola Zosig hatte genau dem entsprochen, was er in der Stellenausschreibung gefordert hatte. Carola war überaus fit, mit einer ausgezeichneten Menschenkenntnis gesegnet und hatte noch dazu die alterstechnische Fortpflanzungsgrenze längst überschritten. Schon nach kurzer Einarbeitungszeit hatte er sie in Personalfragen um Hilfe gebeten und auf ihren Rat gehört. Ein im Personalbereich verbrachtes Arbeitsleben war einfach durch nichts zu ersetzen. Zudem war sie verschwiegen und zuverlässig, Eigenschaften, die auch von den Mitarbeitern im Hochsicherheitstrakt des Labors gefordert wurden, die eine Geheimhaltungserklärung unterschreiben mussten. Alle Angestellten wurden überdurchschnittlich gut bezahlt, aber dafür wurde bei Santamon auch überdurchschnittlich viel von ihnen verlangt. Zudem wohnten alle Labormitarbeiter auf dem firmeneigenen Gelände im sogenannten Kasten, einem ziemlich feudalen Wohnheim. Für sämtliche Angestellten war das ein Angebot, für die »Laborratten«, die an dem geheimen Projekt mitarbeiteten, Pflicht. Irrlinger war da rigoros und ließ nicht mit sich reden. Für die Auswahl dieser bestimmten Mitarbeiter hatte auch Carola Zosig mitverantwortlich gezeichnet, und sie hatte ein goldenes Händchen bewiesen. Ein leises, schmallippiges Lächeln kroch bei den Gedanken über Irrlingers Gesicht, und er lehnte sich zufrieden in seinem Ledersessel zurück.

Fidibus winkte Haderlein mit einem vielsagenden Blick von der offen stehenden Tür seines gläsernen Büros aus zu. Verwundert legte Haderlein die Notizen, in die er sich gerade vertieft hatte, auf die Seite und folgte Suckfülls Ruf. Im Büro bat der Chef Haderlein, vor seinem Schreibtisch Platz zu nehmen, und ließ sich seinerseits in seinen schwarzen Ledersessel fallen. Nachdenklich betrachtete Fidibus einige Sekunden lang ein Poster, das an der Wand hinter Haderlein hing und äußerst seltene Tabakpflanzen der Welt dokumentierte, während er mit den nervösen Fingern seiner linken Hand eine dicke Havanna bearbeitete.

»Ich möchte von meinem dienstältesten Kommissar eine ehrliche Einschätzung der Lage«, eröffnete Fidibus das Gespräch und senkte seinen väterlichen Blick auf Haderlein, während seine Finger die Zigarre rotieren ließen.

Haderlein lehnte sich zurück und beschloss, wenn er denn schon dazu aufgefordert wurde, auch außerordentlich ehrlich zu sein. »Meines Erachtens ist die Geschichte sonnenklar. Dieser Irrlinger ist ein Psychopath, wie er im Buche steht. Er hat mit seinen Freunden gemordet, was das Zeug hält. Erst als er gemerkt hat, dass irgendwer ihm und seiner feinen Gesellschaft auf die Schliche gekommen ist, hat er die Reißleine gezogen. Das muss man sich mal vorstellen. In kürzester Zeit bestellt Irrlinger einen Killer, der schnell und gründlich seine Vergangenheit beseitigt. Präzise und sauber, damit an ihm nichts haften bleibt. Seine politische Karriere mag vielleicht einen Dämpfer bekommen haben, aber so wirklich viel scheint ihm das nicht auszumachen. Der skrupellose Drecksack hatte die ganzen Jahre über einen Notfallplan in der Tasche für den Tag, an dem er möglicherweise auffliegen könnte. Und jetzt lässt er uns hier aussehen wie blutjunge Schuljungen. Ich war bei Ermittlungen selten so wütend wie jetzt, Chef. Eigentlich haben wir keine Chance, den Kerl an den Haken zu kriegen, und das weiß er auch ganz genau. Der genießt das richtig. Nur wenn wir Franziska Büchler finden, könnten wir ihm seine Vergangenheit beweisen. Aber das Mädchen war bisher schon sehr geschickt darin, unerkannt zu bleiben. Wir haben keine Ahnung, wo wir nach ihr suchen sollen, keinen blassen Schimmer. Bei ihrer Mutter wird sie ganz sicher nicht mehr auftauchen.«

Haderlein war in der Tiefe seines Wesens aufgebracht. Zu wissen, wer der Schuldige war, den Verbrecher aber nicht bestrafen zu können, trieb ihn in den Wahnsinn. Er hatte nicht vor, einen definitiven Mehrfachmörder laufen zu lassen, aber wie die Dinge standen, würde er es nicht verhindern können. Manchmal war das Leben einfach nur tragisch und ungerecht. Aber solange Haderlein noch kämpfen konnte, würde er es tun. Noch war nicht alles verloren.

Suckfüll bemerkte sehr wohl, in welch seelischer Not sich sein Kriminalhauptkommissar befand. So hatte er ihn noch nie erlebt. Da war etwas Seelenmassage angebracht. »Also, mein lieber Franz, dann sagen Sie doch einmal geradeheraus, was die kurzfristigen Ziele Ihrer Ermittlung sind: Was brauchen wir am nötigsten, wie kann ich helfen?«

Die Antwort auf diese Frage hatte Haderlein recht schnell parat. »Na, wie ich schon sagte, wir müssen Franziska Büchler finden und wenn möglich auch diesen unbekannten Killer«, kam es wie aus der Pistole geschossen. »Ich habe zwar noch keinen Plan, wie und wo wir da anfangen sollen, aber wenn Sie schon mal helfen wollen, dann könnten Sie ein bisschen im Nebel herumstochern, was diesen Typen in der Wildlederjacke anbelangt. Vielleicht weiß ja irgendjemand in anderen Dienststellen irgendwas. Jeder Hinweis zu dem Typen, egal, wie unwichtig er auch scheinen mag, könnte uns nutzen. Wir wissen, was er gestern Abend getragen hat und dass er, den Reifenspuren nach zu urteilen, mit einem Allradfahrzeug unterwegs war.«

Haderlein hielt kurz inne, während sein Chef noch fleißig mitnotierte. Als dieser fertig war, stellte Haderlein Suckfüll eine Frage, die ihm schon die ganze Zeit unter den Nägeln brannte. »War es eigentlich unbedingt nötig, die Akte Büchler an das Innenministerium herauszurücken?«, wollte Haderlein mürrisch wissen, obwohl er die Antwort eigentlich schon kannte. Robert Suckfüll war ein begnadeter Jurist, aber leider in seinem Job weisungsgebunden. Fidibus war jedoch nicht im Geringsten überrascht und schon gar nicht verärgert über diese Frage. Im Gegenteil, er lächelte ein kleines, feines Lächeln, während seine Finger die Rotationsgeschwindigkeit seiner Zigarre um eine weitere Stufe erhöhten.

»Haderlein, Sie wissen doch, ich bin weisungsgebunden, das muss Ihnen doch klar sein, mein Lieber.« Haderlein nickte resigniert, doch Suckfülls Lächeln wurde breiter. »Aber mir ist beim Erstellen der Akte ein kleines Missgeschick passiert, mein lieber Haderlein«, sagte er fast fröhlich. »Sie wissen schon – die moderne Technik und ihre Tücken.«

Haderlein runzelte die Stirn. Was zum Kuckuck wollte ihm sein Chef damit nun wieder sagen? Er hatte jetzt wirklich keine Lust, sich Vorträge über Sinn oder Unsinn von Verschlüsselungstechniken anzuhören, dafür gab es im Haus doch Spezialisten, die sich mit so etwas auskannten. Fragend schaute er zu seinem Chef, dessen Lächeln zu einem Grinsen wurde.

»Nun ja, mein lieber Haderlein, ich bin ja auch nicht erst heute früh aufgestanden. Als gestern Abend diese Anfrage aus München vom Innenministerium kam, hab ich mir gleich gedacht, hoppla, da will jemand seine Affäre aus der Suppe ziehen, und habe die Chance beim Zipfel gepackt. Ich habe mir die Akte schnell noch einmal vorgenommen und einige wenige unwichtige Details entfernt, die das Innenministerium in München bestimmt nicht vermissen wird. Etwa so vernachlässigbare Unwichtigkeiten wie Franziska Büchlers Wohnorte in den USA, Vereinsmitgliedschaften oder bekannte soziale Kontakte aus ihrer Jugend. Diese und andere Kleinigkeiten sind unserer Datenbank in der Eile leider abhandengekommen, wenn Sie verstehen, was ich meine, mein lieber Haderlein. Es ist ja nicht so, dass ich den Fall auf die lockere Schulter nehme. Niemand von uns will, dass diese wirklich unwichtigen Details in die falschen Hände geraten, nicht wahr?« Sprach's und schaute seine propellernde Zigarre an wie einen alten Kumpel, schien aber nicht zu merken, wie sich die ersten Deckblätter der edlen Havanna zwischen seinen Fingern bereits zu lösen begannen.

Haderlein war fassungslos. Er konnte nicht glauben, was er

von seinem Chef gehört hatte, aber er hätte ihn dafür spontan küssen können. Robert Suckfüll, ein Pedant sondergleichen und großer Verfechter von Ordnung, Recht und Gesetzestreue, hatte eigenhändig eine offizielle Akte der Bamberger Kriminalpolizei manipuliert. Unvorstellbar, aber ein kleiner Lichtblick in diesem hoffnungsarmen Fall.

»Sie haben also allen Ernstes Ermittlungsakten manipuliert, Chef?«, wollte sich Haderlein noch einmal vergewissern und schaute wie ein Fünfjähriger, dem man plötzlich und unerwartet erzählt hat, er dürfe gleich das erste Mal in seinem Leben Rolltreppe fahren, und zwar nicht nur rauf, sondern auch wieder runter.

»Na ja, nennen wir es mal einen Übertragungsfehler, mein lieber Haderlein, es war ein simpler Übertragungsfehler. Kommt in den besten Computernetzwerken vor. In so einem unkonventionellen Fall müssen auch wir zu unkonventionellen Methoden greifen, und seit ich von den Machenschaften der NSA weiß, bin ich auch etwas egoistischer geworden. Da wollen wir die schnöde Welt der Vorschriften einmal gut sein lassen und einfach ein bisschen auf Kette sein«, sagte Fidibus amüsiert.

»Draht«, verbesserte ihn Haderlein nüchtern, »es heißt nicht Kette, sondern Draht.«

Schlagartig verging Fidibus das Lachen, sein Blick nahm einen leicht vergeistigten Ausdruck an, und seine Haltung wurde starr. Alles untrügliche Zeichen dafür, dass sich der Leiter der Bamberger Dienststelle in einem schwierigen semantischen Prozess befand. Der Havanna war es inzwischen schwindelig und zugleich schlecht geworden, außerdem hatte sie die Grenze ihrer Adhäsionskräfte erreicht. Während sich ihre Inhaltsstoffe der Schwerkraft folgend in Richtung Büroboden verabschiedeten, stellte sich Haderlein die augenscheinlich nur noch analogen Denkvorgänge Suckfülls bildhaft vor. Dann, urplötzlich, war Fidibus wieder in der Realität angelangt. Offensichtlich war er zu einem für ihn befriedigenden Ergebnis gelangt.

»Sie haben natürlich recht, Kette muss es heißen, Kette. Weiß gar nicht, wie ich auf Draht gekommen bin, totaler Unsinn das. Es heißt ja auch nicht Drahtraucher, nicht wahr, mein lieber Haderlein?«, faselte Fidibus laut, während er die letzten Rudimente der Havanna zu Boden fallen ließ und mit der frei gewordenen Hand in seiner Weste nach einer Nachfolgerin kramte.

Haderlein kannte seinen Chef lange genug, um zu wissen, dass es jetzt besser war zu schweigen. Was auch immer er jetzt zum Thema Drahtrauchen äußern würde, es würde alles nur noch schlimmer machen. Außerdem war sein Chef gerade dabei, sich wieder zu fangen.

»Es ist ja so, dass wir hier offensichtlich mit ungleichen Waffen kämpfen, und da ich ein Mensch bin, der seine Zunge auf dem Herzen trägt, will ich ganz offen zu Ihnen sprechen, mein lieber Franz. Wir haben es mit einem hinterhältigen und in seinen allgemeinen Beziehungen zu den höheren Schichten der Gesellschaft womöglich überlegenen Gegner zu tun, also finde ich es nur angebracht, im Sinne der sportlichen Fairness für etwas mehr Ausgeglichenheit zu sorgen, nicht wahr?«, plapperte Fidibus weiter, während er endlich eine neue Zigarre aus den Tiefen seiner Kleidung förderte.

»Alles gut und schön, Chef, aber wo ist jetzt die Originalakte? Also die mit den ganzen unwichtigen Kleinigkeiten?«, fragte Haderlein misstrauisch nach. Hoffentlich war sein zerstreuter Chef nicht so blöd gewesen, alle Daten, die sie in mühevoller Kleinarbeit in den letzten Tagen zusammengesucht hatten, der Einfachheit halber komplett zu löschen.

Aber wie so oft unterschätzte er seinen Chef. Robert Suckfüll beugte sich in Richtung seines Schreibtisches, öffnete eine Schublade und holte einen schwarzen Leitz-Ordner heraus, den er Haderlein feierlich und mit einem lapidaren Kommentar überreichte. »Hier, mein lieber Franz, ausschließlich zur persönlichen Verwendung. Verwahren Sie ihn gut, es gibt keine Kopien.«

Haderlein schaute fassungslos auf den Ordner in seinen Händen. Es geschahen doch immer noch Zeichen und Wunder. Ein kleiner Hoffnungsschimmer in diesem so ungleichen Kampf, wie es schien.

»Und jetzt husch, husch, an die Arbeit, mein lieber Untergebener.« Fidibus deutete mit der fuchtelnden Hand an, dass

Untertan Haderlein den Thronsaal zu verlassen habe, um sich fortan wieder der Verbrechensbekämpfung zu widmen.

Kurz schaute Haderlein Fidibus konsterniert an, dann klemmte er sich den Ordner unter den Arm und verließ zügig, aber mit erfreutem Kopfschütteln das gläserne Büro seines Chefs.

Josef Schauer hatte einigermaßen gut geschlafen, obwohl er selbst in seinen Träumen noch mit dieser Bauernversammlung gekämpft hatte, in der ihm Erwin Dittberner die Hölle heißmachte. Wenn er ehrlich war, musste er sich eingestehen, dass er mit seinen Bedenken gegen die Offerte der GKB und mit seiner Argumentation ziemlich allein dastand. Auch im kleinen Kreis der Bauern, die bisher in ihrer Meinung noch geschwankt hatten, schwanden der Zuspruch und die Bereitschaft, seiner Argumentation zu folgen. Der Widerstand gegen das seiner Meinung nach sittenwidrige Angebot schien erloschen zu sein, der Verkaufsdruck durch Großbauern wie Dittberner und das wirklich großzügige Angebot der GKB wurde immer höher. Er war der Letzte, der nicht verkaufen wollte, und er hatte fast schon ein schlechtes Gewissen, weil er allen anderen womöglich ein grandioses Geschäft versaute, wenn er nicht bald unterschrieb. Aber er traute dieser GKB nicht, Santamon drüben in Schmerb noch viel weniger, und dieser exorbitanten Geldofferte traute er schon gleich gar nicht. Durch eigene, mühselige Recherche hatte er bereits herausgefunden, dass die GKB Verbindungen zu Santamon unterhielt und umgekehrt. Warum wollte nur keiner sehen, dass sich alle angefragten Flächen exakt im Fünf-Kilometer-Umkreis von Schmerb befanden? Da lag es doch auf der Hand, dass Santamon sie für irgendetwas brauchte. Sehr wahrscheinlich hatten die irgendeine Schweinerei vor, aber die Bauern waren blind, weil sie von Dollarnoten geblendet wurden. Diese Amerikaner waren doch bekannt dafür, ihr gentechnisch hergestelltes Saatgut auf den europäischen Markt werfen zu wollen. Bisher hatte sich die Europäische Union noch erfolgreich geweigert, aber Santamon würde nicht aufgeben, da war sich Josef Schauer sicher. Mit ihrem Glyphosat war es doch genauso gewesen. Das Herbizid vernichtete wirklich jedes Unkraut, allerdings auch alles andere, was es gewagt hatte, um das Unkraut drum herum zu wachsen. Aber Santamon hatte entsprechende gentechnisch veränderte Pflanzen gleich noch mitgezüchtet, die gegen den Wirkstoff immun waren. Und nicht nur das, die Firma hatte auch bereits Pflanzen kreiert, die selbst Giftstoffe dieser Art produzierten. Santamon konnte also seine glyphosathaltigen Mittel wie das bekannte »Roundabout« verspritzen, wollte aber gleichzeitig auch seinen Genmais verkaufen, der den Giftstoff als einzige Pflanze weit und breit überlebte. Die Firma hatte dem Mais Gene aus einem Bakterium eingepflanzt, das musste man sich einmal vorstellen. Die Pflanze war ein Hybrid aus pflanzlichem und tierischem Erbgut, Frankenstein ließ freundlich grüßen. Aber nur so konnte die Pflanze den giftigen Wirkstoff Glyphosat überleben, der sich nach wenigen Wochen komplett selbst abbaute, wie Santamon behauptete. Natürlich war das totaler Quatsch, die Imker konnten ein Lied davon singen. Inzwischen war Glyphosat schon in den Bienen und vor allem auch im Honig nachzuweisen. Noch schlimmer waren nur noch die Mittel, die die neuartigen sogenannten Neonicotinoide enthielten. Sie schädigten offenbar den Orientierungssinn der Bienen, sodass sie nicht mehr zu ihren Stöcken zurückfanden. Aber natürlich wollten Konzerne wie Santamon oder Zyngenta nichts davon wissen, war ja alles noch nicht bewiesen. Und währenddessen krepierten die Bienen fröhlich weiter.

Das große Bienensterben hatte schon auf der ganzen Welt eingesetzt. Die Völker wurden immer stärker durch die Varroa destructor, verschiedene schädliche Umweltfaktoren, aber vor allem auch durch dieses verfluchte Glyphosat geschwächt. Und wenn Santamon womöglich direkt vor seiner Haustür in Neudorf Experimente mit Glyphosat und diesem Genmais plante, konnte er seine Bienenvölker gleich abschreiben. Sie waren ja jetzt schon so schwach gewesen, dass sie diesem fremden Schwarm nichts mehr entgegenzusetzen gehabt hatten.

Apropos neues Volk. Schlagartig war Josef Schauer wach und sprang aus dem Bett. Er musste schauen, ob das neue Volk noch da war. Was war das eigentlich für eine Art? Hatten sich unbekannte Bienenrassen gekreuzt, war eine Königin aus Übersee eingeschleppt worden und hatte sich hier vielleicht mit einheimischen Drohnen gepaart? Aber das würde er so auf die Schnelle eh nicht rausfinden können.

Er zog seine Klamotten an, schlüpfte in seine Schuhe und machte sich auf den Weg über die Wiese zu seinen Bienenkästen. Dort angekommen hob er sofort neugierig und vorsichtig den Deckel von Kasten Nummer sieben ab. Ja, die fremden Bienen waren noch da, aber ihre Zahl hatte definitiv abgenommen. Überrascht rückte Schauer seine Brille zurecht und studierte das Volk genauer. Einen Wabenrahmen nach dem anderen holte er heraus, bis er schließlich die Chefin des Hauses entdeckte. Die Königin war noch da, aber ein beträchtlicher Teil des neuen Volkes fehlte. Wo war der nur abgeblieben? Das alles war äußerst merkwürdig. Ohne eine Königin schwärmte ein Bienenvolk nicht so einfach los, und normalerweise dauerte es einige Zeit, bis es eine solche herangezogen hatte. Alles total widersinnig.

Nachdenklich legte er den Deckel wieder auf den Bienenkasten. Was zum Teufel war hier los? In der Regel dauerte es ungefähr vierzehn Tage, bis das Volk über eine neue Königin in einer Weichselzelle verfügte. Frühestens dann schwärmte die alte Königin mit ihrer Gefolgschaft aus und überließ den »jungen Wilden« den Stock.

In Gedanken über seine Völker fiel Schauers Blick auf den Kasten Nummer drei, und er stutzte. Irgendetwas stimmte dort nicht. Auch hier wohnten normalerweise Bienen der Rasse Carnica, aber von denen war nichts mehr zu sehen. Als er sich dem Kasten näherte, wurde seine böse Vorahnung bestätigt. Die Carnicas lagen tot und zerstochen im Gras, und auf dem Flugbrett vor dem Schlitz tummelten sich die fremden schwarzen Bienen mit dem gelben Ring am Hinterleib. Als er den Deckel vom Kasten hob, präsentierte sich ihm ein Bild der totalen Verwüstung. Die schwarzen Bienen waren damit beschäftigt, die getöteten Gegnerinnen aus dem Stock zu befördern und das Innere des Kastens zu säubern. Was Josef Schauer aber noch mehr verblüffte und ihm zudem seine Nackenhaare aufstellen ließ, war der Umstand, dass er inmitten der schwarzen Arbeiterinnen auf einem der Wabenrahmen eine Königin entdeckte. Wie konnte das sein? Dies war doch die andere Hälfte des neuen Bienenvolkes aus Stock Nummer sieben, wie kam die innerhalb von einer Nacht zu einer Königin? In Josef Schauers Kopf stapelten sich die Fragezeichen zu einem ansehnlichen Turm. Er war definitiv mit seinem Imkerlatein am Ende, er brauchte fachlichen Beistand, und zwar schnell. Wusste der Teufel, was diese Bienen noch alles an Absonderlichkeiten in petto hatten.

Beunruhigt machte er sich auf den Weg zurück zu seinem Hof. Jetzt würde er sich zuerst einmal einen Tee kochen und in Ruhe sein weiteres Handeln überlegen. Biolandwirt Josef Schauer war nicht mehr wohl in seiner Haut.

Es war wieder Zeit. Wie an jedem Montagmorgen machte sich Volker Conrad auf den Weg zu seinen Bibern. Es war für ihn zu einer schönen Routine geworden, und auch die Strecke von Schloss Tambach zu der kleinen Bibersiedlung unter der Itzbrücke kannte er inzwischen im Schlaf, schließlich war er schon seit über einem halben Jahr bei dem Forschungsprojekt dabei. Damals hatte er es als Ehre empfunden, bei der Versuchsreihe der Universität Bayreuth mitzumachen. Verhaltensforschung war ein hochinteressantes Gebiet und sein Professor ein bekannter und engagierter Wissenschaftler. Seit der Reisanbau in Franken solche Dimensionen angenommen hatte, dass die Biber zu einem regelrechten Wirtschaftsfaktor geworden waren, gab es plötzlich auch mehr Geld für die Erforschung der possierlichen Baumfäller. Natürlich waren die Biber auch ein Stressfaktor, weil sie den Bauern oder sonstigen Grundstückseigentümern gern ihr Land unterhöhlten oder praktischerweise gleich noch komplett überschwemmten. Und nicht jeder Franke wollte in diesem Fall sofort in die Reisbranche überwechseln, mancher wollte lieber bei seinen alten Obstbäumen bleiben. Kurz und gut, die Biber hatten weiß Gott nicht nur Freunde, aber ihre neue Wirtschaftsmacht hatte Volker Conrad seine Stelle in diesem Studienprojekt eingebracht. Eigentlich hatte er ja Förster werden wollen, dann aber gemerkt, dass er es nicht so mit dem Holzhandel hatte und auch nicht gut schießen konnte. Also hatte er seine beruflichen Pläne lieber mal begraben. Ein Förster, der dauernd danebenballerte, wäre ja auch ziemlich peinlich gewesen. Stattdessen hatte er erst einmal etwas Ungefährlicheres studiert, nämlich Biologie. Und viel interessanter als das Forstwesen war die Studienrichtung auch noch, hatte er festgestellt, obwohl er im Moment nur zu so niederen Arbeiten herangezogen wurde, wie eben montags die Speicherchips der Fotofallen auszuwechseln.

An der Autobahnausfahrt Rödental, kurz hinter der großen Talbrücke über die Itz, bog Conrad rechts ab und folgte der schmalen verschlungenen Teerstraße zu dem kleinen Fluss hinunter. Irgendwann fand er sich auf einem geschotterten Feldweg wieder, der sich nicht viel später in einer feuchten Wiese neben der Itzaue verlor. Für den ortskundigen Volker Conrad begann jetzt der spannende Teil der Fahrt. Sein Suzuki beförderte ihn brav über die durch den Talschatten noch taunasse Wiese, um dann an der so undurchdringlich erscheinenden Buschreihe den Weg durch einen äußerst schmalen Spalt zu nehmen. Die dünnen Zweige bogen sich willig und strichen sanft über den Lack des Autos. Als sie hinter Volker Conrad und seinem Fahrzeug wieder zurückschnellten, war von einem Durchlass in der Buschreihe nichts mehr zu sehen, dafür konnte der junge Biologe am Ende der sanft abfallenden Wiese bereits den kleinen Auwald am Flussufer erkennen, hinter dem die Biber ihre Burg errichtet hatten.

Er stellte den Suzuki ab, stieg aus und ging die letzten hundert Meter zu Fuß. Es war ein wunderschöner sonniger Vormittag, ein Traum von einem Frühlingsmorgen. Wenn den Bibern auch nur ein Hauch von Romantik und ästhetischem Verständnis innewohnte, dann würden sie solche sonnigen Tage und die dazugehörigen klaren Nächte für ein gefühlvolles Tête-à-Tête nutzen. Aber so, wie er die Tierchen einschätzte, waren die viel zu pragmatisch veranlagt, als dass sie sich mit emotionalen Befindlichkeiten auseinandersetzten. Schließlich waren sie noch dabei, ihre Biberburg an der Itz zu errichten, um dort irgendwann die Jungen großzuziehen. Solche und andere menschelnde Gedanken gingen ihm durch den wissenschaftlichen Kopf, schließlich wollte er ja mal Verhaltensforscher werden.

Als Volker Conrad den kleinen Auwald durchquert hatte, schob er die Zweige der dem Ufer am nächsten stehenden Bäume auseinander, um sich so vorsichtig wie möglich der kleinen Kamera zu nähern, die vor wenigen Monaten mit einem Band um eine junge Erle geschnallt worden war. Wie jeden Montag wollte er den kleinen Speicherchip mit den aufgenommenen Bildern herausnehmen und durch einen neuen ersetzen.

Als er jedoch den Kopf behutsam aus dem Gebüsch am Waldrand herausstreckte, blickte er unvermittelt in zwei Augenpaare, die ihn erst erschrocken, dann zutiefst verärgert ansahen. Das Bibermännchen rutschte sofort von seinem Weibchen herunter und begann sich, wahrscheinlich aus einer peinlich berührten Übersprunghandlung heraus, erst einmal ganzkörperlich zu schütteln. Das Weibchen seinerseits setzte eine Miene der grenzenlosen Frustration auf, und auch der männliche Biber schickte dem jungen Biologen einen Blick herüber, der bestimmt alles ausdrückte, nur keine Freude über sein Auftauchen. Nein, dieser Blick sprach eine eindeutige Sprache, Herr Biber war ziemlich verärgert.

Volker Conrad brauchte einen kurzen Moment, um zu begreifen, aber dann fiel auch bei ihm der Groschen. Er hatte die beiden Nager offensichtlich bei einer sehr intensiven Beschäftigung im fortpflanzungstechnischen Bereich überrascht, dem sogenannten Bibern, wie der Vorgang im Biologenjargon genannt wurde, und in diesem speziellen Fall hatte das Bibern ganz offensichtlich noch nicht zu einem befriedigenden Ende gefunden. Mit einem letzten Blick der allertiefsten Verachtung dem störenden Zweibeiner gegenüber drehten sich die beiden Flussbaumeister um, liefen flugs wieder zu ihrer Burg an der Itz hinunter, tauchten im kleinen Flüsschen ab und wurden erst einmal nicht wieder gesehen.

Volker Conrad empfand ehrliches Mitleid mit den Tieren. Ähnlich frustrierende Situationen kannte er noch aus seiner pubertären Jugendzeit. Als er noch im unterfränkischen Münnerstadt bei seinen Eltern gewohnt hatte, war er nie auf die Idee gekommen, seine Zimmertür abzuschließen, wenn die Freundin da war, das hätte der katholisch-fränkischen Landerziehung in der Rhön widersprochen. Da war es dann schon mal vorgekommen, dass ein Familienmitglied der elterlichen Führungsschicht unangemeldet in der Tür stand, während er seiner Liebsten unter der Bettdecke gerade die Grundzüge des Kamasutras erläuterte. Er hatte wirklich vollstes Mitgefühl mit den Bibern.

Andererseits musste er nun auch nicht mehr allzu heimlich durch den Wald schleichen, da seine zwei Forschungsobjekte jetzt ja sowieso beleidigt in ihrem Bau hockten und nur darauf warteten, dass er wieder Leine zog. Er richtete sich auf und ging sehr geräuschvoll die wenigen Meter zu der kleinen Erle hinüber. Mit geübtem Griff nahm er die Kamera von dem dünnen Stamm, wechselte den Chip, schnallte die Kamera wieder um den Baum und richtete sie erneut auf die Biberburg aus. Nur gut, dass die zwei Tierchen nicht wussten, dass man sie weiterhin bei ihren schönsten Stunden per Bewegungsmelder fotografieren würde. Womöglich wären sie dann noch beleidigter gewesen als so schon. Im Büro würde Volker Conrad die Fotos auswerten. Vielleicht könnte er sie ja an den Biber-Playboy weiterverkaufen, dachte er belustigt und ging breit grinsend zu seinem Auto zurück, wo er den Chip der Fotofalle in einem Plastiktütchen im Handschuhfach verstaute. Dann startete er den Motor und machte sich auf den Weg zurück nach Schloss Tambach, wo seine Biber-Forschungsstelle beheimatet war.

Teil 2
Heunadeln

Wer nicht kann, was er will,
Muss wollen, was er kann.
Denn das zu wollen,
Was er nicht kann, wäre töricht.
Leonardo da Vinci

Feldzug der Narren

Landeswahlleiter Richard Behm saß in einem Übungsraum der Bamberger Symphoniker zwischen Notenständern und Blasinstrumenten, die auf dem Boden herumlagen. Er hatte sich einen Raum erbeten, in dem er völlig ungestört arbeiten konnte, da ihn jeder mit Anfragen oder sonstigen Wünschen bedrängte, sobald er auch nur irgendwie auf der Bildfläche der Öffentlichkeit erschien. Die Bamberger Konzerthalle erschien ihm ein gutes Fleckchen, um in Ruhe die verzwickte Situation zu überdenken. Nervlichen Beistand leisteten ihm vier Mitglieder seines Wahlausschusses, juristischen ein Richter des Bayerischen Verfassungsgerichtshofs in München. Er konnte Beistand in jedweder Form sehr gut gebrauchen.

Richard Behm stand altersbedingt kurz vor dem Ende seiner beruflichen Karriere als Jurist, und diese Volksabstimmung war beileibe nicht die erste öffentliche Wahl, die er in seinem Leben geleitet hatte. Aber ausgerechnet diese letzte schien sich zu einer heiklen Angelegenheit auszuwachsen. Sie würde mindestens in haufenweise Ärger, möglicherweise aber auch in einer absoluten Katastrophe für ihn enden. So einen knappen Wahlausgang, noch dazu mit Anfechtung des Wahlergebnisses, Einspruch und Nachzählung, hatte er noch nie erlebt. Ganz Deutschland blickte gerade mit fiebrigen Augen auf Franken, die Abstimmung und vor allem auf ihn, Richard Behm, Landeswahlleiter des Freistaates Bayern. In den letzten Stunden war er mit Anfragen und Bittstellereien jeglicher Art geradezu bombardiert worden. Gerade eben noch hatte er zum tausendsten Mal den äußerst nervösen bayerischen Ministerpräsidenten Teichhuber am Telefon abwimmeln müssen. Er konnte ihm noch nichts Endgültiges sagen, weil er selbst nichts Endgültiges wusste. Dieser ganze Heckmeck um seine Person ging ihm allmählich wirklich auf den Seiher.

Entnervt hatte er sein Handy ausgeschaltet und zwei Polizisten vor die Zimmertür postiert. Wer ab jetzt etwas von ihm wollte, sollte einfach abwarten oder ihm einen Brief schreiben. Telefongespräche konnten die Nerver jetzt knicken, nicht mit ihm. Er, Wahlleiter Richard Behm, hatte sich, quasi als letzte Amtshandlung, nun vordringlich mit dem Einspruch der Christlich Sozialen Union zu befassen, der zum Inhalt hatte, dass es in Coburg im Wahlraum des Rathauses angeblich zu einer nachgewiesenen Unregelmäßigkeit gekommen war. Unter Zeugen sei dort ein wahlberechtigter Bürger an seinem Grundrecht der Wahlausübung gehindert und mitsamt ausgefülltem Wahlzettel aus dem dortigen Wahlraum mit Gewalt entfernt worden. Es hatte noch andere Beschwerden solcher oder ähnlicher Art gegeben, aber diese hatte Behm inzwischen für null und nichtig erklären können. Sie waren entweder völlig übertrieben oder schlicht erstunken und erlogen gewesen.

Aber dieser Fall im Coburger Rathaus könnte problematisch werden. Dafür gab es Zeugen, es hatte sogar einen Bericht mit Fotodokumenten in der »Coburger Neuen Presse« gegeben, und die Journalistin der Zeitung hatte jenen ominösen Wahlzettel aufgehoben und einem Notar zur Aufbewahrung übergeben. Wenn der am Wählen gehinderte Mann mit seiner Beschwerde durchkam, hinter der eigentlich die CSU steckte, dann wäre das tatsächlich der allererste erfolgreiche Fall von Wahlanfechtung seit Bestehen der Bundesrepublik Deutschland. Und das sollte ausgerechnet ihm als verantwortlichem Wahlleiter passieren, bei einem Wahlergebnis mit nur einer Stimme Mehrheit? Die Vorstellung behagte ihm nicht, ganz und gar nicht. Das war eine mehr als brisante Situation für alle Beteiligten.

Nachdem die CSU von dem Coburger Fall Wind bekommen hatte, wollte sie nun mit aller Macht erreichen, dass diese Stimme noch gezählt wurde. Natürlich wurde die Beschwerde von der Hoffnung genährt, dass der als renitent bekannte Bürger gegen das fränkische Bundesland gestimmt hatte. Faktisch würde dies zu einem unentschiedenen Wahlausgang führen und am Ende des Tages zu einer knappestmöglich gescheiterten Volksabstimmung, sodass Franken in Bayern verbleiben müsste. Brehm wollte sich gar nicht ausmalen, was dann los wäre. Er selbst kam aus dieser Nummer sowieso nicht mehr ungerupft heraus, das war ihm klar. Wie auch immer er entscheiden würde, egal, wie juristisch korrekt und unanfechtbar seine Entscheidung war, ab dem heutigen

Tag würde er einen ganzen Haufen neuer Feinde und Freunde haben.

Die Tür ging auf, und ein Mann mit kurzen dunklen Haaren und weißen Bermudashorts wurde in den Proberaum geführt. Seine Haltung ließ nicht erahnen, ob sein Erscheinen auf Freiwilligkeit beruhte. Die Begleitpersonen, zwei Mitarbeiter des bayerischen Verfassungsschutzes in Zivil, schienen jedenfalls froh zu sein, die ihnen anvertraute Fracht abliefern zu können. Die Gemütslage des Mannes war Richard Behm weitestgehend egal, was ihn aber durchaus erschütterte, war der Umstand, dass der Mann nicht nur unmöglich gekleidet war, sondern auch noch ein Fahrrad in den Raum schob. Dazu nahm ihm einer der Zivilbeamten einen ziemlich großen Ghettoblaster aus den Händen, oder nein, eigentlich riss er so lange an dem übergroßen Gerät, bis der Fahrradmann eine Wahl zwischen seinem halb verrosteten Drahtesel und dem Player treffen musste und sich schlussendlich für sein Fahrrad entschied. Der Verlust des Ghettoblasters führte bei ihm nichtsdestotrotz zu einem äußerst missmutigen Gesamteindruck.

Direkt hinter dem Mann betrat nun eine gut aussehende dunkelhaarige junge Frau mit elegantem Pagenschnitt den Übungsraum und stellte sich sofort so weit wie möglich von dem Mann entfernt in die andere Ecke. Nachdem die weiße Tür von außen geschlossen wurde, breitete sich eine unangenehme Stille aus, während der sich alle Anwesenden gegenseitig musterten.

Behm nahm die Abstrusität der Situation erst einmal unkommentiert hin und versuchte dann, die Sache zu klären. »Ja, äh, gut, mit wem haben wir es denn hier zu tun, wenn ich fragen darf?«, erkundigte er sich höflich und schaute von einer zum anderen. Sofort kam die Frau auf ihn zu und reichte ihm ihre Hand.

»Gabi Habermann, ›Coburger Neue Presse‹«, stellte sie sich vor. Der Landeswahlleiter freute sich über die erste freundliche Auskunft des heutigen Tages, während Gabi Habermann von den anderen männlichen Mitgliedern des Wahlausschusses verstohlen von oben bis unten gemustert wurde. Nach einer ersten Beurteilung ihres äußeren Erscheinungsbildes waren alle Anwesenden durch die Bank weg willens, das Anliegen von Gabi mit großem Wohlwollen zu beurteilen, egal welches.

Nur Landeswahlleiter Behm blieb weiterhin sachorientiert. »Sehr schön, Frau Habermann, dann könnten Sie mir doch gleich das Corpus Delicti übergeben«, sagte er höflich lächelnd.

Die Journalistin kramte waschmaschinenartig in ihrer Handtasche alles von unten nach oben, bis sie endlich gefunden hatte, wonach sie suchte. Nervös reichte sie den versiegelten Briefumschlag über den Tisch Landeswahlleiter Behm. Da der Tisch ziemlich groß war und Behm ziemlich klein, musste sie ihren Oberkörper weit nach vorn strecken, was zu nervösen Rutschbewegungen auf den männlichen Außenplätzen am Tisch führte, aber weder von Behm noch Gabi Habermann bemerkt wurde.

»Das ist eine beglaubigte Kopie, das Original liegt beim Notar«, erklärte Gabi Habermann dem Wahlleiter das Dokument.

Behm studierte den Wahlzettel und zeigte ihn den anderen Kollegen am Tisch, die nur den Kopf schüttelten. Die Sache wurde ja immer verrückter, musste sich Richard Behm eingestehen und winkte den Fahrradmann zu sich heran, der sich die ganze Zeit über mit verkniffener Miene im Hintergrund an sein Fortbewegungsmittel geklammert hatte. Einen Moment lang wirkte er unschlüssig, ob er sein Fahrrad nicht doch vielleicht einfach abstellen sollte, entschied sich dann aber, es neben sich her zum Tisch zu schieben.

»Und Sie sind der Herr …?« Verzweifelt versuchte Behm, der merkwürdigen Erscheinung in weißen Bermudas ein Wort zu entlocken, und wenn es erst einmal nur die Preisgabe seines Namens war. Sein Plan ging auf, allerdings nicht so, wie er es sich erhofft hatte.

»Ich bin der Sänger von Coburch, und des is a riesengroße Sauerei, dass die Arschlöcher mir mein Kasseddenrekorder abgenomma ham!«, schrie der Mann in immenser Lautstärke den Landeswahlleiter an, der daraufhin erschrocken auf seinem Stuhl nach hinten rückte.

Wer sollte das sein? Der Sänger von Coburg? War das ein offizieller Titel oder eine Berufsbezeichnung? Dann flog auch noch die Tür auf, und der Kopf eines besorgten Polizisten schaute herein und beäugte eine Szenerie, die er als nicht sonderlich vertrauenerweckend einstufte. Sofort wollte der Beamte Behm zu Hilfe eilen, aber Behm winkte ab.

»Ist schon gut, wir haben alles im Griff, danke. Aber wenn Sie so freundlich wären, dem Mann sein Eigentum zurückzugeben, wäre ich Ihnen sehr verbunden, ja?« Der Polizist schaute Behm an, als würde er an dessen Verstand zweifeln, tat dann aber, wie ihm geheißen. Gabi Habermann war zwischenzeitlich wieder in die hinterste Ecke des Raumes zurückgewichen, sehr zum Missfallen der am Tisch sitzenden männlichen Spezies.

Immerhin strahlte der Coburger Sänger Behm jetzt mit leuchtenden Augen an. Der Landeswahlleiter hatte gerade haufenweise Pluspunkte bei ihm gesammelt, der Mann schien eindeutig in Ordnung zu sein. In seiner Euphorie über das zurückerhaltene Abspielgerät vergaß der Sänger von Coburg sogar, sich musikalisch zu äußern, was eigentlich seine Art war.

»Ist das Ihr Wahlzettel, Herr Sänger, erkennen Sie den wieder?« Behm schaute dem Mann prüfend in die Augen.

»Klar is des meiner, den hab ich ausgfüllt. Bloß eischmeißen hab ich ner ned gedurft, weil ich erscht singa gemusst hab und mich die Wichser vom Wahlamt dann nausgschmissen ham«, erklärte er im Brustton absoluter Überzeugung.

Der Richter räusperte sich vernehmlich, um seinen Unmut ob der unflätigen Ausdrucksweise zu signalisieren, während seine Beisitzer wieder auf ihren Stühlen herumrutschten. Diesmal allerdings aus völlig anderen Gründen.

Behm versuchte, den missratenen Umgangston des Sängers zu ignorieren und sich ausschließlich an die Fakten zu halten. »Nun, Herr Sänger, das müssen Sie mir näher erklären.« Er hielt dem Mann seinen Wahlzettel so hin, dass sie beide ihn einsehen konnten. »Bei dieser Wahl hatten Sie zu entscheiden, ob Sie für ein unabhängiges Bundesland Franken stimmen oder nicht. Deswegen ist auf dem Wahlzettel jeweils ein Kreis mit einem ›Ja‹ und einem ›Nein‹ aufgedruckt. Sie hätten eines von beiden ankreuzen müssen.«

»Jawoll, Freiheid und Unabhängichkeid. Einichkeid und Rechd und Freiheid für ein freies Franggenland!«, rief der Sänger begeistert und hob seinen Rekorder demonstrativ in die Höhe.

Alle schauten den Mann einen Moment lang verwirrt an, dann dämmerte auch in Richard Behm die Einsicht herauf, dass der Typ vor ihm wohl nicht gerade die hellste Kerze auf der Torte war. »Ja, äh, gut und schön, Herr Sänger, aber genau das mit dem Ankreuzen haben Sie eben nicht getan. Sie haben beide Möglichkeiten durchgestrichen und in Großbuchstaben ›EFFDEBE‹ daruntergeschrieben. Können Sie mir das erklären?« Mit großen Fragezeichen in den Augen schaute er den Coburger Sänger an.

»Ich hab EFFDEBE gewählt«, bestätigte der und schien das absolut einleuchtend zu finden. »Die Bardei der Freiheid und Unabhängichkeid. Mir brauchen mehr Liberalidäd bei uns. Des merk ich bei jeden Daach. Was maane denn Sie, Herr Richder, was ich in Coburch den ganzen Daach drangsalierd werd? Bloß weil ich singa tu. Deswechen EFFDEBE, da kann mer machen, was mer mooch, des dun die ja dauernd verschbrechen.«

Bei dem Wort »Richter« schreckte der Verfassungsrichter kurz aus seiner ungläubigen Starre auf und gab einen grunzenden Ton von sich, auf den aber niemand einging, da alle entgeistert den Mann mit dem Fahrrad anstarrten. Das war nun einmal ein Argument für die FDP, mit dem niemand gerechnet hatte. Richard Behm für seinen Teil hatte genug gehört. Der Mann aus Coburg hatte mit seiner Antwort genau das bestätigt, was auch auf dem Zettel zu lesen gewesen war. Er war einfach zu doof, um gültig zu wählen, und damit war die Sache mit dem Wahlausgang geklärt – endlich.

»Danke, Frau Habermann, danke, Herr Sänger, Sie können jetzt gehen, wir benötigen Sie nicht weiter. Die Sache ist klar: Der Stimmzettel ist ungültig.«

Erleichtert begannen alle Beisitzer, ihre Unterlagen zusammenzusuchen. Wenn der Landeswahlleiter nun aber geglaubt hatte, damit diese Episode seines beruflichen Lebens bereits überstanden zu haben, so lag er damit leider daneben.

»Ungültich? Mei Stimmzeddel is ungültich?« Der Sänger war mit der Gesamtsituation erneut äußerst unzufrieden. »Ihr habt ja wohl den Arsch offen!« Die gerade noch angehäuften Pluspunkte für den Landeswahlleiter schmolzen dahin wie Schnee in der Wüstensonne. Stattdessen kochten erneut Wut und Ärger in ihm hoch. Der Sänger überlegte kurz, ob er sich auf Behm stürzen oder den Ghettoblaster nach ihm werfen sollte, aber die wenigen Sekunden der Unschlüssigkeit nutzten die hereingestürzten Polizisten, um den aufgebrachten Mann samt Fahrrad und Krachmaschine aus dem Zimmer zu entfernen.

Alle im Raum sahen dem unfreiwilligen Abgang ihres Hauptzeugen verwirrt hinterher. Richard Behm und der Verfassungsrichter konnten von draußen noch ein laut gekreischtes »Franggen, Franggen über alles!« vernehmen, während die restlichen Versammelten ihre uneingeschränkte Aufmerksamkeit Gabi Habermann zuteilwerden ließen, die sich ebenfalls umgehend verabschiedete. Als sich hinter ihr die Tür geschlossen hatte, waren alle Mitglieder des Ausschusses wieder so allein wie zuvor.

»Also dann.« Behm sah in die Runde, und allen Anwesenden war klar, dass sie nun eine Entscheidung zu treffen hatten.

Als Lagerfeld sein Cabrio an seiner Mühle in Loffeld parkte, konnte er Ute schon von Weitem sehen. Sie diskutierte mit einem Mann in neonorangefarbener Jacke. Da vor dem Hoftor ein Kleinlaster der Baufirma namens Bösel stand, nahm Lagerfeld an, dass es sich bei dem Mann um eine Art Vorhut der Bauarbeiter handelte. Die Diskussion schien eine recht anregende zu sein, denn seine Freundin warf wild die Arme in die Luft und bearbeitete den Mann ziemlich lautstark. Aber das musste erst einmal nichts heißen, Ute bewegte sich emotional schließlich immer mehr auf dünnem Eis, es war die Anwesenheit des Mannes an sich, die nichts Gutes verhieß, was die Baustelle anbelangte. Mittlerweile war es Mittag, und von einer Betonbaufirma war weit und breit noch immer nichts zu sehen. Als Lagerfeld näher kam, verstand er, um was es in dem Disput eigentlich ging. Ganz offensichtlich war Ute mit dem Fortschritt auf der Baustelle nicht vollkommen zufrieden, um es vorsichtig auszudrücken.

»Sie haben gesagt, dass Sie heute mit den Bauarbeiten anfangen«, hörte er ihre laute Stimme über den Hof hallen. »Bisher war nicht die Rede davon, dass es schwierig sein könnte, den Bach abzusperren. Davon höre ich heute zum ersten Mal. Ist das vielleicht ein Problem, diesen kleinen Bach umzuleiten? Ich dachte, Ihre Firma wäre auf Wasserbau spezialisiert. Und wieso reicht jetzt plötzlich der Kran nicht mehr? Wenn das mit dem Wasser schon so schwierig ist und ein größerer Kran gebraucht wird, wieso fällt Ihnen das erst jetzt ein? Das ist ja wohl ein Witz!«

Ute von Heesen war außer sich, so erregt hatte Lagerfeld sie selten zuvor gesehen. Langsam verstärkte sich das unbestimmte Gefühl in ihm, dass mit der Schwangerschaft eine gewisse Persönlichkeitsveränderung seiner bisher so gelassenen Freundin einherging. Das hier war eine Ute, die er nicht kannte. Es war doch klar gewesen, dass auf der Baustelle auch Probleme auftauchen würden, darüber hatten sie vorher schon geredet. Wo war nur seine vor der Schwangerschaft so ruhige, überlegte und weitestgehend entspannte Lebensgefährtin abgeblieben?

»Ah, der Hausherr, schön, dass ich im Kampf gegen diese orangene Windmühle hier nicht mehr allein bin«, schoss die aufgebrachte Ute von Heesen ihren ersten Wutpfeil in Lagerfelds Richtung.

»Was ist hier eigentlich los?« Lagerfeld wollte erst einmal die genaue Sachlage eruieren, bevor er irgendwen oder irgendwas verurteilte.

»Gürtler Ferdinand, Firma Bösel«, stellte sich der leicht angegraute kurzhaarige Herr bei ihm vor. Ute von Heesen stand mit wildem Blick und zitternden Gliedmaßen daneben, riss sich aber mühsam zusammen.

»Bernd Schmitt, Herr und Hüter dieses baufälligen Anwesens«, machte Lagerfeld sich dem Mann bekannt, woraufhin Ute von Heesen die Augen verdrehte. Ihre Meinung zu seinen Umgangsformen war ihm schon länger klar. So wie er konnte man doch nicht mit dem Abgesandten einer Baufirma reden, der brauchte keine flapsigen Sprüche, sondern permanenten Druck, sonst passierte bei dem gar nichts. Blitze schossen aus ihren Augen, aber sie sagte kein Wort.

»Dann erzählen Sie mal, wieso außer Ihnen noch niemand vor Ort ist«, bat Lagerfeld den Mann um eine Erklärung.

Dankbar, nicht auch noch vom Herrn des Hauses angepfiffen zu werden, versuchte sich der Vorarbeiter mit einer plausiblen Darstellung der verzwickten Lage. »Ich bin schon seit zwei Stunden da und wollte eigentlich die Aufstellung des Krans vorbereiten.« Prüfend schaute Gürtler zum Gatten, aber der machte tatsächlich noch keine Anstalten, sich aufzuregen, also sprach er gleich weiter, bevor es sich der noch anders überlegen und genauso mit dem Schimpfen anfangen würde wie die blonde Furie rechts von ihm. »Aber den Kran, den euer Architekt bestellt hat, den kriegen wir nicht durch die enge Hofeinfahrt. Der Radius ist viel zu klein, der kriegt die Kurve nicht.« Gürtler hob in einer hilflosen Geste die Arme.

»Okay, und was heißt das jetzt? Irgendwie muss es für die Situation ja eine Lösung geben«, sagte Lagerfeld. Eigentlich war das hier auch nicht viel anders als seine Arbeit, dachte er. Immer gab es ein Problem, das gelöst werden musste, und wenn der erste Lösungsansatz nicht funktionierte, musste man sich halt mit dem nächsten ans Ziel herantasten. Versuch, Irrtum und Improvisation. So ging er bisweilen auch seine Kriminalfälle an.

Seine Lebensgefährtin und werdende Mutter sah das allerdings ganz anders. Derartige Vorgehensweisen widersprachen ihrer Methodik, mit der sie das Leben lebte. Sie organisierte ihre Tage, Monate und Jahre mit Genauigkeit, exakten Regeln und Perfektionismus. Deswegen war sie ja auch in der Revision der HUK gelandet und trug graue Hosenanzüge. Das Larifarirumgetue ihres lässigen Lebensgefährten ging ihr so was von gegen den Strich, vor allem, wenn ihrer beider Vermögen und Besitz auf dem Spiel standen. Bei diesen Gedanken war es denn auch schon wieder vorbei mit der so mühsam aufrechterhaltenen Contenance, Ute von Heesen wollte Ergebnisse, und zwar gleich im Sinne von sofort. »Was das jetzt heißt, Herr Gürtler? Das heißt, dass wir schon am ersten Tag eine Bauverzögerung haben und zeitlich im Rückstand sind. Und dabei haben wir jeden Tag in ganz klare Bauabschnitte eingeteilt, Herr Gürtler«, brach es aus ihr heraus. »Ich werde Sie und Ihre saubere Firma Bösel für diesen idiotischen Bauverzug haftbar machen, nur damit wir uns von Anfang an richtig verstehen, Sie kleiner …«

Lagerfeld griff ihr in die fuchtelnden Arme, weil sie Anstalten machte, den Vorarbeiter der Betonbaufirma tätlich anzugreifen.

Dem guten Ferdinand war bereits an seiner defensiven Körperhaltung anzusehen, dass er die Situation als äußerst unangenehm empfand. Er war von Herzen dankbar, im Bauherrn Schmitt ein mäßigendes Element gefunden zu haben.

»Ute, Ute! Krieg dich jetzt mal wieder ein!«, rief Lagerfeld halb energisch, halb beruhigend. Was war denn mit seinem Mädchen los, verdammt noch mal? So würden sie doch hier nie weiterkommen.

Ute von Heesen rupfte sich aus dem Griff ihres Lebensgefährten heraus und trat ein paar Schritte zurück. Ihr düsterer Blick sprach Bände. Wäre sie jetzt einer Waffe habhaft geworden, sie hätte sie ganz sicher benutzt, wie es schien.

Verzweifelt versuchte Lagerfeld, die richtigen Worte zu finden, um die Situation zu entschärfen. Er wollte Utes Aggression nicht noch mehr Nahrung liefern, aber irgendwie musste eine Lösung für das Kranproblem her, und zwar schnell, denn er hatte nicht ewig Zeit, schließlich war da auch noch ein Kriminalfall, den es abzuarbeiten galt. Und nicht nur das, nein, er hatte auch noch einen heiklen Sonderauftrag zu erledigen, der eigentlich seine ganze Konzentration erforderte. »Was ist jetzt mit dem Kran?«, versuchte er, das Gespräch wieder in geordnete Bahnen zu lenken, und schaute Ferdinand Gürtler hilfesuchend an.

»Na ja, ich würde vorschlagen, wir stellen einfach einen kleineren hier rein, damit wir am Tor durch die Kurve kommen. Der kann das Nötigste transportieren. Etwa Baumaterial, die Bude für die Bauarbeiter oder die Betonglocke zum Betonieren.« Gürtler war zuversichtlich. Eigentlich war das alles doch gar nicht so schlimm. Diese entfesselte Blondine da hätte ihn einfach nur mal ausreden lassen müssen. »Allerdings kommt der kleinere Kran erst morgen, aber dafür ganz bestimmt«, schob er noch hinterher.

Lagerfeld überlegte kurz und warf einen Kontrollblick auf Ute, die noch immer mit der Aura einer entsicherten Handgranate hinter ihm stand. »Also gut, Herr Gürtler, aber schafft ein kleinerer Kran wirklich die zu hebenden Gewichte?«, fragte er zweifelnd. »Ich meine, mich erinnern zu können, dass schon der große Kran ziemlich knapp kalkuliert war.« Schließlich wog allein das Mühlrad, in Einzelteile zerlegt, etliche Tonnen. Lagerfeld spürte regelrecht, wie sich hinter ihm eine gigantische

Gewitterwolke zusammenbraute, die nur auf den geringsten Anlass wartete, um sich ihrer angestauten Energie zu entladen. Er schickte ein Stoßgebet zum Himmel, dass sich Gürtler eine befriedigende Lösung überlegt hatte, sonst würde es hier doch noch ein Unglück geben.

Aber der gute Gürtler befand sich bereits im Baustellenmodus, in dem Befindlichkeiten einer schwangeren Geldgeberin nicht vorkamen. In seiner männlichen Einfalt stützte er sich auf die Überlegung, dass ein blankes Argument, plausibel formuliert, zur Entspannung der allgemeinen Lage beitragen würde. »Nein, schafft er natürlich nicht, ist ja wie schon gesagt nur ein kleiner Kran«, gab er unbedacht von sich. Und noch bevor er seine weiteren Argumente vortragen konnte, begann sich die energiegeladene blonde Wolke endgültig in ein Gewitter zu verwandeln.

Ute von Heesen konnte es nicht fassen. Gab es denn nur noch Irre auf diesem Planeten? War sie denn nur von Schwachsinnigen umgeben? »Sagen Sie mal, Gürtler, wollen Sie mich verarschen?« Schreiend und mit ausgestrecktem Zeigefinger lief sie auf den Vorarbeiter zu, der gerade noch schützend seine Hände vor sein Gesicht heben konnte.

Sofort stellte sich Lagerfeld vor den Polier und ähnelte dabei einem Bodyguard, der sich selbstlos vor den amerikanischen Präsidenten wirft, um ihn vor einem Attentäter zu schützen.

Doch diesmal hatte Ute von Heesen nicht die Absicht, klein beizugeben und in der Schmollecke zu verschwinden. Wütend entlud sich eine Verbalattacke nach der anderen über dem eingeschüchterten Vorarbeiter. Lagerfeld hatte wirklich Mühe, sie von Gürtler fernzuhalten und mit viel gutem Zureden wieder zur Vernunft zu bringen, doch endlich stand seine schwangere Freundin verschwitzt und schwer atmend vor ihrem Kommissar, unschlüssig, was sie nun tun sollte: alle hier umbringen oder einfach nur schreiend in den Wald laufen? Auch sie selbst wusste nicht so recht, was plötzlich in sie gefahren war, aber das war ihr im Moment scheißegal. Sie fühlte sich überfordert, und die schwangerschaftlichen Hormone machten auch mit ihr, was sie wollten.

Und dann beging Lagerfeld zu allem Überfluss auch noch

einen fatalen Fehler. Einmal zu wenig nachgedacht, einmal im Stress der Situation unüberlegt ins Beziehungsklo gegriffen, so was konnte er wirklich gut, darin war er Weltklasse und hätte als Favorit bei der Deppenolympiade mitmachen können. »Sie müssen schon entschuldigen, Herr Gürtler, aber meine Freundin ist schwanger, da dürfen Sie nicht alles auf die Goldwaage legen, was sie –«

Und das war's dann auch schon. Das Ende seines Satzes versank im Chaos, Ute von Heesen schaute ihren Lebensgefährten kurz an, als wollte sie ihn mit einem scharfen Messer in sehr kleine Stückchen zerteilen und in sehr vielen Gefriertruhen entsorgen, dann drehte sie sich um und lief mit energischem Schritt zur Mühle zurück, wo sie mit einem lauten Knall die Haustür hinter sich zuschmiss.

Lagerfeld gab auf. Ohne Blessuren kam er aus dieser Nummer nicht mehr raus. Er würde später versuchen, mit Ute zu reden, aber jetzt musste er sich um die Baustelle, den nicht existierenden Kran und einen konsternierten Baustellenleiter Ferdinand Gürtler kümmern, sonst war die Baustelle schon Geschichte, bevor die Arbeit auf ihr überhaupt angefangen hatte.

Die Autobahn nach Suhl schwang sich hinter Coburg allmählich in immer luftigere Höhen, die Sicht auf die Mittelgebirgslandschaft wurde immer imposanter. Der Thüringer Wald kündigte sich an, und Cesar Huppendorfer verfolgte die Verwandlung der Landschaft mit einer gewissen Spannung, denn in Thüringen war er zuvor noch nie gewesen. Seit der deutschen Wiedervereinigung hatte er es tatsächlich noch nicht geschafft, die neuen Bundesländer zu besuchen. Vielleicht lag es ja daran, dass er in Bamberg so weit ganz zufrieden mit seinem Leben war und, wenn überhaupt, das Fränkische im Flieger nur in den wohlverdienten Urlaub nach Brasilien verließ, um die Verwandtschaft der Mama in São Paulo zu besuchen. Und wenn er sich urlaubstechnisch ernsthaft entscheiden müsste zwischen São Paulo und Suhl, na ja …

Aber egal, jetzt durfte er sich ja dienstlich hinter die bayerische, womöglich bald fränkische Landesgrenze ins südliche

Thüringen begeben. Bevor er losgefahren war, hatte er sich von Honeypenny noch belehren lassen müssen, dass sich die Thüringer bis zum Rennsteig kulturell noch als Franken begriffen. Huppendorfer erinnerte sich, dass bei der legendären Sitzung am Wahlabend in der Bamberger Konzerthalle ja auch einige zwar nicht stimmberechtigte, aber trotzdem engagierte Franken aus Thüringen anwesend gewesen waren, um ihre Verbundenheit mit der fränkischen Unabhängigkeitsbewegung zu demonstrieren. Aus sprachlicher Sicht war der südthüringische Dialekt zwar gewöhnungsbedürftig, aber das war der aus Aschaffenburg ja schließlich auch, und Aschaffenburg gehörte ganz offiziell zu Franken. Wenn er wirklich ehrlich war, dann klang Südthüringisch für seine Ohren fränkischer als das, was so aus Aschaffenburg zu hören war.

Mit derlei und ähnlichen Gedanken vertrieb sich Cesar Huppendorfer die Zeit, bis er den ersten Tunnel oberhalb von Suhl erreichte. Die A 71 von Bamberg nach Erfurt führte hauptsächlich über Brücken und durch Tunnel, was die Kosten dieses Verkehrsprojektes der Deutschen Einheit rigoros in die Höhe getrieben hatte. Ähnlich verhielt es sich natürlich auch mit der geplanten ICE-Strecke von Nürnberg nach Berlin, die fast parallel verlief und deren Kosten sich in ähnlich astronomischer Höhe bewegten wie die Flugzeuge auf der gleichen Strecke, mit denen der ICE ja prinzipiell konkurrieren sollte. Die Autobahn durch die Berge des Thüringer Waldes, und das musste auch mal gesagt werden, war allerdings eine der schönsten ihrer Gattung. Sie durchschnitt das Mittelgebirge ziemlich genau in seiner Mitte in Nord-Süd-Richtung und schlängelte sich dabei meist durch eine wunderschöne, von Nadelwäldern geprägte Landschaft.

Kurz vor dem höchsten Punkt der Autobahn, direkt nach einem weiteren Tunnel, bog Huppendorfer an der Ausfahrt 18 ab, die mit »Ausfahrt Zella-Mehlis« bezeichnet war, und folgte den Richtungsangaben nach Oberhof. Die Bäume standen nun immer dichter und reichten stellenweise bis an den Straßenrand heran. Cesar Huppendorfer war ob der herben Schönheit der Landschaft überrascht und begeistert. Wie gesagt, er war zuvor noch nie in Thüringen gewesen.

Auch wenn er die Frühlingskühle aus dem warmen Bamberg kommend nicht gewohnt war, hatte ihn der Thüringer Wald mit seiner Charmeoffensive sofort überzeugt. Egal, wie dieser Fall ausgehen würde, Cesar Huppendorfer, Naturfreak durch und durch, war sofort hin und weg. Obwohl die Hälfte seiner genetischen Herkunft in Südamerika lag, begeisterte sich der dunkelhäutige Kommissar seltsamerweise mehr für die nördlichen, kälteren Gefilde wie Skandinavien oder Kanada – auch wenn er noch nie dort gewesen war. São Paulo, wo er seine Familie besuchen musste, fiel in eine gänzlich andere Kategorie.

Als er den Rand der Tausendfünfhundert-Seelen-Ortschaft Oberhof erreichte, machte er sogleich Bekanntschaft mit ihrem sportlichen Anspruch. Überall am Wegesrand, an Plakatwänden oder auf aufgehängten Bannern, entdeckte er Weltklasse-Wintersportler vom Langlauf, Bobfahren oder Biathlon. An jeder Ecke protzte ihm die lange Tradition des legendären Wintersportortes entgegen, selbst wenn man wollte, konnte man sie gar nicht übersehen. Oberhof lag am östlichsten Zipfel des Landkreises Schmalkalden/Meiningen auf achthundert Meter über Normalnull und war damit selbst in Zeiten der Klimaerwärmung ein ziemlich schneesicheres Gebiet. Jahrzehntelang war der Ort im Thüringer Wald ein Magnet für die bessere Gesellschaft gewesen, etwa so wie Garmisch für die Münchner High Society, was sich dann nach Ende des Zweiten Weltkrieges aber geändert hatte. Die DDR-Führung hatte sich aus dem mondänen Wintersportort nach und nach eine Leistungsschmiede für kommende Weltmeister und Olympiasieger gebastelt. Von nun an war ganz Oberhof vollgestopft mit Sportlern, die aufs Siegen getrimmt wurden.

Für Huppendorfer als geborenen Wessi war Thüringen emotional immer ziemlich weit weg gewesen, erst jetzt begriff er, dass nur einer Stunde von Coburg entfernt ein Wintersportzentrum von Weltniveau lag. Oberhof war also entfernungstechnisch wirklich nicht weit von Franken weg, trotzdem würde er sicher die deutlichen Unterschiede im Dialekt zwischen den Coburgern und den Südthüringern heraushören können.

Sein Navigationsgerät führte ihn im idyllischen Ort mit seinen teilweise noch mit Holz oder dunkelgrauem Schiefer verschindelten Häusern immer weiter bergauf, bis er wieder den Ortsrand erreichte. Am letzten Haus vermeldete sein Navigationsgerät endlich mit freundlicher weiblicher Stimme: »Sie haben Ihr Ziel erreicht. Ihr Ziel liegt rechts von Ihnen.«

Huppendorfer steuerte seinen Golf an den Straßenrand, zog den Zündschlüssel ab und die Handbremse kräftig an. Die Straße führte immer noch steil aufwärts, obwohl er in seinen Ohren jetzt schon einen leichten Druck spüren konnte. Für einen Bamberger Flachländer wie ihn waren das definitiv zu hohe Gefilde.

Als er ausstieg, wäre er fast gegen die große Hinweistafel mit zahllosen Richtungspfeilen geknallt: »Grenzadler«, »Biathlon-stadion«, »Skisporthalle« war dort unter anderem zu lesen. Beeindruckt schüttelte Cesar Huppendorfer den Kopf. Aber jetzt musste er sich wirklich um die Nachforschungen diesen Gernot Fraas betreffend kümmern, den Exmann von Claudia Fraas ehemals Büchler. Vielleicht konnte der ja irgendwie Licht in diesen verworrenen Fall bringen, auch wenn Huppendorfer persönlich nicht so recht daran glaubte. Für ihn war das ein ganz dünner Strohhalm, nach dem er hier auf Geheiß seines Chefs greifen sollte. Der Schlüssel zu allem war und blieb Franziska Büchler, aber die Hoffnung starb bekanntlich zuletzt. Vielleicht wusste Gernot Fraas ja etwas beizutragen, was die ziellose Suche nach der Hauptverdächtigen in eine vielversprechendere Richtung lenken konnte.

»Pension Grenzadler« stand auf dem alten Häuschen, das aussah wie eine Villa von 1900 im Kleinformat. Nach ihm begann der Wald mit seinen hohen Fichten. Der Schriftzug musste schon vor langer Zeit mit weißer Farbe auf die alten grauen Schieferschindeln gepinselt worden sein, denn die fleckigen Buchstaben waren reichlich verwittert und blätterten an etlichen Stellen von ihrem hölzernen Untergrund ab. Dem leicht gebeugten Walmdach mit den grün bemoosten Biberschwanzziegeln schien man die Last und die Unmengen an Schnee der vergangenen Jahre anzumerken. Der Garten, der das Häuschen umsäumte, fiel auf der Rückseite der Hanglinie folgend ab und machte ebenfalls einen leicht vernachlässigten Eindruck. Erst nach längerem Suchen entdeckte Huppendorfer ein Namensschild an einem steinernen

Pfosten, der auf der rechten Seite die hüfthohe Holztür zum Grundstück in den Angeln hielt. »Fraas«, entzifferte er auf dem verwitterten Messingschild und schaute sich um. Vergeblich, eine Türklingel gab es wohl nicht.

Knarzend öffnete er das alte Türchen, während er argwöhnisch rechts und links in den Garten blickte. Es wäre nicht das erste Mal gewesen, dass ein sehr eifriger Hund, seinem genetischen Auftrag folgend, den Besitz von Herrchen oder Frauchen zu verteidigen gedachte. In der Regel endete solch ein Vorfall mit einem lautstarken Disput zwischen Tier und Mensch und nicht selten zudem noch mit zerfetzten Beinkleidern. Aber hundetechnisch schien hier alles im grünen Bereich zu sein, Huppendorfer gelangte problemlos bis zur Haustür, an deren Rahmen ein etwas größeres, neueres Schild hing: »Pension Grenzadler, Inh. Familie Fraas«. Aha, dann war er hier wenigstens schon mal richtig. Auch ein Klingelknopf war vorhanden, der allerdings korrosionsbedingt nicht mehr zu drücken war, ergo im Haus auch kein Klingeln oder sonstige Meldegeräusche auslösen konnte. Genervt betrachtete Huppendorfer das runde Relikt aus DDR-Zeiten, das seine besten Tage schon sehr lange hinter sich hatte. Dasselbe kann man getrost von der altersschwachen Villa sagen, dachte sich der Kommissar. Einen Moment lang überlegte er, ob er mit seinem Klopfen nicht das wackelige Anwesen zum Einsturz bringen würde, aber es half ja nichts. So vorsichtig wie möglich schlug er mit den Knöcheln seiner rechten Hand gegen die alte Tür, die sich robuster erwies, als der äußere Zustand hatte vermuten lassen. Laut schallte das Klopfen durch den direkt angrenzenden Wald. Wenn es im Haus selbst auch nur annähernd so laut zu hören war, dann würden die Bewohner auf jeden Fall aus dem Winterschlaf gerissen werden.

Das Geräusch eines sich drehenden Schlüssels schreckte Huppendorfer aus seinen akustischen Überlegungen auf. Die Tür öffnete sich, und eine seltsame Figur trat auf die Türschwelle. Sofort sah sich Huppendorfer an seine frühe Kindheit und die Geschichte von Hänsel und Gretel erinnert. Vor ihm stand das Hexenhäuschen, und die Oma mit der fleckigen Schürze, den grauen selbst gestrickten Strümpfen, die in ebenfalls grauen

Pantoffeln steckten und geradezu kongenial mit den wirren weißgrauen Haaren korrespondierten, musste einfach die Hexe aus der Geschichte der Gebrüder Grimm sein.

Instinktiv machte Huppendorfer einen Schritt zurück und schwor sich feierlich, der verhutzelten Gestalt auf gar keinen Fall seinen Finger hinzustrecken, damit sie sein Gewicht beurteilen konnte, um ihn dann unversehens in einen alten thüringischen Backofen zu befördern. Sprachlos stand er da, während ihn die alte kleine Frau zwischen ihrer wirren Haarpracht hindurch aus wässrigen Augen fixierte.

»Was gibt's?«

Das Hutzelfrauchen hatte nach Huppendorfers Ermessen eine recht raue, heisere Stimme. Sofort schoss dem Kommissar die Assoziation einer rauchenden Hexe durch den Kopf, die er aber schnell wieder vertrieb. Das sind ja Vorstellungen wie im Kindergarten, schimpfte er sich selbst.

Kaum hatte er die rauchende Hexe auf seiner Gedankenmüllhalde entsorgt, griff die alte Frau in eine Tasche ihrer geblümten Schürze und holte eine zerknitterte Packung Gauloises hervor, klopfte sich eine der französischen Zigaretten mit geübter Bewegung heraus und zündete sie dann demonstrativ, quasi Old School, mit einem Streichholz an.

Cesar Huppendorfer blieb vor Staunen der Mund offen stehen. War das jetzt Oma Fidibus, oder wie? Wirklich erheiternd, sich die alte Dame als Mutter seines Dienststellenleiters vorzustellen. Und dann auch noch Gauloises. Schon in der Abiturzeit hatte er das französische Kraut verflucht, sein Leben lang würde er den Geruch der penetranten Zigarettensorte nicht mehr vergessen. Und jetzt stand mitten im Thüringer Wald auch noch eine leicht verlotterte Oma vor ihm und verpestete die Luft mit diesen Glimmstängeln der Franzmänner. Huppendorfer riss sich am Riemen und pfiff erst einmal auf die Schatten seiner Kindergarten- und Abiturzeit, schließlich war er ein leibhaftiger Kommissar und im Dienst. Und Hexen gab es sowieso nicht, obwohl im tiefsten Thüringer Wald, da konnte man nie wissen. Trotzdem, er war fest entschlossen, seine Befragung zügig durchzuziehen. »Entschuldigen Sie, Huppendorfer, Kriminalpolizei

Bamberg, ich hätte da ein paar Fragen zu Ihrem –« Weiter kam er nicht.

»Ich verstehe kein Wort, Freundchen«, unterbrach ihn die rauchende Hexe barsch. »Wenn du mit mir reden willst, dann gefälligst so laut, dass ich auch was hören kann, kapiert?«, knallte sie ihm ihre heftige Ansage entgegen.

Huppendorfer wich einen weiteren Schritt zurück. Ihm wurde langsam immer mulmiger. Die Befragung von Gernot Fraas hatte er sich weiß Gott anders, vor allem aber einfacher vorgestellt. Aber gut, wenn es die heutige Tagesaufgabe verlangte, die grauhaarige Lady vor ihm anzubrüllen, dann würde er in der Lautstärke eben noch etwas zulegen. »Gernot Fraas, ich suche Gernot Fraas, wohnt der hier?«, rief Cesar Huppendorfer lautstark in Richtung seines offensichtlich schwerhörigen Gegenübers. Wenn er allerdings gehofft hatte, damit einen akustischen Erfolg gelandet zu haben, wurde er sogleich eines Besseren belehrt. Es war bestenfalls ein Teilerfolg, wie er sogleich feststellen musste. Die alte Frau hatte ihm mit zusammengekniffenen Augen zugehört und zwischendurch genüsslich an ihrer Gauloises gezogen. Aber so richtig zu ihr durchgedrungen war die Botschaft Huppendorfers anscheinend nicht.

»Ja, genau, Fraas, Reinhild Fraas. Wer ist in Not? Sie müssen lauter reden, junger Mann, und kommen Sie gefälligst näher!«, schrie sie zurück.

Tatsächlich musste Huppendorfer sich schwer zusammenreißen, um nicht noch einen weiteren Schritt zurückzutreten, damit er das Geschrei der Alten und den dampfenden, übel riechenden Rauch, der ihm ins Gesicht und in die Nase waberte, überhaupt ertragen konnte. Immerhin sprach die Alte einwandfreies Hochdeutsch, womit Huppendorfer nicht zwingend gerechnet hatte. Er nahm alle Entschlossenheit zusammen, derer er Herr werden konnte, und ging zwei Schritte auf die Alte zu, die seine Annäherung mit einem schiefen Grinsen quittierte und wieder einen tiefen Lungenzug nahm.

»Gernot, ich suche Gernot!«, brüllte Huppendorfer ihr nun seine zentrale Frage von vorn halblinks ins Ohr.

Reinhild Fraas schien die Lautstärke nicht weiter zu berühren, stattdessen schien sie jetzt endlich das Anliegen des jungen Kommissars zu begreifen. »Gernot, ach so. Ja, das ist mein Sohn«, belferte sie, um sofort darauf die Länge der Zigarette wieder mittels eines kräftigen Zuges zu verkürzen.

Na, immerhin ist Reinhild nicht komplett taub, dachte sich Huppendorfer. Er holte tief Luft und schaute sich noch einmal kurz um, nicht dass er mit seinem Geschrei noch die Nachbarschaft rebellisch machte. Aber die Straße hoch gab es nur Wald, und die Bewohner Richtung Ortschaft waren an die Lautstärke im Hause Fraas wahrscheinlich schon längst gewöhnt. »Ist er da, kann ich ihn sprechen?«, rief er Reinhild wieder ins gleiche Ohr. Allerdings hatte er wohl wieder etwas falsch gemacht, denn die Botschaft kam wieder nicht an.

»Sie wollen was essen? Hab Klöße da. Muss ich aber erst kochen!«, rief ihm die Fraas in einer solchen Lautstärke zu, dass Huppendorfer befürchtete, sein Haupthaar würde waagerecht nach hinten wehend im Wind stehen.

So würde das nichts werden, gestand er sich frustriert ein, wahrscheinlich waren seine Sätze immer noch zu lang. Je weniger Worte an die Frau verschwendet wurden, umso weniger Missverständnisse. Sehr wahrscheinlich würde es mit einfachen, klar gebrüllten Botschaften besser funktionieren. Altersschwach oder gar dement wirkte Reinhild ja eigentlich nicht, ganz im Gegenteil. Einen Augenblick lang hatte Huppendorfer das Gefühl, sie spiele ihm ihre Schwerhörigkeit nur vor, verwarf diesen rentnerfeindlichen Gedanken dann aber gleich wieder.

»Gernot – finden!«, versuchte er es erneut möglichst laut und bemerkte dabei, dass sich seine Stimmbänder allmählich zu verabschieden begannen. Eine lautstarke Konversation wie diese waren sie einfach nicht gewohnt. Viel an Sprechzeit würde ihm bei dieser Intensität wohl nicht mehr mit der schwerhörigen Reinhild bleiben, aber bei der war der Groschen offensichtlich endlich gefallen.

»Gernot, ach so. Der ist in der Skihalle, Arbeit!«, schrie sie lächelnd zurück und fuchtelte mit der freien Hand die Teerstraße hinauf – natürlich nicht, ohne kurz darauf den letzten Rest der verbliebenen glühenden Zigarettenspitze einzusaugen.

»Danke!«, rief Huppendorfer ihr zu und verzichtete erleichtert auf tiefer gehende Fragen. Eine Unterhaltung mit Reinhild war so was von sinnlos, er war einfach nur froh, verschwinden zu können.

»Bitte, bitte, gern geschehen!«, rief ihm die alte Frau Fraas noch hinterher, warf dann ihren Zigarettenstummel in den Garten und verzog sich wieder in ihr windschiefes Hexenhaus.

Während Huppendorfer zu seinem Wagen zurückging, fragte er sich, wie diese Frau in ihrer alten Hütte nur Feriengäste unterbrachte. Jeder, der hier Urlaub machen wollte, müsste ja nach kürzester Zeit heiser und taub sein. Aber das war Gott sei Dank nicht sein Problem. Als er die Gartentür hinter sich schloss und auf den Bürgersteig trat, fiel ihm ein schwarzer Polo auf, der links etwas unterhalb vom Haus parkte und den er zuvor noch nicht bemerkt hatte. Hoffentlich nicht das Auto von Reinhild. Wobei, die Fahrzeugkontrolle hätte er gern miterlebt, wenn die alte Dame mit den Polizisten um die Wette schrie. Der junge Kommissar schüttelte stumm grinsend den Kopf, stieg in seinen Golf und quälte ihn bergauf zur Oberhofer Skisporthalle.

»Autokran«, beantwortete Gürtler feierlich Lagerfelds Frage, was denn zu tun sei, um die Lastenfrage zu einer funktionierenden Lösung zu führen.

»Autokran?«, wiederholte Lagerfeld hilflos. Er konnte sich kaum vorstellen, dass ein auf einem Fahrzeug montierter Kran mehr an Gewicht heben können sollte als ein konventioneller Baukran, den man fest irgendwo aufstellte.

»Ein Autokran kann draußen auf der Straße stehen und hebt euer Zeug über den Platz bis zur Mühle«, stellte Gürtler lapidar fest.

Ungläubig schaute Lagerfeld den Baumenschen an. Bis zum Mühlengebäude waren es locker und leicht vierzig Meter, und allein das Getriebe vom Mühlrad wog ja schon knapp zwei Tonnen.

»Der hebt problemlos drei Tonnen auf fünfundvierzig Meter.«

Lagerfeld kapierte das alles nicht. Wenn das so einfach war, warum hatten sie sich den ganzen Zinnober gerade eben mit der Kranfrage und Ute nicht gespart? »Und wieso haben wir den nicht gleich genommen? Dann hätten wir auf die ganze Diskussion verzichten können, oder nicht?« Lagerfeld schaute zum Haus hinüber, wo sich seine Ute nicht mehr blicken ließ. Wahrscheinlich hatte sie sich auch emotional verbarrikadiert. Er konnte sich auf was gefasst machen.

»Weil ein Autokran teuer ist«, erklärte ihm Ferdinand Gürtler. In seinem Blick lag ein gewisses Mitleid dem ahnungslosen Bauherrn gegenüber. »Der große Kran vom Merkel kostet uns tausend Euro Anfahrtskosten und dann noch einmal fünfhundert die Stunde. Da kommt schon was zusammen. Deswegen nimmt man so ein Ding nur, wenn's wirklich nicht anders geht, so wie in diesem Fall«, schloss Gürtler seine Erklärungen ab.

Lagerfeld blieb der Mund offen stehen. Tausend allein dafür, dass das Teil überhaupt erst einmal angefahren kam? Was war nur mit der Welt passiert? Und natürlich hatten sie mit solchen Beträgen nicht kalkuliert, das war wahrlich ein schwer zu schluckender Brocken. Langsam schwante ihm, dass sie sich mit ihrem knappen Budget, was den Mühlradbau betraf, sauber verkalkuliert hatten. Aber jetzt gab es kein Zurück mehr. Das Mühlrad war geordert, die Kredite waren bewilligt, alle Anträge gestellt. Diese Nummer würden sie jetzt durchziehen, egal, was da noch an Schwierigkeiten und Rückschlägen auf sie zukommen würde.

»Dann Autokran«, gab er entschlossen bekannt und nickte dem erleichterten Gürtler zu. Somit konnte auf der Baustelle morgen begonnen werden, die mit Ute musste er gleich in Angriff nehmen. Mit einem Seufzen verabschiedete er sich und machte sich auf den Weg zum Haus, wo ihn mutmaßlich bereits ein Schafott oder Ähnliches erwartete. Doch auf halbem Weg machte er plötzlich halt. Wenn er es recht bedachte, war er doch eigentlich im Dienst und hatte gar keine Zeit, jetzt mit Ute stundenlang Beziehungsgespräche zu führen, geschweige denn Lust. Er überlegte nur kurz, holte dann sein Handy heraus und schickte ihr eine SMS. Kurz teilte er ihr mit, dass er den Autokran bestellt habe, jetzt aber leider dienstlich wegmüsse. Auf jeden Fall würde die Arbeit auf der Baustelle morgen sicher beginnen, sie solle sich mal keine Sorgen machen. Er drückte auf »Senden«, drehte sich um und ging zum Cabrio. Schließlich gab es Dringenderes als seine Beziehung: Er musste noch jemanden finden, der in einem Mordfall gesucht wurde. Da musste die Beziehung erst einmal warten.

Die Strecke bis zur Skisporthalle in Oberhof war überschaubar, allerdings noch einmal mit etlichen Höhenmetern gesegnet. Als Cesar Huppendorfer seinen Golf auf dem Parkplatz vor der Halle abstellte und ausstieg, merkte er sofort, dass doch noch nicht ganz Sommer war. Ein kühler Wind pfiff über die Höhen des Thüringer Waldes und ihm ins Gesicht, der Frühling war hier definitiv noch nicht angekommen.

»DKB-Skisport-HALLE« prangte groß über dem Eingang rechts neben dem Sportgeschäft, und auch die Ausmaße der Halle selbst waren gewaltig. Huppendorfer war tatsächlich beeindruckt von dem Bau und studierte die Schautafel, die ihm das Nötigste über das Gebäude erklärte. Nicht dass er drinnen blöde Fragen stellte, die ihn als Ahnungslosen outeten, der er war. Laut der Tafel war die Skisporthalle einzigartig in Mitteleuropa und stand zwischen dem Alpinhang, der Bobbahn und dem Biathlonstadion. Auf zehntausend Quadratmetern war ein Trainingszentrum für Freizeit- und Leistungssportler entstanden, das dreihundertfünfundsechzig Tage im Jahr das Trainieren mit Langlaufskiern auf erstklassigem Schnee ermöglichte, der eins Komma zwei Kilometer lange Rundkurs wurde konstant auf minus vier Grad heruntergekühlt – Huppendorfer wollte gar nicht darüber nachdenken, was die Anlage für Energie verschlang. Daneben gab es noch eine Halle, in der man mit dem Biathlongewehr das Schießen üben konnte. Und irgendwo in dem ganzen Betrieb musste Huppendorfer nun also Gernot Fraas finden, in welcher Funktion auch immer.

Als er die Halle betrat, musste er den Hals recken. Irgendwie hatte der Bau etwas von einem sehr langen, sehr hohen Luftschutzbunker in der Nähe des Südpols, bei dem die Heizung ausgefallen war. Scheißkalt war es hier drinnen. Und selbst jetzt, an einem Werktagnachmittag, waren auf dem Schnee Menschen langlaufend unterwegs. Unglaublich. Kopfschüttelnd ging Huppendorfer zum Eingang der Halle zurück, um am Empfangstresen mit seiner Suche nach Gernot Fraas zu beginnen.

»Was können wir für Sie tun?«, fragte eine der zwei jüngeren Empfangsdamen im sportlich-warmen Outfit und strahlte ihn freundlich an.

»Fraas, ich suche Gernot Fraas! Gibt's den hier irgendwo?«, brüllte Cesar Huppendorfer, woraufhin die Angesprochene aus dem Stand erschrocken einen Meter zurücksprang. Huppendorfer schaute verblüfft um sich, weil sich alle, die sich in der Nähe des Eingangs befanden, zu ihm umgedreht hatten und ihn mit erstauntem Blick musterten. Erst jetzt realisierte der Kommissar, dass er nach dem Erlebnis mit Reinhild Fraas wohl noch nicht auf normale Kommunikationslautstärke heruntergeschaltet und seine gebrüllte Anfrage allenthalben für Erstaunen gesorgt hatte. Noch bevor er sich entschuldigen oder eine der eingeschüchterten Thekendamen etwas äußern konnte, kam von rechts aus Richtung der Langlaufloipe eine eingemummelte männliche Gestalt auf ihn zu.

»Wer will das wissen?«, fragte der große, schlanke Mann in blauem DKB-Anorak.

»Huppendorfer, Kriminalpolizei Bamberg«, erwiderte der junge Kommissar umgehend und hielt seinen Ausweis hoch. Die ganze Situation war ihm etwas peinlich. Und alles nur wegen der schwerhörigen Reinhild.

»Was wollen Sie von Gernot?«, wollte der hagere Mann mit der gestrickten bunten Wollmütze auf dem Kopf noch immer unwirsch von ihm wissen.

»Nichts Schlimmes, ich wollte ihm nur kurz ein paar Fragen stellen«, versuchte Huppendorfer abzuwiegeln. Er hatte schon wieder das Gefühl, missverstanden zu werden. »Könnte ich der Höflichkeit halber dann vielleicht auch erfahren, mit wem ich hier eigentlich spreche?«

»Lauck. Frank Lauck, mir gehört das Sportgeschäft nebenan«, stellte sich der Mann immer noch reichlich reserviert vor. Von der Gestalt her schloss Huppendorfer auf eine sportliche Karriere in seinem früheren Leben, als ihn der Mann kurz entschlossen am Arm packte und in Richtung Treppe davonzog. »Also gut, kommen Sie mit. Wir gehen rauf zu Luigi, da können wir ungestört reden.«

Huppendorfer folgte ihm erstaunt. Der Kerl schien etwas zu wissen und hatte anscheinend auch die Absicht, dieses Wissen mit ihm zu teilen. Sie gingen die Treppe hinauf und betraten eine ansprechende Mischung aus Sportlerkantine und italienischem Restaurant. Frank Lauck führte ihn an einen Tisch am großen Panoramafenster, durch das hindurch man den gerade trainierenden Biathleten bei ihren Leibesübungen zuschauen konnte. Die Aussicht interessierte Cesar Huppendorfer nur kurz und Lauck überhaupt nicht. Im Gegenteil, er kam gleich ohne Umschweife zur Sache.

»Lassen Sie mich raten, Herr Kommissar, Sie wollen von mir wissen, wohin Gernot verschwunden ist«, präsentierte Lauck seine erste These, während er seine Wollmütze abnahm und vor sich auf den Tisch legte.

Huppendorfer musste diesen Satz erst einmal auf sich wirken lassen. Wie, Gernot war verschwunden? Was hatte das nun wieder zu bedeuten? Währenddessen war der italienische Pächter an ihren Tisch getreten und begrüßte Lauck wie einen alten Bekannten, der er wohl auch war. Lauck bestellte für sie zwei Cappuccinos, woraufhin sich Luigi eiligst wieder verkrümelte.

»Woher kennen Sie Gernot Fraas überhaupt?«, wollte Cesar von seinem Gegenüber jetzt wissen und lehnte sich betont entspannt auf seinem Stuhl zurück.

»Ganz einfach, Gernot hat bei mir im Sportgeschäft gearbeitet. Über zehn Jahre. Erst unten in Oberhof, dann hier in der Filiale in der Skihalle«, erklärte der Ladenbesitzer. »Aber eigentlich kennen wir uns schon seit unserer Schulzeit. Wir waren auf der gleichen Schule in Suhl und haben zusammen in Oberhof mit Biathlon angefangen. Aber bis ganz nach oben hat es bei Gernot leider nie gereicht.«

»Okay, und was hat er dann nach dem Sport gemacht?« Kurz blickte Huppendorfer wieder zu den Trainingskameraden unten im Schnee, die Runde um Runde in der Halle drehten und ihre Trainingskilometer abspulten.

»Als er eingesehen hat, dass er nicht so weit kommen wird, hat er was Ordentliches gelernt. Wenn ich mich richtig entsinne, hat Gernot im ›Panorama Hotel‹ unten im Ort Koch gelernt. Nach der Lehre hat er dann auf der ›Suhler Hütte‹ gearbeitet, Thüringer Klöße waren seine Hauptbeschäftigung.« Lauck lächelte leicht, das erste Mal, seit er mit Huppendorfer sprach. Er wusste, welche Frage nun folgen würde. Jeder Tourist wollte wissen, was Thüringer Klöße waren.

Der junge Kommissar tat ihm den Gefallen. »Thüringer Klöße, was ist das denn?«

Laucks Grinsen wurde noch breiter, bevor er den Bamberger Kulturfremdling in die Geheimnisse der thüringischen Küche einweihte. »Thüringer Klöße sind im Prinzip Kartoffelklöße. Die Besonderheit ist die exakt abgestimmte Mischung aus rohen und gekochten Kartoffeln. Außerdem wird die Stärkebrühe durch ein Tuch herausgepresst, sodass die Konsistenz nicht so fest ist, wie man sie von Kartoffelklößen normalerweise kennt. Thüringer Klöße sind sehr weich, manchmal fast cremig.«

Huppendorfer lauschte der Erklärung, und sogleich geriet sein kulinarisches Bewusstsein in Schieflage. Seinem Dafürhalten nach hörte sich das eher nach einem Kochunfall an, der dann von irgendeinem Küchendilettanten in grauer Vorzeit kultiviert und zur Delikatesse erklärt worden war. »Cremige Klöße?«, fragte er sicherheitshalber noch einmal nach.

»Genau, cremig.« Laucks Mundwinkel näherten sich allmählich seinen Ohren. »Wer sie zum ersten Mal macht, kann sie nicht selten mit dem Strohhalm zu sich nehmen, aber mit ein bisschen Übung klappt die richtige Konsistenz dann irgendwann. Ich weiß, das hört sich erst einmal gewöhnungsbedürftig an, aber nur bis zu dem Moment, wenn man die ersten perfekten Thüringer Klöße gegessen hat. Bis heute gibt's die besten auf der ›Suhler Hütte‹, auch wenn Gernot dort nicht mehr arbeitet.« Das anfängliche Misstrauen Laucks schien verflogen zu sein. Der Bamberger Kommissar, der sich über heimische Kochrezepte belehren ließ, war ihm ganz sympathisch. Aber dann kam er doch wieder zum eigentlichen Thema zurück. »Als ich dann mit dem Leistungssport aufgehört und mein Sportgeschäft eröffnet habe, habe ich Gernot gefragt, ob er nicht bei mir anfangen möchte.

Er hatte ja Ahnung von der Materie und verdiente bei mir auch mehr als mit seiner Kocherei. Tja, er hat nicht lange überlegt und den Job angenommen. Gernot war ein klasse Verkäufer. Der hat mehr verkauft als ich. Wie er sich auf die Kundschaft einstellen konnte, einfach sagenhaft. Wenn er bei mir im Laden stand, war der wie ausgewechselt, ein anderer Mensch. Ich glaube, der hat das alles mehr wie ein Schauspieler seine Filmrolle betrachtet und im Laden den dicken Max markiert. Im normalen Leben hat man ihn fast nicht wiedererkannt. Da war er schüchtern, zurückhaltend, unauffällig. Seinen Sport hat er bei uns auf Altherrenniveau weiterbetrieben. Nach Feierabend waren wir öfter hier in der Skihalle unterwegs, ganz wie in alten Zeiten. Im Schießen war er immer einer der Besten, nur mit dem Langlaufen hat es leider nie so ganz geklappt.«

Huppendorfer hörte sich die Geschichte mit großem Interesse an, und langsam nahm vor seinem geistigen Auge die Person von Gernot Fraas Gestalt an.

»Vor zwei Jahren hat er im Laden dann seine Claudia kennengelernt, seine spätere Frau.« Das breite Lächeln verschwand schlagartig aus Laucks Gesicht.

»Das war wohl keine so glückliche Beziehung, oder wie?«, fragte Huppendorfer sofort nach.

Lauck wackelte unentschieden mit dem Kopf. »Na, zuerst waren sie schon ein Herz und eine Seele. Es war Sommer, als sie sich kennenlernten, und da ist in Oberhof eh nicht so wahnsinnig viel los. Also hat Gernot seinen Jahresurlaub im August verbraten und war die meiste Zeit davon in Bamberg bei seiner Clax. Als er zurückkam, hat er nur noch vom Sommer in Bamberg, den Kellern und dem Bier geschwärmt.«

»Verständlich«, warf Cesar Huppendorfer schmunzelnd ein. Er konnte sich lebhaft vorstellen, wie der gute Gernot in Bamberg aufgeblüht war. Richtig warm musste es da gewesen sein, er war verliebt gewesen, und an jeder Ecke hatte man ihm erstklassiges Bier angeboten. Da konnte man die cremigen Thüringer Klöße schon für eine Weile vergessen.

»In der Wintersaison hat er dann wieder bei mir gearbeitet, und seine Claudia war an jedem zweiten Wochenende hier. Auch da war noch alles in Butter mit den beiden, und im letzten Sommer haben sie ja noch geheiratet. Aber im Herbst ist dann etwas passiert«, sagte Lauck nebulös und faltete die Hände vor sich auf dem Tisch. Huppendorfer schaute ihn nur fragend an, sagte aber nichts.

»Im Herbst ist Claudias Tochter aufgetaucht, diese Franziska. Ein blonder Engel, der Gernot den Kopf verdreht hat.«

»Kopf verdreht?«, fragte Huppendorfer, hellhörig geworden, nach.

Aber Frank Lauck winkte sofort ab. »Nein, er war nicht verliebt oder so. Aber Gernot war so viele Jahre ledig und kinderlos gewesen, und dann bekam er plötzlich so ein hübsches Ding als Stieftochter. Der war vollkommen hin und weg und hat sich um das Mädel gekümmert, das war richtig rührend. Der ging voll auf in seiner Vaterrolle.«

»Aha, und wie hat Claudia darauf reagiert?«, fragte Huppendorfer nach.

Laucks Hände lagen noch immer gefaltet auf dem Tisch, aber seine Daumen begannen, Katz und Maus miteinander zu spielen. »Am Anfang fand das Claudia eigentlich auch super und hat ihre Witze über die beiden gemacht, dass sie selbst ja jetzt wieder alleinstehend sei und ihre Tochter bei einem Leihvater abgegeben habe. Nein, zuerst hat sie das nicht gestört, ganz im Gegenteil. Schwierig wurde es erst ein paar Monate später in den Osterferien, als Franziska ihr Studium in den USA beendet hatte und wieder daheim bei Mama einzog. Ende März waren sie noch eine Woche hier in Oberhof, aber da war die Stimmung schon im Eimer, da haben sie sich schon nur noch gestritten. Tja, und kurz darauf haben sich Gernot und Claudia dann auch getrennt. Wirklich tragisch, das muss ich schon sagen, denn eigentlich haben sie gut zusammengepasst.« Lauck schürzte die Lippen und betrachtete traurig die Tischplatte.

»Haben Sie irgendwann mal mitbekommen, worum es in den Streits ging?« Huppendorfer wurde immer neugieriger.

Aber wieder schüttelte der ehemalige Biathlet nur bedauernd den Kopf. »Nein, nicht wirklich. Und drüber geredet hat er auch nie. Aber ich glaube, dass es was Familiäres war, was ziemlich

Persönliches. Allerdings ist mir aufgefallen, dass Gernot immer zu seiner Stieftochter gehalten hat, egal, was sie gerade für einen Mist verzapft hat oder was sie für eine Meinung hatte. Claudia stand dann allein auf weiter Flur. Bei Meinungsverschiedenheiten hast du kein Blatt Papier zwischen die beiden gebracht, und bei anderen Dingen war das wahrscheinlich genauso.«

»Mmh«, sagte Huppendorfer nur und machte sich fleißig Notizen auf dem Block, den er inzwischen herausgeholt hatte.

»Übrigens war es mit Reinhild genauso«, schob Lauck hinterher. »Die war auch in Claudias Tochter vernarrt, was auf Gegenseitigkeit beruhte. Ich glaube, Franziska wäre am liebsten bei den Fraas' eingezogen, wenn Claudia mitgemacht hätte. Aber die hat irgendwann die Notbremse gezogen und ist nicht mehr hergekommen. Franziska war noch ein-, zweimal hier, und kurz nach ihrem letzten Besuch ist dann auch Gernot abgehauen.« Laucks Gesicht verdunkelte sich augenblicklich.

Huppendorfer war nicht ganz klar, ob aus persönlichen Gründen oder weil der Ladenbesitzer seinen besten Verkäufer verloren hatte. Aber das ließ sich ja ganz einfach klären. »Aha, und wann war das genau? Und wissen Sie, warum er abgehauen ist?«, fragte er gespannt, denn irgendetwas Entscheidendes musste in dieser Zeit in Oberhof passiert sein.

»Das war vor gut zwei Monaten. Da kam Gernot an einem Freitag in der Mittagspause zu mir und sagte, er würde am Montag nicht mehr kommen. Er habe die Nase voll von Oberhof und nahe seiner Exfrau bei Bamberg eine Wohnung gefunden. Er wolle noch einmal alles probieren, um die Beziehung zu kitten. Ich war natürlich stinksauer. Gernot war mein bester Verkäufer, und eine Kündigung teilt man seinem Arbeitgeber schließlich nicht drei Tage vorher mit.« Verärgert ballte Frank Lauck seine rechte Hand zu einer Faust, während Luigi die Cappuccinos auf den Tisch stellte. Als der italienische Gastwirt die ungemütliche Stimmung bemerkte, verzog er sich gleich wieder.

»Hat er denn wenigstens gesagt, wo diese neue Wohnung sein soll? In Bamberg und Umgebung ist er nämlich nicht gemeldet, das hätten wir herausgefunden«, sagte Huppendorfer. »Der einzige gemeldete Wohnsitz, den wir von Gernot Fraas haben, ist der in

Oberhof in der Tambacher Straße bei seiner Mutter. Ich bin da gewesen, bevor ich zu Ihnen kam, aber die Befragung von der Frau war etwas mühselig, um es mal vorsichtig auszudrücken«, meinte Huppendorfer und kraulte sich reflexartig das rechte Ohr.

»Sie waren bei Reinhild? Nun, das erklärt natürlich Ihr Geschrei vorhin«, lachte Frank Lauck. »Aber da sind Sie ihr sauber auf den Leim gegangen. Die Schwerhörigkeitsmasche zieht Reinhild immer dann ab, wenn sie sich nicht unterhalten will. Das weiß in Oberhof jeder.«

Huppendorfer hätte seinem Gefühl also doch besser vertrauen sollen. Aber so war das halt mit Männern und Gefühlen. Erst kam der Kopf, dann alles andere – mit viel Abstand.

»Bei seiner Mutter wohnt Gernot ja nun schon eine Weile nicht mehr, da hat Ihnen die gute Reinhild Mist erzählt«, sagte Lauck verschmitzt.

Huppendorfer war sauer. Reinhild hatte ihn also sehr wohl verstanden, sie wusste, dass ihr Sohn Gernot nicht mehr in Oberhof war, und trotzdem hatte sie ihn zur Skisporthalle geschickt. Er schluckte einige Male. Er war von einer abgebrühten Pseudoschwerhörigen hinters Licht geführt worden. Für einen Ermittlungsbeamten der Kriminalpolizei die absolute Höchststrafe. Die Kommentare aus Kollegenkreisen wollte er sich lieber gar nicht vorstellen. »Woher kennen Sie Reinhild eigentlich so gut, ist doch gar nicht Ihr Semester?«, knurrte Huppendorfer wütend über sich selbst.

»Woher? Na, Sie sind gut, Herr Huppendorfer. Erstens ist sie Gernots Mutter, und zweitens kennt Reinhild jeder hier in Oberhof. Sie war die erste thüringische Biathlonmeisterin überhaupt und hat etliche Generationen nach ihr trainiert. Zwei Weltmeister und eine Olympiasiegerin hat sie mitgeformt.« Ehrlich fassungslos über Huppendorfers Unwissen schüttelte Frank Lauck den Kopf.

»Danke, Herr Lauck, Sie haben mir wirklich weitergeholfen«, sagte der Beamte wieder mühsam beherrscht und legte einen Zehn-Euro-Schein auf den Tisch. »Betrachten Sie sich als von der Bamberger Polizei eingeladen, ich muss jetzt noch mal wohin, um etwas klarzustellen.« Ungeduldig erhob sich Huppendorfer, ohne seinen Cappuccino auch nur angerührt zu haben.

»Keine Ursache«, meinte Frank Lauck jetzt wieder breiter grinsend. »Und richten Sie Reinhild einen schönen Gruß von mir aus!«, rief er dem davoneilenden Huppendorfer noch hinterher, der bereits die Treppe zur Skihalle hinunterstürmte.

Auf dem Weg von Coburg nach Erlangen fuhr Leo Sachse erst einmal zu Hause bei seiner Frau vorbei. Er brauchte eine Pause, dringend und sofort. Die Pfingstfeiertage waren dieses Jahr so ziemlich das Schlimmste, was einem als Bestatter je passieren konnte. Statt endlich einmal auszuspannen, musste er Sonderschichten schieben, weil irgendein Typ sich in seiner Mordlust austobte. Leichen über Leichen, die er, Leonhard Sachse, wieder wegräumen durfte. Sechs Tote auf einen Schlag. Seiner Meinung nach war da ein Irrer unterwegs, aber ihn fragte ja keiner.

Er parkte den grauen Mercedes-Bus vor dem Haus, öffnete klirrend mit seinem umfangreichen Schlüsselbund die Haustür und stieg die Treppe hinauf. Als er die Wohnungstür hinter sich schloss, kam seine Frau Eileen aus der Küche und mit fragendem Blick auf ihn zu.

Sag bitte nichts, las sie aus den müden grauen Augen ihres Mannes, der sich in der Küche auf einen der Stühle plumpsen ließ.

»Wie viele?«, fragte sie und warf die Kaffeemaschine an, um ihm den üblichen Hallo-Wach-Cocktail zu mixen.

Sachse saß mit hängenden Armen auf seinem Küchenstuhl und bohrte mit stumpfem Blick Löcher in den Toaster, der ihm gegenüber auf der Küchenarbeitsplatte stand. »Sechs«, sagte er tonlos. An einer Delle im polierten Aluminium des Gerätes blieb sein Blick hängen. Bloß nichts mehr denken. Nichts zu denken war eine der unverzichtbaren Grundvoraussetzungen für das Bestattergewerbe. Sein alter Chef zum Beispiel, der hatte wochenlang nichts denken können, wenn er arbeiten musste. Allerdings war der auch Franke gewesen und hatte schon seit seinem fünfzehnten Lebensjahr im elterlichen Betrieb mitgearbeitet. Leo dagegen war Seiteneinsteiger, sein Nachname verriet seine Herkunft, und früher war er Koch gewesen. Vom Restaurantchef zum Totengräber, das war schon ein etwas gewagter Schritt gewesen. Bislang hatte er den Branchenwechsel ganz gut bewältigt, aber jetzt gerade war alles doch ein bisschen viel. Und das Schlimmste kam ja erst noch: Er musste seine Fracht bei Siebenstädter in der Gerichtsmedizin abliefern.

»Hier, dein Zombie«, hörte er eine Stimme über sich sagen, dann spürte er die Hand seiner Frau, die ihm mitleidig durchs Haar fuhr. Schweigend schlürfte er das heiß dampfende Wundermittel und merkte schon eine Minute später, wie sich seine Stimmung und die Farben seiner Gefühlswelt veränderten. Die Müdigkeit verflog, und die alte Schaffenskraft kehrte zurück. Dankbar lächelte er seine Frau an. Sie wussten beide, dass Leo jetzt ein paar Stunden lang überdurchschnittlich fit und gut drauf sein würde. Aber irgendwann würde der Mann mit dem großen Hammer kommen, und dann war wieder Schicht im Schacht. Dann würde Leo nur noch aufs Sofa fallen wollen, um dort zu sterben. Streng genommen war das, was Eileen da mit ihrem Mann veranstaltete, Bestatterdoping vom Feinsten. Ewig würde das nicht so weitergehen, irgendwann würde Leo trotz Zombie endgültig zusammenbrechen, das wusste sie, aber nicht heute und nicht jetzt.

Leo Sachse stand auf und streckte sich, dann gab er seiner Eileen einen Kuss und machte sich wieder auf den Weg zu seinem Kleintransporter. Sechs Leichen auf einen Schlag, da würde Siebenstädter aber Augen machen. Der Zwischenstopp zu Hause hatte gerade mal fünf Minuten in Anspruch genommen.

Huppendorfer war in Rage aus der Skihalle geflüchtet und hatte natürlich nicht bemerkt, dass Lauck, kaum dass er aufgestanden war, sein Handy herausgeholt und hektisch zu telefonieren begonnen hatte. Huppendorfer war nur noch von einem Gedanken besessen: Reinhild Fraas in die Finger zu kriegen. Während er zum Auto lief, schossen ihm die wildesten Gedanken durch den Kopf, die aber immer im gleichen Ergebnis gipfelten. Gernot Fraas war vor einem knappen Vierteljahr aus Oberhof verschwunden, und niemand wusste, wo er sich aufhielt. Scheinbar jedenfalls, denn vielleicht deckte seine Mutter ihn auch, weil sie mit ihm unter einer subversiven Decke steckte. Aber das würde er sie jetzt selbst fragen. Und mit dieser Gehörlosennummer würde er sich auch nicht mehr abspeisen lassen. Wenn sie darauf beharrte, würden sie sich eben Zettel über den Tisch schieben, um sich zu verständigen.

An der alten Pension angekommen, fiel sein Blick als Erstes auf den schwarzen Polo, der noch immer an der gleichen Stelle parkte. Reinhild hatte also nicht voller Schuldbewusstsein die Flucht ergriffen. Immerhin. Trotzdem würde er der alten Dame jetzt mal die Leviten lesen. Sohn hin oder her, Polizeibeamte verarschen, das gehörte sich einfach nicht. Mit geschwellter Brust und strengem Blick ging Huppendorfer durch den kleinen Vorgarten und klopfte laut und vernehmlich an die alte Haustür. Nichts. Er wiederholte das Klopfzeichen, aber nichts passierte.

»Hallo, Frau Fraas, sind Sie zu Hause?« Keine Antwort. Ungeduldig drückte er die Klinke nach unten, und siehe da, die gut geölten Scharniere gaben nach, und die Tür öffnete sich. Vorsichtig schaute Huppendorfer in den Hausflur, rief erneut laut Reinhilds Namen, aber wieder verhallte sein Ruf antwortlos in den Weiten des langen Flurs der alten Villa. Allerdings brannte in dem fensterlosen Gang das Licht, also musste doch jemand zu Hause sein. Auch ein Hauch von erkaltetem Gauloises-Rauch hing noch in der Luft, Reinhild schien hauptsächlich draußen zu rauchen. Ein krasser Gegensatz zum Kollegen Schmitt, dachte Huppendorfer, der rauchte leider immer genau da, wo er gerade stand, saß oder lag, egal, ob drinnen oder draußen. Lediglich seine Ute hatte ihm ein paar Manieren beigebracht, die er in ihrer Anwesenheit auch notgedrungen einhielt. Da in ihrer Mühle seit der Renovierung nicht mehr geraucht werden durfte, sah man Herrn Bernd Schmitt seitdem des Öfteren mit missmutigem Gesicht vor der Haustür stehen und seine Tabakwaren verqualmen, was ihm sichtlich missfiel. Aber Reinhild brauchte keinen Aufpasser wie Lagerfeld seine Ute, augenscheinlich war es ihr freier Wille, das Innere ihres Hauses nicht mit ekelhaften Gauloises zu verpesten.

Während Huppendorfer den Flur entlangging, beschlich ihn eine merkwürdige Ahnung. Ohne sein Zutun legte sich seine rechte Hand an seine Dienstwaffe, was ihm ein beruhigendes Gefühl vermittelte. Doch ein Waffeneinsatz erwies sich als unnötig. Nach eingehender Begehung aller Zimmer und Stockwerke stand fest, dass das Haus leer und verlassen war. Allerdings schien der Aufbruch der Bewohnerin recht plötzlich erfolgt zu sein. In Küche, Flur und einem Zimmer brannte noch Licht, die Kaffeemaschine war noch warm, und im Waschbecken im Bad fanden sich noch etliche Wassertropfen.

Cesar Huppendorfer überlegte kurz und ging dann zum letzten Raum auf der linken Seite im Erdgeschoss zurück. Ein mittelgroßes Eckzimmer mit zwei Fenstern in den Garten hinaus, von denen man einen wunderschönen Blick auf Oberhof hatte. Bei der Erstbegehung hatte er den Eindruck gewonnen, dass Gernot den Raum bewohnt haben könnte. Huppendorfer ließ das Zimmer einen Moment auf sich wirken. Sein Gefühl hatte ihn nicht getäuscht. An der Wand hingen zwei Poster von Oberhofer Biathlongrößen, im Schrank stieß er auf etliche Männerklamotten aus dem Sporthaus Lauck, und von der Decke baumelte ein zerbrochener Langlaufski als eher ungewöhnliches Dekorationselement. Mit dem musste es den guten Gernot wohl irgendwann einmal sauber in die Gegend gesteckt haben.

Das Zimmer wirkte wie eine klassische Junggesellenbude, mit Claudia Büchler hatte Gernot hier in letzter Zeit definitiv nicht mehr gewohnt. Neben dem westlichen Fenster stand ein kleiner, sauber aufgeräumter Eckschreibtisch, der das Interesse Huppendorfers auf sich zog. Er öffnete eine Schublade nach der anderen, konnte aber nichts finden, was ihm weitergeholfen hätte. Direkt über dem Schreibtisch hing eine kleine Korktafel, an die Gernot Erinnerungsfotos aus vergangenen Zeiten geheftet hatte. Die Bilder zeigten Freunde aus seiner sportlichen Biathlonvergangenheit, seine Exfrau Claudia, aber auch seine Stieftochter Franziska Büchler. Gründlich besah sich der Kommissar ein Foto nach dem anderen, bis sein Blick an einem kleinen Zettel zwischen den Bildern hängen blieb. Es war ein abgerissenes Stück Papier aus einem karierten Rechenblock, wie ihn Schüler benutzen. Auf dem Zettel stand eine durchgestrichene Notiz. *Staffelberg 11.30 Uhr.*

Cesar Huppendorfer durchzuckte eine plötzliche Erkenntnis. Um diese Zeit herum war am vergangenen Samstag der

Mord auf dem Staffelberg passiert. Er nahm den Zettel an sich, setzte sich auf die weiche Matratze des Bettes, das unter dem Südfenster stand, und schaute sich die Fotos noch einmal an. Es gab nur ein Bild, auf dem auch Franziska Büchler deutlich zu erkennen war. Die Aufnahme musste schon älter sein, denn die etwa Fünfzehnjährige stand mit ihrer Ziehmutter vor einem Gebäude auf einer grünen Wiese, die auch ein Friedhof sein konnte. Sah alles irgendwie nach einem kirchlich orientierten Ferienaufenthalt von Mutter und Tochter aus. Das im Hintergrund schien eine Kirche oder Kapelle zu sein, rechts daneben stand ein altes Fachwerkhaus, aber darauf konnte und wollte Huppendorfer sich auf die Schnelle nicht festlegen. Er nahm das Foto von der Wand und steckte es ein. Keine Ahnung, ob die in der Dienststelle etwas damit anfangen konnten, aber immerhin war das ein neutrales Bilddokument von Mutter und Tochter. Zu mehr reichte seine dienstliche Courage nicht, schließlich hatte er keinen Durchsuchungsbefehl und befand sich streng genommen illegal in dem Haus. Dem Kollegen Lagerfeld wäre das wahrscheinlich scheißegal gewesen, der hätte womöglich das ganze Haus auf den Kopf gestellt, ohne auch nur irgendjemanden zu fragen. Und wenn die verwunderte Hausbewohnerin unversehens zurückgekommen wäre, hätte Bernd ihr spontan eine wilde, aber plausible Geschichte erzählt und sich elegant herausgeredet. So was konnte der Herr Schmitt nämlich gut, sich herausreden. Cesar Huppendorfer war da sehr viel korrekter gestrickt. Er würde jetzt nach Bamberg in die Dienststelle fahren, alles Weitere mit Haderlein besprechen, und dann würde man weitersehen. Jedenfalls sah es fast so aus, als wäre der liebe Gernot nicht nur ein großer Fan seiner Exstieftochter, sondern auch etwas tiefer in diesen Fall verstrickt, als sie bisher wussten. Und was war mit seiner Mutter? Wusste die gute Reinhild, was da ablief? Hatte sie bei dem ganzen konspirativen Treiben irgendwie mitgeholfen? Schwer vorstellbar bei einer alten Frau, aber das konnten die Thüringer Kollegen ja klären, falls Reinhild wider Erwarten irgendwann wieder auftauchte.

Er hatte gerade seinen Notizblock in die Jackentasche zurückgesteckt, als die Tür des Zimmers mit einem heftigen Stoß geschlossen wurde. Eine Sekunde später drehte sich ein Schlüssel im Schloss, und schnelle Schritte eilten draußen über den Flur davon. Sofort stolperte Huppendorfer hektisch zur Tür und rüttelte an ihr. Aber da war nichts mehr zu machen, man hatte ihn eingesperrt.

»Gernot? Reinhild? Jetzt macht doch keinen Scheiß und lasst mich raus!«, rief er wütend und machte sich wieder an der stabilen Türklinke zu schaffen. Aber das Kastenschloss, ein massives, eisernes Vorkriegsmodell, würde er allein durch Ziehen nie und nimmer knacken können. Hektisch schaute er sich im Raum um, ob er irgendeinen Gegenstand als Hebel benutzen könnte, als draußen der startende Motor eines Kleinwagens erklang.

»Na, wartet, das zahl ich euch heim«, knurrte Cesar Huppendorfer böse in die Stille des Zimmers. »Wenn ich euch erwische, dann habt ihr euren letzten Thüringer Kloß vertilgt!« Aber aggressive Kommentare wie dieser würden ihn auch nicht aus diesem Zimmer befreien. Sollte er vielleicht springen? Als er aus dem Fenster hinausschaute, erblickte er unter sich nur den steilen Alpinhang in Richtung Ortschaft. Wenn er es tatsächlich versuchen würde, konnten die Kollegen seine Einzelteile später irgendwo in Oberhof einsammeln. Dann blieb sein Blick an dem zerbrochenen Langlaufski an der Decke hängen. Er stieg auf einen Stuhl, rupfte das zerbrochene Sportgerät herunter und machte sich umgehend ans Werk. Indem er den Ski als Hebel benutzte, flog das sich zäh wehrende alte Schloss irgendwann dennoch mit einem hölzernen Seufzen aus seinen Verankerungen, und Huppendorfer stürmte auf den Flur hinaus. Die Lichter im Haus brannten noch immer, aber der Polo vor dem Haus war fort.

Wütend setzte sich Huppendorfer auf die Türschwelle und bemitleidete sich erst einmal selbst. Der Tag hätte fürwahr besser verlaufen können. Er hatte zwar sehr viel über Biathlon, Skihallen und Thüringer Kartoffelklöße erfahren, aber das würde nicht wirklich weiterhelfen, ihren Fall aufzuklären. Er hatte keine Lust mehr. Sollten sich doch die Thüringer Kollegen mit den beiden Verschwundenen befassen, er würde jetzt wieder zurück in die Dienststelle fahren und Franz seinen mehr oder weniger erfolglosen Besuch in Thüringen beichten.

Er schloss die Tür hinter sich und stieg in seinen Golf. Als er zurück auf die Autobahn fuhr, gingen ihm einige sehr destruktive Gedanken durch den Kopf, allerdings auch die feste Absicht, irgendwann einmal privat in diesen sportverrückten Ort im Thüringer Wald zurückzukehren. Ganz ohne Pseudoschwerhörige und Aufklärungsdruck.

Als Sachse am Hintereingang der Gerichtsmedizin in Erlangen läutete, geschah erst einmal nichts. Verwundert probierte er es noch ein zweites und ein drittes Mal. Dann, nach einer halben Ewigkeit, meldete sich endlich die mürrische Stimme des Leiters der Erlanger Gerichtsmedizin.

»Was gibt's? Ich seziere gerade.«

Das klang nicht danach, als wäre Siebenstädter besser gelaunt als sonst, eher nach dem Gegenteil. Na, das konnte ja was werden. Vor allem, nachdem Sachse ihm das letzte Mal schon die Leiche mit dem Pfeil gebracht hatte. Zuerst hatte der Professor gedacht, Haderlein würde sich einen geschmacklosen Scherz mit ihm erlauben, und war dann extrem eingeschnappt gewesen, als er realisiert hatte, dass dem nicht so war. Und jetzt musste Sachse ihm nur wenige Tage später schon wieder einen Bus voller Arbeit aufhalsen. Das würde garantiert weitere schlechte Gefühle bei Siebenstädter auslösen, so viel war sicher. Aber dem Bestatter blieb nichts anderes übrig, als die Galle auszuhalten, die Siebenstädter mit Vorliebe über seine unmittelbare Umgebung schüttete. Schließlich war das sein Job, und er brauchte die Quittung von dem Professor. Keine Quittung, kein Geld, so einfach war das.

»Hallo, Herr Professor, Sachse hier. Ich habe hier etwas abzugeben, von … äh … der Bamberger Kriminalpolizei.« Nervös horchte er in die Gegensprechanlage hinein, aber es kam keine Reaktion. Dann, nach einer knappen Minute, drang ein mühsam beherrschtes Schnaufen aus dem Lautsprecher, bevor es wieder eine Minute lang still wurde. Womöglich geht es dem Professor nicht gut, dachte sich Sachse besorgt. Vielleicht hat er ja gerade ernsthafte gesundheitliche Probleme …

»Wie viele?«, kam plötzlich die knappe Frage.

»Sechs, Herr Professor«, beeilte sich Sachse prompt zu antworten. »Männlich mit Schusswunden. Alle von einem einzigen Tatort gestern Abend in Coburg, und bei allen wurde eine Obduktion angeordnet. Sorry, scheint wohl ziemlich eilig zu sein.« Der Bestatter warf einen besorgten Blick auf die Gegensprechanlage, aber wieder herrschte für eine gute Minute Stille. Sachse hielt sein Ohr ganz nah an die gelochte Auslassöffnung des Lautsprechers, um zu überprüfen, ob am anderen Ende überhaupt noch jemand atmete. Dann, ganz plötzlich, war der Teufel los. Sachse hörte zuerst einen Schrei, dann Gegenstände, die gegen die Wand polterten, Glas, das zersplitterte, und reihenweise andere Materialien, die man durch den kleinen Lautsprecher nicht so recht einordnen konnte, die zerbrachen. Es schien, als würde sich der Großteil der Einrichtung der Erlanger Gerichtsmedizin gerade von seiner Funktion und Form verabschieden.

Erschrocken machte Sachse einen Satz nach hinten, weg von dem vibrierenden Lautsprecher, und knallte mit dem Rücken gegen seinen Leichenwagen. Was zum Teufel war da drinnen los? Das Lärmen und Scheppern aus dem Lautsprecher wurde mittlerweile mit den Schreien eines Menschen garniert, dessen Stimmfärbung entfernt an den Leiter der Erlanger Gerichtsmedizin erinnerte. Andererseits war die Stimme so kreischend und hysterisch, dass sie unmöglich von einer promovierten, hochintelligenten Person wie Professor Siebenstädter stammen konnte. Dann war eine andere, jüngere männliche Stimme zu hören, die mäßigend auf die ältere, kreischende einwirken wollte, die sich allerdings nicht von ihrem Tun abbringen ließ. So ging das eine ganze Weile hin und her, bis sich das Stakkato des Zerdepperns und Splitterns schließlich seinem Ende näherte. Plötzlich war es wieder still, und die Gegensprechanlage der Erlanger Gerichtsmedizin befand sich wie Minuten zuvor ruhig und friedlich etwa einen Meter entfernt vor den Augen des Bestattungsunternehmers.

Vorsichtig näherte sich ihr Leo Sachse wieder, aber nichts geschah, sodass er schließlich seine Hand ausstreckte und die Ruftaste drückte. »Herr Professor, alles in Ordnung?«, fragte er verunsichert. Vielleicht sollte er doch besser die Polizei benachrichtigen, wenn dort drinnen etwas wirklich Schlimmes passiert war? Er erhielt keine Antwort, die Anlage blieb stumm.

Erschöpft setzte sich der Bestatter auf die Bordsteinkante der Auffahrt und dachte über sein weiteres Vorgehen nach. Irgendetwas musste er unternehmen. Erstens brauchte er seinen Beleg, sonst würde er heute kein Geld verdienen, zweitens mussten die Leichen in seinem Bus schnellstens in die Kühlung, sonst würde die organische Zersetzung in seinem Fahrzeug sehr bald fröhliche Urstände feiern, und drittens konnte er nicht ewig tatenlos herumhocken, weil sein Zombie in sehr naher Zukunft die Wirkung in seiner Blutbahn einstellen würde, und dann gnade ihm Gott.

Sachse war noch immer unbarmherzig in seinen Gedankengängen gefangen, als der Summer der schweren Stahltür ertönte. Sofort sprang er auf, aber nicht etwa Siebenstädter oder ein fürchterliches Monster aus der Urzeit, das brüllend das Innere des Institutes verwüstet hatte, erschien, nein, sondern ein kleiner, rundlicher, pausbäckiger Mann, der ihn aus teilnahmslosen Augen ansah. Sachse war von dem Anblick des mutmaßlichen Studenten so geschockt, dass es ihm für einen Moment die Sprache verschlug. Der junge Mann trug ein ehemals weißes Hemd und eine ehemals blaue Jeans, die größtenteils von einer ehemals weißen Schürze verdeckt wurde. Auf der Kleidung sowie den frei liegenden Körperteilen des armen Mannes fand sich so ziemlich alles, was in einem Sezierraum einer veritablen Gerichtsmedizin benötigt wurde. Allerdings nicht am Stück, nein, sondern in homöopathischen Dosen verteilt. Überall. Der Kerl sah aus, als hätte jemand durch ein Küchensieb gepresste Schlachtabfälle mit einem Hochdruckreiniger auf ihn abgefeuert. Außerdem stank er dermaßen penetrant nach Alkohol und anderen Dingen, deren Namen und Bedeutungen Sachse gar nicht wissen wollte, dass er vor ihm zurückwich.

»Der Professor möchte Sie jetzt sprechen«, sagte der kleine Dicke mit hoher, fisteliger Stimme und strich sich dabei mit dem kleinen Finger der rechten Hand etwas von der Nase, das verdächtig nach Fußnagel ausgesehen hatte.

Sachse zögerte, fasste sich dann aber ein Herz und folgte dem Assistenten in die Tiefen der Erlanger Gerichtsmedizin.

Der Schlag auf den Busch

Das Leben war so schön gewesen. Es war so schön, als es nur ihn, seinen Job und die eine oder andere Liebelei gegeben hatte. Was war das nur entspannt gewesen! Aber nein, er musste sich ja unbedingt mit einer spießigen, überkorrekten Blondine einlassen. Lagerfeld haderte wieder einmal mit sich und seinem Leben. Baustellen, Frauen … Und was hatte er jetzt davon? Eine durchgedrehte Schwangere, die Aussicht auf stressige Elternzeit und eine komplizierte Baustelle an der Backe, die ihm im schlimmsten Fall die Existenz kosten konnte. Super, einfach nur klasse, das alles. Aber was sollte er dagegen machen? Er war kaum ein paar Minuten auf der Autobahn Richtung Bamberg unterwegs, und schon vermisste er die Frau. So war das halt mit der Liebe, die fiel meistens auf den größten Strohhaufen und versuchte dann, daraus Gold zu machen. Aber nicht jedes Stroh taugt zu einer solch komplizierten alchimistischen Transformation, dachte sich Lagerfeld verbissen, während die oberfränkische Landschaft des Obermaintals am offenen Fenster seines Hondas vorbeirauschte.

Wieder drifteten seine Gedanken zurück in die ach so unkomplizierte Vergangenheit. Zu den Zeiten, als er noch gar nicht bei der Kripo gewesen war, sondern bei der Sitte und regelmäßig seine Freudendamen beehrt hatte. Er hatte ein richtig gutes Verhältnis zur Bamberger Szene gehabt und schon mal die eine oder andere halb private Stunde mit seiner Klientel verbracht. Allerdings nur zum Plauschen und keinesfalls, um seine Position für ein Schäferstündchen auszunutzen. Das überließ er der Mannschaft vom Domberg, die war weit großzügiger, was derlei Freizeitbeschäftigung anbelangte, was er so hörte. Die Mädels im »FKK Frankonia« verdienten nicht schlecht an den Besuchen ihrer »Briketts«, wie sie ihre dunkel gekleideten Kunden vom Domberg nannten. Aber Lagerfeld war kein Bischof, Kardinal oder Pfaffe und hatte keine sexuelle Notdurft. Nein, aber im Beisein seiner Nutten waren ihm in der Zeit bei der Sitte die besten Ideen gekommen, einfach weil die Mädchen in einer anderen Welt lebten und manchmal auf ganz unkonventionelle

Einfälle kamen. Ihre gänzlich andere Perspektive hatte ihm sehr geholfen. Vielleicht war es ja eine gute Idee, seinen Exmädels mal wieder einen Besuch abzustatten? In so einer verfahrenen Situation konnte er einen Perspektivwechsel gut gebrauchen. Das war doch genau das, was Haderlein bei seiner Ansprache gemeint hatte, oder etwa nicht? Zum ersten Mal an diesem verhunzten Tag erschien auf dem Gesicht Lagerfelds ein vorsichtiges Lächeln.

Bei der ersten möglichen Ausfahrt verließ er die Autobahn und schlug in Bamberg eine Richtung ein, die er schon lange nicht mehr eingeschlagen hatte. Er fuhr die Hallstadter Straße stadteinwärts und bog in Richtung Bamberger Konzerthalle nach rechts ab. Nach kurzer Zeit fuhr er nochmals rechts und parkte sein Cabrio schließlich an vertrauter Stelle. Noch immer lächelnd schloss er den Honda ab und ging in den kleinen Hinterhof neben dem alten Schlachthof. Im »FKK Frankonia«, dem bekanntesten Bordell Bambergs, war er früher des Öfteren dienstlich unterwegs gewesen. Sein letzter Besuch lag allerdings schon Jahre zurück, er hatte keine Ahnung, ob er überhaupt noch ein bekanntes Gesicht antreffen würde. Schwungvoll öffnete er die Tür. Es war früher Nachmittag unter der Woche, der Teufel sollte um diese Zeit eigentlich nicht los sein, um es einmal galant auszudrücken, Rushhour war in diesem Gewerbe zu anderen Zeiten. Doch seine bereits niedrig angesetzten Erwartungen, die Betriebsamkeit des Etablissements betreffend, wurden sogar noch unterboten. Kundschaft konnte er weit und breit keine entdecken und auch nur zwei anwesende Damen, die wohl so eine Art Bereitschafts- oder Notdienst schoben, also quasi auf Stand-by auf ihren roten Plüschsofas abhingen.

Als sich die Tür mit einem vernehmlichen Seufzen hinter ihm schloss, wandten sich die Gesichter der beiden Frauen zu ihm um. Zuerst bemerkte Lagerfeld ihren lakonisch musternden Blick, den sie immer auflegten, sobald ein neuer Gast die Räumlichkeiten betrat. Dann aber veränderte sich der Gesichtsausdruck, und ein schiefes Grinsen machte sich auf den Gesichtern der beiden breit, als ihnen aufging, wer sie da auf ihrer Arbeit besuchte. Und auch der junge Kommissar erkannte zu seiner Freude sofort, wer sich da bis gerade eben noch in den Kissen gelümmelt hatte. Es waren

Margot und Cindy, die er aus früheren Zeiten gut kannte. Margot war eine toughe Frau, die mit ziemlich viel Verstand gesegnet war. Der konnte niemand ein X für ein U vormachen, die wusste sich durchzusetzen. Cindy war dagegen eher etwas schlichter gestrickt und seit ewigen Zeiten Margots rosafarbenes Anhängsel. Und das war auch gut so. Allein kam Cindy im Leben nämlich nicht so richtig klar. Sie war ein absolut gutmütiges Wesen, aber im Dschungel der Realität hoffnungslos verloren. Irgendwann hatte Margot sich erbarmt und das »Sorgerecht« für Cindy übernommen. Selbst Margot schätzte Cindys IQ wohlwollend auf ungefähr zehn, wobei der eines Butterkekses beispielsweise schon bei elf lag. Als Ausgleich war Cindy ausgesprochen üppig mit allen Attributen ausgestattet, die in diesem Beruf und bei Männern gefragt waren. Und sollten doch irgendwann mal irgendwelche genetischen Unregelmäßigkeiten an ihrem Körper vorhanden gewesen sein, so hatte Cindy sich diese im Laufe ihres Lebens mit Silikon und anderen Hilfsmittelchen glatt bügeln lassen. Wie hatte Margot eines Abends doch einmal launig zu Lagerfeld gesagt, als dieser sie darauf angesprochen hatte: Cindy kam im Falle ihres Ablebens sicher nicht ins Grab, sondern in den gelben Sack. Cindy selbst störten solche Aussagen nicht wirklich. Sie war top in ihrem Job, und für alles andere hatte sie ja Margot, ihre beste Freundin, die auf sie aufpasste wie eine große Schwester. Jedenfalls freuten sich die beiden ganz offensichtlich, dass sie der Ex-Sitte-Kommissar Lagerfeld nach langer Abstinenz mal wieder beehrte.

»Ja, wer kommt uns denn da besuchen?« Margot hatte sich schon lässig lächelnd von ihrem Polster erhoben. Sie schien immer noch zu trainieren, stellte Lagerfeld anerkennend fest. Seit damals hatte sich an ihrer sportlichen Figur nichts geändert. Er konnte sich erinnern, dass sie Kampfsport betrieben hatte. Auch Cindy kam kindlich lächelnd auf ihn zu. Lagerfeld grinste. Auf ihn wirkte Cindy immer noch wie eine große Barbiepuppe, bei der die vormals schon üppigen Rundungen mittlerweile allerdings noch rundlicher geworden waren, auch wenn sie diesen Umstand kleidungstechnisch geschickt zu verbergen suchte. Der Kommissar bekam von seinen Exklientinnen Begrüßungsküsschen rechts und links auf die Backe, dann setzte er sich mit ihnen aufs Sofa.

Lagerfeld schnupperte. Der penetrante Duft hatte ihn doch schon vor Jahren eingehüllt, oder etwa nicht? Selbst für seine ansonsten tolerante Nase eine absolute Zumutung. Leider roch Cindy noch immer und nach ihrer Umarmung auch er selbst jetzt nach dem Zeug. »Du benutzt ja immer noch dasselbe ekelhaft süße Parfüm wie bei unserem letzten Treffen«, rügte Lagerfeld sie mit erhobenem Zeigefinger und nicht nur gespielter Entrüstung.

Cindy suchte sich sofort zu verteidigen. »Das war echt blöd, dass ich damals gleich so viel von dem Zeug gekauft habe«, sagte sie entschuldigend. »Aber in der Großpackung war es viel billiger. So günstig krieg ich im ganzen Leben kein Parfüm mehr.« Mit bockigem Gesichtsausdruck holte sie ein kleines Etui aus ihrem Täschchen, schleuderte mit einer gekonnten Beinbewegung den rechten Schuh von sich und begann, ihre Zehennägel zu feilen. Lagerfeld wandte sich zu Margot, die betont stoisch den Couchtisch fixierte.

»Neuneinhalb Liter«, sagte sie so gelangweilt, als erteilte sie die Auskunft nicht zum ersten Mal.

Lagerfeld stutzte. »Sie hat sich neuneinhalb Liter von dem Zeug andrehen lassen? Neun-ein-halb Liter? Und warum so eine krumme Zahl?«

Auch diese Frage schien für Margot nicht gänzlich unerwartet zu kommen. »Weil sie gleich nach dem Kauf einen halben Liter verschüttet hat, die dumme Nuss«, sagte sie, ohne dabei eine Miene zu verziehen, während Cindy kommentarlos weiter ihre Zehennägel verschönerte. Es entstand eine angespannte Stille, die der Kommissar mit einer klärenden Nachfrage zu füllen suchte.

»Aha. Das ist ganz schön viel Stoff, selbst für euer Gewerbe. Und wie viel ist jetzt noch übrig von dem –«

»Noch gut sechs Liter«, unterbrach ihn Margot mit leicht genervtem Unterton. »Die Menge vermindert sich nur dann rasant, wenn die liebe Cindy mal wieder einen halben Liter draußen auf die Treppe kippt und es dann hier riecht wie, wie …«

»Wie im Puff«, vollendete Cindy kichernd Margots Satz, die sie daraufhin mit einem bitterbösen Blick bedachte.

Um die Stimmung nicht vollends zu versauen, versuchte sich

Lagerfeld an einem Themenwechsel. »Sagt mal, warum ist denn hier so gar nichts los? Macht ihr vielleicht keine Werbung mehr?«

Bevor Margot antworten konnte, ließ sich Cindy zu einem weiteren spontanen Kommentar hinreißen. »Nee, keine Werbung, nur noch Mundpropaganda«, gluckste sie kichernd und ohne von ihren Füßen aufzusehen, woraufhin Margot zum wiederholten Mal genervt die Augen verdrehte.

Lagerfeld, der sich an der Stimmungsverschlechterung schuldig fühlte, riss kraft seines Amtes die Gesprächshoheit wieder an sich und rückte endlich mit seinem eigentlichen Anliegen heraus. »Wie auch immer, Mädels, ich brauche eure Hilfe.«

Margot schaute erstaunt hoch und Lagerfeld an, während Cindy unbeeindruckt nur den Zeh wechselte.

»Ich suche eine junge Frau, vierundzwanzig Jahre alt, gerade vom Studium aus den USA zurückgekehrt. Sie ist eine Vollwaise, die seit ihrem zwölften Lebensjahr von ihrer Adoptivmutter in Bamberg aufgezogen wurde. Als Kind musste sie mit ansehen, wie ihr Vater umgebracht wurde, und sie ist jetzt auf ihrem persönlichen Rachefeldzug unterwegs, wahrscheinlich mit Pfeil und Bogen. Ziemlich viele Leute sind hinter ihr her. Die Polizei, ein unbekannter Killer und was weiß ich noch wer. Ich denke nicht, dass sie sich aus dem Staub gemacht hat, weil ja noch der Mörder ihres Vaters auf ihrer To-do-Liste steht, aber sie muss sich irgendwo verstecken, damit weder wir von der Polizei noch dieser Mörder sie findet. Wir müssen sie aufspüren, weil sie eine wichtige Zeugin ist. Mit ihrer Aussage könnten wir den Mörder ihres Vaters ganz legal hinter Gitter bringen und ihr Leben schützen. Soweit alles verstanden?« Fragend blickte Lagerfeld von rechts nach links. Margot ließ die Informationen einen Moment lang sacken, dann nickte sie leicht, und Lagerfeld konnte ihr ansehen, dass sie bereits intensiv mit Nachdenken beschäftigt war. Als er zu Cindy hinübersah, konnte er nur beobachten, wie die zum letzten Zeh ihres Fußes überwechselte. »Hast du auch alles verstanden, Cindy?«, wollte Lagerfeld sicherheitshalber wissen, da seine komplizierten Darlegungen womöglich ihre kognitiven Fähigkeiten überstiegen.

Auch Cindy nickte nun unmerklich, ohne Anzeichen von Stress oder Überforderung, und sagte leicht abwesend: »Klar, deine Kleine ist allein, alle wollen sie anpissen, und sie muss erst einmal einen sicheren Platz zum Pennen finden, richtig?«

Der Kommissar schaute sie perplex an, und auch Margot wirkte hinreichend überrascht, denn Cindy hatte recht. Beide mussten zugeben, dass diese zwar stark vereinfachte Zusammenfassung den Kern des Problems ziemlich exakt umschrieb. Lagerfeld musste einfach nur herausfinden, wo Franziska Büchler einen Schlafplatz für die Nacht gefunden hatte oder finden würde, und in ihrer Situation konnte sie nicht zu Freunden, Verwandten oder anderen Personen ihres persönlichen Umfelds.

»Okay, Süße, und wo würdest du hin, wenn du in dieser bescheidenen Situation wärst?« Auch Margot hatte begriffen, dass die schlichten Gedankengänge ihrer Freundin sie womöglich sehr viel schneller ans Ziel bringen würden als das Durchspielen komplizierter Fluchttheorien.

Cindy schaute etwas verkniffen, weil sie gerade dazu übergegangen war, mit einer Nagelzange ihre Zehennägel in die endgültige Form zu bringen. Doch der Gesichtsausdruck währte nur einen kurzen Moment, dann ließ sich Barbie wieder zu einem Kommentar herab. »Na ja, ich war selbst schon einmal in so einer Situation, als mich einer meiner Ex verfolgt hat. Da musste ich auch untertauchen, damit er mich nicht finden konnte. Das hat gut geklappt.« Sie lächelte müde, während sie einen Nagel nach dem anderen kürzte.

»Und wo bist du dann hin? Muss man dir denn alles aus der Nase ziehen?«, beschwerte sich Margot, die sich nun aufrecht neben Lagerfeld auf das Sofa gesetzt hatte.

»Na, erst war ich in der Bahnhofsmission in Bamberg. Die ist gleich hinten an den Gleisen, aber da hat er mich relativ schnell gefunden. Also bin ich von dort zum alten Rathaus weiter und wollte ins Obdachlosenasyl. Aber das gab's damals schon nicht mehr. War abgeschafft worden, ohne dass ich es mitbekommen hatte. Ich also wieder weg und raus in die Theresienstraße, wo die Penner auch immer übernachten. Aber als ich dort ankam, hat mein Ex schon auf mich gewartet. Ich hatte nur Glück, dass ich ihn früher gesehen habe als er mich. Na ja, und dann hab ich meine Kindergartenschwester angerufen.«

»Deine Kindergartenschwester? Was denn für eine Kindergartenschwester?«, fragte Lagerfeld nun wieder ratlos.

»Na, als Kind war ich in einem katholischen Kindergarten. Ich hab die Leiterin von damals angerufen, Schwester Roswitha. Die hat mir schon früher immer geholfen.« Cindy schaute von ihren Zehen auf und ihre sprachlosen Sitznachbarn an. »Hattet ihr vielleicht keine Kindergartenschwester?«, fragte sie, bevor sie sich wieder zu ihrem Fuß hinunterbeugte. Die Form ihrer Nägel schien sie endlich zu befriedigen, denn nun nahm sie ein kleines Fläschchen mit rosafarbenem Nagellack vom Couchtisch und begann, diesen auf ihre manikürten Nägel zu pinseln.

Margot wurde allmählich ungehalten. Sie war es zwar gewohnt, dass ihre Freundin gern mal den Faden und auch so manch andere Dinge verlor, aber hier ging es um Menschenleben, das musste doch selbst Cindy begriffen haben. Doch Margot wusste, dass die liebe Cindy einschnappen würde wie ein bockiges Kind im gerade erwähnten Kindergarten, wenn sie jetzt drängelte oder ihrem Ärger Luft machte. Als sie bemerkte, dass auch Lagerfeld langsam der Geduldsfaden zu reißen drohte, stand sie auf, ging zu ihrer Freundin hinüber, setzte sich neben sie und nahm ihr sanft, aber entschlossen den Nagellack aus der Hand. »Hör mal, Süße, ich glaub, Bernd hat es ein bisschen eilig. Sag uns also einfach, wie du es damals angestellt hast, okay?« Dabei lächelte sie so freundlich, wie es ihre momentane Gemütslage zuließ.

»Na, ich war im Kloster«, stieß Cindy nach kurzem Überlegen aus. »Schwester Johanna hat mich zu ihren Ordenskolleginnen geschickt. Über zwei Monate hab ich dort gewohnt, bis mein Ex eingebuchtet war. Die waren echt nett dort, die Schwestern, und jetzt gib mir sofort meinen Nagellack wieder, Margot, sonst werde ich noch stinksauer.« Auf Cindys Stirn zeigten sich erste Falten aufkommenden Ärgers.

Lagerfeld musste sich ein lautes Lachen verkneifen. Cindy, der rosafarbene Traum aller Bamberger Freier, hatte sich in einem Kloster versteckt, auf so eine Idee konnte auch nur sie kommen. So langsam schwante ihm, dass die Idee, hier im »Frankonia« nach alternativen und realistischen Ideen Franziska Büchlers Versteck betreffend zu forsten, doch etwas zu euphemistisch gewesen war.

Siebenstädters Helfershelfer ging Sachse voraus, wobei er ihren Weg mit dem markierte, was von seiner Schürze oder der Kleidung heruntertropfte oder abfiel. Zum Ausgang zurück würde er jedenfalls problemlos finden, dachte sich der Bestatter sarkastisch. Er musste ja nur wie Hänsel und Gretel der Spur der Brotkrumen folgen, nur dass es sich hier eben nicht um Brotkrumen, sondern um etwas sehr viel Unappetitlicheres handelte.

Vor der großen Salontür, die zum Sezierraum führte, drehte sich der Student um und verabschiedete sich. »Sie können reingehen, der Herr Professor wartet schon. Ich werde mich dann mal frisch machen«, sagte er, ohne eine Gefühlsregung zu zeigen. Dann verschwand er, noch immer seine ekelhafte Spur hinterlassend, links um die Ecke und ward fürderhin nicht mehr gesehen.

Leonhard Sachse fasste sich ein Herz, stieß mit beiden Händen die Flügel der großen Schwingtür auf und betrat entschlossen und mit sehr selbstbewusster Haltung den Salon. Was er dort erblickte, würde er im Leben nicht mehr vergessen. Ein Schauer lief über seinen Rücken. Im Sezierraum sah es aus, als hätten die Vandalen eine ausgiebige Gefechtsübung veranstaltet. Alles, was jemals auf den Arbeitsplatten gestanden hatte, lag zertrümmert, zersplittert oder sonst wie zerstört auf dem Boden oder klebte an Decke oder Wand. Und inmitten dieses Desasters schob Professor Siebenstädter einen abgedeckten Leichnam auf einem Edelstahltisch zur Seite und winkte dem Bestattungsunternehmer zu, als wolle er ihn zu einer Gartenparty einladen.

»Kommen Sie, kommen Sie!«, rief er fast fröhlich und rückte Sachse einen der Stühle aus Edelstahlrohr heran. Auch er selbst nahm sich einen ebensolchen und präsentierte ihm dann eine Flasche mit klarem Inhalt. »Für Sie auch?« Er füllte zwei Gläser mit der Flüssigkeit, dann stellte er eines davon dem sich gerade niederlassenden Sachse direkt vor die Nase.

»Nein, ich muss ja noch fahren«, wehrte der ab.

Sofort trat ein irrlichternder Glanz in Siebenstädters Augen, und seine Haltung verwandelte sich von der eines zuvorkommenden Schankkellners in die eines angriffslustigen Verhörspezialisten des ukrainischen Geheimdienstes. »Das war keine Frage«, stieß der Gerichtsmediziner drohend hervor, und Sachse schwante, dass es wohl besser war, an dieser unbekannten Flüssigkeit zu nippen, wenn er diesen Raum irgendwann wieder einmal lebend verlassen wollte.

»Selbst gemacht«, kam es von Siebenstädter stolz, während Sachse nur ein undefiniertes »Ahömmh« hervorbrachte, als die Flüssigkeit seine Kehle hinunterrann und wie Feuer brannte. Er konnte bloß hoffen, dass dieses Zeug, das abscheulich nach Pfefferminz schmeckte, mit dem Zombie zusammen in seinem Verdauungstrakt keinen Unsinn anstellte. Jedenfalls sah die Spirituose nicht sonderlich legal aus, und auch im Abgang schmeckte sie schlimmer als ein Schwarzbrand aus Prohibitionszeiten.

»Soso, Sie haben also Leichen für mich dabei, das ist aber fein«, eröffnete Siebenstädter die fachliche Konversation und genehmigte sich ein weiteres Glas seines selbst gebrannten Etwas.

»Äh ja, sechs Stück«, erwiderte Sachse. Er wusste nicht, wie er sich verhalten sollte, die Situation war unwirklich und beklemmend, womöglich konnte jedes Wort in einer Katastrophe enden. Der Professor wirkte momentan zwar friedlich, aber in seinen Augen glomm ein seltsames Licht, das nicht ganz von dieser Welt zu stammen schien. Leonhard Sachse wollte die Gefilden des Gerichtsmediziners so schnell wie möglich wieder verlassen – aber nicht ohne seinen Beleg, so standhaft würde er bleiben. Doch der Professor machte nicht den Eindruck, als hätte er die Absicht, Sachse gleich wieder mit seiner Quittung nach Hause zu schicken. Ganz im Gegenteil, er wirkte, als hätte er Lust auf ein gemütliches intimes Kamingespräch unter Kollegen aus der ungefähr gleichen Branche. Und wenn nicht das seltsam schaurige Ambiente gewesen wäre, hätte Sachse nicht einmal abgelehnt. Aber er saß auf einem notdürftig abgewischten Edelstahlgestühl zwischen halb abgedeckten Leichen mit Kennnummern an den Zehen, und an der rückwärtigen Wand baumelte eine Schweinehälfte von der Decke, in der etwa ein Dutzend Pfeile steckte. Der Raum sah aus, als hätte eine Horde Wahnsinniger menschliche

Innereien zur Explosion gebracht und dann in wilder Euphorie die Einrichtung zertrümmert. Dazu stank es penetrant nach Formalin und anderen unschönen Dingen, von denen der Bestatter nicht wissen wollte, was sie genau waren.

»So, und was ist jetzt mit diesen Leichen, ist Ihnen an denen irgendetwas Besonderes aufgefallen? Ich meine, gibt es einen besonderen Grund, warum mir die Bamberger Polizei diese Toten schickt? Warum braucht es einen hochgebildeten Fachmediziner wie mich, um den Grund des Dahinscheidens festzustellen?«

Sachse fröstelte. Äußerlich war Siebenstädter die Ruhe selbst, aber er war sich sicher, dass im Professor gerade eine ganz schräge Nummer ablief. Egal, er wollte nur noch diesen beschissenen Beleg, verdammt noch mal. Trotzdem war Vorsicht die Mutter der Porzellankiste und in dieser Situation nur anzuraten. »Nun ja«, begann er behutsam einen Erklärungsversuch, »ich vermute mal, dass Kriminalhauptkommissar Haderlein ein sehr gründlicher Mensch ist und sich deswegen Gewissheit verschaffen möchte, dass diese Menschen so zu Tode gekommen sind, wie man anhand der äußerlichen Hinweise vermuten könnte.«

Professor Siebenstädter betrachtete Sachse mit einem seltsamen Blick, der nur schwer zu deuten war, nahm die Flasche mit dem undefinierbaren Schwarzbrand und füllte das Glas des Bestatters erneut bis obenhin. »Warten Sie hier, ich bin gleich wieder da«, sagte er dann, erhob sich, ergriff im Aufstehen Sachses Autoschlüssel und machte sich eiligen Schrittes davon. Zurück blieb ein ratloser Bestattungsunternehmer, der zum wiederholten Male in dieser Angelegenheit zum Warten verdammt war. Die Zeit, bis der Professor zurückkam, würde er jedoch sicher nicht damit überbrücken, sich dieses schreckliche Gesöff zu genehmigen. Hektisch schaute er um sich, wo er den Selbstgebrannten entsorgen konnte. Leider war tatsächlich alles, was auch nur irgendwie als Gefäß hätte dienen können, zerschmettert und zerstört. Siebenstädter hatte wirklich ganze Arbeit geleistet. Die Sekunden verrannen und Leonhard Sachse wurde langsam panisch. Auf den Boden schütten konnte er das Zeug auch nicht, die deutliche Pfefferminznote würde Siebenstädter sofort riechen, und was dann passierte, konnte und wollte er sich lieber nicht ausmalen.

Verzweifelt ließ er seinen Blick noch einmal durch den Raum schweifen, als seine Augen am Kopf der Leiche neben ihm hängen blieben. Natürlich, warum war er da nicht gleich draufgekommen? Der Tote schaute mit leeren Augen zur Decke der Erlanger Gerichtsmedizin, sein Mund mit den gelben Zähnen war weit geöffnet. Bestimmt war der Abgelebte Raucher oder zumindest Asthmatiker gewesen. Sachse hatte gerade den Pfefferminzschnaps zwischen den gelben Zähnen des Toten entsorgt, als die Schritte des zurückkehrenden Siebenstädters im Gang erklangen.

Der Professor nahm mit einem wissenden Lächeln wieder auf seinem Edelstahlgestühl Platz. Ein kurzer, prüfender Blick auf das geleerte Glas seines Gegenübers, dann schenkte er ihm wieder ein.

Sachse versuchte, die Fassung zu bewahren, aber lange konnte und wollte er dieses Spiel nicht mehr mitmachen.

»Ich habe mir draußen Ihre Leichen angeschaut, Herr Sachse, und es scheint mir nicht den geringsten Zweifel zu geben, was die Todesursache anbelangt.«

»Äh, ja. Auch meiner unmaßgeblichen Meinung nach scheint mir die Todesursache in der Tat erklärbar«, erwiderte Sachse ergeben. Er würde den Teufel tun und dem Irren widersprechen. »Aber ich bin ja auch kein Kommissar oder Gerichtsmediziner, also maße ich mir kein Urteil an.« Er hoffte, sich damit aus der Affäre gezogen zu haben, aber weit gefehlt. Stattdessen hatte er sich zielsicher mit breitem Fuß in den erstbesten Fettnapf gestellt.

Professor Siebenstädters Oberkörper schob sich halb über den Seziertisch, seine Mundwinkel verzogen sich so weit nach unten wie nur möglich. »Machen Sie das nie wieder, Sachse«, zischte er wie eine menschgewordene Boa constrictor. »Werfen Sie nie wieder einen Pathologen mit einem Polizisten in denselben Topf. Nie mehr, verstanden? Ich bin Gerichtsmediziner, verstanden? Ge-richts-me-di-zi-ner!«

Leonhard Sachse hob sofort beide Hände und zuckte erschrocken zurück. »Istjagutistjagut«, entschuldigte er sich eiligst. »Ich wollte damit ja auch nur ausdrücken, dass ich Ihnen im Prinzip recht gebe, mich aber fachlich außerstande sehe, den Sachverhalt korrekt zu beurteilen.« Sachse packte sein allerbestes Deutsch aus, um sich aus der verbalen Gefahrenzone zu entfernen.

Siebenstädter schienen die Argumente des Bestatters zu genügen. Umgehend lehnte er sich zurück und ergriff sein Glas. »Nicht schlecht. Gar nicht schlecht für einen ordinären Totengräber«, meinte er anerkennend und hob sein Glas. »Darauf einen Mentha Piperita!«, rief er, und diesmal musste Sachse weniger wohl als übel das grauenhafte Zeug trinken.

Der Professor setzte das Glas mit einem lauten Knall zurück auf die Tischplatte und schaute sein Gegenüber wieder mit diesem gefürchteten gruseligen Blick an. »Ihre Leichen sind ganz ordinäre Mordopfer mit exorbitanten Einschusslöchern, Sachse. Gut, in einem steckt noch einer dieser Pfeile, die ich ja schon zur Genüge kenne, aber ich denke, wir können bei den Todesursachen die Möglichkeiten ›ertrunken‹ oder ›totgestreichelt‹ ausschließen, meinen Sie nicht?«

Sachse wusste nicht so recht, was er davon halten sollte, und sagte lieber einmal nichts. Wer nichts macht, macht auch nichts verkehrt, dachte er sich eingeschüchtert.

»Kann es vielleicht sein, dass dieser Bamberger Kommissar es wagt, mich zu verarschen?«, fragte Siebenstädter provokativ.

Sachse war so perplex ob der gewagten These, dass noch immer kein Wort aus seinem offen stehenden Mund drang.

»Sachse, jetzt mal ehrlich und freiheraus. Hat sich Haderlein diese Leichen irgendwo besorgt, um mich in den Wahnsinn zu treiben?«, fragte Siebenstädter süffisant. »Schauen Sie sich doch mal um, Sachse, wir sind voll, total ausgebucht. Jeder weitere Todesfall kann den Kollaps dieses Institutes bedeuten, verstehen Sie mich? Und in dieser schon grenzwertigen Belegungssituation, die Ihr heiß geliebter Kommissar kennen dürfte, schickt er mir noch mal schnell sechs Erschossene zur Inspektion, zum TÜV und Ölwechsel? Sie glauben doch wohl nicht, dass ich darauf hereinfalle, Sachse.« Erneut öffnete er die Flasche und schenkte dem überforderten Bestattungsunternehmer zu seinem großen Entsetzen ein. »Ich weiß Ihre Neutralität ja wirklich sehr zu schätzen, Sachse, aber mir gegenüber können Sie sich ruhig offenbaren, von mir wird niemand was erfahren.« Kumpelhaft zwinkerte er dem Bestatter zu, der immer unruhiger auf seinem Stuhl hin und her rutschte. In seinen Eingeweiden kündigten sich zudem schwierige Zeiten an. »Raus mit der Sprache, Sachse, wo hat Haderlein diese Leichen ausgegraben? Nun sagen Sie schon, ich werde mich auch erkenntlich zeigen.« Siebenstädter deutete gönnerhaft auf die halb leere Flasche mit dem Pfefferminzschnaps.

Aber Sachses organische sowie nervliche Belastungsfähigkeit hatte ihre Grenzen erreicht. Er wollte nur noch weg. »Herr Professor, eigentlich möchte ich nur meinen Einlieferungsbeleg und mich ansonsten –«

»Wie Sie meinen, Sachse, wie Sie meinen. Wenn Sie mir gegenüber nicht auskunftsfreudig sind, werden wir den Herrn und Meister der Bamberger Kriminalpolizei eben selbst befragen«, zischte die Siebenstädter-Anakonda wieder giftig über den Tisch. »Sie warten hier, ich hole nur kurz das Telefon.«

Sachse nutzte den kurzen Augenblick des Alleinseins unverzüglich wieder dafür, den pfefferminzigen Inhalt seines Glases im Schlund des toten Kettenrauchers zu entsorgen.

Der Professor kam mit dem Mobilteil eines schnurlosen Telefons zurück. »So, dann wollen wir doch mal persönlich nachhaken, was es mit den Leichen draußen in dem Bus auf sich hat«, sagte Siebenstädter und wählte die Nummer der Bamberger Dienststelle.

Der Leiter des Bamberger Obdachlosenasyls in der Theresienstraße 2, Wolfram Koudelka, überlegte kurz, während er den fremden Mann mit dem leicht amerikanischen Akzent musterte. Der Typ suchte seine Tochter Franziska. Schon wieder einer. Hier im Obdachlosenasyl erkundigten sich Väter tatsächlich häufiger nach ihren Töchtern, die abgehauen waren, doch Koudelka hatte wenig Lust, ihnen Auskunft zu geben. Erstens war sein Job hier schon schwer genug, und Streitereien, die regelmäßig auftraten, wenn es zum Zusammentreffen von Familienangehörigen kam, konnte er nicht gebrauchen. Und zweitens hatte es in der Regel tiefer liegende Gründe, warum Menschen als Obdachlose strandeten oder sich aus ihrem Leben ausklinkten. Eine zerbrochene Familie, Scheidung, Verlust des Arbeitsplatzes, eine Firmenpleite oder manchmal auch alles zusammen. Die Menschen, die hierherkamen, waren fertig mit der Welt und wollten zuallerletzt irgendwelche Figuren aus ihrem alten Leben sehen. Aus dem Leben, das vorbei, vergessen und begraben war. Also ließ Koudelka, wenn überhaupt, nur noch die Polizei oder Sozialarbeiter irgendwelcher Ämter ins Haus. Alle anderen Personen schickte er wieder weg, bestenfalls richtete er noch irgendwem irgendetwas aus oder gab eine Adresse oder Telefonnummer weiter. Ja, es stimmte, heute Nacht war eine junge Frau hier gewesen, die er jedoch woandershin verwiesen hatte. Sie schien keine klassische Obdachlose zu sein, hatte allerdings einen gehetzten Eindruck gemacht, aber das würde Koudelka dem großen Kerl mit der Wildlederjacke ganz bestimmt nicht auf die Nase binden. Eigentlich wäre es ihm am liebsten, der Typ würde sich baldmöglichst und schnell verdrücken.

»Zum letzten Mal: Ich werde Ihnen keine Auskunft darüber erteilen, wer hier übernachtet und wer nicht, klar? Sie können gern eine Nachricht, eine Telefonnummer oder sonst was hinterlassen, die ich gegebenenfalls weitergebe, sollte Ihre Tochter hier sein oder noch auftauchen. Wenn sie sich dann bei Ihnen melden will, ist das ihre Sache, wenn nicht, auch gut. Unsere Bewohner sind erwachsene Menschen, die irgendwann tief abgestürzt sind. Wenn sie überhaupt noch etwas haben, dann ihre Privatsphäre, auch wenn die nur aus einem zwei Quadratmeter großen Schlafplatz besteht. Haben Sie das kapiert?«

Der Mann mit der dunklen Sonnenbrille, der sich eben noch als Gerhard Büchler vorgestellt hatte, nickte resigniert. »Also gut, ich sehe es ein, Sie haben ja recht. Dann möchte ich Sie um ein Blatt Papier und einen Stift bitten, um eine Nachricht und eine Telefonnummer für meine Tochter zu hinterlassen, wenn sie denn hier auftauchen sollte.«

Wolfram Koudelka setzte sofort ein freundlicheres Gesicht auf. »Na also, warum denn nicht gleich so, Herr Büchler. Warten Sie, das haben wir gleich.« Er zog eine Schublade seines Schreibtisches auf, um ein Blatt Papier herauszuholen, und was dann folgte, ging für den studierten Sozialpädagogen und Leiter eines Obdachlosenasyls viel zu schnell, um es später im Detail nachzuvollziehen.

Die Schublade des Schreibtisches wurde mit voller Wucht in die Ausgangsstellung zurückgestoßen, während ihr vier Finger einer Pädagogenhand im Weg waren. Die Knochen brachen mit einem vernehmlichen Knacken, und auch die Frontplatte der Schreibtischschublade löste sich an der einen Seite aus ihrer Halterung. Blut schoss aus den gebrochenen Fingern, die nun kurz hinter den Knöcheln rechtwinklig nach oben standen. Noch bevor Koudelka realisieren konnte, was da soeben mit ihm geschehen war, stand der Mann mit der Lederjacke bereits neben ihm und bog ihm seinen Kopf an den langen Haaren nach hinten. Erstaunlicherweise fühlte der Leiter des Obdachlosenasyls keinen Schmerz, sondern nur ein dumpfes Pochen in seinen Fingern. Verdattert starrte er in das Gesicht des Fremden, der sich über ihn beugte und ihn mit unbarmherzigem Griff in dem Bürostuhl fixierte. Vielleicht hätte er doch besser etwas anderes als Sozialpädagogik studieren sollen, schoss es Koudelka durch den Kopf.

»Also gut, dann probieren wir es einfach noch mal.« Der Fremde lächelte Koudelka an und zog dessen Kopf noch etwas mehr nach hinten.

Als Cesar Huppendorfer in der Bamberger Dienststelle eintraf, steuerte er direkt auf Haderlein zu, der mit düsterem Blick und in Gedanken versunken an seinem Schreibtisch saß. Ein völlig neuer Zug seines Chefs, stellte Huppendorfer überrascht fest, bisher hatte Haderlein nicht gerade zu beruflich bedingten Depressionen oder gar zum Aufgeben geneigt. Leider würde das, was er ihm von seinen Erlebnissen in Thüringen zu berichten hatte, auch nicht unbedingt dazu beitragen, seine Stimmung zu heben.

Der dienstälteste Kommissar der Bamberger Kripo schien die unbefriedigenden Nachrichten schon zu ahnen, denn sein Gesicht verdüsterte sich noch stärker, als ihm Huppendorfer beim Näherkommen einen entschuldigenden Blick zuwarf. Da Haderleins Telefon klingelte, bedeutete er Huppendorfer, sich zu setzen, und nahm zeitgleich den Hörer ab. Er hielt noch kurz die Hand auf die Hörermuschel und schob Huppendorfer einen Zettel zu, auf den er dessen weitere Aufgaben notiert hatte. »Bahnhofsmissionen« und »Obdachlosenasyle« stand dort geschrieben.

Huppendorfer war sofort klar, dass er den Abflug machen und in den entsprechenden Örtlichkeiten nach Franziska Büchler fragen sollte, auch wenn er sich nicht vorstellen konnte, dass sie dort übernachtete. Aber überprüfen mussten sie natürlich auch diese Möglichkeit. Doch nicht sofort. Nach dem ganzen Stress in Oberhof hatte er sich ein Honigbrot Honeypennys und einen Kaffee verdient. Und danach würde er kurz mit Haderlein sprechen.

»Haderlein, Kriminalpolizei Bamberg«, meldete der sich jetzt am Telefon.

»Bin ich vielleicht ein Schrott- und Alteisenhändler? Deale ich mit Ersatzteilen? Habe ich einen gewissen Frankenstein in meiner Ahnengalerie?«, tönte es schroff an Haderleins leidgeprüftes Ohr. Er wusste sofort, wer ihn da so hemmungslos anfuhr, aber er war zu müde und zu frustriert, um sich noch aufregen zu können. Emotionslos ließ er die erste Kanonade seines Gesprächspartners über sich ergehen. »Oder meint die Bamberger Polizei vielleicht, bei meinem Institut handle es sich um ein Leichenschauhaus, das man mit kriminalem Abraum vollmüllen kann?«

Am leeren, resignierten Gesichtsausdruck Haderleins war für alle Anwesenden abzulesen, dass sich nur Siebenstädter in der Leitung befinden konnte. Unter normalen Umständen hätte der Kriminalhauptkommissar den Fehdehandschuh sofort aufgenommen und sich mit dem Leiter der Erlanger Gerichtsmedizin verbal duelliert, aber nicht heute. Haderlein hatte genug. Genug von seinem Job, der Ungerechtigkeit der Welt und vor allem von solch charakterlich instabilen Persönlichkeiten wie Siebenstädter. Nein, heute nicht, sagte sich Haderlein, schaltete den Lautsprecher seines Telefons an, legte den Hörer auf den Schreibtisch und schnappte sich seine Jacke. Er brauchte frische Luft. Robert Suckfüll, der in diesem Moment aus seinem Glasbüro trat, betrachtete die Szene und den davoneilenden Haderlein mit Erstaunen, wandte sich dann aber wie Huppendorfer der quäkenden Stimme zu, die schrill und blechern den Raum erfüllte.

»Was fällt Ihnen eigentlich ein, mir einen Haufen Entleibter in meine Gerichtsmedizin zu schmeißen, Haderlein? Glauben Sie denn, ich hätte nichts anderes zu tun, als mich ständig um Ihre

Abgemurksten zu kümmern? Noch dazu, wenn die sogenannte Todesursache so klar ist wie fränkische Kloßbrühe, Sie Superkriminalist. Oder ziehen Sie etwa ernsthaft in Erwägung, dass diese uniformierten Kappenträger erwürgt, ertränkt oder zu Tode gestreichelt wurden, bevor man sie erschossen hat? Gut, Haderlein, ich gebe zu, dass im Hals einer Leiche ein Pfeil steckt, aber auch diese Tötungsart müsste Ihnen nach den Vorkommnissen in den letzten Tagen bekannt vorkommen!«

Kein Zweifel, Professor Siebenstädter war außer sich, und die Augen sämtlicher Bamberger Dienststellenbeschäftigten richteten sich erschrocken auf Haderleins Telefon. Huppendorfer schaute unschlüssig zu seinem Chef, Fidibus leicht irritiert zurück. Auch er hatte prinzipiell kein großes Interesse daran, sich mit dem berühmt-berüchtigten Gerichtsmediziner anzulegen. Dem Mann fehlte es ganz eindeutig an Benehmen und Respekt. Aber was war eigentlich das Problem? Er überlegte kurz, dann dämmerte es ihm. Offensichtlich waren sämtliche Leichen von der Coburger Villa in die Erlanger Gerichtsmedizin gebracht worden, wo nun Platznot herrschte. Siebenstädter schien das nicht zu gefallen, was verständlich war, allerdings vergriff er sich, wie schon bei weit geringeren Anlässen, wieder einmal im Ton. Normalerweise nahm sein dienstältester Kommissar die Strafe auf sich, sich mit dem renitenten Professor anzulegen und ihn zur Räson zu bringen, aber heute schien Haderlein die Segel gestrichen zu haben.

Schließlich siegte Suckfülls Pflichtgefühl. Mit angewidertem Gesichtsausdruck und spitzen Fingern griff er den Telefonhörer, um ihn zum Ohr zu führen, vergaß dabei allerdings, den Lautsprecher abzuschalten, sodass alle im Büro weiterhin mithören konnten, was den Herrn Siebenstädter emotional so umtrieb.

»Das hier ist ein wissenschaftliches Institut und keine Körperverwertungsanstalt, verstanden, Haderlein? Wenn Sie nicht sofort dafür sorgen, dass dieser Totengräber, der hier mit einer noch nicht unterschriebenen Anlieferungsquittung, feuchten Augen, in denen die Dollarzeichen groß und deutlich zu sehen sind, und seinem Kleinlaster vor der Tür meines Institutes steht, seine Verbindungsleichen wieder mitnimmt, dann, dann, dann –«

»Suckfüll, Kriminalpolizei Bamberg. Hallo, Herr Professor.

Wirklich schön, Sie wieder einmal zu hören. Was haben Sie denn für ein Problem, wie kann ich helfen?«, unterbrach ihn der Leiter der Bamberger Polizeidienststelle mit zwar vorgetäuschter, aber nichtsdestotrotz überzeugender Ruhe.

Einen Moment herrschte Stille am anderen Ende der Leitung, dann hörte man ein schnaufendes Geräusch, einer beim Suhlen gestörten Wildsau ähnlich.

»Fidibus, sind Sie das?«, klang die ungläubige Frage Siebenstädters schließlich aus dem Lautsprecher.

»Suckfüll, bitte, Leiter der Dienststelle der Bamberger Kriminalpolizei. Und jetzt sagen Sie mir, Herr Siebenstädter, was ist Ihr Begehr? Und bitte in einem Stil und Ton, den ich auch ertragen kann«, konterte Fidibus sachlich die abfälligen Anwürfe aus dem fernen Erlangen.

Einen weiteren Moment lang war nichts zu hören, dann erfüllte hysterisches Gelächter den Raum. »Ist es jetzt so weit gekommen«, gluckste Siebenstädter, »dass Kriminalhauptkommissar Haderlein den größten Dichter und Denker, den die Bamberger zu bieten haben, vorschiebt, weil er sich nicht mehr mit mir auseinandersetzen will? Wunderbar.«

Am Tonfall der erregten Stimme Siebenstädters war schon zu hören, dass er kurz vor dem Platzen war. Fidibus für seinen Teil war einen Moment lang sprachlos, was Siebenstädter ohne Zögern zu nutzen wusste.

»Dann hören Sie mal zu, Sie Poet«, er klang jetzt nicht mehr belustigt, sondern wieder hochgradig erregt. »Sagen Sie Ihrem billigen Hinterhofkriminalisten Haderlein doch bitte, dass er sich in den nächsten Tagen Tötungsdelikte jedwelcher Art besser verkneifen soll. Meine bescheidenen Räumlichkeiten sind nämlich bis auf Weiteres wegen Überfüllung geschlossen, verstanden? Sollten aus welchen Gründen auch immer weitere Ermordete auftauchen, dann kann die Bamberger Polizei die in ihren privaten Tiefkühltruhen lagern, ist mir scheißegal. Ich untersuche sie dann am Ende des Monats, wenn ich wieder Kapazitäten frei habe. Bis auf Weiteres sind Herr Professor Siebenstädter und seine Mitarbeiter damit beschäftigt, mysteriöse Einschusslöcher in Verbindungsköpfen zu vermessen und zu rätseln, auf welche

Weise die Erschossenen wohl dahingeschieden sein könnten. Alles klar? Dann noch schöne Grüße an den gerade abwesenden Chefaufklärer der Bamberger Landpolizei und Ihnen viel Erfolg beim Dichten, Herr Suckfüll. Ende der Durchsage, ich habe fertig!« Sprach's und legte auf. Nur ein leises Tuten war noch aus dem Hörer zu vernehmen, den Fidibus sich, zu keiner Regung fähig, sinnloserweise ans Ohr hielt.

Das Tuten signalisierte weiterhin konsequent das zwar sehr einseitige, aber definitive Ende dieses Gesprächs. Der Leiter der Bamberger Dienststelle stand immer noch völlig perplex mit dem Telefonhörer auf Ohrhöhe an Haderleins Schreibtisch und wusste nicht so recht mit der Situation umzugehen. Siebenstädter war ihm seit jeher zuwider gewesen und ein solcher Disput sowohl in seiner Art und Weise als auch im Tonfall völlig fremd und äußerst unangenehm. Schließlich räusperte er sich vernehmlich und sah in die Gesichter, die ihn erwartungsvoll anblickten. Nach einigen weiteren qualvollen Sekunden der Stille legte er das Telefon langsam und unbeholfen zurück in die Ladestation, während alle anderen Anwesenden gespannt auf ein Statement ihres Chefs warteten. Er konnte die Unverschämtheiten Siebenstädters doch nicht einfach so im Raum stehen lassen. Aber Fidibus war zu verwirrt, um sich ernsthaft aufzuregen. Er wollte doch nur seinen inneren Frieden.

»Nun denn«, sagte er schließlich, »das ist eine unerfreuliche Angelegenheit, die uns aber nicht an der weiteren Arbeit hindern sollte, liebe Freunde. Im Gegenteil, wir sollten die Zipfel hochkrempeln und uns in die Aufklärung dieses Falles stürzen. Unser lieber Franz kann jede Hilfe gebrauchen, die er kriegen kann. Mir scheint, Kollege Siebenstädter aus Erlangen ist einfach nur ein wenig überfordert, nicht wahr?« Er schaute mit einem hoffnungsfrohen Lächeln in die Runde, das aber nicht erwidert wurde. Im gleichen Moment wurde denn auch die Tür zum Büro geöffnet, und Haderlein kam sehr zur Freude seines überforderten Chefs zurück. »Mein lieber Franz, na, Gott sei Dank sind Sie wieder unter uns, da fällt mir aber ein Stein vom Himmel. Dann kann ich mich ja wieder meiner eigentlichen Tätigkeit widmen.« Fidibus war sichtlich erleichtert, ergriff die unerwartete Chance, die ihm das Schicksal bot, und entschwand umgehend wieder in sein Büro, wo er sich bis auf Weiteres hinter seinem großen Schreibtisch verkroch.

Während sich alle anderen etwas irritiert wieder ihrer Arbeit zuwandten, trat Huppendorfer grinsend zu Haderlein an den Schreibtisch. »Die Luft ist wieder rein, Franz. Siebenstädter hat sich nur wieder eine psychische Auszeit genommen, und Fidibus hat sie volle Breitseite abgekriegt. Jetzt ist er ein bisschen geschafft, glaub ich.«

Haderlein schwieg, er hatte keine Lust, sich zu Siebenstädters rabiatem Anruf zu äußern, und schaute Huppendorfer stattdessen auffordernd an.

Also erzählte der jüngere seinem älteren Kollegen von seinen unerquicklichen Erlebnissen im thüringischen Oberhof und dem Verschwinden von Gernot und Reinhild Fraas, was Haderlein mit zunehmender Verbitterung zur Kenntnis nahm. Als Huppendorfer schließlich das Foto von der Pinnwand in Gernots Zimmer aus der Tasche holte, betrachtete es Haderlein kurz und steckte es dann kommentarlos ein.

»Super. Alle, die uns irgendwie weiterhelfen könnten, hauen einfach ab«, sagte er frustriert. »Weiß der Geier, wohin die Fraas-Familie sich verdrückt hat. Vermutlich haben sie Schiss, dass wir sie wegen Beihilfe rankriegen, und wohnen jetzt in einem Erdloch bei Suhl, mitten im Thüringer Wald. Wir hätten die beiden gleich und sofort zur Fahndung ausschreiben sollen, aber das sollen jetzt mal die Kollegen in Thüringen organisieren. Hoffentlich tauchen die wieder auf. Davon mal abgesehen reicht's mir langsam, Cesar. Ich habe das Gefühl, dass dieser Fall grandios an uns vorbeiläuft. Wir brauchen zwingend ein Erfolgserlebnis.«

Als Haderleins Stimmung sich auf dem Tiefstand befand, kam auch noch Lagerfeld zur Tür herein. Sofort erkannte er die Stimmungsschieflage und hielt sich erst einmal zurück. So richtig was zu erzählen gab es ja auch nicht, denn er konnte sich nicht vorstellen, dass irgendjemanden Cindys Klostertheorie interessiert hätte.

Haderlein hingegen hatte bei seinem Anblick anscheinend einen Entschluss gefasst und sprang von seinem Stuhl auf. Er ging zu Honeypenny hinüber, drückte ihr Riemenschneiders Leine in die Hand und streichelte sein kleines Ferkel schnell zum Abschied. Doch Riemenschneider war in keinster Weise wehmütig, dass ihr Herrchen ohne sie loszog, bedeutete das im Umkehrschluss doch einen relaxten, arbeitsfreien Tag bei Honeypenny mit viel Schlaf und zwischendrin kredenzten Apfelstückchen. Kein Grund, Trauer zu schieben.

»Los, pack deine Sachen«, fauchte Haderlein, als er sein Ferkel entsorgt hatte, und schob Bernd Schmitt in Richtung Ausgang. »Wir fahren in die Höhle des Löwen und hauen einfach mal auf den Busch. Wir machen einfach mal das, was wir im Moment am effektivsten können.«

»Aha, und das wäre was?«, fragte Lagerfeld überrascht, während er sich im Vorbeigehen noch zwei Honigbrote Honeypennys griff.

»Nerven. Wir werden Irrlinger einfach ein bisschen auf die Nerven gehen. Und da du darin unschlagbar bist, musst du unbedingt mitkommen, Bernd.« Grimmig schloss Haderlein die Bürotür hinter ihnen.

Es klopfte an der Tür, als Josef Schauer gerade an seinem Computer in den tiefsten Tiefen des Internets nach der mysteriösen eingewanderten Bienensorte forschte. Bisher war seine Suche ergebnislos verlaufen, er wurde bald wahnsinnig. Und auch bei der Sache mit den Grundstücken für die GKB schien er in einer Sackgasse festzustecken. Tief in missmutigen Gedanken versunken, öffnete er die Tür. Eigentlich dachte er, dass dieser Tag nicht noch schlimmer werden konnte, aber da hatte er sich getäuscht. Vor ihm stand der Bürgermeister der Gemeinde Ebrach, Emil Zecker. Nicht auch noch der, dachte sich der Imker mühsam beherrscht, senkte den Kopf und tat so, als würde er die Fugenbreite seiner Fußbodenfliesen überprüfen. Als er wieder aufschaute, rang er sich eine für seine Verhältnisse höfliche Begrüßung ab. »Willkommen in meinem bescheidenen Heim, Herr Zecker. Was kann ich für den Wurmfortsatz der Firma Santamon tun? Haben Sie den Enddarm der Firmenleitung oben in Schmerb endlich verlassen, ja?«

Emil Zeckers Kopf war nur noch mit spärlichem Haupthaar bedeckt, das Gesicht glatt rasiert. Sogleich lief er oberhalb seiner dunklen Krawatte rot an, was ob der überschaubaren Behaarung dem Betrachter nur allzu deutlich ins Auge fiel. Der Bürgermeister hatte schon seit seiner Kindheit mit dem Problem zu kämpfen, leicht zu erröten, hatte es im Laufe seines Lebens aber partiell geschafft, diese Reaktion zu kontrollieren. Dass er jetzt vor dem renitenten, uneinsichtigen Biobauern errötete, ärgerte ihn maßlos. Er war gekommen, um ein letztes Mal an Schauers Vernunft und seinen Gemeinschaftssinn zu appellieren. Selbst dessen Hausstarrigkeit musste doch Grenzen haben.

»Hör zu, Josef«, sagte er ohne Umschweife, »ich komm grad von einem Treffen beim Dittberner, alle sind jetzt dafür, zu verpachten oder zu verkaufen. Du bist der Letzte, Josef, an dir hängt alles. Willst du das Geschäft denn scheitern lassen, nur weil du meinst, alles besser zu wissen? Ich sag's dir jetzt noch einmal im Guten, wenn du nicht endlich Vernunft annimmst, dann kann ich für nichts mehr garantieren, okay? Dann bist du verantwortlich für das, was passiert, du ganz allein. Ich übernehme keine Verantwortung für das, was die anderen dann tun.«

Der Kopf des Bürgermeisters leuchtete jetzt in einer einheitlichen rötlichen Färbung. Josef Schauer, der gut zwanzig Zentimeter größer war als der rundliche Bürgermeister Ebrachs, stellte sich direkt vor diesen und schaute drohend auf ihn hinab, woraufhin Zeckers Gesicht eine Spur dunkler wurde und er zu schwitzen begann.

»Willst du mir vielleicht drohen, du Hobbit?«, knurrte Schauer, als sich die Knöpfe ihrer beider Hemden berührten. »Drohst du mir mit körperlicher Züchtigung, wenn ich nicht endlich auf eure devote Richtung einschwenke und der GKB ebenfalls in den Arsch kriech, ist es das, was du mir sagen willst, Emil?« Schauers Hände waren zu Fäusten geballt, seine Augen funkelten. Die von der landwirtschaftlichen Arbeit trainierten Muskeln wölbten sich unter seinem Hemd, und sein stoppeliges Kinn berührte die fast nackte Schädeldecke des Bürgermeisters.

Zecker schluckte, während er ein verängstigtes Dunkelrot annahm und ein streng riechender Schweißtropfen nach dem anderen aus seinen prall gefüllten Hautdrüsen drang. »Nun, ich will damit nur sagen, dass alle mit ihrer Geduld am Ende sind, was dich betrifft, Josef. Es gibt niemanden, aber auch wirklich niemanden mehr, der auch nur annähernd deiner Meinung ist. Sei halt so gut und gib endlich nach, sonst passiert noch ein Unglück.« Emil Zecker verspürte das dringende Bedürfnis, sich den Schweiß von der Stirn zu wischen, aber die Geste hätte der vor ihm stehende Biobauer womöglich missverstanden, sodass die Situation in einer körperlichen Auseinandersetzung eskaliert wäre. Dies galt es unbedingt zu vermeiden, da Emil Zecker bisher noch jeden Kampfplatz körperlicher Auseinandersetzung als Verlierer verlassen hatte. Deshalb war er auch in der Politik gelandet, dort waren die Niederträchtigkeiten nur verbaler Natur, damit konnte er besser umgehen.

Doch trotz seiner Nähe machte Josef Schauer keinerlei Anstalten, ihn körperlich zu attackieren. Nur seine Stimme war eine Spur zynischer geworden, als er sagte: »Ist mir alles scheißegal, Emil. Ich hab inzwischen herausgefunden, dass die GKB nur eine Strohfirma von denen da oben in Schmerb ist. Also werde ich weder verkaufen noch verpachten. Vor allem dann nicht, wenn ein korrupter, schleimiger Provinzpolitikheini wie du, Emil, mir jetzt auch noch droht, verstanden?« Josef Schauer hielt kurz inne. Ihm war etwas eingefallen, was er den Bürgermeister schon lange hatte fragen wollen. »Sag mal, Emil, du bist doch permanent hinter Santamon auf deren Schleimspur unterwegs. Was ist eigentlich mit deinem komischen Experiment? Hast du nicht vor einem halben Jahr in aller Öffentlichkeit angeboten, dreimal am Tag ihren Genmais zu fressen? Und das ein ganzes Jahr lang, um zu beweisen, dass das Zeug ungefährlich ist? Warst du nicht derjenige, der blöd genug war, sich von Santamon vor deren Werbekarren spannen zu lassen? Warst du nicht derjenige, der öffentlich behauptet hat, Genmais sei die Zukunft vom Steigerwald, von Franken und der ganzen Welt? Warst du das nicht?«

Emil Zecker nickte stumm, während er mit der rechten Hand seinen Krawattenknoten etwas weitete. Eigentlich gut, dass dieser Einfaltspinsel von Imker darauf zu sprechen kam. Jetzt konnte er wenigstens mit handfesten, wissenschaftlich fundierten Argumenten für die Gentechnik aufwarten und ihn in seine Schranken weisen. »Ja, schon, das mit dem Mais ist so gewesen. Aber Josef, ich sag's dir gleich, die Vorteile verstehst du nicht, dazu fehlt dir der nötige globale Weitblick. Da bist du einfach zu engstirnig und verbockt. Also …«

Die Augen von Josef Schauer bohrten sich angriffslustig in die des verhassten Bürgermeisters, dessen Stimme versagte. Er begab sich physisch wie psychisch auf den Rückzug, nicht aber, ohne noch einen allerletzten Versuch der Bekehrung des ungläubigen Josef zu starten. »Wissenschaftlich betrachtet ist das nämlich so. Alle auf der Welt wissen, dass die Bevölkerung auf unserem Planeten explodiert. Überschwemmungen, Brände, Hungerkatastrophen und immer weiter steigende Lebensmittel… äh, also Lebensmittelpreise. Das bedeutet, dass sich die Menschheit etwas einfallen lassen muss, um sich in Zukunft ausreichend ernähren zu müssen, äh, können. Und deswegen hat Sontamon, äh, Samnonton .. Herrschaftszeiten, Santamon, mein ich natürlich, also, die haben beschlossen, etwas dagegen zu tun, und wir hier in Franken haben ja schließlich auch was davon. Und jetzt komme ich zum Ergebnis meines Selbstversuches. Stichwort: gentechnisch optimierte Lebensmittel. Natürlich kommt da der große Aufschrei aus deiner grünen Ecke, Josef, aber gerade deshalb bin ich ja zu diesem Selbstbesuch, äh, -versuch, also bin ich zu dem angetreten. Nämlich um zu beweisen, dass die Lebensmittel keinerlei Auswirkungen auf den menschlichen Organisten haben.«

Schauer hob erstaunt die Augenbrauen. Organisten? Was zum Kuckuck war denn plötzlich mit Zecker los? Kam das von der Aufregung? Und auch dem Ebracher Bürgermeister dämmerte nun, dass der Genmais in den rauen Mengen, die er verzehrt hatte, in Zusammenhang mit der körperlichen Anstrengung, die dieser Disput in ihm auslöste, vielleicht doch nicht ganz so spurlos an ihm vorbeigegangen war.

Verzweifelt versuchte er ein letztes Mal, sich zu konzentrieren, kam aber nur zum gleichen fatalen Ergebnis. »… Organisten haben«, beendete er erneut den Satz.

Aus Josef Schauer war jegliche Aggression gewichen. Sorgenvoll betrachtete er Zecker. Der Mann war definitiv krank, in irgendeinem Bereich seines Gehirns geschädigt, das war vollkommen offensichtlich. Hoffentlich waren die Schäden nicht irreparabel. Emil Zecker versuchte noch zu retten, was zu retten war, aber mit ihm ging es jetzt endgültig dahin.

»Also, konkret, Josef, konkret esse ich jetzt seit genau einem halben Jahr vorzugsweise gentechnisch optimini...mierte Produkte von Santamon und anderen bekannten Herstellern. Zum Bleistift Produkte wie Sarotto-Schokolade, Bahlsen-Kartoffelchups oder Natella, äh, nein, Natulla, so muss es natürlich heißen, Natulla. Am besten schmecken mir allerdings diese Genbärchen von Hurrabö. Echt geiles Zeug. Und schau mich an, ich lebe noch, ich schlafe gut, und auch im Bett, mein lieber Josef, das ist ja wichtig für alle Vagira-Kunden, auch im Bett ist alles palotti. Von dieser von deinen grünen Ärzten angeführten Veränderung des menschlichen Erbzentrums an der Hirnbinde, äh, Birnenrinde ist von meiner Seite aus überhaupt nichts zu bemerken. Möchtest du auch mal?« Hektisch fummelte Zecker eine angebrochene Tüte Weingummi aus seiner Hosentasche und hielt sie dem erschrockenen Biobauern entgegen, der dankend ablehnte.

»Schmeckt super, das Zeug, und macht richtig süchtig. Keine Ahnung, was die da reinmischen. Und außerdem, Josef«, ein leicht fanatisch wirkender Glanz legte sich in seine Augen, »was ich dir sagen wollte, also, es ist ganz einfach, sich nur von gene... chemie... ich meine, sich von chemischten Lebensmitteln zu ernähren. Von diesem Genmais zum Beisiel ist ja schon fast überall was drin. Und das Leben wird damit auch billiger, weil diese Lebensmittel ja viel preisgünstiger produzini...iert werden können. Für Aldi, Netto, Schlingelmann. Haha, ich trinke ja auch jeden Morgen meine Genmilch für eins fünfzig im Tausend-Liter-Eimer, alles super.«

Josef Schauer konnte es nicht mehr anhören. Was für eine mitleiderregende Show. Nur allein die Vorstellung, der Mann könnte jemals wieder ein Podium betreten, um eine Wahlrede zu halten, oh Gott. Irgendjemand musste Zecker vor sich selbst schützen. Schauer versuchte, ihn mit einer Handbewegung zu unterbrechen, war aber chancenlos. Emil Zecker redete jetzt wie im Rausch.

»Diese Genbärchen sind wirklich das Allerbeste, was es gibt, Josef. Da kann man gar nicht mehr anders, da muss man zugreifen. Und auch meine Lidibo ist mit einem Schlag wieder … Also, jedenfalls ist hiermit doch eindeutig bewiesen, dass es keinerlei Schwenkungen an meiner Birnenrinde, äh, na, du weißt schon. Bloß in den letzten Tagen, da hatte ich vermehrt Klopfschmerzen. Erst dachte ich, das wäre so eine Art Sommergrippe, ein Vierundzwanzig-Stunden-Tumor, aber jetzt tippe ich doch eher auf eine Südsüßstoffzucker-Allegorie.« Beim Wörtchen Allegorie lehrten sich die letzten intakten Reste von Zeckers verbliebenem Verstand auf, sodass der Bürgermeister seiner Sprachschwierigkeiten wenigstens ansatzweise gewahr wurde. Es folgte eine Ahnung von Selbsterkenntnis.

»Also, was ist denn da jetzt mit mir los, verdammt? Das ist ja wie bei den Stotterhotten. Aber das kriegt man ja ganz einfach weg, wenn man ein Glied schlingt, am besten viele Strophen – oder besser ein Märchen, ein Genmärchen, haha. Na, zum Beispiel ›Der Wolf und die sieben Hänsel‹ oder ›Schneewittchen aus dem Sack‹?«

Der Schweiß troff dem Ebracher Bürgermeister inzwischen von der Stirn, er wirkte wirklich verzweifelt. Josef Schauer betrachtete den kleinen, dünnhaarigen Mann mitleidig. Der Ebracher Bürgermeister, der nun endgültig die Segel strich, war am Ende seiner Kräfte. Geistig wie körperlich. Trotzdem wollte Schauer noch einen letzten Versuch starten. »Sag mal, Zecker, wie viel ist fünf mal fünf?«

Der Bürgermeister starrte ihn eine Sekunde lang verstört an. »Zweihundertzehn!«, kam es dann wie aus der Pistole geschossen, bevor er sich hektisch umdrehte und den Hof von Josef Schauer verließ, der ihm kopfschüttelnd hinterherblickte.

Die Zweigstelle der Universität Bayreuth war im rechten Seitentrakt des Tambacher Schlosses untergebracht. Volker Conrads Räumlichkeiten lagen im ersten Stock in der Ecke, sodass man von ihnen aus einen herrlichen Blick auf den angrenzenden Tierpark hatte. Conrad war in dem Projekt zwar für die Biber zuständig, trotzdem faszinierte ihn auch die Greifvogelschau, die täglich direkt hinter der Mauer vor einer kleinen Tribüne im Schlossgarten stattfand. Ein unglaublicher Anblick, wenn die großen Greife mit unnachahmlicher Eleganz ihre Runden in der Luft drehten und dann nur haarbreit über die Köpfe des staunenden Publikums zu ihrem Falkner zurückschossen, um sich ihr wohlverdientes Futter abzuholen. Der Beruf des Falkners hätte Volker Conrad durchaus gereizt, aber vielleicht konnte er in späteren Jahren noch darauf zurückkommen. Immerhin musste man als Falkner nicht auf Tiere schießen, das war schon mal eine gute Grundvoraussetzung.

Jetzt musste er jedenfalls die Fotofallen der Biberfamilie an der Itz auswerten. Die waren ja schon fleißig dabei, sich fortzupflanzen, und schreckten offensichtlich auch nicht davor zurück, am helllichten Tag auf freier Wiese zu bibern. Da unten an der Itz, das ist ja fast so eine Art Biber-FKK, dachte Volker Conrad amüsiert, als er den Chip in den Kartenleser des Computers steckte. Sechshundertundelf Bilddokumente wurden angezeigt, relativ viele und signifikant mehr als in den Wochen zuvor. Da war ja ganz schön was los gewesen an der Itz. Allerdings musste das nicht einmal etwas mit den Bibern zu tun haben, schließlich war es dem Sensor völlig egal, was ihm durchs Bild lief, sobald sich auch nur etwas bewegte, löste er aus. In der letzten Woche schienen sich jedenfalls so einige Kandidaten aus der heimischen Tierwelt vor der Kamera getummelt zu haben. Seufzend begann Volker Conrad, die Dateien Bild für Bild durchzugehen. Fehlbelichtungen, doppelte oder unkenntliche Fotos sortierte er sofort aus, alle anderen wurden mit Datum, Zeit und sonstigen Anmerkungen gespeichert. Bei so vielen Bildern stand ihm ziemlich viel Arbeit bevor. Er würde sich beeilen müssen, schließlich wollte er auch die nächste Flugvorführung der Greife im Park vor seinem Fenster in Ruhe genießen.

Gerhard Irrlinger war schon seit Stunden nicht mehr aus seinen Gedanken aufgetaucht, als ihn sein Sekretariat anklingelte.

»Ich wollte heute doch nicht mehr gestört werden«, gab er missmutig von sich, während er die entsprechende Taste seiner Telefonanlage gedrückt hielt.

»Ja, ich weiß, Herr Irrlinger, aber die Polizei ist draußen an der Pforte und möchte mit Ihnen sprechen. Ein Herr Haderlein und ein Herr Schmitt. Was soll ich tun?«

Gott sei Dank war seine Chefsekretärin Carola Zosig wieder da, dachte sich Irrlinger. Bei solch heiklen Angelegenheiten wie einem Polizeibesuch war es besser, jemanden wie Carola neben sich zu wissen. Aber was wollte dieser Haderlein schon wieder von ihm? Langsam wurde er wirklich lästig. Dabei konnte dieser Mann überhaupt nichts gegen ihn in der Hand haben. Wenn jemand Franziska Büchler finden würde, dann Gray, aber nie und nimmer diese Bamberger Provinzbullen. Trotzdem blieb ihm nichts anderes übrig, als die beiden Nervensägen zu empfangen, und sei es nur, um den schönen Schein zu wahren.

Irrlinger drückte erneut die Taste. »Also gut, Carola. Keine Ahnung, was die schon wieder von mir wollen. Du könntest derweil schon die Betriebsversammlung drüben in der Kantine vorbereiten, um die ich deine Stellvertretung heute Morgen gebeten hatte. Ich habe etwas bekannt zu geben. Sagen wir, Beginn in circa zwei Stunden?« Er wartete nicht auf eine Bestätigung, sondern ließ umgehend die Taste los, um sich auf den Weg zur Pforte zu machen. Ihm stand ein weiteres Schmierenstück in diesem billigen Theater bevor.

Wolfram Koudelkas Nervenenden meldeten den Schmerz seiner gebrochenen Finger an das Gehirn. Er jaulte auf, während Byron Gray den Griff an seinen Haaren nicht lockerte.

»Noch mal: War gestern eine junge Frau hier oder nicht?«

»Jajaja, da war eine da«, schrie Koudelka vor Schmerzen auf. Wenn er aber nun gehofft hatte, der Fremde würde daraufhin von ihm ab- und ihn sich selbst überlassen, so hatte er sich getäuscht.

»Und wie sah sie aus, hat sie einen Namen gesagt?«, zischte der Mann, während er Koudelkas Kopf noch ein wenig weiter nach hinten zwang, was dieser mit einem verzweifelten Aufstöhnen quittierte.

»Nein, keinen Namen. Blond, Jeans und eine hellgrüne Stoffjacke hatte sie an!«, rief der Gequälte mit verzerrtem Gesichtsausdruck verzweifelt.

Endlich ließ Gray vom Kopf seines Delinquenten ab, in Koudelkas gebrochener Hand wurde der Schmerz allerdings immer stärker. Er musste den mit Blut besudelten Arm mit der anderen Hand stützen, weil er kein Gefühl mehr darin hatte. »Sie wollte hier für eine Nacht schlafen, aber da sie mir ihren Namen nicht sagen wollte und auch nicht gerade mittellos aussah, habe ich sie weggeschickt. Ich hab ihr gesagt, sie soll sich ein Hotel oder eine Pension suchen oder zu Verwandten gehen, wenn sie aus der Gegend ist. Das hier ist ein Obdachlosenasyl und nur für solche gedacht. Daraufhin ist sie wieder gegangen.« Koudelka hielt inne und stöhnte immer lauter.

»Wohin? Wohin ist sie gegangen, verdammt noch mal?«, flüsterte Gray leise und drohend. Die Antwort genügte ihm nicht, wieder zog er den Kopf des Sozialpädagogen mit brachialer Gewalt nach hinten, sodass dieser nur noch wimmerte.

»Kirchschletten, ich hab sie nach Kirchschletten geschickt, die nehmen gefallene Töchter wie sie für eine Nacht auf.«

Ruckartig zog Gray den Kopf seines Opfers an sein Gesicht heran. »Erklär mir das genauer, wo wollte sie in Kirchschletten hin?«

»Abtei Maria Frieden, ein Kloster.« Koudelka war mit seinen Nerven am Ende. »Mein Gott, ich hab doch jetzt alles gesagt. Wenn Sie mit Ihrer Tochter auch so umgegangen sind, dann wundert es mich nicht, dass sie weggelaufen ist.«

Byron Gray, der Koudelkas Kopf nun mit beiden Händen schraubstockartig umfangen hielt, schaute ihn einen Moment lang wortlos an. Jetzt wusste er alles, weshalb er hergekommen war. Eigentlich hätte er gehen können, aber weder konnte er einen unliebsamen Zeugen hinterlassen noch riskieren, dass diese wimmernde Kreatur vor ihm mit ihrer unverletzten Hand erst das Kloster anrief und Franziska warnte und ihm anschließend die Polizei auf die Fersen hetzte. Gray packte noch einmal fest zu, dann vollführten seine Hände mit Koudelkas Kopf eine scharfe Neunzig-Grad-Drehung nach rechts. Es knackte kurz im Genick seines Opfers, dann ließ er den schlaff gewordenen Köper lautlos unter den Schreibtisch gleiten. Er stand auf und zog den Schlüssel innen von der Tür ab, um sie von außen abzuschließen.

So unauffällig, wie er gekommen war, verließ Byron Gray das Bamberger Obdachlosenasyl und ging zu seinem Jeep. Abtei Maria Frieden, Kirchschletten. Das Kloster lag nicht weit entfernt von Bamberg. Er lächelte, während er in sein Auto stieg. Er hatte die Spur gefunden, nach der er gesucht hatte.

Das circa einen Hektar große Betriebsgelände von Santamon lag mit seinen einzelnen Häusern und Bauten relativ unauffällig, fast versteckt, mitten im Wald. Umso überraschter waren die Beamten von den Sicherheitsvorkehrungen, die Santamon aufbot, um ein Eindringen von außen zu verhindern. Die Anlage ähnelte eher einem militärischen Gelände mit Hochsicherheitszaun als einer agrotechnischen Forschungseinrichtung, wie Santamon den Standort offiziell nannte. Von der kleinen Ortschaft Schmerb war nicht mehr viel zu sehen. Lediglich hinter dem Häuschen des Pförtners konnte man das alte Forsthaus erkennen, das zwischenzeitlich dem Revierförster als Behausung und Dienststelle gedient hatte. Doch auch diese Zeiten waren schon lange vorbei, und nun gab es hier in Schmerb nur noch Santamon, die größte agrartechnische Firma weltweit.

Haderlein und Lagerfeld hatten sich beim Pförtner angemeldet, der sie nach telefonischer Rücksprache gebeten hatte zu warten, Herr Irrlinger würde sie persönlich abholen. Jetzt betrachteten sie den Zaun mit besonderem Interesse.

»Ganz schön hoch, das Teil. Hat was von DDR-Grenzanlage, wenn du mich fragst«, sagte Lagerfeld spöttisch zu Franz Haderlein.

Auch der ältere Hauptkommissar war sich nicht ganz sicher, ob dieser Zaun dazu dienen sollte, das Eindringen oder die Flucht von Menschen zu verhindern. Mit normalen Mitteln konnte man ihn jedenfalls nicht überwinden, egal, ob von hüben oder drüben. Auf ihm waren Kameras und Stacheldraht angebracht, und keinen der beiden Kommissare hätte es gewundert, wenn nicht zumindest Teile des engmaschigen Zaunes unter Strom gestanden hätten.

An weitergehenden Gedanken die Beschaffenheit des Zaunes betreffend wurden die beiden Kommissare gehindert, da Gerhard

Irrlinger gelassenen Schrittes auf sie zukam. Lagerfeld bemerkte sofort, wie sich beim Anblick des Expolitikers und internationalen Finanzexperten Haderleins Körper anspannte. Seine ganze Haltung strahlte Angriffslust aus. Nein, so einen unentspannten Kollegen hatte Lagerfeld in ihrer ganzen gemeinsamen Dienstzeit noch nicht erlebt. Irrlinger dagegen wirkte reichlich relaxed, als er dem Pförtner ein Zeichen gab, das zweiflügelige Eingangstor zu öffnen.

»Die Bamberger Kriminalpolizei, welche Ehre«, begrüßte sie der Geschäftsführer von Santamon-Europa freundlich, doch Haderlein erkannte die dunkle Drohung in Irrlingers Augen, und der nahm wiederum das feurige Blitzen in denen Haderleins wahr.

Auch Lagerfeld schätzte die Situation richtig ein. Nein, diese beiden Männer würden in diesem Leben keine Freunde mehr werden. Und wenn all das stimmte, was Haderlein vermutete, dann gab es dazu auch keinen Grund. Doch noch konnten sie nichts beweisen, und wenn Lagerfeld ehrlich war, war er von Franz' Theorie, die er in der Dienststelle so ausführlich dargelegt hatte, auch nicht besonders überzeugt. Er beschloss, sich ausschließlich an die Beweislage zu halten, auch wenn die außerordentlich dünn beziehungsweise alles andere als für eine Festnahme ausreichend war. Irgendwie war das verkehrte Welt. Normalerweise war er, Bernd Schmitt, derjenige, der sich in eine Theorie verbiss, nicht sein älterer Kollege, auf den er nun mäßigend einwirken musste. Sei's drum. Wenn Franz unbedingt im ermittlungstechnischen Nebel rumstochern wollte, dann sollte er das ruhig tun. Mehr Optionen hatten sie eh nicht, und es war bei Weitem besser, sich bei Santamon umzuschauen, als Hirngespinsten wie Cindys Klosteridee nachzurennen.

»Womit kann ich Ihnen denn schon wieder behilflich sein?«, fragte Gerhard Irrlinger.

Lagerfeld spürte sofort, dass Haderlein es war, der dem eloquenten Mann da vor ihnen sehr gern geholfen hätte, allerdings auf eine gänzlich andere Art und Weise als die, die der sich vorstellte. Die beiden Männer standen sich gegenüber wie Boxer vor dem alles entscheidenden Kampf, nur dass der Mann in dem teuren dunklen Anzug wusste, dass er als Sieger hervorgehen würde.

»Nun, ich wollte Sie davon in Kenntnis setzen, dass wir nach einer gewissen Franziska Büchler fahnden, sie aber bisher nicht finden konnten. Nach allem, was wir bisher ermitteln konnten, bedeutet das, dass Sie immer noch in Lebensgefahr schweben, auch wenn Sie sich natürlich nicht erklären können, warum. Ich nehme an, Ihnen fällt zu Franziska Büchlers Motiv noch immer nichts Plausibles ein, oder vielleicht mittlerweile doch?« Haderlein wusste, dass die Show, die er hier abzog, für die Katz war, aber er konnte sie sich einfach nicht verkneifen.

Irrlinger spielte das Spiel mit. Bis zu einem gewissen Punkt erheiterte ihn die offensichtliche Hilflosigkeit dieses Kommissars sogar. Man hätte mit dem armen Kerl fast Mitleid haben können. Der junge Kommissar schien im Gegensatz zu Haderlein die Angelegenheit nicht ganz so verbohrt zu sehen. Wirklich amüsant, die beiden Deppen da vor ihm. So langsam fiel die Spannung von Irrlinger ab, und er begriff, dass die beiden Figuren ihm nur einen Besuch abstatteten, weil sie völlig verzweifelt waren und nichts anderes zu tun hatten. Sehr schön, besser konnte es gar nicht laufen. »Nein, Herr Kriminalhauptkommissar, dazu fällt mir beim besten Willen nichts ein. Trotzdem möchte ich natürlich, dass Sie die Frau finden und endlich einsperren, damit ich mich nicht mehr bedroht fühlen muss. Aber das haben wir ja schon zur Genüge diskutiert, Herr Haderlein, nicht wahr?« Wieder wurden Irrlingers Augen dunkel, aber der ältere Kommissar hielt seinem Blick stand.

Haderlein atmete unhörbar tief durch. Eigentlich hätte er sich nur allzu gern Santamon angesehen und jede Schublade in jedem Büro geöffnet – ganz besonders in Irrlingers. Aber das war wohl das Letzte, was dieser ihnen ohne Durchsuchungsbefehl gestatten würde, und nach Lage der Dinge würden sie den niemals bekommen.

Während sich die drei schweigend gegenüberstanden, lief hinter Irrlinger ein Mann in schwarzer Uniform und mit zwei Schäferhunden an der Leine vorbei.

»Oh, ein Grenzposten«, entfuhr es Lagerfeld spontan, und

sowohl Haderlein als auch Irrlinger drehten sich erstaunt zu ihm um. Etwas peinlich berührt über seinen flapsigen Ausspruch, versuchte Lagerfeld, den ersten Lapsus mit einem zweiten zu bereinigen, wobei er die Idee verfolgte, dass Minus mal Minus Plus ergäbe. »Wenn die Vopos mit ihren Hunden eh schon an der innerdeutschen Grenze unterwegs sind, könnten Sie uns doch gleich noch die Selbstschussanlagen zeigen«, sagte er und lächelte so breit und unschuldig, wie er nur konnte.

Haderleins Gesichtsausdruck sprach eine eindeutige Sprache. Hätte es keine Zeugen gegeben, hätte er seinen jungen Kollegen auf der Stelle an einen Pfahl gebunden und ein bisschen ausgepeitscht. Ja, war denn Bernd von allen guten Geistern verlassen? Er, Haderlein, versuchte, diesen smarten abgezockten Typen hoch konzentriert wenigstens zu einem kleinen Fehler zu bewegen oder zumindest aus der Reserve zu locken, und dann kam sein junger Kommissar mit diesen idiotischen Sprüchen daher und nahm ihm sämtlichen Wind aus den Segeln. Der würde sich was anhören können, wenn sie wieder im Auto waren. Und das konnte nicht mehr lange dauern, denn sicher würde sie Irrlinger in sehr naher Zukunft einfach vom Gelände entfernen lassen.

Gerhard Irrlinger hingegen war ob der unerwarteten, fast kindlich einfältigen Bemerkung des jungen Kommissars dermaßen verblüfft, dass er ungeplant die Fassung verlor. Die Naivität dieses Kommissars Schmitt war sogar so entwaffnend einfältig, dass er etwas tat, was bei ihm äußerst selten vorkam. Er handelte spontan. Und er handelte deshalb spontan, weil ihm anhand der beiden Hanseln die absolut hoffnungslose Lage der Bamberger Polizei vor Augen geführt wurde. Und natürlich auch, weil es ihm eine Genugtuung war, Kommissar Haderlein leiden zu sehen. »Wenn Ihr Herz denn so daran hängt, Herr Schmitt, dann bin ich gern bereit, Ihnen bei einem kurzen Rundgang das Gelände zu zeigen. Auch wenn diese Geste meinerseits ausschließlich dazu dient, Sie davon zu überzeugen, dass unsere Sicherheitsmaßnahmen nur böswillige Menschen davon abhalten sollen, die hart erarbeiteten Forschungsergebnisse Santamons zu entwenden, und dass es natürlich keine Selbstschussanlagen gibt.« Mit einem Lächeln auf den Lippen drehte er sich um.

Auf dem gesamten Gelände gab es nur eine Person, die Irrlingers Verhalten noch stärker verblüffte als Irrlinger selbst, und diese Person war Haderlein. Der Kriminalhauptkommissar verstand die Welt nicht mehr. Lagerfeld hatte diesen durchtriebenen Eisblock mit ein, zwei lässigen Bemerkungen dazu gebracht, sie auf dem hochheiligen Gelände herumzuführen. Wortlos schloss er sich seinem jungen Kollegen an, der dem vorausgehenden Irrlinger bereits folgte.

Die Ankündigung einer Betriebsversammlung kam für alle Beschäftigten der Firma Santamon überraschend. Man hatte zwar schon etwas davon gehört, dass der Chef in irgendeine Mordsache in Coburg verwickelt sein sollte, aber die Gerüchte waren noch diffus, niemand konnte sie bestätigen. Was hingegen offiziell schon bestätigt war, war die von allen befürchtete Tatsache, dass Irrlinger sich aus der Politik zurückzog, um sich ganz auf die Arbeit bei Santamon zu konzentrieren. Befürchtet deshalb, weil Irrlinger in der Belegschaft ungefähr so beliebt war wie die Vogelgrippe. Am Anfang seiner Regentschaft in Schmerb hatte der Liebling der Geschäftsleitung sogar noch ab und an vorzugaukeln versucht, sich um ein angenehmes Betriebsklima zu bemühen, aber sehr bald schon hatten sämtliche Angestellten vom Hausmeister bis zum Laborleiter gemerkt, dass Irrlinger gedachte, in der amerikanischen Firma auch eine amerikanische Firmenkultur herrschen zu lassen. Und das hieß, ausschlaggebend war allein Profit, Profit und noch mal Profit. Der deutsche Begriff der sozialen Marktwirtschaft schien Irrlinger nicht geläufig zu sein, ein gutes Betriebsklima hatte keine Priorität. Dem Streben nach Gewinnmaximierung hatte sich alles unterzuordnen, und die liberalen deutschen Gesetze zum Schutz der Arbeitnehmerschaft versuchte die Firmenspitze zu unterlaufen oder zu umgehen, wann immer es möglich war. Und speziell Gerhard Irrlinger vertrat die Botschaft auch den Beschäftigten gegenüber. So gesehen waren seine Sympathiewerte unter den Angestellten eher im homöopathischen Bereich angesiedelt, und niemand hätte ihm auch nur eine Träne nachgeweint, wäre er fränkischer Ministerpräsident geworden. Aber dieses Thema schien ja leider vom

Tisch zu sein, jetzt wollte sich Irrlinger also nur noch auf seine Arbeit bei Santamon konzentrieren. Die kurzfristig einberufene Betriebsversammlung konnte einfach nichts Gutes bedeuten, das war jedem der Angestellten klar.

Angela Haimer schlich sich mit einem dumpfen Grimmen im Bauch zu der Versammlung, und auch ihre Freundin und Arbeitskollegin Yasmin schaute nicht besonders zuversichtlich aus der Wäsche. Zwar zahlte Santamon wirklich gut, aber dafür war der Druck auch immens. Noch dazu war ihre Arbeit im Labor streng geheim, was zu weiteren Einschränkungen und Auflagen führte. Yasmin Bärnreuther-Aust, die medizinisch-technische Assistentin, und Angela Haimer arbeiteten in ihrem Aufgabengebiet direkt neben- beziehungsweise über- und untereinander. Angela war gelernte Biologin, frisch von der Uni, und hatte die Aufgabe, Yasmin in ihrer Arbeit zu unterweisen. Doch die hatte sich als dermaßen lernfähig erwiesen, dass ihr Angela bald schon Aufgaben übertragen konnte, die normalerweise ihr als studierter Arbeitskraft vorbehalten geblieben wären. Zudem waren sie beide als Mitglieder des »Inner Circle«, also des geschützten Geheimbereichs der Firma Santamon, dazu berechtigt, beziehungsweise Angela sogar verpflichtet, im Kasten zu wohnen, der betriebseigenen Bleibe. Da verbrachte man schon die eine oder andere gemeinsame Stunde gemeinsam und kam sich auch privat näher. Die Philosophie, die dahintersteckte, war ganz einfach: Je weniger Kontakt zur Außenwelt die Arbeitnehmer hatten, umso weniger Möglichkeiten hatten sie auch, um Betriebsgeheimnisse auszuplaudern. Und bis jetzt hatte sich die Philosophie als erfolgreich erwiesen.

Natürlich war der Kasten nicht das, was sich Otto Normalverbraucher unter einem Wohnheim vorstellte. Die Wohnungen waren zwar klein, aber mit allem ausgestattet, was man brauchte. Nicht direkt luxuriös, aber von Mikrowelle über Fußbodenheizung bis zur verglasten Duschkabine war alles vorhanden. Im Kasten konnte man es schon aushalten.

Die Versammlung sollte zwar erst in gut einer Stunde beginnen, aber Angela und Yasmin mussten eh Überstunden abfeiern, also konnten sie genauso gut bei einer ausgedehnten Kaffeepause einen Plausch in der Werkskantine abhalten. Immerhin war der Tag schon fortgeschritten, ein Stück Kuchen und ein warmes Getränk würden jetzt guttun.

Die Kantine, die der Architekt in eine alte denkmalgeschützte Scheune integriert hatte, war fast noch leer. Nur wenige Kollegen hatten sich schon hierher verirrt oder machten sowieso gerade ihre reguläre Kaffeepause. Angela und Yasmin hatten die Kantine gerade betreten, da winkte ihnen schon jemand von einem Tisch zu. Es war Udo Knoch, einer der beiden Hausmeister, und neben ihm saß Markus Hahn, der wissenschaftliche Assistent der beiden Frauen im Labor. Knoch fand Angela ja ganz nett, aber mit Markus Hahn konnte sie eher wenig anfangen. Der Typ machte seine Arbeit im Labor gewissenhaft, war aber ansonsten als Mensch eher verschlossen und neigte zur Grübelei. Doch wann immer Udo mit am Tisch saß, wurde es lustig. Der hatte immer einen lockeren Spruch auf den Lippen und nahm das Leben nicht so ernst. Zudem hatte er noch nie einen Versuch gestartet, Angela anzugraben, was sie ihm hoch anrechnete. Anmachereien vom männlichen Geschlecht kamen bei Angela nämlich gar nicht gut an, mit dem Thema hatte sie seit geraumer Zeit abgeschlossen. Diese undurchsichtigen, grobschlächtigen Wesen namens Männer hatten in ihrem Leben nichts mehr verloren. Mit ihnen arbeiten, gern, sich mit ihnen unterhalten, ja, aber anfassen? Nein. Sie hatte sich ihr Leben mit DVD-Rekorder, Büchern und einem ungefährlichen Freundeskreis eingerichtet, das reichte ihr, sie war zufrieden. Und mit der jüngeren, ausgesprochen attraktiven Yasmin hatte sie sowieso immer eine Begleitung dabei, die diese hormongesteuerten Wesen anzog wie ein dampfender Misthaufen die Fliegen. Ihr Leben war schon gut und richtig so, wie es war. Sie brauchte keine Aufregung mehr.

»Was meinst du, Boshi?«, fragte sie Yasmin, die bei Santamon von niemandem mit ihrem vollen Namen angesprochen wurde. Jeder nannte sie nur Yasmin oder besser noch »Boshi« – wie Angela. Den Spitznamen hatte sie sich eingehandelt, weil sie fast immer eine dieser gehäkelten bunten Mützen über ihr kastanienbraunes gelocktes Haar zog.

»Ist cool und macht jünger«, beantwortete Yasmin stets Angelas

Frage, warum man denn auch in geschlossenen Räumen solch eine Kopfbedeckung tragen müsse. Trotzdem schien bei Angela, deren Bezug zur realen Welt doch etwas antiquiert war, der Umstand, dass die Mützen Mode waren und aus ebendiesem Grund auch indoor getragen werden mussten, noch nicht angekommen zu sein.

»Klar setzen wir uns dazu«, stimmte Yasmin ihr zu. »Bei Udo ist immer was los, da halt ich auch den Hahn aus, wenn's denn sein muss.«

Die beiden Frauen winkten freundlich zurück, besorgten sich an der Essenstheke je ein Stück Erdbeerkuchen mit Sahne plus einen Kaffee beziehungsweise einen grünen Tee für Yasmin.

»Hallo, die Damen!« Udo rutschte mit seinem Stuhl zur Seite, damit Yasmin und Angela an dem Tisch Platz fanden. Der gut erhaltene Mittvierziger war bei allen Frauen auf dem Gelände stets im Gespräch, aber egal, mit welchen Tricks die weiblichen Geheimdienste auch arbeiteten, es war nicht aus ihm herauszubekommen, ob er vergeben war oder nicht. Einerseits machte Udo einen ziemlich ledigen Eindruck, andererseits hatte er bei Santamon schon mehrfach eindeutigen Annäherungsversuchen widerstanden. Angela und Yasmin hatten erst am vorherigen Tag intensiv darüber diskutiert, ob Udo nicht vielleicht sogar schwul war. Das wäre ein echter Verlust für den weiblichen Teil des Heiratsmarkts, auch wenn sie persönlich davon nicht betroffen wären. Angela hatte ja der Männerwelt abgeschworen, und auch Yasmin hatte ihrer Freundin schon des Öfteren gesagt, dass Udo nicht ihr Typ und schon gar nicht ihre Altersklasse sei. Trotzdem blieb er ein wirklich guter Kumpel. Ganz im Gegenteil zu Markus Hahn, der konsequent daran arbeitete, als Stimmungsverderber Weltruhm zu erlangen. Im Umgang mit Frauen war er nicht besonders geübt, und auch jetzt saß er bewegungslos am Tisch und starrte gewohnt missmutig in seine Kaffeetasse. Die anderen drei beachteten sein Gebaren erst einmal nicht, sie waren es von ihm ja schon gewohnt, und unterhielten sich prächtig, bis sich Udo verabschiedete. Als Hausmeister musste er die Versammlung vorbereiten, er war für die Technik wie Mikrofone, Licht und Ton verantwortlich. Bevor er aufstand, versprach er ihnen noch, anschließend wiederzukommen, um über die Konsequenzen dessen zu sprechen, was heute verlautbart werden sollte.

Udo Knoch war kaum außer Sichtweite, als der wissenschaftliche Assistent Hahn plötzlich das Wort ergriff. Dabei drehte er weder den Kopf, noch änderte er sonst etwas an seiner Körperhaltung. Fast hätte man meinen können, er spräche mit seiner Kaffeetasse. »Ich muss mit euch reden«, sagte er halblaut, woraufhin sich Yasmin und Angela erstaunt zu ihm umwandten.

»Kein Problem, Markus, was gibt's denn so Geheimnisvolles?«, fragte Angela.

Markus Hahn schaute ein letztes Mal in seine Tasse, sah sich dann vorsichtig um und rutschte, obwohl die Kantine noch immer spärlich besucht war, mit seinem Stuhl so nah es ging an Angela Haimer heran, was diese mit einem indignierten Gesichtsausdruck quittierte. Doch Markus Hahn bemerkte ihre Miene nicht, er hatte ganz andere Sorgen. »Das Gitter von Volk Nummer eins ist entfernt worden«, flüsterte er und schaute sich weiterhin hektisch um, als vermutete er einen Attentäter in der Nähe.

Angela fiel fast die Gabel aus der Hand, und auch Yasmin stockte der Atem. »Was soll das heißen? Jetzt erzähl doch, verdammt noch mal.« Yasmin rutschte um den Tisch herum, um besser hören zu können.

»Ich hab das Gitter gleich wieder reingemacht, als ich es bemerkt habe. Und die Bienen waren auch noch drin, soweit ich das beurteilen konnte. Aber ich hab keine Ahnung, wer das Gitter entfernt haben könnte. Ich war es jedenfalls nicht.« Hahn wirkte ehrlich verzweifelt. Was soziale Kommunikation anbelangte, war er wirklich nicht der Beste, aber in seiner Arbeit war er geradezu ein Perfektionist. Dieses Gitter, überhaupt sämtliche technischen Einrichtungen, die mit den Bienen zu tun hatten, alles oblag seiner persönlichen Verantwortung. Wenn in diesem Bereich etwas schiefging, würde man es ihm in die Schuhe schieben. Doch Angela und Yasmin plagten ganz andere Sorgen, als den armen, unbeliebten Hahn als Sündenbock abzustempeln.

»Du meinst also, jemand hat das Gitter absichtlich entfernt?«, fragte Yasmin Bärnreuther-Aust ungläubig nach.

Hahn nickte heftig. »Ganz sicher. Das Gitter war von innen ausgebeult, und der Kleber hing nur noch in Fetzen dran. Wenn ihr mich fragt, hat da jemand mit einem Stock oder etwas Ähnlichem kräftig nachgeholfen.«

»Und wann hast du das entdeckt? Gerade eben, vor einer Stunde, heute früh?« Die Biologin war verärgert.

Dem wissenschaftlichen Assistenten war die Frage sichtlich unangenehm. Am liebsten hätte er sie nicht beantwortet, aber er kam ja nicht drum herum. »Na ja, das war, also, nicht direkt heute früh.« Er spürte, wie sich sein Hals zusammenzog und er schwerer Luft bekam. Am liebsten hätte er seine Antwort schriftlich eingereicht, aber die beiden Frauen schauten ihn stumm und erwartungsvoll an. Aus der Nummer kam er ohne Blessuren nicht mehr raus.

»Das war an einem Montagmorgen Anfang Mai – glaub ich jedenfalls«, rückte er mit leiser Stimme heraus, während er konsequent zu Boden schaute.

Yasmin hielt es nicht mehr auf ihrem Stuhl. Sie sprang so plötzlich auf, dass sie gegen den Tisch stieß und ihr Tee gefährlich nah an den Rand des Verderbens rutschte. Angela konnte mit einer schnellen Handbewegung gerade noch das lauwarme Getränk ihrer Arbeitskollegin vor dem Absturz bewahren. Doch auch sie hatte die heikle Situation sofort erkannt, die Markus Hahn in seiner ganzen Dimension wohl noch nicht erfasst hatte.

»Vor über einem Monat? Sag mal, Markus, hast du sie noch alle? Wir müssen sofort ins Labor!« Yasmin fuchtelte aufgeregt in Richtung Angelas Gesicht.

Und wenn Braun von der Geschichte Wind bekam? Angela schaute sich suchend um, aber Dr. Aegidius Braun, der Leiter ihres Labors, war in der Kantine nicht zu sehen. Wie es aussah, mussten sie erst einmal allein die Dinge richten. »Ja, in der Tat, das halte ich für eine gute Idee«, stimmte Angela Yasmin zu. »Wir müssen sofort die Völker untersuchen. Mensch, Markus, das hättest du uns doch gleich sagen müssen, verdammt noch mal. Du bleibst derweil hier. Und erzähle niemandem etwas davon, verstanden? Auch nicht Udo, wenn er zurückkommt. Sobald wir die Stöcke überprüft haben, kommen wir zurück, also halte uns die Plätze frei. Bis später.« Die beiden Frauen verließen eilig die Kantine.

Markus Hahn für seinen Teil war froh, die schwere Last endlich losgeworden zu sein. Sollten sich doch jetzt andere damit herumschlagen. Hauptsache, niemand konnte ihm deswegen ans Bein pissen. Und wegen der frei zu haltenden Plätze musste er sich auch keine Sorgen machen: Da, wo er saß, würde sich sowieso so schnell niemand niederlassen, das war schon immer so gewesen. Er seufzte und schlürfte seinen inzwischen erkalteten Kaffee.

Irrlinger führte die beiden Kommissare durch die wichtigsten Gebäude und Einrichtungen des Geländes. Nur die Technikabteilung mit Heizung und Notstromaggregat und natürlich den streng geheimen Laborbereich bekamen die Beamten nicht zu sehen. Irrlinger genoss den Anblick Haderleins, der sich vorgeführt sah. Bernd Schmitt dagegen litt in keinster Weise, sondern wollte über die einzelnen Gebäude noch mehr wissen.

»Nun, Herr Schmitt«, erklärte ihm Irrlinger bereitwillig, »ich habe eine Betriebsversammlung anberaumt, auf der ich bekannt geben werde, dass der gesamte Santamon-Komplex ab heute Abend abgeriegelt werden wird. Alle, die hier übernachten, werden das Gelände bis auf Weiteres nur in absoluten Notfällen verlassen. Ansonsten kommt niemand mehr an unserem Pförtner vorbei.«

Lagerfeld schaute Irrlinger erstaunt an. »Aber wieso denn das?«

»Nun, Herr Schmitt, das hat eigentlich sogar etwas mit Ihnen beziehungsweise der Polizei zu tun. Wie Sie ja eingangs so treffend erwähnten, werde ich von einer irren Killerin verfolgt, die mir nach dem Leben trachtet. Und da die Mörderin durchaus raffiniert vorgeht, ziehe ich es vor, mich hinter diese geschützten Mauern zurückzuziehen und abzuwarten, bis Sie die Büchler dingfest gemacht haben. Das ist der Grund. Erst wenn ich mich vollkommen sicher fühle, wird Santamon in Schmerb seine Pforten wieder öffnen.«

»Aha«, war alles, was Lagerfeld irritiert zustande brachte. Der Typ schien ja ziemlich konsequent in dem zu sein, was er tat.

Haderlein hingegen war nun endgültig mit seiner Geduld am Ende. Er hatte keine Lust mehr, sich Irrlingers perfiden Mist anzuhören. Dieses aalglatte Arschloch versuchte doch nur, sie nach Strich und Faden zu verarschen. Und Bernd war anscheinend zu blöd, um das zu bemerken. Es reichte jetzt wirklich. »Ich denke, wir werden Sie mit dem Gefühl der Angst vor einer jungen Frau dann mal besser allein lassen. Außerdem haben wir Ihnen auch schon genug von Ihrer wertvollen Zeit gestohlen«, meldete er sich sarkastisch nach langem Schweigen wieder zu Wort. »Und Sie müssen ja auch sicher dringend zu Ihrer Betriebsversammlung, nicht wahr? Komm, Bernd, auch wir haben noch zu arbeiten.« Damit packte Haderlein Lagerfeld am Ärmel und zog ihn grußlos mit sich.

Gerhard Irrlinger schaute den beiden Kommissaren noch hinterher, bis sich das zweiflügelige Tor hinter ihnen schloss. Er lächelte nicht mehr, dafür lag in seinen Augen wieder ein tiefes, dunkles Leuchten.

Es war an der Zeit. Es war nicht der Sonnenstand, die Länge des Tages oder die Temperatur draußen in der Welt. Es hatte gerade eben einen Schlag und dann ein Rütteln gegeben. Plötzlich drang helles Sonnenlicht in den Stock. All das hätte sie nicht weiter interessiert, wäre nicht eine Wabe zerbrochen. Sie rochen es. Die Völker gerieten in Aufruhr. Honig. Sie rochen ihren eigenen Honig. Jemand hatte die Deckel von den Waben gehoben. Sie dachten nicht darüber nach, warum sie dieser Geruch fast wahnsinnig machte. Vielleicht die Angst vor Dieben, vor Honigräubern aus der genetischen Vergangenheit. Vielleicht eine falsche Aminosäure auf der richtigen Stelle der Doppelspirale. Es war ihnen schlicht egal. Jedenfalls konnte das nur eines bedeuten: Angriff! Erst rebellierte der erste Stock, dann folgte der andere. Auch der Rauch, der sie normalerweise ruhig und passiv machte, konnte sie davon nicht abhalten. Diesmal nicht. Diesmal lag der Geruch des Honigs in der Luft – ihres Honigs. Es war der Honig einer neuen Rasse, einer Bienenrasse, mit der man nicht mehr so umspringen konnte wie in den Jahrtausenden zuvor.

Der Zorn, die Angriffslust in ihnen war unermesslich. Zwei Völker schwarzer Bienen schossen aus ihren Stöcken, stürzten sich auf den Angreifer, den Honigdieb, und stachen zu, als gäbe es kein Morgen. Und da ihre Stacheln kaum Widerhaken hatten, blieben sie nicht in der Haut ihres Opfers hängen, sondern waren in der Lage, wieder und wieder zuzustechen. So lange, bis sich das Opfer am Boden wand, seine Schreie verhallten und es schließlich bewegungslos dalag.

Mit ihrer Königin erhoben sie sich in die Luft und schwebten kurz über der Stelle ihres Sieges. Zwei Bienenschwärme in etwa drei Metern Höhe. Schließlich flogen die beiden Schwärme in den blauen Himmel und ihren Königinnen folgend davon.

Sie stießen die schwere Edelstahltür auf, rannten die komplette Strecke bis zur zweiten Tür, legten Kopfhaube und Mundschutz an, dann folgten sie einem kurzen schmalen Gang, der rechts und links von Spinden gesäumt war. Erst die Sicherheitsschleuse mit der Desinfektion zwang sie, ihr Tempo zu drosseln. Augen schließen, Luft anhalten. Dann war der weiße Dampf abgesaugt, und sie konnten die Glastür zu dem quadratischen weißen Raum mit den Bienenkästen öffnen.

Nacheinander hoben sie die Deckel an, um die Völker zu kontrollieren. Alles schien in Ordnung zu sein, bis sie zu dem Kasten mit einer großen Eins kamen. Als sie dessen Deckel abnahmen, schien das Volk auf den ersten Blick intakt, doch Angela Haimer blieb skeptisch und holte eine große Lupe hervor, die sie immer bei sich trug. Yasmin hatte währenddessen eine Räucherdose von der angrenzenden Arbeitsplatte genommen, um den Stock mit dem Rauch zu beruhigen. Ihre Taktik ging auf, sodass Angela einen Wabenrahmen nach dem anderen herausnehmen und kontrollieren konnte. Den letzten stellte sie mit einem nachdenklichen Blick in den Kasten zurück.

»Die Königin fehlt. Die Königin, mit der wir das Volk gegründet haben. Sie war mit einem roten Punkt gekennzeichnet, das weiß ich genau. Ausgerechnet die von Volk eins. Ich konnte nur eine Nachfolgerin entdecken. Wir müssen unbedingt Aegidius verständigen, er muss entscheiden, was jetzt zu tun ist. Außerdem kann er mir vielleicht etwas erklären, das ich nicht verstehe.« Frustriert zog sie ihre Handschuhe aus.

Yasmin hatte ihr Räucherwerkzeug weggestellt und schaute etwas ratlos in die Gegend. »Wer macht denn so etwas? Und müssen wir nicht Herrn Irrlinger benachrichtigen? Er muss doch davon erfahren, dass die Königin abgehauen ist. Wer weiß, was die in freier Wildbahn anrichten kann.« Besorgt schaute sie Angela an, die aber sofort den Kopf schüttelte.

»Nein, Boshi, wir werden uns streng an den Dienstweg halten. Wir werden es Aegidius sagen, und der wird entscheiden, ob der Chef davon erfährt oder nicht. Die Entscheidung liegt nicht in unserem Kompetenzbereich. Lass uns zurückgehen, okay?« Sie warf die Gummihandschuhe auf die Arbeitsplatte, und Yasmin folgte ihr widerwillig. Im Hinausgehen musterte sie die unzähligen Proben und Gläser in den Regalen. Sie waren fein säuberlich nach Völkern geordnet und enthielten Honig, Königinnen und sonstiges organisches Material des jeweiligen Volkes. Ausgerechnet Volk eins. Es hätte wirklich nicht schlimmer kommen können.

Die Wege nach Rom

Haderlein saß stumm neben Lagerfeld, der den Landrover durch den Steigerwald nach Hause lenkte. Gerade wollte er das Schweigen brechen und seinen jüngeren Kollegen ins Gebet nehmen, als der in dem kleinen Ort Mönchsambach, kurz vor Burgebrach, nach links in den Hof einer Brauereigaststätte einbog. »Zehendner Bräu« stand groß auf dem alten Wirtshaus geschrieben. Lagerfeld parkte den Freelander auf dem Hof, ging in die Gaststube und wählte einen etwas abseits gelegenen Holztisch für sie aus. Haderlein war ihm mürrisch dreinblickend gefolgt.

Nachdem ihnen zwei Seidla Mönchsambacher Bier vor die Nase gestellt worden waren, nahmen sie erst einmal einen tiefen Schluck. In der Regel sah die Welt danach schon wieder ganz anders aus, aber Lagerfelds Taktik ging nicht auf. Franz Haderlein stand der Missmut weiterhin in voller Breite ins Gesicht geschrieben.

Nachdem Bernd Schmitt sich das intensive Schweigen seines älteren Kollegen weitere fünf Minuten angetan hatte, hielt er es nicht mehr aus. Es war das erste Mal in der beruflichen wie auch privaten Beziehung der beiden, dass sich der altersweise Haderlein von Bernd Schmitt einen Vortrag seine Person betreffend anhören musste. »Jetzt pass mal gut auf, Franz«, begann Lagerfeld in sehr konsequentem Tonfall, »dein Ehrgeiz und dein fester Glaube an die Richtigkeit deiner Theorien in allen Ehren, aber es reicht jetzt. Wenn du dich weiterhin so in den Fall vertiefst und dich vor allem so auf diesen Irrlinger einschießt, wird das noch in einer ermittlungstaktischen Katastrophe enden. Natürlich kannst du mit deinem Gespür und deinen wilden Theorien Irrlinger betreffend recht haben, es spricht sogar einiges dafür, das geb ich ja gern zu, aber du wirst bei ihm nichts erreichen, wenn du weiterhin mit dem Kopf gegen die Wand rennst. Meine Methoden waren heute ja wohl die eindeutig besseren, oder etwa nicht? Immerhin haben wir den größten Teil des Santamon-Geländes gezeigt bekommen. Vielleicht, weil Irrlinger sich sicher gefühlt hat, vielleicht aber auch, weil er doch nichts mit der Sache zu tun hat. Wie auch immer, wir kommen nicht drum herum, ihm seine Schuld, wenn es denn eine gibt, beweisen zu müssen. Das hast du mir doch in den letzten Jahren beigebracht: Ohne Beweise ist der Fall irgendwann rum ums Eck, und selbst ein Schuldiger kommt dann unbestraft davon. Auf jeden Fall glaube ich, dass wir mit deinen plumpen Methoden nie und nimmer etwas beweisen werden können, und zwar egal, wie recht du hast.« Für einen kurzen Moment hielt Lagerfeld inne und nahm einen Schluck aus seinem Krug.

Franz Haderlein starrte mit stumpfem Blick noch immer auf sein Bier. Tief in seinem Inneren wusste er, dass Bernd dieses Mal recht hatte, aber zugeben konnte er das nicht, dafür hatte er noch zu wenig Alkohol intus.

Lagerfeld spürte instinktiv, dass die Ansprache bei seinem Kollegen angekommen war, und wechselte flugs das Thema. Es war Zeit, die Initiative zu ergreifen. »Gib mir doch mal die Akte, die wir von Fidibus bekommen haben«, bat er Haderlein, worauf ihn dieser erst verdutzt ansah, ihm aber dann wortlos den Ordner hinüberreichte, den er mitgeschleppt hatte. Lagerfeld begann, in der Akte zu schmökern, während Haderlein sich einen größeren Schluck Bier gönnte.

»Ich hab's!«, rief Lagerfeld plötzlich erfreut aus. »Als du Claudia Büchler damals kurz vor ihrer Verhaftung verhört hast, hat sie doch etwas von diesem Pfarrer der Simultankirche in Untermerzbach erzählt.«

Haderlein überlegte kurz, dann schüttelte er den Kopf. »Wenn du das sagst. Ich erinnere mich bestenfalls dunkel.«

»Doch natürlich, ich erinnere mich. Ein Pfarrer namens Michael Greubel in Untermerzbach. Der hat damals dort die Jugendfreizeiten organisiert. Honeypenny hat bezüglich dieses Pfarrers sogar schon vorrecherchiert, wir sind nur noch nicht dazu gekommen, die Angaben zu überprüfen.«

Langsam erwachte Haderleins Verstand wieder. Logik und Kombinationsgabe gähnten laut, dann waren sie wieder fit. Bernd hatte recht, er verhielt sich völlig idiotisch und unprofessionell. Das war ihm in seiner langen Laufbahn bei der Kriminalpolizei bisher noch nie passiert, allerdings hatte er es auch noch nie mit einem Kontrahenten zu tun gehabt, der ihn so offensichtlich für dumm verkaufen wollte und es noch dazu auch konnte. Zum Glück hatte ihn Bernd wieder eingenordet und in dieser schweren Situation die richtigen Worte gefunden. Wenn er ehrlich war, hätte er ihm das gar nicht zugetraut, seinem lebeleichten Tunichtgut. Er war beeindruckt. »Also gut, Bernd, dann fahren wir da jetzt einfach mal hin.« Entschlossen trank Haderlein sein Bier aus.

Lagerfeld registrierte den Stimmungsumschwung seines Kollegen mit Erleichterung, leerte ebenfalls seinen Krug und winkte Stefan Zehendner, dem Wirt. »Stefan, die Bullen wollen zahlen!«, rief er quer durch die Wirtsstube, woraufhin sich alle Gäste zu ihm umdrehten, was Lagerfeld aber nicht im Mindesten interessierte.

Volker Conrad war mit seinen Bildbetrachtungen fast am Ende. Sechshundertelf Bilder hatte er prüfen müssen und die meisten davon, auf denen Reiher, umherfliegendes Blattwerk oder einfach nur Ratten zu sehen gewesen waren, aussortiert. Die Biber hatten sich diese Woche rar gemacht. Ohne große Erwartung klickte er das nächste Bild an, hob aber sofort beide Augenbrauen. Das durfte doch wohl nicht wahr sein. Auf der anderen Uferseite der Itz, genau gegenüber vom Biberbau, stand ein Auto! Dabei waren alle Zufahrtswege für den Verkehr verboten und auch dementsprechend gekennzeichnet. Niemand hätte sich den Bibern nähern können, ohne die Hinweistafeln und Verbotsschilder zu übersehen. Verärgert klickte sich Volker Conrad durch die nächsten Bilder. Auf einem der Fotos war ein Mann zu sehen, der sich am Ufer der Itz herumtrieb. Er war groß, schlank, trug eine Wildlederjacke und hatte sich das abgelegene Plätzchen am Ufer anscheinend zum Pfeiferauchen ausgesucht. Nach etwa zwanzig weiteren Bildern waren das Auto und der Mann wieder verschwunden, und es folgten nur noch Biber- und Laubaufnahmen. Schade, dass er das Nummernschild des Ignoranten auf den Fotos nicht hatte entziffern können, diesem Typen hätte er sofort eine Anzeige mit richtig saftiger Strafe angehängt. Conrads Puls hatte sich gerade wieder beruhigt, als das Auto auf den Bildern wieder auftauchte. Diesmal stand es frontal und viel näher am

Ufer. Mit tiefer Befriedigung stellte Volker Conrad fest, dass er das Nummernschild diesmal lesen konnte.

»Hab ich dich!«, rief der Biologe laut und notierte sich die Buchstaben-Ziffern-Kombination. Mit deutlich besserer Laune wendete er sich den weiteren Fotos zu. Weiß der Teufel, was der Typ am Ufer zu schaffen gehabt hatte. Doch Volker Conrad würde es gleich erfahren, denn auf einem der nächsten Bilder hatte der Mann keine Pfeife mehr in der Hand, sondern etwas gänzlich anderes. Er war gerade dabei, eine Pistole in ein Stück Stoff zu wickeln. Die folgende Bilderserie zeigte den Vorgang in aller Deutlichkeit, sogar die exakte Zeit der Aufnahme war am Rand der Fotos ersehbar. Schließlich grub der Mann eine Mulde im Fluss nahe dem Ufer und entsorgte in ihr die Handfeuerwaffe. Dann erhob er sich und ging zurück zu seinem Wagen. Eines der letzten Fotos zeigte den durchtrainiert wirkenden Mann, wie er sich noch einmal umdrehte und genau in Richtung der Kamera blickte. Den Blick würde Volker Conrad sein Lebtag nicht mehr vergessen. Aus ihm sprachen Kälte, Wachsamkeit und absolute Unnachgiebigkeit. Zwei Bilder später war der Jeep verschwunden, und der Rest der Aufnahmen bestand nur noch aus sichtlich verärgerten Bibern ob der nächtlichen Ruhestörung. Doch die Befindlichkeiten seiner Beobachtungsobjekte waren dem Biologen plötzlich fast schon egal. Unwillkürlich schob sich Volker Conrad auf seinem Stuhl ein wenig vom Schreibtisch und dem daraufstehenden Laptop weg, so stark war die physische Beklemmung, die der Blick des Mannes in ihm ausgelöst hatte. Er wollte nur noch die Polizei und/oder seinen Professor in Bayreuth anrufen. Scheißegal, in welcher Reihenfolge.

»Wie heißt das bei den weiblichen Evangelen eigentlich? Frau Pfarrer? Oder Pfarrerin, Pfarresse, Pfarreuse oder vielleicht Pfarrine? Was soll das außerdem sein, eine Simultankirche?« Laut denkend saß Lagerfeld auf dem Beifahrersitz. Da Haderlein die Frage anscheinend nicht beantworten wollte, befragte er kurzum das Internet und ließ Haderlein umgehend an seinen neu gewonnenen Erkenntnissen teilhaben. »Ich hab's, Franz. Fachleute sprechen von einem Simultaneum oder einer Simultankirche. Das ist eine Kirche, in der sowohl evangelische als auch katholische Gottesdienste stattfinden. Allerdings trifft das auf die Kirche in Untermerzbach nicht ganz zu. Eigentlich unterhalten wird das Gotteshaus nämlich von der evangelischen Kirche, während die katholische nur über ein Nutzungsrecht verfügt. Gemeinsame Gottesdienste gibt es auch, zum Beispiel zu Beginn und Ende des Schuljahres oder auch am Aschermittwoch. Die Katholiken feiern die großen Feste in der Regel am zweiten ihrer Feiertage, also Weihnachten, Ostern und Pfingsten. Kirchweih ist Anfang September mit eigenem Gottesdienst dran, und auch für Beerdigungen und Hochzeiten nutzen sie die Kirche. Das Miteinander der Konfessionen war aber nicht immer so harmonisch, womit wir auch bei den Ursprüngen der Simultankirche wären. Schon zu Zeiten ihrer Gründung war die Kirche Anlass für Streit und Zwietracht zwischen den religiösen Gruppen. Anno 1530 führte die Familie von Rotenhan die Reformation in Untermerzbach ein, das Dorf wurde also protestantisch. Doch hundertvierzig Jahre später folgte die Gegenreformation, als Georg Wolf von Rotenhan samt seiner Familie sich um 1670 wieder dem katholischen Glauben zuwandte. Von heftigen Auseinandersetzungen zwischen Protestanten und Katholiken ist die Rede, und die Zwistigkeiten hielten natürlich an, als die alte Pfarrkirche ab etwa 1700 simultan genutzt wurde. Hast du bis hierhin alles verstanden?«, fragte Lagerfeld, als er merkte, dass Franz nicht mehr so ganz bei der Sache war.

»Ich glaube, es heißt Pfarrerin«, sagte Haderlein nachdenklich, und seit langer Zeit schlich sich wieder ein Lächeln auf sein Gesicht, als er den Freelander auf der Bundesstraße vier von Bamberg in Richtung Coburg lenkte.

Lagerfeld legte frustriert sein Handy weg. Wenn Franz seine Nachforschungen nicht interessierten, hätte er das doch gleich sagen können. Irgendwie hatten sie die Rollen vertauscht. Er, Bernd Schmitt, musste sich um den Fall kümmern, weil Franz mit seinen Gedanken dauernd woanders war oder abschweifte. Ein völlig neues Berufsgefühl für Lagerfeld.

»Von einer Pfarreuse oder Pfarrine habe ich jedenfalls noch nie etwas gehört«, sagte Haderlein abschließend, und plötzlich fiel ihm ein, dass er noch gar nicht gefragt hatte, was Lagerfeld am Morgen dieses Tages so getrieben hatte. »Was ist eigentlich aus deinen Recherchen der besonderen Art geworden, um die ich dich gebeten hatte, Bernd? Was herausgefunden, irgendwelche neuen Ideen?«

Lagerfeld verzog das Gesicht. »Jetzt mal im Ernst, Franz. Wenn du auf der Flucht vor einem Mörder wärst und müsstest dich auf die Schnelle irgendwo hier in der Gegend verstecken. Wo würdest du hin?«

Haderlein legte die Stirn in Falten. Seit vierundzwanzig Stunden dachte er über nichts anderes mehr nach und hatte noch immer keine Ahnung. Am wahrscheinlichsten waren wohl Verwandte, aber die Möglichkeit gab es für Franziska nicht mehr. Ihre Mutter war verhaftet worden, ihre Fast-Verwandtschaft aus Oberhof irgendwo in den Tiefen des Thüringer Waldes untergetaucht. Franziska war auf sich allein gestellt. Nein, Haderlein hatte keine Ahnung, und seine polizeilichen Mittel waren ausgeschöpft: Sie hatten alles kontrolliert, was kontrollierbar gewesen war.

»Jedenfalls hab ich mir gedacht, dass ich mal einer dieser besonderen Ideen folge, die du angemahnt hast, und bin zu meiner ehemaligen Klientel am alten Schlachthof.«

Haderlein brauchte einen Moment, um zu kapieren, was Lagerfeld damit andeuten wollte, und brach in schallendes Lachen aus. »Du meinst, du hast deinen Damen des horizontalen Gewerbes einen Besuch abgestattet? Das erklärt natürlich deine olfaktorische Aura, Bernd. Und ich habe mich schon gewundert, was du für einen neuen Duft aufgelegt hast. Jetzt bin ich aber gespannt, was du Sensationelles herausgefunden hast«, feixte Haderlein.

Aus Lagerfelds Gesicht sprach daraufhin nicht gerade die pure Euphorie. »Franz, das willst du gar nicht wissen. Ich sag mal so: Meine Idee war bestimmt gut, aber das Ergebnis ist ungenügend.« Dann erzählte er von Cindys vogelwilder Flucht vor ihrem Ex und ihrer zum Schluss klösterlichen Unterkunft.

Haderlein schmunzelte erst, aber dann wurden seine Gesichtszüge ernster. So unsinnig fand er Cindys Idee gar nicht. Allerdings konnte er den Gedanken nicht weiterverfolgen, da er just in dem

Moment die Bundesstraße verlassen und bei Kaltenbrunn links in Richtung Untermerzbach abbiegen musste.

Im Dorf interessierten sich die beiden Kommissare weder für die nagelneue Brücke über den Itzgrund noch für die zahlreichen schönen Fachwerkhäuser oder den wirklich hübschen Ortskern. Stattdessen konzentrierten sie sich auf die Anweisungen der Stimme ihres Navigationsgerätes, die sie durch die kleinen verwinkelten Sträßchen und schließlich zu einer rechteckigen, gelblich verputzten Kirche führte, die innerhalb des Ortes auf einem kleinen Berg thronte. Schon von Weitem war zu sehen, dass vor ihrem Haupteingang ein ziemliches Tohuwabohu herrschte, also parkten sie den Freelander lieber weiter unten auf einer breiteren Straße und stiegen bergauf.

Ein Gemisch aus zahlreichen Kirchgängern, Ministranten und sonstigen christlichen Beteiligten befand sich offenbar gerade in einem angeregten Disput, der mit einer erstaunlichen Intensität geführt wurde. Je näher die Kommissare kamen, umso deutlicher konnten sie die erregten Stimmen der Diskutanten und die zornigen Zwischenrufe der aufgebrachten Konfessionsvertreter hören.

Niemand kümmerte sich um die beiden fremden Gäste. Alle folgten gebannt dem mit großer Vehemenz ausgetragenen Zwiegespräch zwischen dem katholischen Pfarrer und der evangelischen »Pfarrine«. Die sich feindlich gegenüberstehenden Lager warfen sich wild lodernde Blicke zu, dazu stießen die Kontrahenten wüste Drohungen aus. Es schien nur noch eine Frage der Zeit zu sein, bis es zu Handgreiflichkeiten kommen würde.

»Was zum Kuckuck ist denn hier los?«, fragte Haderlein Lagerfeld verwirrt. Sollte das wieder irgend so ein fränkischer Brauch sein, von dem er, aus Oberbayern stammend, noch nichts gehört hatte? Dann war es wohl besser, sich erst einmal zurückzuhalten.

Bernd Schmitt ignorierte die ihm gestellte Frage, ging stattdessen schnurstracks auf die Streithähne zu, zwängte sich zwischen sie und hielt dann seinen Dienstausweis in die Höhe. Die Situation entspannte sich für einen Moment, dann aber, nach wenigen Sekunden der Neuorientierung, entbrannte die heftige Diskussion erneut, Lagerfeld gestikulierte aufs Heftigste, doch es half nichts: Wenig später gingen die Lager wieder aufeinander los. Der junge Kommissar rettete sich auf die Seite und schien zu überlegen.

Während des Tumultes hatte Haderlein seinen Blick über die Kirche und das angrenzende Friedhofsareal schweifen lassen. Etwas an der Szenerie kam ihm seltsam bekannt vor. Erst konnte er das Gefühl nicht festmachen, aber dann fiel es ihm wie Schuppen von den Augen. Er griff in die Innentasche seiner Lederjacke und holte mit der rechten Hand das Foto heraus, das Cesar Huppendorfer von der Pinnwand von Gernot Fraas heruntergepflückt hatte. Auf dem Bild war genau diese Kirche zu sehen, davor Claudia Büchler mit der kleinen Franziska, in der Hand eine Sporttasche, auf dem Rücken einen Rucksack. Der Fotograf hatte damals etwas weiter links gestanden als Haderlein heute, aber das Pfarrhaus mit seinem schönen Fachwerk war definitiv dasselbe. Warum nur hatte Gernot Fraas dieses Bild an seine Pinnwand geheftet? Doch Haderlein kam nicht mehr dazu, der Frage nachzugehen, denn in genau diesem Moment fiel ein Schuss. Erschrocken fuhr der Kriminalhauptkommissar herum und steckte flugs das Foto wieder weg. Vor der Kirche stand Lagerfeld inmitten der Menschenmenge, seine Dienstwaffe hoch über den Kopf erhoben. Es war mucksmäuschenstill.

Als Haderlein nach einem kurzen Sprint Lagerfeld erreichte, standen alle um den jungen Kommissar herum und schauten ihn mit teils verängstigten, teils auch einfach nur überraschten Augen an.

»Was ist hier los?«, fragte Haderlein laut und drohend die Runde, vor allem aber seinen unbedachten Kollegen. Hoffentlich hatte Bernd in dem ganzen Affentheater, das er hier veranstaltete, nicht irgendjemanden verletzt. Aber es war niemand zu sehen, der diesbezügliche körperliche Beschwerden an den Tag legte. Lagerfeld nahm seine Waffe auch bereits wieder herunter und steckte sie in das zugehörige Holster seitlich unter seiner Jeansjacke. Haderlein schaute seinen jungen Kollegen fragend an. Die ganze Situation schien regelrecht eingefroren zu sein, mit der Gefahr, wieder blitzartig aufzutauen, wenn nun jemand etwas sehr Falsches sagte.

Lagerfeld scannte mit einem Blick der tiefsten Befriedigung die Runde, bevor er sich Haderlein zuwandte. »Also, Franz. Hier stehen sich a katholische Taufe und a evangelische Beerdigung gechenüber. Der Termin in der Kirch wurde doppelt vergeben, und die zwei Feierlichkeiten gleichzeitig durchzuführen, des is halt a weng schwierig. Deshalb hammer fast a Hauerei ghabt, wer in die Kirch nei döff und wer ned. Ich für mein Teil bin grad sehr gspannt, wer gewinnt«, sagte Lagerfeld fränkisch trocken und zündete sich eine Zigarette an. Links vor ihm, aus dem evangelischen Beerdigungslager, ertönte bereits wieder erstes angriffslustiges Gebrabbel, was Haderlein aber mit einer energischen Geste unterband.

»Schluss jetzt!«, rief er energisch. War er denn hier im Kindergarten? Er hatte keine Lust auf solchen Quatsch. Das war ja wie im tiefsten Mittelalter. Es war ihm völlig egal, wann wer wie und wo katholische Altäre in irgendwelche evangelische Kirchen gestellt hatte, er hatte einen Mordfall mit nicht gerade wenigen Opfern zu lösen. Immerhin hatte es Lagerfeld geschafft, dass alle sich jetzt ruhig verhielten.

Eine ältere Katholikin aus Gleußen in fränkischer Tracht zupfte den jungen Kollegen nun von hinten vehement an seiner Jacke, woraufhin sich dieser umdrehte. »Döff der des?«, zischte sie Lagerfeld ins Ohr und deutete auf den mit erhobenem Zeigefinger dastehenden Haderlein.

»Der döff des«, gab Lagerfeld umgehend zurück und lächelte sie einnehmend an, aber seine Freundlichkeit war an der alten Kirchgängerin verschwendet.

»Dass der des döff«, murmelte die leise und empört vor sich hin, trat dann aber wieder in die zweite Reihe zurück.

»Schluss jetzt mit dem Affentheater! Gibt es hier einen katholischen Priester namens Michael Greubel?«, kam Haderlein nun zu ihrem eigentlichen Anliegen, woraufhin ein kleiner älterer Herr in schwarzem Priestergewand aus der Menge trat. Kurze graue Haare bedeckten das Haupt des Geistlichen, der sein spitzes Gesicht mit einem kleinen Spitzbart dekoriert hatte.

»Das bin ich, Herr Kommissar. Bitte entschuldigen Sie die Aufregung, aber wir haben hier wieder mal ein terminliches

Problem, das wir nicht lösen können. Leider scheint meine evangelische Kollegin nicht in der Lage zu sein, von eins bis sechs zu zählen.« Greubel warf einen giftigen Blick in Richtung der jungen evangelischen Pfarrerin. Da diese etwas abseits stand, hatte sie zwar nicht verstehen können, ob der katholische Widersacher etwas Negatives über sie gesagt hatte, ging aber sicherheitshalber einmal davon aus und kam mit Glut in den Augen herbeigestapft.

»Das hier ist immer noch ein evangelisches Gotteshaus«, fauchte sie wütend in Richtung Greubel. »Wenn ihr Katholen schon zu blöd seid, eure Termine richtig einzutragen, dann steht wenigstens dazu und ruft nicht gleich die Polizei. Erstens stehen euch eigentlich sowieso nur fünf Termine im Jahr zu, und zweitens möchte ich von einem katholischen Würdenträger nichts mehr über das Thema Sechs hören, und damit meine ich keine Zahlen«, rief die Pfarrerin aufgebracht und fuchtelte wild in der Luft herum. Ihre Tirade löste heftiges Nicken beim anwesenden evangelischen Trauerzug aus. »Ich habe es wirklich satt, satt, satt, mich immer noch mit irgendwelchen Regeln aus der Reformation herumzuschlagen. Ihr Katholen solltet lieber mal vor eurer eigenen Tür kehren. Wir haben heute einen evangelischen Bürgermeister zu beerdigen, und da möchte ich keine fragwürdigen katholischen Einflüsse dabeihaben. Zum Glück hab ich die Beerdigung und du den Täufling, Michael. Nicht auszudenken, wenn es umgekehrt wäre«, fuhr sie Greubel an, der mangels Argumenten auf bockig schaltete.

»Ach ja, und was wär dann? Was sollte denn dann sein, na?«, fragte er trotzig wie ein kleines Kind, das nach dem Sandmännchen partout nicht ins Bett gehen will.

Frau von Pischek kam jetzt erst so richtig in Fahrt. »Was dann wäre?«, plusterte sie sich auf. »Nicht auszudenken wäre das, vor allem für die Totenruhe. Weiß der Herr, was die arme Leiche dann für seelische Folgeschäden durchs Leben schleppen müsste, wenn so ein katholischer Pfaffe bei der Beerdigung dauernd dazwischensegnet.«

Pfarrer Greubel versuchte es jetzt doch wieder argumentativ. »Aber Anton von Rotenhan hat doch –«, brachte er den Ansatz eines historischen Einspruchs, der aber sofort abgeschmettert wurde.

»Weißt du, was der mich kann, dein Anton von Rotenhan, Michael? Weißt du, was der mich kann?«, keifte die junge Pfarrerin und machte Anstalten, ihre Ärmel aufzukrempeln, während Pfarrer Greubels Augen fieberhaft den Rasen nach etwas absuchten, womit er nach seinem evangelischen Ziel werfen konnte. Beide Geistlichen standen sich kampfeslustig gegenüber, jeder war bereit, auch nur den kleinsten Fehler des anderen mit Gottes Hilfe zu bestrafen. Währenddessen schrie der kleine katholische Täufling munter drauflos, was seine Mutter wiederum dazu animierte, wilde Beschuldigungen in Richtung Beerdigungsgesellschaft auszustoßen. Die instabile Lage drohte erneut zu eskalieren, sodass Lagerfelds Hand sich wieder auf den Weg in Richtung Dienstwaffe machte.

Haderlein stand sprachlos da und konnte es nicht fassen. Das war ja schlimmer als im Irak. Sunniten gegen Schiiten, nur alles auf Fränkisch. Niemals hätte er sich träumen lassen, in Deutschland noch einmal zwischen die Glaubensfronten zu geraten. Es war einer der seltenen Momente, in denen er sich in seine oberbayerische Heimat nach Aschau zurückwünschte. Da waren die Evangelischen deutlich in der Minderheit und verhielten sich auch dementsprechend. Da herrschten klare Verhältnisse, da wusste jeder, wer unten und wer oben war. Aber eine Kirche für zwei Konfessionen, so was konnte auch nur einem Franken einfallen. Wahrscheinlich hatte die berühmt-berüchtigte »Bassd-scho-Mentalität« einen nicht unerheblichen Anteil an der Situation. Aber »Bassd scho« passte eben nicht immer. Haderlein hatte keine Lust, hier etwas auszubaden, was die Barone von und zu Rotenhan vor Urzeiten verbockt hatten.

»Wir werden den Jungen jetzt in der Kirche taufen, nur damit das ein für alle Mal klar ist«, stellte Pfarrer Greubel entschlossen fest und verschränkte die Arme.

Pfarrerin Annemarie von Pischeks Augen verengten sich zu schmalen Schlitzen, und sie verschränkte ebenfalls die Arme, was beide Kommissare als kein gutes Zeichen deuteten. Sie machten sich auf unmittelbar bevorstehende Kampfhandlungen gefasst.

»Und wir werden jetzt unseren Trauergottesdienst in dieser Kirche feiern, nur damit das klar ist«, sagte von Pischek. »Wen ihr Katholischen dann wie über das Taufbecken haltet, ist mir persönlich so was von egal. Aber wehe, ihr hindert uns daran, unser evangelisches Gotteshaus zu betreten!«

Von Pischeks aggressives Auftreten legte nahe, dass bald eine umfangreichere Beerdigung stattfinden würde als ursprünglich geplant. Wobei dann natürlich darauf zu achten war, dass man keinen Katholischen in ein evangelisches Grab legte. Würde das passieren, hätte man gleich die nächste Hauerei an der Backe, überlegte sich Lagerfeld beiläufig. Dann erinnerte er sich wieder an seine neue Rolle als Herr aller Lagen und beschloss, mit denen hier in einer Sprache zu sprechen, die sie auch verstanden. In der Sprache, die jeder fränkische Landbewohner von Geburt an gelernt und sich zu eigen gemacht hatte. Lagerfeld schob die beiden Sektenführer Greubel und von Pischek sowie Haderlein auf die Seite, stieg auf die Steinmauer, die die kleine Grünfläche vor der Kirche einfasste, klatschte in die Hände und verkündete dem sich ihm erstaunt zuwendenden Kirchenvolk den Beschluss der erlauchten Staatsgewalt. »Also, mal alle herhören. Nachdem sich hier kirchenintern keine Lösung abzeichnet, haben wir als Vertreter des Staates, quasi der weltlichen Macht, eine Entscheidung getroffen. Dieses Gebäude ist von Gesetzes wegen eine Simultankirche, also haben beide Konfessionen das Recht, in ihr Gottesdienste abzuhalten. Da es bei der Terminierung Überschneidungen gegeben hat, ordnen wir hiermit an, dass sowohl Taufe als auch Beerdigung gleichzeitig stattfinden werden, simultan sozusagen. Beide Geistlichen werden dazu angehalten, eine gemeinsame Messfeier abzuhalten, bei der es friedlich, ich wiederhole, friedlich zugehen wird. Außerdem mache ich darauf aufmerksam, dass Zuwiderhandlungen oder Störungen von uns als Ordnungswidrigkeiten beziehungsweise im Extremfall als strafbare Handlungen aufgefasst und geahndet werden. Begeben Sie sich jetzt bitte in die Kirche, die Evangelischen nehmen links Platz, die Katholischen rechts. Der Herr sei mit euch!«

»Und mit deinem Geiste«, schallte es aus dem katholischen Lager zurück. Von Pischeks und Greubels Augen, vor allem aber die von Haderlein quollen fast aus ihren Höhlen, als Beerdigungs- und Taufgäste daraufhin tatsächlich widerspruchslos in die Untermerzbacher Simultankirche einzogen. Haderlein schaute erst Lagerfeld, dann die beiden Geistlichen streng an, damit jeglicher Protest gegen die soeben verkündeten Beschlüsse auch im Keim erstickt wurde.

Nur die alte Katholikin aus Gleußen, die als Letzte auf dem Vorplatz herumstand, war nicht ganz mit dem Beschluss einverstanden und zupfte wieder an Lagerfelds Jacke. »A Beerdichung und a Kindsdäff in einem Goddesdienst? Des döff mer doch ned«, beschwerte sie sich, stieß aber bei Lagerfeld auf Granit.

»Des döff mer«, bekräftigte der ruhig und bestimmt.

»Dass mer des döff«, brummelte die Alte wieder kopfschüttelnd und wackelte schließlich als Schlusslicht in die Kirche.

Die Kommissare standen nun allein mit von Pischek und Greubel auf dem Vorplatz, die sich schon wieder die ersten giftigen Blicke zuwarfen.

»Franziska Büchler aus Bamberg, sagt Ihnen der Name etwas?«, fragte Haderlein, bevor Greubel wieder beginnen konnte zu lamentieren.

Der Pfarrer überlegte kurz, schließlich musste sich seine Gedankenwelt in eine völlig neue Richtung umorientieren. »Äh, ja, natürlich, Franziska, die war gestern hier. Aber warum, was ist mit ihr?«, fragte er, während er Pfarrerin von Pischek noch immer misstrauisch aus dem Augenwinkel beäugte.

Haderlein gestand sich eine Schrecksekunde zu, bevor er den Pfarrer am Kragen packte. »Was, die war hier? Und wo ist sie hin?«, rief er aufgeregt.

Auch Lagerfeld hatte die Augen verblüfft aufgerissen und wartete gespannt auf die Antwort des Pfarrers. Selbst Annemarie von Pischeks Ärger schien ob der polizeilichen Handgreiflichkeiten verraucht zu sein.

»Nun, sie hat erzählt, dass sie Stress mit ihrer Mutter und allen möglichen anderen Leuten hätte und auch sonst ziemlich viel Ärger am Hals. Ich konnte ja nicht ahnen, dass sie auch Probleme mit der Polizei hat.« Greubel war sichtlich eingeschüchtert, sein Blick war eine einzige Unterwerfungsbekundung, woraufhin Lagerfeld Haderleins Hand vom Kragen des Priesters entfernte.

»Wir wollen Franziska helfen, Herr Greubel«, versuchte er es in einem freundlicheren Ton. »Ärger hat Franziska tatsächlich, aber je eher wir sie finden, desto besser, sonst könnte nämlich ihr Leben in Gefahr sein. Wenn Sie also wissen, wo sie sich aufhält …«

Greubel schaute unschlüssig von einem zum anderen. »Das ist für mich nicht so einfach, müssen Sie wissen«, erklärte er. »Ihre Mutter stammt aus der Nähe, und Franziska ist in ihrer Jugend sehr oft hier gewesen. Sie war Mitglied unserer Jugendgruppen und hat auch an Zeltlagern teilgenommen. Zeitweise habe ich mich sehr intensiv um sie gekümmert, vor allem damals, als sie nicht gesprochen hat. Wir haben ein sehr vertrauensvolles Verhältnis, und das möchte ich nicht aufs Spiel setzen.« Er schwieg einen Moment. Jeder konnte sehen, wie der Mann mit sich kämpfte. Auch die evangelische Pfarrerin war plötzlich wie verwandelt und zeigte regelrechte Höflichkeitsanfälle.

»Ich gehe dann mal in die Kirche und kümmere mich um die Gottesdienste«, sagte sie, kurz bevor Michael Greubel einen Entschluss fasste.

»Also gut. Weil Sie von der Polizei sind. Franziska war gestern hier. Sie hat einen Schlafplatz gesucht, aber ich habe ihr gesagt, dass ich ihr in einem katholischen Pfarrhaus keinen anbieten kann. Und dann hab ich ihr einen Tipp gegeben, wo sie ganz sicher für eine Nacht unterkommen kann.«

»Aha, und was war das für ein Tipp, wenn ich fragen darf?«, wollte Haderlein sofort wissen. Dieser Greubel sollte endlich zur Sache kommen, sie hatten verdammt noch mal keine Zeit zu verlieren.

»Abtei Maria Frieden in Kirchschletten. Das ist ein Kloster mit sehr hilfsbereiten Schwestern. Die nehmen Bedürftige für eine Nacht oder auch länger auf und stellen keine Fragen.«

Lagerfeld glaubte, sich verhört zu haben. Ein Kloster. Was war er nur für ein unverbesserlicher Ignorant. Die einfältige Cindy hatte mit ihrer Theorie vollkommen richtiggelegen. Er hätte sich ohrfeigen können, Depp, der er war.

»Und Sie sind sich sicher, dass wir sie dort finden?« Haderlein war eigentlich schon im Aufbruch begriffen, wollte aber sichergehen.

»Na ja, was heißt schon sicher? Franziska hat einen sehr eigenen Kopf. Sie sagte, dass ihr der Sozialpädagoge von der Obdachlosenhilfe auch schon das Kloster genannt hätte, hat sich bei mir bedankt und ist dann einfach gegangen.«

»Und hat sie eine Telefonnummer hinterlassen?« Haderlein war wieder ganz der Alte, er schien seine lethargische Phase überwunden zu haben.

»Nein, leider nicht.« Greubel schüttelte den Kopf. »Sie wirkte ziemlich angespannt und schien auch in Eile zu sein. Ich würde Ihnen ja gern mehr …«

In diesem Moment hörten sie einen merkwürdigen, dumpfen Laut aus der Kirche, dem ein erschrockener Schrei folgte. Eine Sekunde später zersplitterte das Fenster über dem Haupteingang, und ein katholisches Gebetbuch kam direkt auf sie zugeflogen. Das zerfledderte Teil war noch nicht auf dem Teer gelandet, als Michael Greubel schon mit wehendem Talar zum Haupteingang der Simultankirche in Untermerzbach sprintete.

Den beiden Bamberger Kommissaren war das Konfessionsdebakel nun endgültig egal. Sie rannten ihrerseits zum Landrover zurück und rasten dann mit quietschenden Reifen zu der Abtei. Lagerfeld, der den Weg nach Kirchschletten kannte, lenkte den Landrover aus Untermerzbach hinaus und zurück auf die B 4, während Haderlein alle Streifenwagen im Umkreis, derer er habhaft wurde, zur Abtei Maria Frieden beorderte.

Als Gerhard Irrlinger das Mikrofon in die Hand nahm, wurde es still in der Betriebskantine. Dass der menschenscheue und gefürchtete Geschäftsführer sich selbst an die Belegschaft wandte, kam höchst selten vor. Genauer gesagt bisher erst einmal, zur Weihnachtsfeier vor einem halben Jahr. Während seiner Rede hatte der Chef von Santamon-Europa seinen Charme in homöopathischen Dosen versprüht, sodass alle froh gewesen waren, als kurz darauf endlich das Büfett eröffnet worden war.

Die Kantine verfügte an einer Seite über eine kleine Bühne, die extra für Ansprachen, Ehrungen oder auch Musikveranstaltungen errichtet worden war. Auf ihr stand nun Gerhard Irrlinger mit seinem Mikrofon, neben sich seine Chefsekretärin Carola Zosig mit sehr besorgtem Gesichtsausdruck.

»Sehr verehrte Arbeitnehmerinnen und Arbeitnehmer«, ergriff Irrlinger das Wort. »Aufgrund von erhöhtem Sicherheitsbedürfnis herrscht auf dem Betriebsgelände der Firma Santamon ab sofort eine erhöhte Sicherheitsstufe. Das hat zur Konsequenz, dass alle Mitarbeiter der Geheimhaltungsstufe eins und zwei im Wohnheim zu bleiben haben und keinen Ausgang mehr wahrnehmen können. Alle Mitarbeiter ohne Geheimhaltungsklassifizierung werden bis auf Weiteres freigestellt. Wer aus welchen Gründen auch immer nicht auf dem Gelände bleiben kann, wird darum gebeten, das Firmengelände binnen einer Stunde zu verlassen. Das Personal des Sicherheitsdienstes ist von mir angewiesen worden, die Tore strengstens zu kontrollieren, also versuchen Sie bitte keine Dummheiten. Über das genaue Prozedere wird Sie nun Frau Zosig informieren, an sie können Sie auch Ihre Fragen richten, ich danke Ihnen.« Damit übergab er das Mikrofon seiner Sekretärin, ging von der Bühne und verließ den Raum. Er hatte gesagt, was er hatte sagen wollen, hatte emotionslos die Fakten präsentiert.

Carola Zosig war dagegen aus einem ganz anderen Holz geschnitzt. Jeder im Haus war für sie praktisch wie ein eigenes Kind, um das sie sich zu kümmern hatte. »Liebe Mitarbeiterinnen, liebe Mitarbeiter«, begann sie, und schon ihrer Stimme war anzumerken, dass ihr das, was sie zu verkünden hatte, keine Freude bereitete. »Die eben gehörten Sicherheitsmaßnahmen sind nur vorübergehend. Ich bin sicher, dass die erhöhte Sicherheitsstufe schon in Kürze aufgehoben werden kann, aber bis dahin möchte auch ich Sie bitten, den Anweisungen von Herrn Irrlinger Folge zu leisten. Selbstverständlich werden Sie auch bei einer Freistellung Ihr Gehalt weiterbeziehen. Alle Mitarbeiter der Geheimhaltungsstufen eins und zwei werden gebeten, im Wohnheim zu verbleiben. Sollten Sie mit irgendetwas Probleme haben, wenden Sie sich bitte vertrauensvoll an mich. Vorsorglich möchte ich Sie aber schon jetzt auf die Zusatzklausel 9b in Ihrem Arbeitsvertrag zum Thema ›Erhöhung der Sicherheitsstufen‹ hinweisen. Ich danke Ihnen vielmals.«

Mit einer mitfühlenden Miene legte sie das Mikrofon auf die Seite und stieg von der kleinen Bühne. Sofort wurde sie von einer Menschentraube umlagert, jeder wollte wissen, was das alles zu bedeuten hatte.

Angela Haimer, Yasmin Bärnreuther-Aust und Markus Hahn standen ziemlich weit hinten in der Kantine und hatten sich die Neuigkeiten mit wachsender Besorgnis angehört. Nach ihrem kurzen Besuch im Labor hatten die beiden Frauen wieder die Schleuse passiert und waren in die Kantine zurückgeeilt, wo sie den guten Markus erst einmal so richtig zusammengeschissen hatten, was dieser klaglos über sich ergehen ließ. Er hatte mit nichts anderem gerechnet. Noch bevor sie allerdings ihren Chef und Laborleiter Aegidius Braun ausfindig machen konnten, hatte Gerhard Irrlinger schon die Bühne betreten und die Quarantäne für das Santamon-Gelände verkündet. »Ich will doch sehr hoffen, dass das nichts mit unserer verschwundenen Königin zu tun hat«, orakelte Angela, die ungesund weiß geworden war.

»Dort drüben steht Aegidius!«, rief Yasmin plötzlich erleichtert. »Los, Angela, wir müssen ihm alles beichten!« Und schon lief sie zum Chef ihres Labors hinüber.

Auch Dr. Aegidius Braun konnte sich keinen Reim auf die von Irrlinger angekündigten dramatischen Maßnahmen machen. Er wollte noch einmal darüber nachdenken, als jemand seinen Namen rief. Er wandte sich um und sah seine medizinisch-technische Assistentin auf sich zulaufen und aufgeregt mit den Händen gestikulieren. Wusste Yasmin vielleicht mehr? »Was gibt's denn, Boshi? Langsam, langsam, ich laufe schon nicht weg«, beruhigte er sie. Seine langhaarige Mitarbeiterin war ganz aufgeregt und schien ein äußerst wichtiges Anliegen zu haben.

»Kommen Sie mit, Herr Doktor, wir müssen uns unbedingt unterhalten«, flüsterte Yasmin dem grauhaarigen Mann mit der hohen Stirnglatze ins Ohr.

»Ist denn etwas passiert?«

Yasmin nickte heftig. »Allerdings. Es geht ums Labor.«

Aegidius Braun schien auf der Stelle festgefroren zu sein. Gab es Schwierigkeiten? Wenn Yasmin so aufgeregt war, dann konnte es sich nur um eine große oder sehr große Katastrophe handeln.

»Gut, dann treffen wir uns in fünfzehn Minuten im Labor, dort sind wir ungestört«, sagte er leise.

Yasmin nickte, drehte sich um und ging zu ihren beiden Kollegen zurück.

Josef Schauer zweifelte immer mehr an sich und seinem Berufsbild. Eigentlich war er doch ein ziemlich guter Imker, verdammt noch mal. Sogar in den Vorstand seines nordbayerischen Verbandes hatte man ihn gewählt. Er hatte weiß Gott was auf dem Kasten, und trotzdem kam er nicht dahinter, was es mit seinen neuen Bienen auf sich hatte. Niemand kannte sie, nirgendwo waren sie erwähnt oder verzeichnet, und neue exotische Kreuzungen, die demnächst auf den Markt kommen sollten, wurden in Fachliteratur und -presse auch nicht erwähnt. Es war zum Verrücktwerden, so als hätte jemand diese Rasse von einem anderen Planeten eingeflogen. Einfach unfassbar. Josef Schauer brauchte jetzt unbedingt frische Luft und etwas Abwechslung. Er griff sich seine Pfeife und stapfte los.

An diesem wunderschönen Frühlingsabend herrschte an seinen Bienenstöcken emsiges Treiben, aber der Rauch seiner Pfeife, die er sich angezündet hatte, würde den Stock beruhigen. Er hatte gerade den Deckel abgehoben, um seine neue Rasse erneut zu betrachten, als ein Schatten von hinten auf ihn und seinen Bienenstock fiel. Er drehte sich um und schaute in das wutentbrannte Gesicht von Erwin Dittberner.

»So, du willst also wirklich ned verkaafen. Ned amal, wenn der Bürchermeister mit dir reden und dich sogar anbetteln tut? Ei, Josef, du bist so ein Arschloch!«, schrie Dittberner außer sich und schlug zu, noch bevor Josef Schauer reagieren konnte.

Der Imker war nun wirklich alles andere als schwächlich gebaut, aber die Faust des wütenden Bauern traf ihn unvorbereitet genau am Kinnwinkel. Sein Kopf wurde von dem gut gesetzten Treffer herumgeschleudert, seine Bienenpfeife flog ihm aus dem Mund und er besinnungslos mit dem Gesicht voraus ins Gras.

»Du blödes Arschloch!«, schrie Erwin Dittberner noch einmal und hieb ein weiteres Mal mit seiner Faust zu, diesmal war der Deckel von Schauers Bienenstock sein Ziel. Das dünne Holz splitterte unter der brachialen Gewalt, eins der Wabengebilde im Inneren zerknickte. »Scheiße aber auch«, entfuhr es Dittberner, während er seine blutende Hand aus dem zertrümmerten Holzdeckel zog. Und als Sekundenbruchteile später ein wütendes Brummen aus dem beschädigten Stock zu hören war, begriff auch Erwin Dittberner als Nichtimker sofort, dass es nun vielleicht besser war, den Rückwärtsgang einzulegen. Er drehte sich um und begann zu laufen. Nach wenigen Metern spürte er die ersten Stiche.

Das Brennen wurde immer schlimmer, aber so schnell er auch rannte, die Bienen ließen sich nicht abschütteln. Seltsam. Als Kind war er des Öfteren erfolgreich vor Bienen davongelaufen. Natürlich wurden die Tiere aggressiv, wenn man sie reizte, aber wenn man weit genug rannte, gaben sie irgendwann auf. Aber diese hier nicht. Obwohl Dittberner fast das andere Ende der großen Wiese erreicht hatte, schienen sich die Angreifer noch immer zu vermehren. Kleine schwarze Stechmaschinen hüllten ihn ein. Der massige Bauer stürzte schreiend zu Boden und schlug wild um sich, aber vergeblich. Die Bienen stachen unermüdlich zu.

Dittberners Arme, sein Gesicht, alles brannte schon wie Feuer, als er spürte, wie sich die Bienen in seinen Hosenbund und seine Nase drängten, um auch dort ihr Gift zu hinterlassen. In kürzester Zeit hatte die Giftmenge die Dosis überschritten, die ein Mann von Dittberners Gewicht überleben konnte. Er schlug noch einige Male um sich, dann erstarben seine Schreie, und kurz danach hörte auch sein Herz auf zu schlagen.

Teil 3
Molekulargenometrie

Schwebe wie ein Schmetterling,
Stich wie eine Biene.
Muhammad Ali

Sticheleien

Die Tür war verschlossen, und auch auf nachdrückliches Klopfen und Rufen war von drinnen keine Antwort zu vernehmen. Ratlos stand Cesar Huppendorfer mit einigen noch ratloseren Obdachlosen vor dem verschlossenen Büro von Wolfram Koudelka, dem Leiter der Herberge. Entweder war er nicht da, oder er konnte oder wollte nicht aufmachen. So oder so, die Situation war für den Ermittler eine unbefriedigende, denn er hatte es eilig.

Auf Nachfrage bei den Umstehenden war Koudelka irgendwann im Laufe des Tages plötzlich verschwunden, ohne eine Nachricht zu hinterlassen. Niemand hatte ihn gehen sehen, bei niemandem hatte er sich verabschiedet. Das war mehr als merkwürdig, wie Huppendorfer von allen Seiten eifrigst versichert wurde, denn der Sozialpädagoge galt als zuverlässig, er kümmerte sich um seine Leute vor Ort. Es war einfach nicht seine Art, während der Arbeitszeit abzuhauen. Bevor Huppendorfer sich jedoch Gedanken über sein weiteres Vorgehen machen konnte, klingelte sein Handy in der Hosentasche. Honeypenny.

»Cesar, du musst sofort zurück ins Büro kommen!«

Die dringende Bitte kam dem Kommissar äußerst ungelegen, schließlich hatte er hier noch mit dem Fall zu tun. Außerdem war er doch gerade eben noch im Büro gewesen und hatte von Dringlichkeit nichts gespürt. Doch Honeypenny neigte ja schon mal gern zur Übertreibung. »Aber wieso denn gerade ich, Marina? Ich stecke mitten in der Ermittlung. Da wird sich doch wohl irgendjemand anderes drum kümmern können.«

Aber Marina Hoffmann war da gänzlich anderer Meinung und auch durchaus in der Lage, diese nachdrücklich zu wiederholen. »Cesar, wenn du nicht sofort deinen kleinen süßen Arsch in die Dienststelle bewegst, dann gnade dir Gott, solltest du jemals wieder einen Fuß über diese Schwelle hier setzen, hast du mich verstanden? Ich kann weder Franz noch Lagerfeld telefonisch erreichen, du bist der Einzige, der mir bleibt. Und jetzt mach dich gefälligst auf die Socken, mein Lieber! Denn wenn ich sage, es ist dringend, dann ist es das auch. Und wenn ich sofort sage, dann meine ich nicht vielleicht oder gleich oder schau mer mal. Dann meine ich das genau so: sofort!«

Honeypennys Stimme war so laut durch das Handy zu hören gewesen, dass sogar die etwas zerfleddert wirkenden Menschen um Cesar zurückgewichen waren. Was hatte der denn nur für eine Furie an der Strippe?

Auch Huppendorfer hatte einen solchen Ausbruch der ansonsten allseits beliebten Sekretärin erst einmal live erlebt. Außerdem musste er zerknirscht zugeben, dass meistens etwas dran war, wenn sie sich so aufführte. Honeypenny beliebte nicht zu scherzen, nicht in beruflichen Dingen. »Ich bin in zehn Minuten da«, gab er ihr kurz und knapp Bescheid, dann steckte er das Handy zurück in seine Hosentasche, ließ Bürotür Bürotür sein und lief zurück zu seinem Wagen. Da war er aber mal gespannt, was das für eine unaufschiebbare Sache war, die seine Anwesenheit in der Dienststelle so dringend erforderte.

Honeypenny rückte sich den Ausschnitt ihres leichten Pullovers zurecht, genauer gesagt, sie zog ihn nach unten, um dann die Bürotür zu öffnen. Sie freute sich. Eigentlich freute sie sich schon den ganzen Tag, aber je weiter der Zeiger auf der Uhr vorgerückt war, umso stärker war ihre Freude geworden. Sie wusste genau, wer jetzt auf dem Flur stand und ebenfalls sehnsüchtig auf sie wartete: Ein schüchtern lächelnder, kleiner, schmal gebauter Mann hielt ihr einen großen Blumenstrauß vor die Nase.

»Hallo, Marina«, sagte Hubert Fiederling und drückte ihr die Blumen eilig an die durchaus umfangreiche Brust.

Marina Hoffmanns Herz ging auf wie ein Hefekuchen, und sie umarmte ihren Verehrer. Der zierlich gebaute Fiederling genoss die Herzlichkeit seiner neuen Freundin durchaus, allerdings nur bis zu einem gewissen Punkt. Als dieser erreicht war, bangte er nur noch um seine körperliche Statik. Ihm war sehr wohl bewusst, dass Marina dies alles nur aus ihrem übergroßen Gefühl zu ihm heraus tat, aber er wollte gar nicht darüber nachdenken, was seinem Körper bevorstand, sollte sie einmal, was der Herrgott vermeiden möge, sauer auf ihn sein.

»Komm rein, Hubert, ich bin gleich so weit!«, rief sie mit

einem erregten Zittern in der Stimme und schloss die Tür hinter ihm. Dann holte sie ihr gehäkeltes Jäckchen und ihre Handtasche vom Schreibtisch und sagte Fidibus im Glaspalast nur kurz Auf Wiedersehen. Der Chef nahm ihre Verabschiedung mit einem abwesenden Kopfnicken zur Kenntnis, anscheinend war er wieder einmal mit außerordentlich komplizierten juristischen Sachverhalten beschäftigt. Aber das war Marina Hoffmann egal, sie freute sich auf einen wundervollen Abend mit ihrem Geliebten auf einem Bamberger Keller. Und anschließend, nun, anschließend müsste man halt mal sehen, dachte sie erwartungsfroh. Vorher mussten sie allerdings noch kurz bei Haderleins vorbei und die Riemenschneiderin abgeben. So gern Honeypenny das süße kleine Ferkel auch hatte, bei dem, was sie heute mit Hubert vorhatte, war es nun wirklich fehl am Platz.

»Komm, Riemenschneider!«, rief sie fröhlich und nahm die Leine des kleinen Schweines in die eine und Hubert Fiederling an die andere Hand. Ein wundervoller Frühlingsabend war das heute, an dem ihr ein ganz besonderer Moment in ihrem Leben bevorstand. Mit pochendem Herzen und einer Überdosis Hormonen in der Blutbahn wollte sie gerade die Segel streichen, als sie die Tür der Dienststelle öffnete und ihr Hochgefühl sich in Luft auflöste. Das Schicksal hatte ihr einen mittelgroßen knochigen Biologen in den Weg gestellt, der mit hoch erhobenem Fingerknöchel an ihre Stirn klopfen wollte.

Gerade als Volker Conrads Knöchel sich schwungvoll der Bürotür der Bamberger Kriminalpolizei näherten, wich diese zurück. Logischerweise erübrigte sich das beabsichtigte Klopfgeräusch, dafür aber sah er sich einer stattlichen Blondine mittleren Alters und ihrer männlichen Begleitung gegenüber. Der Typ hielt einen Hut in der Hand, die dralle Blondine ein Ferkel an der Leine. Neben ihr wirkte das Männchen fast zierlich, auf jeden Fall aber in körperlicher Beziehung unterlegen.

»Was wollen Sie?«, fragte die Blondine. Es war ihr anzusehen, dass ihr der Überraschungsbesuch nicht passte.

Dementsprechend deplatziert fühlte sich Volker Conrad, eher wie ein Störenfried denn als Überbringer von unerwarteten, womöglich hilfreichen Beweismitteln. »Ja, äh, nun, ich bin hier doch richtig bei der Kriminalpolizei?«, fragte er verunsichert und versuchte, im Hintergrund des Paares einen Polizisten zu entdecken. Aber da war niemand, das Büro schien leer zu sein.

»Ja, das sind Sie. Ist es dringend? Ich habe nämlich eigentlich Feierabend. Wenn Ihr Anliegen also vielleicht bis morgen Zeit hat, dann wäre ich Ihnen sehr verbunden. Dann sind auch die anderen Kollegen wieder hier, jetzt ist es gerade leider schlecht.« Der kleine Mann mit dem Hut in der Hand fing an, heftig zu nicken.

Volker Conrad überlegte kurz, ob er nicht wirklich erst am nächsten Tag wiederkommen wollte, und kam zu einem Kompromiss. Seine Fotos wollte er auf jeden Fall hierlassen. »Aber vielleicht ist es tatsächlich wichtig. Es geht um diese Mordfälle in Coburg, von denen schon den ganzen Tag über im Radio berichtet wird. Ich habe da nämlich, tja, etwas gefunden, was mir höchst verdächtig vorkommt. Wenn Sie vielleicht nur mal kurz einen Blick draufwerfen könnten, es wird auch nicht lange dauern, ganz bestimmt nicht.« Conrad merkte sofort, dass er auf die Frau einen ziemlich jämmerlichen Eindruck gemacht hatte, denn ihr Blick veränderte sich von angriffslustig zu mitleidig. Jetzt wirkte sie wie eine Krankenschwester.

Honeypenny schloss kurz die Augen und atmete tief durch. »Also gut, kommen Sie rein. Aber nur, wenn's auch wirklich schnell geht, ja?« Kurzerhand drückte sie Hubert Fiederling Riemenschneiders Leine in die Hand. »Und du gehst mit unserem Schweinchen noch einmal um den Block. Bis du wieder da bist, habe ich das hier erledigt.«

Hubert Fiederling nickte zwar diensteifrig, aber in Wirklichkeit war er überrascht und auch überfordert. Er hatte noch nie etwas mit Tieren am Hut gehabt und mit Schweinen schon gar nicht. Sie machten ihm Angst, aber noch mehr Angst hatte er davor, diesen Umstand seiner Marina gegenüber einzugestehen. Schließlich war er ein Mann, und ein Mann hatte keine Angst vor kleinen Schweinchen. Also zwang er sich zu einem Lächeln und ging mit Riemenschneider die Treppe hinunter und davon.

»Hoffmann, Marina«, stellte Honeypenny sich jetzt formvollendet vor und versuchte, nicht resigniert zu klingen. »Kommen Sie ruhig herein.«

Während sie zu Honeypennys Schreibtisch gingen, stellte sich auch Volker Conrad mit Namen und Beruf vor. Dann schilderte er ihr seine Überraschung, als er den Chip der Fotofalle an der Itz ausgewertet und auf den Bildern den Mann mit der Pistole entdeckt hatte.

»Und Sie haben diese Fotos auch dabei?«, fragte Honeypenny, die nun doch neugierig geworden war.

»Natürlich«, erklärte Volker Conrad, suchte hektisch den USB-Stick aus der Innentasche seiner Jacke und legte ihn so flott vor Honeypenny auf den Schreibtisch, als wäre er froh, das Ding endlich loszuwerden.

Honeypenny nahm den Stick und schob ihn in den entsprechenden Anschluss ihres Computers. Während ihr Rechner hochfuhr, blickte sie zu Fidibus in dessen Glasbüro hinüber und beschloss, ihn erst einmal nicht zu belästigen. Dann blinkte eine Kontrollleuchte auf ihrer Tastatur auf, und Marina Hofmann konnte erleichtert weitermachen. Auf ihrem Bildschirm erschien das Symbol der USB-Datei. Sie klickte darauf und anschließend auf »Öffnen«. Sie erwartete ein paar nette Bildchen von Bibern und sonstigem Getier und von einem Typen, der sich womöglich verlaufen hatte, doch es kam anders, als sie gedacht hatte.

Auf dem ersten Bild schaute ihr ein großer, schlanker Mann mit durchdringenden Augen direkt ins Gesicht. Der Eindruck war so intensiv, dass ihr für einen Moment die Luft wegblieb. Sie sah sich auch noch die anderen Fotos an, und als dann tatsächlich klar war, dass der Mann mit der Wildlederjacke eine Waffe in der Itz hatte verschwinden lassen, schrillten bei ihr sämtliche Alarmglocken. Sie musste Franz kontaktieren, und zwar sofort. Das auf dem Foto war zweifellos der Killer, nach dem sie suchten.

»Können Sie mit diesen Fotos etwas anfangen?«, fragte Conrad etwas verunsichert, weil er aus Honeypennys Verhalten nicht so recht schlau wurde. Erst war sie regelrecht abweisend gewesen, dann gelangweilt, und jetzt brach sie in regelrechte Hektik aus.

»Allerdings, Herr Conrad, allerdings. Ich glaube, Sie haben keine Ahnung, wie sehr wir nach diesem Mann gesucht haben.

Bitte bleiben Sie hier sitzen und rühren Sie sich nicht von der Stelle.« Honeypenny griff sich den Telefonhörer. Mehrere Male schien sie niemanden zu erreichen, aber als am anderen Ende endlich jemand ranging, wurde sie laut.

Die Abtei Maria Frieden wirkte in der Abendsonne, wie es ihr Name versprach: friedlich. Er hatte seinen Jeep etwas unterhalb des Klosters geparkt, damit er nicht gleich von irgendwelchen neugierigen Augen bemerkt wurde. Noch im Auto trug er sämtliche Informationen zusammen, die er im Internet hatte finden können, und als er den Laptop wieder ausgeschaltet zurück auf den Beifahrersitz stellte, wusste er, dass das Kloster von sechzehn Ordensschwestern der Benediktinerinnen bewohnt wurde, deren Heimatorden interessanterweise auf den Philippinen lag. Sogar eine Japanerin, die für eine Kerzenwerkstatt verantwortlich war, sollte unter ihnen sein. Nach dem, was er so gelesen hatte, hatten diese Kerzen sogar einen ziemlich hohen Bekanntheitsgrad. Am aufschlussreichsten war für ihn ein Luftbild der ehemaligen Schlossanlage. Im ersten Augenblick schien die Abtei nur ein von den Schwestern betriebener Biobauernhof zu sein. Zudem gab es drei Gästehäuser für Übernachtungen, von denen eines speziell für Pilger des Jakobswegs hergerichtet war, die hier für eine Nacht ihr Lager aufschlagen konnten. Eine nahezu perfekte Möglichkeit, um unterzutauchen, dachte sich Gray. Aber nur, solange kein professioneller Killer nach einem suchte. So unauffällig wie möglich umrundete er das Gelände weiträumig und prägte sich alle Gebäude ein. Besonders merkte er sich sämtliche Ausgänge und Fluchtmöglichkeiten, auch wenn er auf sie hoffentlich nicht zurückzukommen brauchte. Wenn alles erwartungsgemäß verlief, würde sein Auftrag binnen einer Stunde erledigt und er ganz schnell von hier verschwunden sein. Dann würde Franziska Büchler nichts mehr ausplaudern können, geschweige denn eine Gefahr für Gerhard Irrlinger darstellen.

Noch einmal überprüfte er seine neue Beretta M9, da er die alte Waffe ja in dem Flüsschen entsorgt hatte. Die Beretta war sein zuverlässiges Allheilmittel für alle Eventualitäten, außerdem hatte er mit ihr die meiste Erfahrung. Sie hatte ihn sein Leben lang begleitet, schon bei den US-Marines hatte er sie als Dienstwaffe kennen- und schätzengelernt. Sie schoss mit Nato-Munition, die überall auf der Welt zu bekommen war, ein weiterer Vorteil, und sie hinterließ sehr tödliche Löcher. Byron Gray liebte seine schwere Italienerin über alles und war sich sicher, dass sie ihm auch heute jeden Wunsch von den Lippen ablesen würde.

Er steckte sie zurück ins Holster und näherte sich dem Haupteingang. Das schmiedeeiserne zweiflügelige Tor stand offen, dann folgte ein weiteres grau gestrichenes, bevor er das Abteigelände betreten konnte. Nichts war verschlossen oder verriegelt, die Abtei Maria Frieden empfing Byron Gray mit offenen Armen.

Die Sonne schien fast waagerecht durch die Fenster des Labors, als Aegidius Braun es betrat. Angela, Markus und Yasmin warteten bereits in der Nähe der stählernen Schleusentür und diskutierten, wobei Markus Hahns Gesichtsausdruck an Jämmerlichkeit nicht zu überbieten war. Er hätte sich ohrfeigen können, dass er nicht den Mut aufgebracht hatte, die Sache früher zu melden.

Der Laborleiter bat alle an einen kleinen Tisch. Es war der hellste Platz im Labor, genau zwischen zwei Fenstern, weswegen er auch gern für kurze Pausen oder die Verrichtung kleinerer Arbeiten genutzt wurde. Als alle sich gesetzt hatten, schaute Aegidius erwartungsvoll in die Runde. »Also gut, dann bitte ganz langsam von vorn. Was genau ist passiert?«, fragte er, als niemand den Mund aufmachte.

Markus Hahn rutschte noch einmal unruhig auf seinem Stuhl herum, bevor er schilderte, wie er an einem Montagmorgen das Fehlen des Drahtgitters bemerkt hatte, er sofort das Bienenvolk kontrolliert hatte und dann um das Gebäude herumgegangen war, um das Gitter wieder einzusetzen. Allerdings musste er in diesem Zuge auch gestehen, dass er fast einen Monat lang gezögert hatte, den Vorfall zu melden. Er senkte den Kopf und wartete auf ein Donnerwetter, aber Aegidius Braun stand danach nicht der Sinn. Sie hatten hier ein vordringlicheres Problem, das es zu lösen galt. Da das Gitter unmöglich von den Bienen nach außen gedrückt worden sein konnte, schien es sich um einen klaren Fall von Sabotage zu handeln. Sie mussten also erstens klären, wer hier warum am Werk gewesen war, und zweitens sich darüber klar werden, wie die Auswirkungen der Sabotage zu beurteilen waren. Ein Punkt, der dem Laborleiter erst einmal sehr viel mehr Sorgen bereitete als der Unbekannte, der die Situation zu verantworten hatte.

Auf dem Gelände von Santamon gab es noch andere Labors, für die Braun zuständig war, aber das hier war das einzige mit höchster Geheimhaltungsstufe und strengen Quarantänebedingungen. In jedem anderen Labor bei Santamon wäre ein ähnlicher Vorfall keine Katastrophe gewesen, aber nicht hier, nicht in diesem konkreten Fall. Sie brauchten zuerst einmal eine gründliche Bestandsaufnahme, nach der sich das weitere Vorgehen richten würde.

»Angela, was war der letzte Stand von Stock eins, und was haben wir von der entwichenen Königin zu erwarten?«, fragte er seine leitende Biologin.

Angela Haimer zuckte leicht zusammen, obwohl ihr klar gewesen war, dass diese Frage kommen musste. Sie war blass geworden. »Bei den Bienen in Stock eins handelt es sich um Tiere der ersten Versuchsreihe im neuen Zyklus. Wir haben der Königin die neuen Gene eingebaut. Die Völker der Versuchsreihen davor hatten sich ja nur teilweise so entwickelt wie erhofft. Das heißt, die neuen Gene und ihre Auswirkungen auf das Verhalten der Bienen im Stock sind noch nicht wirklich erforscht. Bei Mellifera S1 wollten wir zuerst einmal das allgemeine Verhalten während der Brutzeit, die Anzahl und das Verhältnis der Bienen untereinander beobachten. Bis dato ist eine überdurchschnittliche Fähigkeit bei der Honigbildung und bei der Vermehrung feststellbar und, was uns ja besonders wichtig war, eine sehr hohe Widerstandsfähigkeit gegen die Varroa«, referierte sie die Fakten. Da Braun sie nicht unterbrach, fühlte sich die Biologin bestärkt und fuhr fort. »Auch das angestrebte Ziel, durch das Genom eine weitestgehende Verträglichkeit gegenüber Glyphosat zu gewährleisten, scheint gelungen zu sein, sodass das Ziel, eine Bienensorte zu züchten, die sowohl gegen die Varroa bestehen kann als auch als einzige Rasse weltweit gegen unser ›Roundabout‹ faktisch resistent ist, im Prinzip erreicht werden konnte«, sagte Angela

Haimer nicht ohne Stolz. »Nur gegen die Neonicotinoide ist unsere Bienenrasse noch genauso machtlos wie ihre Vorfahren. Beim Kontakt damit verliert auch S1 die Orientierung.«

»Ja, das ist auch mein letzter Stand der Dinge. Genau diese Fakten habe ich auch unserem Geschäftsführer so zur Kenntnis gebracht. Er war darüber übrigens recht begeistert, wenn ich das einmal so sagen darf. Von den Schwierigkeiten, die du mir angedeutet hast, habe ich ihm damals allerdings nichts erzählt, ich konnte ja nicht ahnen, dass jemand hier bei uns Sabotageakte verübt und ausgerechnet diese Königin in die Welt entlässt. Also, jetzt bitte in aller Deutlichkeit und keine Beschönigungen. Was genau sind das für Schwierigkeiten, von denen du da neulich geredet hast?«

Angela Haimer fiel in sich zusammen. Nun kam der unangenehme Teil, der zur vollständigen Wahrheit leider auch dazugehörte. »Im Zuge der bisherigen Tests mussten wir eine gewisse Aggressivität der Bienen feststellen, die nicht prinzipiell vorhanden zu sein scheint, sondern nur bei ganz bestimmten Eingriffen in ihren Lebensrhythmus zutage tritt.«

»Und genau das ist der Punkt, der mir solche Sorgen macht«, warf Aegidius Braun ein und forderte Angela mit einer Geste auf, in ihren Ausführungen fortzufahren.

»Wir wissen bisher, dass das Volk mit großer Aggressivität reagiert, wenn man die Waben öffnet, um Honig zu gewinnen, von dem Mellifera S1 überdurchschnittlich viel sammelt. Der Honig ist sowohl von Geschmack als auch von der Konsistenz her von außerordentlich hoher Qualität, allerdings mussten wir feststellen, dass das gesamte Volk in Rage geriet, wann immer wir die Wabendeckel entfernten. Ein solch wütendes Bienenvolk habe ich in meinem gesamten Berufsleben noch nie erlebt.« Angela schüttelte sich bei dem Gedanken daran, wie sie die Honigwaben geöffnet hatten.

»Der Angriff der Bienen kam so plötzlich, dass ich fast das Glas für den Honig fallen gelassen hätte«, warf jetzt auch Yasmin ein. »Der Bienenschwarm hat mich so eingehüllt, dass ich ohne Schutzanzug sicher massiv gestochen worden wäre. Zeitweise war mein Sichtfenster völlig schwarz. Ich musste mich wirklich zusammenreißen, um ruhig zu bleiben. Die Bienen waren völlig außer sich.«

Aegidius Braun nickte nur leicht. So etwas Ähnliches hatte er sich schon gedacht. Bereits die Völker, von denen Mellifera S1 abstammte, hatten ähnliche Tendenzen gezeigt, ohne jedoch die Vorteile bezüglich der Varroa oder Glyphosat aufzuweisen.

»Okay, aber meines Wissens habt ihr den Honig ja gewinnen können, und auch die Bienen waren irgendwann ja wieder in ihrem Stock. Wie habt ihr das geschafft?« Der Blick von Braun flog kurz Richtung Regal, wo eine Probe jenes Honigs stand, der von den schwarzen Bienen so heftig verteidigt worden war. Eine weitere befand sich im Bienenversuchsraum, ebenfalls auf einem gekennzeichneten Regal. Er würde den Honig in Zukunft mit sehr viel mehr Respekt behandeln und am besten unter Verschluss halten.

»Nun, wir haben es zuerst mit den klassischen Methoden wie beispielsweise Rauch probiert«, ergriff wieder Angela das Wort. »Aber die zeigten keinerlei Wirkung, die Bienen beruhigten sich nicht. Schließlich haben wir einfach gewartet, minutenlang, aber noch immer verhielt sich das Volk konstant aggressiv.«

»Wir mussten CO_2 in den Versuchsraum leiten. Erst das hat gewirkt«, sagte Yasmin, die die entsprechende Maßnahme damals ergriffen hatte. »Das Kohlendioxid hat die Bienen so gelähmt, dass wir endlich mit dem Honig ins Labor konnten. Dann haben wir gewartet, bis alle Bienen am Boden lagen, und haben sie zurück in den Kasten getan und den Raum wieder mit Außenluft befüllt. Circa zehn Prozent des Volkes haben nicht überlebt. Vermutlich hatten sie sich bei dem Angriff verausgabt, und das Kohlendioxid hat sie noch zusätzlich geschwächt. Der Rest verhält sich seit diesem Vorfall wieder friedlich und sammelt weiter seinen Honig, als ob nichts gewesen wäre.«

Aegidius Braun wirkte nachdenklich. Was würde passieren, wenn sich die entflohene Königin mit frei fliegenden Drohnen kreuzte? Kein Mensch konnte das voraussagen, dazu waren eigentlich noch monate-, ja vielleicht sogar jahrelange Testreihen vonnöten. Niemand konnte ahnen, welche Auswirkungen die Königin und ihre Nachkommen auf das Ökosystem in Mitteleuropa haben würden, denn dass die Königin jemals wieder eingefangen werden konnte, war unwahrscheinlich. Das beste Beispiel für die nicht vorhersehbaren Folgen waren die entflohenen afrikanischen Königinnen in Südamerika, die sich einen Namen als Killerbienen gemacht hatten und sich bis zum heutigen Tag in Richtung Nordamerika vorarbeiteten. Blühte Europa wegen dieses Vorfalls etwa etwas Ähnliches? »Und die Aggression war nur bei ihrem eigenen Honig festzustellen oder auch bei dem von anderen Völkern?«, fragte Braun sicherheitshalber noch einmal nach.

»Wir haben daraufhin Tests mit verschiedenen Honigsorten durchgeführt, dabei blieben die Bienen absolut ruhig«, sagte seine Chefbiologin, »selbst als wir sie mit Honig von dem Volk ihrer Königin konfrontierten. Auch Lärm, leichte Erschütterungen oder andere Gerüche konnten das Volk nicht aus der Ruhe bringen. S1 war wieder ein ganz normales Bienenvolk«, meinte sie zerknirscht. »Natürlich bis auf die Sache mit den Königinnen. Aber das habe ich erst vorhin beim Überprüfen festgestellt. Der Stock hat die alte Königin verloren, aber dafür mehrere neue bekommen.«

Aegidius Braun schaute sie ungeduldig an. Was kam denn jetzt noch, um Himmels willen? Die Auskünfte, die er bis dato erhalten hatte, ließen doch schon auf ein schreckliches Desaster schließen. »Wieso Königinnen, seit wann gibt es denn mehrere davon in einem Bienenvolk?«

Angela Haimer hob entschuldigend beide Hände. »Ich kann das auch nicht begreifen, aber das Volk hat jetzt drei neue Königinnen. Die Sache ist mir ein absolutes Rätsel, richtiggehend unheimlich.«

Auch der Laborleiter spürte ein dumpfes Unbehagen in sich aufsteigen. Drei Königinnen, das konnte doch eigentlich nur heißen, dass Mellifera S1 bei Störung ihres Sozialgefüges durch Angriff oder sonstigen Stress mit willkürlicher Vermehrung reagierte. Mellifera S1 war also nicht nur im Falle der Honigentnahme außerordentlich aggressiv, sondern konnte sich auch explosionsartig vermehren, wenn es darauf ankam. Das hörte sich nicht gerade danach an, als hätte die heimische Honigbiene eine reelle Chance, gegen diese fruchtbaren Killer zu überleben.

Eigentlich zeigte das Bienenvolk jetzt schon so gravierende Abnormalitäten, dass einem angst und bange werden konnte. Zuerst hatten sie verschiedene Bienenarten gekreuzt, dann diesen systematisch Gene eingesetzt, von denen sie sich bestimmte Vorteile versprachen. Im konkreten Fall waren in das Genom der afrikanisierten amerikanischen Honigbiene Gene einer giftigen Kröte aus Malaysia eingesetzt worden, die sich gegen Glyphosat resistent gezeigt hatte. Allerdings schienen mit der Genveränderung noch andere Verhaltensweisen einherzugehen als die von ihnen erwünschten. Aegidius Braun fasste einen Entschluss. Es war Zeit zu handeln. »Das kann unabwägbare Konsequenzen haben«, verkündete er und erhob sich. »Wenn sich die Königin mit frei lebenden Drohnen kreuzt, weiß niemand, was das für die Bienenpopulation zu bedeuten hat. Es hat keinen Sinn zu schweigen, ich werde Irrlinger unverzüglich davon berichten müssen. So, wie die Dinge liegen, werden wir alle bis auf Weiteres im Kasten wohnen und sind also jederzeit für eventuelle Maßnahmen erreichbar, sehe ich das richtig?«

Sowohl Angela als auch Yasmin nickten. Niemand von ihnen musste irgendwohin nach Hause, das hatten sie bereits besprochen. Auch Markus Hahn, der dem Gesagten die ganze Zeit nur mit offenem Mund gelauscht hatte, nickte zögernd. Mit der Anweisung von Irrlinger vorhin in der Kantine war ab heute sowieso alles anders. Und wenn er von den Vorkommnissen hier erfuhr, gleich ganz und gar. Markus Hahn schluckte schwer. Vielleicht musste er auch gar nicht mehr in den Kasten, vielleicht war das sowieso sein letzter Tag bei Santamon gewesen, er würde entlassen werden und morgen auf der Straße stehen.

Aegidius Braun rekapitulierte noch einmal alle Fakten, dann verließ er, ohne ein weiteres Wort zu verlieren, in sich gekehrt und mit raumgreifenden Schritten den Raum. Seine Gedanken kreisten einzig und allein um die Frage, wie er das alles Gerhard Irrlinger beibringen sollte.

Er betrat die Abtei nicht durch den Haupteingang, sondern ging halb um den Gebäudekomplex herum, wo sich die Einfahrt zu den landwirtschaftlichen Betrieben befand. Vom dortigen

Innenhof würde er auch zu dem Gästehaus »Edeltraud« gelangen, in dem er Franziska Büchler vermutete. Kurz studierte er noch einmal das Foto ihrer offiziellen Polizeiakte und steckte es dann wieder in seine Jackentasche zurück.

Er überquerte den Innenhof, wo ihn eine der Nonnen freundlich anlächelte, aber nicht ansprach. Byron Gray konnte eine Selbstverständlichkeit ausstrahlen, die ihm nun auch in der Abtei zugutekam. Keine der Schwestern, denen er auf den nächsten Metern begegnete, schöpfte Verdacht. Unbehelligt betrat er das Haus »Edeltraud«, orientierte sich kurz und begann dann systematisch mit seiner Suche.

Das Gästehaus schien hauptsächlich für Durchreisende eingerichtet worden zu sein. Für die Pilger des Jakobsweges gab es Gruppenzimmer mit Etagenbetten. Er ging langsam von Raum zu Raum, überprüfte Stockwerk für Stockwerk. Aber so gründlich er auch suchte, er stieß auf keine blonde junge Frau. Genauer gesagt stieß er auf überhaupt niemanden, im Moment schien das Gästehaus nicht belegt zu sein. Die Hand, die er nicht von seiner Beretta unter der Jacke genommen hatte, sank langsam wieder nach unten, während Byron Gray sein weiteres Vorgehen überdachte. Wenn Franziska Büchler nicht hier war, dann vielleicht in einer der anderen beiden Herbergen. Er war so in Gedanken versunken, dass er das Herannahen eines anderen Menschen völlig überhörte, was selten genug bei ihm vorkam.

»Kann ich Ihnen helfen?«, fragte eine weibliche Stimme.

Gray fuhr herum. Seine Hand wollte schon nach der Beretta greifen, aber etwas an dem Tonfall der Stimme hinderte ihn daran. Vor ihm stand eine Benediktinerin.

»Entschuldigung, Büchler mein Name. Bitte verzeihen Sie mein unangemeldetes Eindringen, aber ich suche meine Tochter. Sie hat mir heute Morgen eine SMS geschickt, dass sie hier übernachtet hätte. Könnte ich sie vielleicht sprechen?«

Die Nonne schaute ihn einen Moment lang an. Byron konnte nicht beurteilen, was ihr durch den Kopf ging, ihre Mimik war undurchsichtig. Als sie ihm kurz darauf freundlich ihre Hand entgegenstreckte, atmete er auf.

»Dann ein herzliches Grüß Gott, Schwester Scholastika, ich bin die Äbtissin. Kommen Sie doch bitte mit mir mit, wenn es Ihnen recht ist. Hier lässt es sich nicht besonders gut reden.« Sie drehte sich um und ging ihm voraus auf den Flur, die Treppe hinunter und schließlich aus dem Gästehaus in Richtung Hauptgebäude. Gray folgte ihr schweigend. Auch auf dem Weg zum Büro passierten sie Nonnen, die mit landwirtschaftlichen Arbeiten beschäftigt waren. Gray hatte mit Betschwestern gerechnet, aber für diesen Orden schien der Biobauernhof eine große Rolle zu spielen. Auf jeden Fall schienen alle glücklich zu sein, da die Schwestern, die sie trafen, ihn stets freundlich anlächelten.

Als sie das Hauptgebäude erreicht hatten, wurde er von Schwester Scholastika in ihr Büro gebeten. Alles in allem benahm sich die Äbtissin völlig korrekt und auch durchaus freundlich, es gab keinen Grund für ihn, ihr gegenüber misstrauisch zu sein. Dann aber bemerkte er, wie die Frau mehr oder weniger unauffällig einen weißen Briefumschlag, der auf dem Tisch lag, auf die Seite schob und gleich darauf blaues Löschpapier darüberlegte, als ob er den Brief nicht sehen sollte. Byron Gray beschloss, wachsam zu bleiben.

»Ich kann verstehen, dass Sie sich Sorgen um Ihre Tochter machen, Herr Büchler, aber das hier ist ein Ort der Besinnung, ein Platz zum Nachdenken. Und wer das möchte, bekommt hier auch die Gelegenheit, um zu Gott zu finden. Gerade Mädchen und junge Frauen überdenken bei uns ihr Leben, es findet eine innere Einkehr statt«, belehrte ihn die Leiterin der Abtei. »Auch Ihre Tochter hat die Gelegenheit genutzt, um mit Gottes Hilfe einen Weg aus ihrer inneren Zerrissenheit zu finden. Ja, Franziska war gestern bei uns, aber sie hat uns heute früh wieder verlassen und wird auch nicht wiederkommen, das hat sie mir versichert. Und fragen Sie mich nicht, wohin sie gegangen ist. Selbst wenn ich es wüsste, was ich nicht tue, dürfte ich es Ihnen nicht sagen. Ich kann Ihnen aber versichern, dass es ihr gut geht. An Ihrer Stelle würde ich mir nicht so große Sorgen machen. Sie scheint dabei zu sein, etliches in ihrem Leben zu klären.«

Byron Gray verzog keine Miene, aber in seinem Gehirn arbeitete es. Entweder sagte die Äbtissin die Wahrheit, dann war ihm sein Ziel gerade noch einmal vor der Nase entwischt und einen weiteren Tag voraus, oder aber die Ordensschwester machte den Fehler, ihn verarschen zu wollen, und Franziska war in einem anderen Haus auf dem Gelände untergebracht. Er musste unbedingt auf Nummer sicher gehen und die anderen Gebäude kontrollieren. Im Zweifelsfall auch ohne das Einverständnis der Leiterin beziehungsweise gegen ihren Willen. Natürlich würde es selbst ihn Überwindung kosten, eine Gottesfrau zu töten, aber so weit war es zum Glück noch nicht. Bevor er dramatischere Handlungen folgen ließ, würde er es mit der Kunst der Lüge und Täuschung versuchen.

»Danke für Ihre Worte, Schwester Scholastika, aber ich hoffe, Sie verstehen meine Lage. Ich bin Franziskas Vater und mache mir große Sorgen. Ich befürchte, dass sie in Schwierigkeiten steckt, und möchte ihr nur helfen. Wenn sie also doch noch hier auf dem Gelände ist, muss ich das unbedingt wissen.« Prüfend schaute er die Nonne an, konnte aber keinerlei Veränderung entdecken, sie lächelte weiterhin ein stilles, freundliches Lächeln. Als sie schließlich sogar verständnisvoll nickte, legte sie ihre gefalteten Hände interessanterweise genau auf das Löschpapier, das den ominösen Briefumschlag verdeckte.

»Herr Büchler, natürlich kann ich Sie verstehen. Mir persönlich ist das Glück der Elternschaft nie zuteilgeworden, aber trotzdem kann ich nachvollziehen, dass Sie sich um Ihr Kind sorgen. Aber alles, was ich Ihnen sagen kann, ist, dass Franziska heute Morgen noch vor Sonnenaufgang von einer Freundin mit einem Auto abgeholt wurde. Dafür verbürge ich mich. Aber wenn Sie mir nicht glauben, kann ich Sie gern über das Gelände führen, wir sind ein offenes Haus und haben nichts zu verbergen«, sagte sie mit einem sanften Lächeln.

In Byron Gray kochte es. Er wollte es nicht wahrhaben, dass Franziska Büchler ihm so knapp entwischt war, aber es schien in der Tat so zu sein. Jemand hatte sie im Auto abgeholt, sie hatte also immer noch Helfershelfer, die sie unterstützten. »Wissen Sie, wer die Frau war, die sie abgeholt hat, oder wie das Auto ausgesehen hat?«, fragte er.

»Nein«, die Äbtissin schüttelte wieder den Kopf. »Franziska hat nur erwähnt, dass jemand sie abholen käme. Sie habe noch etwas zu erledigen, und dieser Jemand würde ihr dabei helfen. Ich selbst habe ihr noch alles Gute gewünscht, sie aber nicht nach draußen begleitet. Wenn Sie sich unsere Abtei noch anschauen wollen, dann führe ich Sie gern herum, Herr Büchler«, sagte sie. Plötzlich stutzte sie und schien zu lauschen. Sie erhob sich und schaute zum Fenster hinaus. Wenn sie sich nicht völlig täuschte, konnte sie aus der Ferne Polizeisirenen näher kommen hören. Sie wandte sich zu ihrem Besucher um, aber der war nicht mehr da. In Sekundenschnelle war er völlig lautlos verschwunden. Als Schwester Scholastikas Blick auf den Schreibtisch fiel, bemerkte sie, dass etwas fehlte. Das blaue Löschpapier lag auf dem Boden, der Brief, den sie damit hatte verdecken wollen, war weg. Der Mann, der behauptet hatte, Franziskas Vater zu sein, musste ihn mitgenommen haben.

Die Polizeisirenen wurden immer lauter, während die Äbtissin mit sich selbst haderte. Sie hatte sofort gewusst, dass der Mann nicht der Vater von Franziska war. Franziska hatte ihr erzählt, dass sie Vollwaise war und verfolgt wurde, allerdings nicht, von wem. Und sie hatte ihr angekündigt, dass die Polizei früher oder später herkommen würde, doch der Mann mit der braunen Wildlederjacke war ganz bestimmt kein Polizist gewesen. Er war ihr unheimlich gewesen und hätte es mit dem amerikanischen Akzent fast geschafft, ihr Angst einzujagen. Aber eben nur fast.

Gut, der Fremde hatte nun Franziskas Brief, aber das hatte sich nicht vermeiden lassen. Die Äbtissin verließ ihr Büro und stellte sich mit hoch erhobenem Haupt vor das Tor des Haupteinganges, um die Polizei zu empfangen.

Als Josef Schauer wieder zu Bewusstsein kam, war sein schmerzender Schädel das Erste, was ihn an die reale Welt erinnerte. Es dauerte ein paar Sekunden, bis das Geschehene in seiner Erinnerung heraufdämmerte, währenddessen realisierte er auch, dass er mit dem Gesicht voraus in seiner eigenen Wiese direkt neben seinen Bienenkästen lag. Ächzend rollte er sich auf die Seite und befühlte mit der linken Hand das große weiche Etwas, das sich unter seinem linken Auge gebildet hatte. Na, das würde einen schönen Bluterguss geben. Aber wie war es überhaupt dazu gekommen?

Erst jetzt, fast eine Minute nach seinem Erwachen, sah er wieder einen gewissen Bauern vor seinem geistigen Auge, der mit erhobenen Fäusten vor ihm gestanden hatte. »Du blödes Arschloch«, fluchte er leise im kniehohen Gras. Von Dittberner war natürlich nichts mehr zu sehen, der hatte sich davongemacht, das feige Schwein. Aber das würde er dem fetten Sack schon noch heimzahlen. Der aufkommende Ärger ließ Schauers taubeneigroße Schwellung unter dem Auge noch größer werden, sodass er sich lieber wieder etwas beruhigte. Seine Priorität war es, erst einmal auf die Beine zu kommen.

Irgendwann, nach etlichen Versuchen, bei denen sich noch alles drehte, schaffte er es, seinen Oberkörper aufzurichten und mit Hilfe seiner beiden nach hinten sich abstützenden Hände in dieser Position auch einigermaßen stabil zu verbleiben. Ein leichter Schwindel übermannte ihn, verging aber wieder.

»Leck mich doch am Arsch«, rutschte es ihm heraus, als er mit Mühe und Not schließlich auf die Beine kam, die sich wie Fremdkörper anfühlten. Sein Blick wanderte zu seinen Bienenstöcken. Der Stock mit den eingewanderten Schwarzen sah aus, als hätte jemand einen schweren Balken auf ihn geworfen. Der hölzerne Deckel war eingedrückt, nahe der zersplitterten Öffnung krabbelten vereinzelte Bienen, aber ansonsten schien alles friedlich zu sein. Die Tiere waren noch da und machten auch keinen Ärger. Das war ja schon mal was.

Seine Augen suchten nach seiner Imkerpfeife, die er etwa zwei Meter weiter im Gras liegend entdeckte. Er nahm sie auf und entzündete sie erneut, um den Rauch dann in den beschädigten Bienenkasten zu blasen. Nachdem er kurz gewartet hatte, nahm er vorsichtig den Deckel des Kastens ab und warf einen Blick hinein.

Einer der Wabenrahmen schien durch den Schlag Dittberners etwas abbekommen zu haben, aber die beschädigten Honigwaben waren leer. Rings um die zerbrochenen fünfeckigen Kammern konnte er jedoch neue, frisch gefüllte Waben entdecken, in die die Bienen den ausgelaufenen Honig quasi umgefüllt hatten. Schauer war sich bewusst, dass er nicht besonders lange ohnmächtig gewesen war, sodass es eine reife Leistung war, was die Bienen in der kurzen Zeit bewerkstelligt hatten. Eigentlich hätte er die Wachsdeckel von ein paar Kammern abkratzen und den Honig probieren sollen, es wäre schon interessant zu wissen, was dieses Volk für einen Stoff produzierte, aber ihm war grad nicht danach. Viel eher war ihm nach einem Eisbeutel und einem Bett. Und der Honig lief ja auch nicht weg, den konnte er immer noch ein anderes Mal testen. Er wollte die beschädigte Wabe schon wieder in den Kasten zurückstellen, als ihm etwas daran auffiel. Erst glaubte er, einer Sinnestäuschung zu unterliegen, und rieb sich deswegen sicherheitshalber die Augen, aber es blieb dabei: In der Mitte des Wabengebildes erkannte er zwischen mehreren Arbeiterinnen eine Königin. Das an sich war nicht weiter außergewöhnlich, aber dass sich neben der Königin noch zwei weitere tummelten, das war durchaus seltsam. Eine von ihnen hatte einen roten Markierungspunkt auf dem Rücken. Schauer kniff die Augen zusammen: »S1«, konnte er mit Mühe darauf lesen. Die zwei weiteren Königinnen trugen zwar keine Kennzeichnung, machten die Sache damit aber auch nicht unbedingt logischer. Eine Weile starrte Josef Schauer die Wabe sprachlos an und beobachtete Pfeife rauchend die drei Königinnen, die sich von ihren Arbeitsbienen umsorgen ließen. Dann stellte er den hölzernen Rahmen in den Kasten zurück, legte den zerbrochenen Deckel darüber und deckte die zerstörte Stelle mit einem Stofftaschentuch und mehreren kleinen Feldsteinen ab. Die finale Reparatur würde er später vornehmen.

Jetzt würde er nach Hause gehen und sich um seinen Bluterguss kümmern. Bestimmt war nach einem Eisbeutel und ein paar Bieren die Welt wieder in Ordnung, und bestimmt waren morgen auch diese ominösen Königinnen wieder verschwunden. Drei Stück an der Zahl, das konnte nicht sein, das alles war gerade einfach zu viel für seinen angeschlagenen Kopf.

Er hatte sich schon umgewandt, da entdeckte Josef Schauer eine Spur aus zertretenem Gras in seiner naturbelassenen Wiese. Die konnte nur von Dittberner stammen. War ja klar, dass dieses rabiate Arschloch ihm mit seinen Flurbereinigungstretern auch noch alles hier zertrampelt hatte. Schauers Blick folgte der sich schlängelnden Spur bis zum Ende der Wiese, wo etwas im Gras lag, was er aus der Entfernung nicht genau erkennen konnte. Schön langsam, dass ihm nur nicht wieder schwindlig wurde, folgte er der Spur, bis das Etwas ausgestreckt vor ihm im Gras lag. Es dauerte tatsächlich einen Moment, bis der Biobauer realisierte, wer da mit weit aufgerissenen Augen auf dem Rücken ruhte. Dittberner war tot, so viel sah Josef Schauer auf den ersten Blick. Aber irgendwie war der Tote noch voluminöser als zu Lebzeiten. Seine Arme sahen aus wie fränkischer Presssack, nur doppelt so dick und viermal so lang. Hände und Ellenbogen waren kaum mehr zu erkennen. Der Kopf des Toten wirkte, als hätte ihn jemand mit Pressluft aufgeblasen, seine Ohren wirkten verschwindend klein, die Augen schienen von innen aus den Höhlen gepresst zu werden. Von Mimik konnte keine Rede mehr sein, da Mund und Nase zugeschwollen waren. Vereinzelt lagen um und auf dem Körper des Toten ebenso leblose Bienen der neuen Rasse herum, an denen sich Dittberner noch hatte rächen können. Aber er hatte keine Chance gehabt. Obwohl der Biobauer schon viel von dem gesehen hatte, was Bienen anrichten konnten, war das auch für ihn eine Nummer zu groß. Josef Schauer rang mit sich, verlor dann aber den Kampf und entleerte seinen Magen in die Wiese.

Irrlinger war nicht in seinem Büro. Seine Sekretärin vermutete, dass er sich in sein Wohnhaus zurückgezogen hatte, woraufhin sich Aegidius Braun zu Fuß auf den Weg zu dem alten Fachwerkgebäude am anderen Ende des Geländes machte. Dabei passierte er fast den gesamten Santamon-Komplex und das alte, längst nicht mehr bestehende Dorf Schmerb. Die Firma hatte, den Auflagen der Naturschutzbehörde und des Denkmalschutzes folgend, ihre Räume entweder in die aufgelassenen Gebäude des verlassenen Dorfes Schmerb integriert oder auf das lose mit Bäumen bestandene Gelände gebaut. Noch vor nicht allzu langer Zeit hatte es in Schmerb nicht mehr Einwohner als den Revierförster und seine Familie gegeben. Nicht einmal mit dem Auto hatte man ins Dorf hineinfahren dürfen, alles war im Naturschutzgebiet Steigerwald verboten gewesen, der Natur zuliebe.

Doch dann war die Frankenpartei mit ihren Köpfen Zöder und Irrlinger auf den Plan getreten, und plötzlich waren in Franken Zugeständnisse der besonderen Art möglich gewesen. Es folgten Geschenke über Geschenke der Staatsregierung in München, um die Franken bei der Stange zu halten. Alles, was mit Santamon in Schmerb geschah, war ein Paradebeispiel für einen politischen Befriedungsversuch. Irrlinger hatte in München nur mit der Unabhängigkeitserklärung Frankens herumfuchteln müssen, und schon war Santamons Plan für Schmerb genehmigt worden. Der erste und noch viele andere. Genutzt hatte es freilich nichts, es war trotzdem zur Volksabstimmung gekommen, auch wenn der Wahlausgang noch nicht endgültig feststand.

Diese und ähnliche Gedanken hatten Braun auf der Strecke zu Irrlingers Haus begleitet, das letzte bewohnte Gebäude in Richtung Tor. Von dem Haus waren es nur knappe fünfzig Meter bis zum alten Trafotürmchen, das vor dem Pförtnerhäuschen stand, das den einzigen Zugang zu dem bewachten Gelände bildete. Irrlinger hatte das Försterhaus mit immensem Aufwand sanieren und nach seinen Wünschen herrichten lassen. Braun wollte gar nicht wissen, was das gekostet hatte, aber Santamon musste wohl sehr viel Wert darauf gelegt haben, Gerhard Irrlinger in die Firma einzubinden. Es hatten sich sowieso schon viele Menschen gefragt, was einen international anerkannten Finanzfachmann wie Irrlinger wohl dazu bewogen hatte, bei einem Unternehmen der Agrarindustrie anzuheuern. Das Geld konnte es nicht gewesen sein, davon hatte Irrlinger mehr als genug. Ihm wurden erhebliche Beteiligungen an amerikanischen Firmen wie Apple, IBM und Blackrock nachgesagt. Und auch bei Santamon musste er ein großes Aktienpaket besitzen, doch nichts Genaues wusste man nicht. Jedenfalls schien Irrlinger wohl irgendetwas mit Santamon in Europa vorzuhaben, das nichts mit der großen Finanzwirtschaft zu tun hatte. Zwar besaß die Firma mit ihren gentechnisch veränderten Pflanzenpatenten weltweit eine erdrückende Marktmacht, doch in Europa traf der Konzern auf Widerstände, besonders als Vorreiter von Gen-Food und exzessiver Verbreiter genetisch designter Pflanzen. Und trotzdem hatte Irrlinger es im Konzern durchgedrückt, dass die Europazentrale mitten ins politisch grüne Feindesland gebaut werden konnte. Braun hatte das nie kapiert, aber er war ja auch nur Molekularbiologe, allerdings einer der besten seines Faches in Europa. Dementsprechend hoch war sein Gehalt und seine Einstellung zu seinem Arbeitgeber und zu genmanipulierten Pflanzen im Grunde positiv. Doch nun war etwas passiert, das auch ihn bei aller Begeisterung für die Gentechnik an seine moralischen Grenzen brachte. Selbst er besaß ein berufliches Ethos, das er nicht ignorieren konnte. Und mal von den moralischen Bedenken abgesehen, der Vorfall konnte auch unabsehbare Folgen für Santamon haben.

Er öffnete das Gartentor, ging die wenigen Stufen aus Sandstein zur Haustür des Forsthauses hinauf und drückte den blank polierten Klingelknopf aus Edelstahl. Natürlich aus Edelstahl. Hier war alles aus Edelstahl. Irrlingers Lieblingsmaterial, weil er selbst aus ihm bestand, hatte er ihn einmal wissen lassen und es ernst gemeint, so wie er alles ernst meinte. Gerhard Irrlinger scherzte nicht, das Wort Humor war in seinem Vokabular nicht vorhanden, überlegte Aegidius Braun, während er vor der Tür wartete. Irrlingers Wortschatz bestand fast ausschließlich aus Zahlen und Profit. Und wenn Aegidius Braun es sich recht überlegte, hatte er den Mann tatsächlich noch nie lächeln sehen. Andererseits konnte man das von einem Geschäftsführer einer solchen Firma auch nicht zwingend erwarten. Schließlich war Irrlinger hier, um Gewinne zu generieren, und nicht, um als Alleinunterhalter Karriere zu machen.

»Ja«, kam es kurz und knapp aus dem Lautsprecher der Gegensprechanlage, und es war keine Frage. Vielmehr ließ das »Ja« Rückschlüsse auf die Persönlichkeit des Mannes zu. Seine Art zu sprechen signalisierte, dass er, Gerhard Irrlinger, Mittelpunkt dieses seines Universums war und alle Wege zu ihm führten.

Dieses alles umfassende »Ja« verdeutlichte seinem in der Hierarchie tiefer stehenden Gegenüber die absolute Überlegenheit Irrlingers den Rest seiner Welt betreffend. Ergo würden die Mitarbeiter hier einen Teufel tun und den Mann mit einer Nebensächlichkeit belästigen. Da mussten schon gewichtige Gründe vorliegen, um Irrlinger in seinem Forsthaus, seiner Burg aufzusuchen. Braun brachte seinen Mund ganz dicht an die Sprechanlage, damit Irrlinger ihn auch sicher verstehen konnte.

»Aegidius Braun, der Laborleiter. Ich müsste Sie dringend sprechen, Herr Irrlinger«, sagte er langsam und deutlich in die Öffnungsschlitze vor seinem Gesicht.

»Geht es um die verhängten Sicherheitsbeschränkungen?«, wollte die Stimme aus dem Lautsprecher kühl wissen.

»Nein, Herr Irrlinger, es geht um das Labor, das Projekt. Es ist wirklich dringend.« Braun versuchte, um Gottes willen nicht zu betteln und trotzdem eine gewisse Intensität in seine Botschaft zu legen.

Einen Moment lang war Stille am anderen Ende der Leitung, dann knackte der Lautsprecher in der Gegensprechanlage erneut. »Kommen Sie rein.«

Ein leises Summen ertönte, der Laborleiter drückte gegen die schwere Haustür mit Stahlkern und betrat den altehrwürdigen Hausflur. Bisher war er nur ein einziges Mal in diesem Haus gewesen, vor einem halben Jahr bei seinem Vorstellungsgespräch. Auch damals war ihm etwas mulmig zumute gewesen, und jetzt erging es ihm nicht anders. Aus dem oberen Stockwerk konnte man das laute Gebell der zwei Dobermänner hören, und Sekunden später kamen die beiden schwarzen Riesen auch schon die Treppe herunter und bauten sich noch immer bellend vor dem Laborleiter auf.

»George, Bill!«, rief Irrlinger, der ihnen gemessenen Schrittes folgte. Er hatte den beiden Hunden die Vornamen verflossener US-Präsidenten gegeben, was den Dobermännern aber wahrscheinlich ziemlich egal war. Immerhin waren sie gut erzogen. Sie waren auf der Stelle still und verzogen sich in ein Nebenzimmer, wo wahrscheinlich ihr Fressnapf stand, mutmaßte Braun und blickte den beiden schwarzen Kötern misstrauisch hinterher.

»Kommen Sie mit.« Irrlinger ging ihm voraus durch eine Tür in ein großes Zimmer, das von einem Tisch mit einer acht Zentimeter dicken Granitplatte beherrscht wurde. Die Füße des Tisches waren, wie konnte es anders sein, aus massivem Edelstahl, und Gerhard Irrlinger, der in seinem schwarzen Hausanzug aus irgendeinem sehr teuren Stoff in einem edlen Designersessel gleicher Farbe Platz nahm, bot seinem Laborleiter den gleichen Sessel in dezenter grauer Tönung an.

Während sich Braun in dem durchaus bequemen Polstermöbel niederließ, konnte er aus dem Nebenraum das Schmatzen von zwei gierigen Dobermännern hören, die sich lautstark ihren Bauch vollschlugen. Doch Braun ließ sich nur kurz ablenken, schließlich war er wegen eines sehr wichtigen Problems gekommen. Er schaute zu Irrlinger hinüber und wartete darauf, dass ihm der Geschäftsführer vielleicht ein Getränk anbieten oder mit einer einleitenden Frage das Gespräch in Gang bringen würde, aber Irrlinger saß stumm in seinem Sessel, hatte die Beine übereinandergeschlagen und sah ihn mit ausdruckslosem Blick an. Sein Wesen strahlte eine kalte, abwartende Ruhe aus. Emotionslos, ruhig, selbstsicher.

»Es geht um das Projekt in Labor eins. Es ist zu einem Vorfall gekommen, der mich sehr beunruhigt. Ich möchte mit Ihnen das weitere Vorgehen besprechen.« Aegidius Braun schluckte. Eine Übersprunghandlung, weil er nun zum Kern des Malheurs vordringen musste.

Noch immer zeigte Irrlinger keinerlei Regung, nur das Schmatzen aus dem Nachbarzimmer wurde allmählich etwas leiser. Wahrscheinlich war das Chappi aufgefressen.

»Nun, es ist nämlich so: Wir haben mit der Neuzüchtung Mellifera S1 im letzten Vierteljahr erhebliche Fortschritte gemacht. Bei den vorangegangenen Völkern konnten wir jeweils nur Teilerfolge verzeichnen, aber bei Mellifera S1 scheint uns der Durchbruch gelungen zu sein. Wir haben eine weitestgehende Widerstandsfähigkeit gegen die Varroa und, soweit die bisherigen Testreihen ein Ergebnis zulassen, auch eine absolute Resistenz gegen Glyphosat erreicht. Nur gegen die Neonicotinoide scheint noch kein Kraut gewachsen zu sein, aber wir arbeiten daran. Damit hätten wir Ihre Vorgaben erfüllt, die weltweit erste Bienenrasse zu züchten, die gegen ›Roundabout‹ immun ist. So weit, so gut …«

Endlich kam Bewegung in sein Gegenüber. Gerhard Irrlinger hatte fast unmerklich genickt und war dann während des letzten Satzes aufgestanden. Jetzt drehte er sich um, öffnete die Tür eines

unscheinbaren Schrankes, holte eine Flasche und ein Glas heraus und begann, sich mit ruhiger Hand einen Whisky einzuschenken.
»Und?«, fragte Irrlinger kühl, während der Lagavulin golden das Glas füllte, und gab dem Whisky noch etwas Wasser hinzu. Er wandte sich wieder um und schaute Braun ruhig an. »Das wissen wir doch bereits, das ist weder überraschend noch beunruhigend.«

Braun räusperte sich vernehmlich. Jetzt war es so weit. Jetzt kam der katastrophale Teil der Nachricht. »Es ist etwas passiert, von dem ich mir nicht erklären kann, wie es geschehen konnte. Trotz aller Sicherheitsmaßnahmen ist es jemandem gelungen, in Labor eins ein- und bis zum Bienenraum vorzudringen. Um es noch deutlicher zu sagen: Wir hatten einen Saboteur im Labor, der das Schutzgitter vor dem Flugloch eines Stockes mit Absicht entfernt hat. Nach unserem aktuellen Kenntnisstand ist mindestens eine Königin von Mellifera S1 entkommen, noch dazu unsere Primärkönigin. Das alles ist schon vor ungefähr einem Monat passiert, der Mitarbeiter, der den Vorfall bemerkt hat, hat sich aus Scham erst heute dazu bekannt und sich meiner Biologin mitgeteilt. Das ist die aktuelle Faktenlage.«

Wenn Braun nun mit einer heftigen Reaktion in Form von Ärger oder Empörung von Irrlingers Seite gerechnet hatte, so hatte er sich getäuscht. Gelassen nahm Irrlinger wieder in seinem schwarzen Sessel Platz und ließ den gleichen kühlen Blick wie zu Anfang ihres Gespräches auf ihm ruhen. Der einzige Unterschied war, dass er in der linken Hand jetzt einen teuren Single Malt langsam im Glas kreisen ließ.

»Und?«, fragte er zum größten Erstaunen des Molekularbiologen erneut und schien erstaunlicherweise nicht im Geringsten beunruhigt zu sein. Aber das würde sich gleich ändern, wenn er den bitteren Rest der Geschichte zu hören bekam, da war sich Aegidius Braun sicher.

»Das Problem ist, dass meine Mitarbeiterinnen im Laufe der vergangenen Wochen einige sehr aufschlussreiche Tests mit einzelnen Bienen der neuen Art durchgeführt haben, bei denen es zu teils unangenehmen Reaktionen des Bienenvolkes kam. Wir müssen uns Sorgen machen, Herr Irrlinger.«

Der Angesprochene nippte sichtlich genussvoll an seinem

Lagavulin. »Unangenehme Reaktionen … aha«, wiederholte er emotionslos und nahm einen weiteren Schluck.

Braun wurde immer verwirrter. »Nun, es hat sich bei diesen Tests herausgestellt, dass man das Volk nicht dem Geruch seines selbst erzeugten Honigs aussetzen darf«, sprach er schnell weiter. »Sobald die Bienen den Eindruck bekommen, jemand würde sie ihres Honigs berauben, drehen sie vollkommen durch. Meine Mitarbeiterinnen schilderten sie mir als hemmungslos aggressiv. Ohne Schutzanzüge hätten sie womöglich um ihr Leben bangen müssen. Wenn also die entwichene Königin«, Braun machte eine kurze, bedeutungsvolle Pause, um die dramatischen Konsequenzen zu verdeutlichen, »wenn sie also solche Gene in die Welt hinausträgt, müssen wir irgendwann mit Verletzten, womöglich sogar mit Toten rechnen. Kein Imker der Welt erwartet von Bienen ein derartig aggressives Verhalten. Nicht einmal die afrikanisierte Honigbiene in Amerika ist derartig aggressiv, und das will etwas heißen. Hinzu kommt, dass sich diese Art auch schneller als jede andere Bienenart vermehrt. Das zurückgelassene Volk hat bereits wieder drei Königinnen. Das ist eine absolute Katastrophe, nicht auszudenken, was die entflohene Königin mit ihrem genetischen Potenzial anrichten wird!«

So, jetzt war es heraus, und der Geschäftsführer von Santamon-Europa war am Zug. Er musste sich jetzt einfach äußern. Die Nachricht würde für die Firma Konsequenzen haben, das musste bei Irrlinger doch für großes Unbehagen sorgen. Doch der nippte wieder nur sehr genüsslich an seinem Single Malt und äußerte sich erst wieder nach endlosen Sekunden des Schweigens. »Na, das wird die Veganer aber freuen«, sagte er kryptisch.

»Die Veganer?«, fragte Braun verblüfft. »Aber wieso denn die Veganer? Ich verstehe nicht.« Der Biologe kam sich vor wie in einem surrealistischen Film, der dem Betrachter erst im Nachhinein erklärt wurde.

Aber Irrlinger ließ ihn wieder warten, bevor er wieder ganz ruhig antwortete. »Weil die Veganer ja nicht wollen, dass man den Tieren ihre Leibesfrüchte wegnimmt«, sagte er schließlich ruhig. »Den Hühnern ihre Eier, den Kühen die Milch und auch nicht den Bienen ihren Honig. Demnach sind das also richtige

Veganerbienen, oder etwa nicht? Sie wollen den Menschen nichts von dem abgeben, was sie sich hart erarbeitet haben.« Irrlinger verzog keine Miene und leerte genüsslich seinen Whisky.

Der Biologe wusste jetzt überhaupt nicht mehr ein noch aus. Erlaubte sich Irrlinger gerade einen blöden Scherz mit ihm? Aber es lag nicht in Irrlingers Natur zu scherzen.

Schließlich erhob sich der Geschäftsführer wieder, ging ein paar Schritte auf die Seite und blickte teilnahmslos zum Fenster hinaus. »Wie würden Sie diese neue Art einschätzen, Braun? Wird sie sich in der Natur durchsetzen, wird sie den Kampf mit den anderen Bienenvölkern dieser Welt aufnehmen? Was meinen Sie?«

Aegidius Braun schaute einen Moment fassungslos, dann atmete er erschüttert durch. Anscheinend hatte sein Chef die Tragweite der Situation noch immer nicht begriffen. Aber wie drastisch sollte er denn noch schildern, was sie da für Bienen herangezüchtet hatten?

»Durchsetzen? Mellifera santamon 1 ist dermaßen aggressiv und vermehrungsfreudig, dass sie in kürzester Zeit die Welt überfluten wird. Wenn wir Pech haben, wird es bald keine Artenvielfalt unter den Bienenvölkern Europas mehr geben, sondern nur noch die eine, von uns gezüchtete künstliche Rasse. Für das ökologische Gleichgewicht wäre das eine absolute Katastrophe«, sagte der Laborleiter zum Schluss sehr leise.

Doch selbst jetzt blieb Irrlinger in der gleichen Haltung am Fenster stehen und blickte weiter auf das Santamon-Betriebsgelände hinaus. »Nein, keine Katastrophe, Braun. Nein, wenn Sie damit recht haben, dann wäre das sogar ganz hervorragend.« Er drehte sich langsam um, und Braun erkannte erschrocken ein tiefes dunkles Leuchten in seinen Augen. »Mellifera santamon 1 wird sich auf dieser Welt verbreiten und dem ach so schrecklichen Bienensterben ein Ende bereiten, über das die Biologen seit Jahren jammern. Unsere Biene, unser Patent, Braun, wird eine unerschöpfliche Quelle sein. Die Bienen sind kleine fliegende Goldeselchen. Ohne sie wird es keine Bestäubung mehr geben, und jeder, der Obst, Raps oder Mais ernten will, wird für unsere Bienen zahlen müssen, ob er will oder nicht. Jede dieser kleinen schwarzen Bienen ist ein kleiner Schatz, Braun, begreifen Sie das? Sie sind aggressiv, na und? Der Mensch wird sich darauf einstellen müssen. Tote? Seien Sie mal nicht naiv, Braun. Nach den ersten Toten werden die Menschen lernen müssen, damit umzugehen, so ist das nun mal. Unsere neue Bienenart wird die Welt, aber vor allem die Ertragslage von Santamon in beträchtlichem Maße verändern. Es war höchste Zeit für die Königin, flügge zu werden, schließlich wartet eine große Aufgabe auf sie. Kein Grund zur Panik, Braun. Und den bösen Saboteur, der den Bienchen zur Flucht verholfen hat, den wollen wir doch mal ganz schnell wieder vergessen.«

Irrlinger hatte beim letzten Satz fast schon amüsiert geklungen, und zum ersten Mal, seit er hier angestellt war, konnte Aegidius Braun auf dem Gesicht des Geschäftsführers von Santamon-Europa den Anflug eines Lächelns erkennen, das aber nicht so recht zu seinen dunklen unergründlichen Augen passen wollte. Doch so schnell der kleine Ausbruch von Begeisterung gekommen war, so schnell verschwand er auch wieder.

Die brutale Erkenntnis sickerte nur langsam bis zu Braun durch, und einige Sekunden weigerte er sich auch standhaft, sie zu akzeptieren. Das konnte, das durfte einfach nicht wahr sein. Aber es war völlig offensichtlich. Gerhard Irrlinger war der Einbrecher gewesen. Er hatte eigenhändig im Labor das Gitter entfernt und der Königin der schwarzen Bienen zur Flucht verholfen.

»Aber es steht doch überhaupt noch nicht fest, wie lange Glyphosat noch zur Anwendung kommen darf und ob unser Genmais in Europa zugelassen wird. Und wenn wir hier nicht auch unsere patentierten Nahrungsmittel anbauen dürfen, machen unsere Bienen doch gar keinen Sinn. Der bayerische Staat hat uns immerhin schon einmal ausgebremst!« Braun hatte keine große Ahnung von Politik, so viel aber schon. Die ganze Theorie mit den Bienen machte wirklich nur dann Sinn, wenn Santamons »Roundabout« mit dem Hauptbestandteil Glyphosat weiterhin gespritzt werden durfte.

»Mit Bayern hätten Sie sogar recht, Braun. Unrecht hätten Sie aber, wenn es ein Bundesland Franken geben würde. In diesem sehr wahrscheinlichen Fall werden ein Ministerpräsident Zöder und seine Regierung Santamon sehr zuvorkommend gegenüberstehen, darauf können Sie sich verlassen. Glauben Sie mir, diese Bienen machen sehr wohl Sinn«, teilte Irrlinger kühl und äußerst selbstbewusst dem Mikrobiologen diese feststehenden Tatsachen mit.

»Aber der Vorfall muss doch trotzdem irgendwelche Folgen haben, oder etwa nicht? Wir müssen doch eine Warnung herausgeben und zumindest die öffentlichen Stellen informieren«, erregte sich der Laborleiter. Er wollte und konnte nicht akzeptieren, was er da eben gehört hatte.

»Nichts müssen wir, Braun. Alles, was geschehen ist, unterliegt strengster Geheimhaltung, verdeutlichen Sie das bitte auch den Beteiligten im Labor. Sie werden einfach ganz normal an unserem Projekt weiterarbeiten. Sie wissen ja, das Bessere ist des Guten Feind. Wenn Ihnen die Bienenzüchtung im aktuellen Zustand noch zu aggressiv erscheint, gut, dann versuchen Sie eben, ihr etwas mehr Sanftmut einzupflanzen, aber nicht zu viel. Alles andere überlassen Sie am besten mir. Lassen Sie sich versichern, Santamon hat alles im Griff. Einen schönen Tag noch, Herr Braun.« Damit verließ Irrlinger den Raum in Richtung seiner Dobermänner, ohne sich noch einmal umzudrehen.

Der Laborleiter blieb noch einen Moment wie betäubt sitzen, ehe er sich aus seinem Sessel erhob. Als er sich an der Haustür noch einmal umdrehte, sah er George und Bill an der Wohnzimmertür stehen und ihm mit feuchten Augen hinterherschauen.

Der Schritt zu spät

Als die Polizei die Abtei Maria Frieden erreichte, war es mit der Ruhe in dem kleinen Ort Kirchschletten von einem Moment auf den anderen vorbei. Zahlreiche Einsatzfahrzeuge umstellten den alten Gutshof und tauchten die frühabendliche Szenerie in Blaulicht. Das einzige Zivilfahrzeug der Kolonne, ein Landrover Freelander, durchfuhr das geöffnete Eisentor und rollte bis zum Haupteingang der Abtei vor. Zwei dem Aussehen nach sehr unterschiedliche Beamte der Bamberger Kriminalpolizei stiegen aus und gingen auf die Äbtissin zu, die aufrecht in ihrer Ordenstracht im Eingang stand und ohne äußerliche Regung auf die beiden Männer zu warten schien.

»Guten Tag«, begrüßte sie den von Franziska angekündigten Besuch. »Ich bin Schwester Scholastika, die Äbtissin dieses Klosters. Womit kann ich Ihnen helfen, meine Herren?«

Der ältere der beiden Polizisten schien von ihrer Gelassenheit nicht besonders überrascht zu sein. Er reichte ihr erst seine Hand zum Gruß und dann einen Ausweis, der ihn als Vertreter der Staatsmacht legitimierte. »Kriminalpolizei Bamberg, Haderlein. Wir müssen Ihnen leider mitteilen, dass wir einen Durchsuchungsbefehl für Ihre Abtei haben.«

Schwester Scholastika ließ ihren Blick für einen Moment auf dem Gesicht des Kommissars ruhen. Eine Haut wie Leder. »Ach, Sie sind Herr Haderlein von der Kriminalpolizei?«, sagte sie dann mit einem leisen Lächeln. »Ich habe schon viel von Ihnen gehört.«

Der Kommissar zog überrascht die Augenbrauen nach oben. Mit so einem Empfang hatte er wahrlich nicht gerechnet. Und auch der junge Kommissar schien erstaunt, nahm dann aber seine Sonnenbrille ab, trat einen Schritt nach vorn und reichte der Äbtissin ebenfalls die Hand.

»Und was ist mit mir? Schmitt, Bernd Schmitt«, sagte er und schaute sie in froher Erwartung an, die sie aber sogleich enttäuschen musste.

»Guten Tag, Herr Schmitt. Von Ihnen habe ich leider noch

nie etwas gehört. Aber das muss ja nichts Schlechtes bedeuten, nicht wahr?«

Lagerfeld war zwar in seiner Ehre gekränkt, hatte aber keine Zeit für Trauerarbeit, da Haderlein wieder die Initiative ergriff.

»Schwester Scholastika, bevor wir in Ihrer Abtei alles auf den Kopf stellen, würde ich mich drinnen gern kurz mit Ihnen unterhalten. Wir möchten Ihnen wirklich nicht mehr Ärger machen als unbedingt nötig.«

Die Augen des Mannes wirkten entschlossen, aber auch sehr ehrlich, fand die Äbtissin. Sie überlegte nur kurz, bevor sie nickte. »Dann kommen Sie doch mit in mein Büro, meine Herren. Dies ist ein offenes Haus, wir haben nichts zu verbergen. Bitte.« Mit diesen Worten drehte sie sich um und schritt den beiden Kommissaren voraus. In ihrem Büro bot sie Lagerfeld und Haderlein jeweils einen Stuhl an und setzte sich ihnen an dem kleinen Tisch gegenüber.

»Ich weiß, warum Sie hier sind, Herr Haderlein«, sagte Schwester Scholastika ganz offen. »Sie suchen Franziska, Sie sind hier, um sie zu verhaften, nicht wahr?«

Lagerfeld öffnete den Mund, um etwas zu sagen, aber Haderlein legte ihm sofort die Hand auf die Schulter und warf ihm einen Blick zu, woraufhin sich der Mund des jungen Kommissars wieder schloss und Haderlein sich erneut der Ordensschwester zuwandte. Bevor er allerdings etwas erwidern konnte, tönten die Klänge eines Orchesters, das ziemlich laut Beethoven intonierte, aus seiner Jackentasche.

»Entschuldigen Sie.« Haderlein war sichtlich verärgert, als er das Smartphone aus der Jacke holte. »Es ist Honeypenny«, meinte er nach einem Blick auf das Display leise zu Lagerfeld. Der Anruf kam ja nun wirklich zur Unzeit, ein wirklich blödes Timing. Hoffentlich war es etwas Wichtiges, was ihre herzallerliebste Bürokraft ihnen mitzuteilen hatte. »Was gibt's denn?«, fragte er ungeduldig, dann hörte er nur noch schweigend zu.

Schwester Scholastika betrachtete den Kommissar und versuchte, ihre Schlüsse zu ziehen. Einmal meinte sie, so etwas wie ein grimmiges Leuchten in seinen Augen erkennen zu können, aber sicher war sie sich nicht. Selbst für eine erfahrene Menschenkennerin wie sie war der Mann schwer zu lesen.

»Danke, Honeypenny. Schick mir und Bernd das Bild bitte sofort aufs Handy. Und wir kommen, sobald wir können. Gut gemacht, Marina.« Er steckte das Mobiltelefon in seine Jacke zurück, als sei nichts gewesen, und wandte sich wieder der Äbtissin zu. »Also, was ist mit Franziska? Ist sie hier?«, wollte Haderlein dann ohne Umschweife von Schwester Scholastika wissen.

»Nein, Franziska ist nicht mehr hier.« Die Äbtissin atmete tief durch und legte ihre Hände gefaltet auf die Tischplatte. »Sie hat hier zu heute einmal übernachtet, dann ist sie sehr früh abgeholt worden.«

Haderleins Gedanken rasten, die von Lagerfeld überschlugen sich. »Sie ist abgeholt worden? Von wem denn?« Der junge Kommissar konnte es nicht glauben. Nicht nur, dass sie Franziska Büchler womöglich wieder knapp verpasst hatten, nein, sie hatte anscheinend auch noch Helfershelfer!

»Das kann ich Ihnen leider nicht sagen, meine Herren. Ich habe Franziska hier im Büro verabschiedet, und das habe ich auch bereits dem anderen Herrn gesagt, der vorhin hier war.«

»Welchem anderen Herrn?«, fragte Haderlein tonlos, während Lagerfelds Hände sich krampfhaft um die Tischkante krallten.

»Ein großer, schlanker Mann mit einer Wildlederjacke. Er hat gesagt, er sei der Vater von Franziska, aber ich habe mir schon gedacht, dass das nicht stimmen kann. Franziska hat mir ja gestern Nacht erzählt, dass sie Vollwaise ist, und er hatte so einen seltsamen amerikanischen Akzent«, sagte Schwester Scholastika.

»Wann war der Kerl hier, und wo ist er hin?« Lagerfeld sprang auf. Es hielt ihn nicht mehr auf seinem Stuhl.

Zum ersten Mal blickte die Äbtissin etwas verunsichert. »Das war vor wenigen Minuten«, antwortete sie schließlich wahrheitsgemäß. »Kurz bevor Sie hier ankamen, ich konnte schon die Sirenen hören. Er ist ganz plötzlich gegangen, ohne sich zu verabschieden.«

Franz Haderlein musste sich sehr zusammenreißen, um nicht ebenfalls aufzuspringen und die Frau zu schütteln. Auch den unbekannten Killer schienen sie um Haaresbreite verpasst zu haben. Zwar waren sie ihm und Franziska jetzt auf den Fersen, aber trotzdem zu spät gewesen. Knapp vorbei war eben doch daneben. Es war zum Verrücktwerden. Man konnte wirklich nicht behaupten, dass die Beamten gerade übermäßig vom Glück verfolgt wurden.

»Was wollte der Mann, Schwester?«

Der Äbtissin fiel es nun immer schwerer, die Fassung zu bewahren. Die beiden Polizeibeamten wirkten mit einem Mal ziemlich ungeduldig, ja fast schon aggressiv. »Der Mann war sehr höflich«, antwortete sie nach einem kurzen Räuspern. »Er sagte, er wolle seine Tochter sprechen, sie stecke in Schwierigkeiten. Ich glaube, er wollte die Abtei nach Franziska durchsuchen, obwohl ich ihm das Gleiche wie Ihnen erzählt habe: Franziska ist nicht mehr hier. Aber dann sind Sie ihm in die Quere gekommen.«

Haderlein flüsterte Lagerfeld etwas ins Ohr, woraufhin sein junger Kollege nach draußen verschwand, um bei den Polizisten nachzuhaken, ob ihnen bei ihrer Ankunft oder in der Zwischenzeit ein Mann aufgefallen war. Außerdem gab er die Anweisung, die Schwestern nach dem Fremden zu befragen.

Er selbst nahm für seinen Teil seinen Stuhl und rückte ihn dicht neben den der Äbtissin. Seine Worte waren sehr ernst und auch sehr bestimmt. »Schwester, es liegt mir vollkommen fern, Sie zu bedrängen oder etwas zu tun, was Ihr Ordensleben durcheinanderbringt, aber ich muss von Ihnen jetzt die ganze Wahrheit erfahren. Franziska Büchler ist in sehr großer Gefahr. Und zwar deswegen, weil der Mann, der vorhin bei Ihnen war, den Auftrag hat, sie zu töten.«

Schwester Scholastika hielt sich vor Schreck die Hand vor den Mund. »Zu töten?«, wiederholte sie leise und erschrocken.

Haderlein konnte ihr nur eine kurze Erholungspause gönnen, bevor er wieder sehr eindringlich auf sie einredete. »Es ist nämlich so, Frau Äbtissin. Wir müssen versuchen, Franziska zu finden, bevor dieser Mann es tut. Gelingt uns das nicht, wird sie sterben. Wenn Sie also im Besitz von Informationen sind, die den Aufenthaltsort von Franziska betreffen, oder wissen, wie wir mit ihr in Kontakt treten können, dann sagen Sie uns das. Nur so können wir das Schlimmste noch verhindern, glauben Sie mir. Bitte, Schwester Scholastika, helfen Sie uns.« Haderlein hatte die Benediktinerin kurz an den Schultern gepackt, ließ sie aber schnell wieder los. Dann wartete er, ohne seinen Blick von der Äbtissin zu nehmen.

Schwester Scholastika starrte sichtlich erschüttert ein paar endlose Sekunden auf ihre Hände. Dann hatte sie ihre Fassung wiedererlangt, hob den Kopf und schaute Haderlein unverwandt ins Gesicht. »Also gut, Herr Kommissar, ich werde versuchen, Ihnen zu helfen, ohne dass ich das Versprechen brechen muss, das ich unserem Herrn gegeben habe.« Sie strich sich mit beiden Händen über den Stoff ihrer Ordenskleidung und begann zu erzählen. »Franziska kam gestern Abend zu uns, der katholische Pfarrer der Gemeinde Itzgrund hatte sie geschickt. Zuerst sagte sie nicht viel, nur dass sie einen Schlafplatz für eine Nacht bräuchte. Allerdings schien mir, dass sie ziemlich verzweifelt und durcheinander war. Also gaben wir ihr erst einmal etwas zu essen und luden sie dann ein, mit uns den Gottesdienst zu feiern. Aber sie schlug das Angebot aus und ging bald darauf in ihr Zimmer. Nach der Messe wollte ich noch einmal mit ihr sprechen, es war offensichtlich, dass sie sich in einer misslichen Lage befand.« Die Äbtissin hielt kurz inne. Es schien, als müsste sie sich überwinden weiterzuerzählen.

»Ich fand das arme Ding weinend im Bett. Also setzte ich mich zu ihr und bat sie, sich mir anzuvertrauen. Um es gleich vorwegzunehmen, Herr Kommissar, ich glaube, sie hat sich mir anvertraut, allerdings ohne dabei konkret zu werden. Wir haben uns über Vergeltung, Schuld und Vergebung generell unterhalten. Wie man Gut von Böse unterscheidet, Gerechtigkeit von Ungerechtigkeit, solche Sachen. Unser Gespräch hat fast zwei Stunden gedauert, und ich kann Ihnen sagen, dass ich für die junge Frau tiefstes Mitgefühl empfinde. In ihr wohnt ein tiefer dunkler Schmerz, den sie zu begreifen sucht. Allerdings ahne ich, dass er etwas mit dem Tod ihrer Eltern zu tun hat, da sie vor allem ihren verstorbenen Vater mehrmals erwähnte. Sie erzählte auch, dass sie etwas sehr Schlimmes getan habe und nicht wisse, ob sie den Weg weitergehen solle, obwohl alles in ihr doch danach strebe. Ich glaube, ich konnte ihr Leid für eine kurze Zeit teilen, aber ihr nicht bei ihrer Entscheidung helfen, die sie selbst treffen muss. Nun, ich habe getan, was ich konnte, um Franziska zu trösten, und sie dann am frühen Morgen allein gelassen. Mehr kann ich Ihnen leider nicht erzählen, Herr Kommissar. Nur schade, dass ich Ihnen den Brief nicht mehr geben kann. Sie hatte ihn extra für Sie hinterlassen.« Bedauernd hob sie beide Hände.

Haderlein horchte den letzten Worten noch einmal nach, fragte sich, ob er sich vielleicht verhört hatte. Aber nein, er hatte alles richtig verstanden, zweifellos. »Was meinen Sie mit: ein Brief für mich? Und wieso können Sie ihn mir nicht geben?« Seine Nerven probten den Aufstand, während er sich nur noch mühsam auf seinem Platz halten konnte.

»Nun, Franziska gab mir heute Morgen einen Brief für einen Kommissar Haderlein, als sie mir ein Buch zurückbrachte. Aber der Mann mit der Lederjacke scheint ihn mitgenommen zu haben … Schauen Sie mich nicht so an, Herr Kommissar, ich hatte dem Mann nichts davon erzählt, ich habe keine Ahnung, woher er davon wusste. Es tut mir wirklich leid.« Die Benediktinerin holte ein Taschentuch aus den Falten ihres Gewandes und putzte sich die Nase.

»Sie können mir nicht sagen, was in dem Brief stand, oder?«, formulierte Haderlein so vorsichtig er nur konnte die immens wichtige Frage. Aber die Äbtissin schüttelte sofort den Kopf, und Haderlein konnte sehen, dass ihr die Situation als solche sehr unangenehm war. Es half alles nichts: Es war auch heute wieder alles schiefgelaufen, was nur schieflaufen hatte können. Er konnte nur hoffen, dass Franziska nichts in den Brief geschrieben hatte, was den Killer auf ihre Spur führen würde. Haderlein war wütend, frustriert und hilflos. Was wollte ihm das Schicksal denn noch alles zumuten?

»Aber ich glaube, sie hat für Sie etwas aus dem Buch abgeschrieben«, meinte Schwester Scholastika leise, während sie sich fortlaufend schnäuzte. »Sie muss gewusst haben, dass Sie ihr auf der Spur sind und irgendwann hier auftauchen werden. Sie hat gesagt: ›Wenn die Polizei in die Abtei kommt, dann geben Sie bitte Kommissar Haderlein diesen Brief.‹« Die Äbtissin griff auf die linke Seite des Schreibtisches und hob ein dickes Buch in die Höhe. »Ich hatte es ihr gestern zusammen mit ein paar anderen klassischen Werken der Weltliteratur aus der Bibliothek überlassen für den Fall, dass sie nicht schlafen kann.«

Haderlein erhob sich und nahm der Äbtissin das schwarze Buch aus der Hand. Er drehte es, bis er den gold geprägten Titel auf der Frontseite lesen konnte. Es war eine schwere Ausgabe des meistgelesenen Buches der Christenheit: die Bibel. Spontan durchblätterte er ein paar Seiten des Alten Testaments, hatte aber keine Ahnung, wonach er suchen sollte. Selbst wenn Franziska etwas aus dem Buch abgeschrieben haben sollte, was ja eigentlich auch nur eine Vermutung war, dann war die Auswahl an Bibelzitaten mehr als reichlich. Frustriert schaute Franz Haderlein erst die Äbtissin und dann wieder das Buch in seiner Hand an. »Wir werden die Bibel mitnehmen, vielleicht können ja unsere Spurensicherer etwas mit ihr anfangen«, brummte er, bevor er Schwester Scholastika die Hand gab. »Vielen Dank, ich denke, die Polizei wird Sie jetzt wieder verlassen. Den Durchsuchungsbefehl brauchen wir nicht mehr. Wir sind zwar wieder zu spät gekommen, aber immerhin jetzt ein bisschen schlauer. Auch wenn die neuen Erkenntnisse, ich will es ganz offen sagen, für Franziskas Überlebenschancen nicht viel heißen mögen.« Er atmete einmal tief durch, holte dann eine seiner Visitenkarten aus der Jackentasche und gab sie der Äbtissin. »Sollte sich Franziska noch einmal bei Ihnen melden, geben Sie ihr doch bitte meine Handynummer. Und sagen Sie ihr, dass ich sie immer fair behandeln werde.«

Der Anflug eines Lächelns kehrte auf das Gesicht der Ordensschwester zurück. »Das werde ich ganz sicher tun, Herr Haderlein. Ich glaube, Sie sind ein guter Mensch. Und Sie werden Franziska schon finden«, sagte sie warmherzig und drückte ihm wie zur Bestärkung noch einmal die Hand.

Im selben Moment piepste Haderleins Smartphone zum Zeichen des Erhalts einer E-Mail, und Lagerfeld erschien in der Tür. Bereits an dessen missmutigem Gesichtsausdruck konnte Haderlein ablesen, dass bei der Befragung der Nonnen und der Kollegen nichts Verwertbares herausgekommen war. Also erkundigte er sich lieber erst gar nicht danach, sondern lud stattdessen die Bilddateien hoch, die das Handy empfangen hatte. Der Vorgang zog sich, der Empfang in Kirchschletten war ziemlich mäßig.

»Okay, Bernd, gib den Beamten draußen Bescheid, sie können wieder abrücken«, sagte Haderlein scheinbar zu seinem Display, während er auf die Bilder wartete. Bernd Schmitt war erst sprachlos und dann mehr als unzufrieden mit Haderleins Entschluss. Aber vor der Äbtissin wollte er seinen älteren Kollegen nicht bloßstellen, also brachte er seinen Mund ganz nah an Haderleins Ohr.

»Abrücken? Aber Franz, ich bin noch immer sehr dafür, die Abtei gründlich zu durchsuchen. Schwester Scholastika in allen Ehren, aber was ist, wenn sie uns totalen Scheiß erzählt hat? Vielleicht sitzt die Büchler hier irgendwo hinter dem Ofen und lacht sich ins Fäustchen. Oder sie haben sie in ihre Ordenstracht gesteckt, und sie knetet jetzt in der Kerzenwerkstatt Wachs. Wär doch alles möglich, oder nicht?«, flüsterte Lagerfeld verzweifelt, aber Haderlein schüttelte den Kopf, ohne ihn auch nur anzuschauen. Er hatte etwas anderes beschlossen und im Moment nur Augen für sein Handy.

»Hier ist niemand, Bernd, glaub's mir einfach. Manchmal muss man selbst als Polizist seinem Bauchgefühl vertrauen. Das müsstest du doch eigentlich am besten wissen.«

Schwester Scholastika sah Haderlein dankbar an, sagte aber nichts.

Lagerfeld hingegen hätte schon noch gern ein paar Worte darüber verloren, was ihm sein Bauchgefühl so alles sagte, aber gerade in diesem Moment meldete sich Haderleins Handy mit einem scharfen »Ping!«: Die Dateien waren endlich hochgeladen.

»Und, was hat uns Honeypenny geschickt? Jetzt sag schon«, drängelte Lagerfeld ungeduldig und versuchte, einen Blick auf das Telefondisplay zu werfen.

Haderlein wirkte alles andere als glücklich über das, was er da sah. »Biber«, sagte er, während er ein Bild nach dem anderen auf dem Handy zur Seite wischte. Kein Wunder, dass der Ladevorgang so lange gedauert hatte, wenn Honeypenny auch gleich die komplette Bilderserie rüberschickte. Doch nach etlichen Bibern wurde der Blick Haderleins plötzlich starr und konzentriert. Mehrere Sekunden lang sagte niemand ein Wort, dann wischte Haderlein mit dem Daumen die nächsten Bilder über den Bildschirm, bis er den Mann sah, der seine Waffe im Uferbereich der Itz versenkte. Haderlein drehte das Handy so, dass auch Schwester Scholastika das Foto betrachten konnte. »Ist das der Mann, der sich gerade eben als Franziskas Vater ausgegeben hat?«

Die Äbtissin nickte. »Ja, das ist er. Nur hat er heute noch eine Sonnenbrille getragen«, sagte sie leise. Nein, ihr ungutes Gefühl hatte sie nicht getrogen, als sie diesem Mann gegenübergestanden hatte.

Haderlein steckte das Smartphone wieder in seine Tasche und winkte Lagerfeld. Wie schlau Franziska es auch anstellen würde, dieser Typ war ein Profi, er würde sie irgendwann erwischen, da war sich Haderlein ganz sicher. Er ging mit Lagerfeld vor die Tür, und sie besprachen kurz das weitere Vorgehen. Wieder hatten sie keine wirkliche Vorstellung davon, wohin Franziska Büchler verschwunden sein könnte, klar war nur, dass sie mindestens einen Helfer hatte. Und dass sie ihm einen Brief geschrieben hatte, dessen Inhalt nur sie und der unbekannte Killer kannten. Und auch von dem fehlte bisher jede Spur. Es war einfach nur zum Kotzen.

»Komm, Bernd, wir fahren jetzt nach Rödental zu dieser Biberstelle und sichern die Waffe. Bis die Spusi das auf die Reihe kriegt, ist es Weihnachten. Vielleicht kann man ja noch den einen oder anderen Fingerabdruck retten«, knurrte Haderlein, klemmte sich die Bibel der Äbtissin unter den Arm und eilte zusammen mit Lagerfeld zum Landrover.

Cesar Huppendorfer erreichte gerade die Dienststelle, als die neue Flamme Honeypennys, Hubert Fiederling, von Riemenschneider an der Leine herausgezogen wurde. Huppendorfer grüßte den kleinen, schmächtigen Mann freundlich und verkniff sich eine bissige Bemerkung, auch wenn sich die bei dem Bild, welches sich ihm hier bot, durchaus aufdrängte.

Als Huppendorfer noch immer lächelnd das Büro betrat, bemerkte er den jungen Mann an Honeypennys Schreibtisch, der mit ihr zusammen sehr intensiv auf den Bildschirm ihres Computers starrte.

»Stör ich?«, rief er fröhlich, nachdem er, zugegebenermaßen sehr leise, an die beiden herangetreten war.

»Jesus, Maria!«, rief Honeypenny erschrocken, und auch der junge Mann fuhr mit großen Augen herum. Beide schauten Huppendorfer an wie Häschen, wenn's donnert und blitzt. »Hast du sie noch alle, uns so zu erschrecken, Cesar! Ich wär fast gestorben.« Marina Hoffmanns Hand lag beruhigend auf der Stelle ihrer Brust, wo in unermesslichen Tiefen ihr Herz schlagen musste.

Cesar Huppendorfer war jedoch keineswegs schuldbewusst, sondern eher neugierig. »Sind die Bildchen der Grund, warum du mich so plötzlich zurückbeordert hast, Honeypenny? Ist nicht wahr, oder?«

Honeypenny warf ihm einen so bösen Blick zu, dass das breite Grinsen auf Huppendorfers Gesicht verdampfte, er sich einen Stuhl schnappte und sich ebenfalls vor den Bildschirm setzte.

»Darf ich vorstellen? Kriminalkommissar Huppendorfer, Volker Conrad vom Biberprojekt Schloss Tambach«, sagte Honeypenny und erklärte dann die aktuelle Lage. »Also, Cesar, der Mann hier hat im Zuge seiner Forschungsarbeiten eine Fotofalle nahe der Itz, direkt unter der Rödentaler ICE- beziehungsweise Autobahnbrücke angebracht. Als er heute die Fotos von seinen Bibern ausgewertet hat, kam das hier zum Vorschein.« Honeypenny zeigte Cesar die Bilder von dem Mann mit der Wildlederjacke, der seine Waffe in dem Fluss verschwinden ließ.

Cesars Puls schlug wie verrückt, als er das Datum und die Uhrzeit der Fotos sah. »Das glaub ich nicht, das ist doch der Killer, den wir suchen, hundertprozentig! Hast du Franz und Bernd schon angerufen?«

»Ja, hab ich, zigmal schon. Aber da ging keiner ran. Irgendwann hab ich's dann aufgegeben. Wahrscheinlich sind die zwei noch bei Untermerzbach im Itzgrund unterwegs. Im Tal der Ahnungslosen, was Mobilfunkantennen anbelangt«, sagte Honeypenny mit wissendem Lächeln.

»Entschuldigung, könnte ich dann vielleicht gehen?«, signalisierte der Biologe Aufbruchstimmung. »Ich müsste mich nämlich wieder mal nach Tambach begeben.« Conrad schaute fragend von einem zum anderen.

»Kein Problem.« Huppendorfer nickte. »Notieren Sie uns nur Ihre Anschrift und eine Telefonnummer, unter der wir Sie erreichen können. Und den Chip mit Ihren Fotos müssen wir leider auch hierbehalten, das sind jetzt Beweismittel.«

Volker Conrad nickte, kritzelte seine Daten auf einen Block, den ihm Honeypenny reichte, und verabschiedete sich. Da war er ja in etwas Aufregendes hineingeraten, aber jetzt schien es ihm doch besser, die Polizei bei ihrer Arbeit nicht mehr zu stören. Als der Biologe die Tür hinter sich geschlossen hatte, fiel Huppendorfer über Honeypenny her und bombardierte sie mit dringlichen Arbeitsaufträgen.

»Als Erstes gibst du Fidibus dieses Bild von unserem mutmaßlichen Killer, er soll eine allgemeine Fahndungsmeldung rausschicken. Dann schickst du es an Interpol, die sollen es mal durch ihre Computer jagen und rausfinden, wer der Typ eigentlich ist, klar? Und zwischendurch versuchst du, endlich Franz und Bernd zu erreichen, damit die auch Bescheid wissen.«

Honeypenny hatte sich alles notiert, schaute dann von ihrem Blatt hoch und Huppendorfer böse an. »Du weißt aber schon, dass ich Feierabend habe, Cesar? Zudem habe ich haufenweise Überstunden, Hunger und …«, sie streckte demonstrativ ihren Zeigefinger in die Höhe, »und eine Verabredung.«

Huppendorfer hob beschwichtigend beide Hände. »Ist ja gut, Marina«, sagte er beruhigend. »Dann versuche bitte eben nur noch schnell, Franz zu erreichen, den Rest übernehmen ich und Fidibus.«

Etwas milder gestimmt warf Honeypenny Cesar noch einen letzten grimmigen Blick zu, bevor sie zum Telefonhörer griff und Haderleins Nummer wählte. Und endlich wurde am anderen Ende abgenommen.

»Was gibt's denn?«

Lagerfeld hatte ihr Blaulicht auf das Dach gesetzt und war mit Vollgas zur Autobahn Richtung Suhl unterwegs. In den letzten Minuten hatte sein älterer Kollege Franz still und grübelnd neben ihm gesessen und keinen Ton von sich gegeben. Lagerfeld wusste, dass es auch für ihn jetzt besser war, nichts zu sagen, denn Franz befand sich im Kombinationsmodus. Erst als sie bei Zapfendorf oberhalb des Milchwerkes mit quietschenden Reifen die Autobahn erreichten, kehrte Haderlein aus seiner abgeschotteten Gedankenwelt zurück und griff sich die Bibel, die er mitgenommen hatte. Ein ziemlich alter Schinken und richtig schwer. Er legte den Daumen an die ersten Seiten, hielt das Buch an die Wagendecke und ließ dann die Blätter durchrauschen in der dünnen Hoffnung, es könnte ja etwas herausfallen, das Franziska hinterlassen hatte und ihnen weiterhelfen könnte. Ein bisschen Glück könnten sie wirklich gut gebrauchen, bis jetzt hatte es ja einen weiten Bogen um sie gemacht. Er hatte das Buch noch nicht einmal zu einem Viertel durchgeblättert, als zu seiner Verblüffung ein mit Hand beschriebener karierter Zettel im DIN-A5-Format aus den Seiten glitt und sanft auf seinem Schoß landete. Wie in Zeitlupe ließ er die Bibel sinken und nahm den Zettel in die Hand. Da war etwas handschriftlich mit blauem Kugelschreiber auf das karierte Stück Papier geschrieben.

Sed si tantus amor casus cognoscere nostros
et breviter Troiae supremum audire laborem,
quamquam animus meminisse horret luctuque refugit,
incipiam. fracti bello fatisque repulsi
ductores Danaum tot iam labentibus annis

instar montis equum divina Palladis arte
aedificant, sectaque intexunt abiete costas;
votum pro reditu simulant; ea fama vagatur.
huc delecta virum sortiti corpora furtim
includunt caeco lateri penitusque cavernas
ingentis uterumque armato milite complent.

»Bernd, halt an, halt sofort an«, sagte Haderlein heiser zu seinem Fahrer, der erst jetzt das Papier bemerkte, das Haderlein ungläubig studierte.

Bernd Schmitt steuerte den Freelander auf den Standstreifen, schaltete den Motor aus, dann schaute er das Papier und Franz fragend an und harrte etwaiger Erklärungen.

»Das Papier ist gerade aus der Bibel gefallen. Der Text scheint in Latein verfasst zu sein. Kannst du ihn vielleicht übersetzen, du bist doch der Sprachbegabte in unserem Laden?« Haderlein war noch immer sichtlich verdattert von dem unerwarteten Geschenk des Schicksals, welches aber noch immer gewaltig zurückschlagen konnte, sollte sich der Zettel als unwichtige Notiz einer lerneifrigen Ordensschwester entpuppen. Doch irgendwie glaubte Haderlein nicht daran. Es durfte einfach nicht sein, dass sie der Gott der Rechtgläubigen schon wieder verarschte und ihnen einen Knüppel zwischen die Beine warf.

Schweigend beugte sich Lagerfeld zum Beifahrersitz hinüber, öffnete das Handschuhfach, holte sich einen Kugelschreiber heraus, nahm den Zettel und fing an, sich mit dem lateinischen Text zu beschäftigen. »Sieht aus wie ein Bibelzitat, jedenfalls hat es so eine komische Versform«, sagte er nachdenklich.

Franz Haderlein saß zum Zuschauen verdammt neben ihm und musste sich sehr zusammenreißen, um zwischendurch nicht ungeduldige Fragen zu stellen. Bernd hatte seine Fehler und Unzulänglichkeiten, aber er war ein absolutes Sprachgenie. Selbst aus dem Chinesischen hatte er in einem früheren Fall schon übersetzt. Für jemanden mit kleinem Latinum war der Text dann doch hoffentlich eine leichte Übung. Nach Minuten fürchterlichster Warterei legte Lagerfeld endlich den Kugelschreiber ins Handschuhfach zurück und reichte ihm den Zettel, allerdings mit einer Miene, der zu entnehmen war, dass Lagerfeld nicht wirklich viel mit dem Ergebnis seiner Arbeit anfangen konnte. Haderlein las die übersetzten Zeilen begierig durch, bevor auch er sich der Ratlosigkeit hingab.

»Keine Ahnung, was das heißen soll, Franz. Ich fahr dann mal weiter.« Lagerfeld startete den Motor, und während sie mit Höchstgeschwindigkeit wieder in Richtung Suhl auf der Autobahn unterwegs waren, überflog Haderlein die übersetzten Zeilen wieder und wieder. Aber je intensiver er über einen möglichen Sinn nachdachte, desto hoffnungsloser wurde er.

Doch, ist so groß das Gelüst, mein Trauergeschick zu vernehmen
Und in der Kürze den Schluss zu hören von Ilions Nöten,

Wenngleich schaudernd der Geist zurückbebt vor der Erinnrung,
Will ich beginnen. – Gelähmt im Kampf, vom Glücke verstoßen,
Bau'n die argivischen Fürsten, da so viel Jahre verronnen,

Jetzo mit Pallas' göttlicher Kunst ein Ross, wie ein Bergjoch
Ragend, und zimmern die Rippen umher aus geschnittenen Tannen,
Als ein Weihegeschenk für die Rückkehr – wie das Gerücht geht.
Heimlich verschließen sie drauf die erlesensten Heldengestalten
Hier in dem dunkeln Versteck und füllen den Bauch und die tiefen
Höhlungen ganz und gar mit Scharen bewaffneter Streiter.

Die Zeilen brachten Haderlein nicht weiter. Irgendwie hatte er gehofft, dass Franziska ihm vielleicht doch noch einen kleinen Hinweis geben, ihn um einen Ausweg aus ihrer hoffnungslosen Lage bitten wollte. Aber das hier war kein Hinweis, das klang schon eher nach einem fatalistischen Abschiedsgruß. Schließlich faltete er den Zettel zusammen und steckte ihn Lagerfeld in die Hosentasche, der seinerseits ungerührt weiter das Lenkrad festhielt. Sollte Bernd als alter Lateiner sich doch später noch einmal ausführlicher mit dem Spruch beschäftigen, sie mussten jetzt diese Waffe finden und würden dann weitersehen.

Sie folgten der Wegbeschreibung Honeypennys, die diese ihrerseits von Volker Conrad erhalten hatte. Unterhalb der ICE-Brücke schabten die Zweige der Büsche leise am Lack des Landrovers entlang, dann standen sie irgendwann auf der abschüssigen Wiese, die der Tambacher Biologe Honeypenny beschrieben hatte. Von hier aus war es nicht mehr schwer, den Weg zu den Bibern am Itzufer zu finden. Zu Fuß gingen sie die Wiese hinunter und durchquerten einen schmalen Waldsaum, bevor sie den Uferbereich erreichten. Empfangen wurden sie von dem verärgerten Blick zweier Biber, die sich gerade in eigenartiger Weise miteinander beschäftigt hatten. Hätte er das Tun der beiden Tierchen mit dem der Menschen verglichen, dann wären die zwei gerade sehr unanständig gewesen, überlegte sich Lagerfeld. Auf jeden Fall straften sie die Biber mit einem Blick der abgrundtiefen Verachtung.

Haderlein schaute prüfend auf sein Smartphone, dann deutete er schräg voraus auf das gegenüberliegende Ufer. »Dort drüben muss es sein. Man sieht sogar noch die Reifenspuren.«

Lagerfeld fackelte nicht lange. In Hose und Lederstiefeln stieg er ins Wasser und begann, zum anderen Ufer hinüberzuwaten. Dort angekommen gab ihm Haderlein so lange Anweisungen, bis er an der richtigen Stelle stehen musste. Seine Arme und Hände tauchten samt Jackenärmel auf den Grund des kleinen Flusses und fanden schließlich, wonach sie gesucht hatten. Lagerfeld richtete sich auf und hielt triumphierend eine tropfende Neun-Millimeter-Automatik in die Höhe. Dann stapfte er den gleichen Weg durch die Itz zurück und warf die nasse Waffe mit Schwung ans Ufer, wo sie im Licht der schon schräg stehenden rötlichen Spätnachmittagssonne liegen blieb.

Haderlein bückte sich, um die nasse Automatik aufzuheben. Eine Spezialversion der Beretta M9 mit vorn aufgeschraubtem Schalldämpfer. Er lächelte grimmig, während hinter ihm Lagerfeld mit tropfender Hose und Jacke dem Wasser entstieg. Wenn das nicht die Mordwaffe des Täters von der gelben Coburger Villa war, dann würde er einen gewaltigen Besen fressen.

»Dann nichts wie auf zurück nach Bamberg«, sagte er und klopfte dem vor sich hin tropfenden Lagerfeld aufmunternd auf die Schulter.

Diesmal fuhr Haderlein selbst, während sich Bernd Schmitt auf dem Beifahrersitz die nassen Stiefel und Strümpfe auszog. Der Freelander mit Allradantrieb kraxelte wieder den Weg zurück bis auf die Rödentaler Hauptstraße, doch gerade als sie die Straße erreichten, ertönte ein helles »Dong!« aus den Autolautsprechern, und ein kleines rotes Licht leuchtete im Mittelsegment der Geschwindigkeitsanzeige auf. Lagerfeld starrte es an wie eine Stechmücke, mit der er sich fatalerweise in seinem Schlafzimmer eingeschlossen hatte. »Ganz schlechte Karten, Franz«, sagte er schließlich. »Wir müssen sofort tanken.«

Die Tür aus schusssicherem Glas war eben erst installiert worden und hatte ihn ein halbes Vermögen gekostet. Und was das Schlimmste daran war: Er würde nicht einen Cent davon ersetzt bekommen. Polizisten seien das gewesen, hatte man ihm gesagt. Polizisten, die wegen höherer Gewalt leider ihre Ausweise nicht dabeigehabt hätten. Und da man Kunden wegen unbezahlter Rechnungen nicht einfach so einschließen durfte, wäre das alles seine eigene Schuld gewesen. Er solle seine Tür gefälligst zahlen und ansonsten den Rand halten, sonst würde er noch eine Anzeige wegen versuchter Freiheitsberaubung und Behinderung der Staatsgewalt an den Hals bekommen. Also hatte sich Wolfgang Friedrich zähneknirschend damit abgefunden und innerhalb eines Tages für teures Geld eine neue Glasschiebetür in seine Tankstelle einbauen lassen. Aus extradickem, schusssicherem Panzerglas. Damit würde niemand mehr gegen seinen Willen diese seine Tankstelle ...

Friedrich war so in seine selbstzufriedenen Gedanken versunken, dass er den Landrover Freelander, der an seiner Dieselzapfsäule angehalten und für über hundert Euro Diesel getankt hatte, nicht bemerkt hatte. Erst als der ihm wohlbekannte irre Typ mit Sonnenbrille und Pferdeschwanz mit dem großen hageren Mann im Schlepptau auf den Eingang zukam, schrillten bei ihm sämtliche Alarmglocken. Zu seinem eigenen Pech verbrachten die Synapsen seines Gehirns aber zu viel Zeit mit dem Umstand, dass der sonnenbebrillte Pferdeschwanzpolizist diesmal ohne Cowboystiefel und Strümpfe, sondern barfuß unterwegs war. Nicht einmal die geflickte Jeans vom letzten Mal hatte er an. Der Typ, der aussah wie ein billiger Drogendealer vom Land, besaß tatsächlich die Frechheit, in Unterhose in seiner Tankstelle zu erscheinen! Erst als Wolfgang Friedrich die Dienstwaffe in der Hand des Pferdeschwanzes bemerkte, reagierte er. Das allerdings blitzschnell. Seine Hand patschte auf den roten Knopf direkt neben dem Kreditkartenlesegerät, und sofort fuhren die Flügel der nagelneuen Glasschiebetür aus Panzerglas fauchend zusammen, um die lästigen Eindringlinge auszusperren. Der Plan ging auf – bis auf circa zwei Zentimeter. So breit war nämlich der Lauf von Lagerfelds Dienstwaffe, der in der Schiebetür steckte und auf den zottelig langhaarigen Kopf des Tankstellenbesitzers zielte. Friedrich stand perplex hinter seiner Theke, unfähig, sich zu rühren. Auch Haderlein fand das Vorgehen seines jungen Kollegen einigermaßen grenzwertig, andererseits war er heute auch nicht mehr mit der allergrößten Geduld gesegnet, also sagte er nichts. Hauptsache, sie könnten bald wieder von hier verschwinden.

»Aufmachen, oder ich schieß dir deine Kasse kaputt!«, rief Lagerfeld durch den schmalen Schlitz der Tür, dann drehte er seine Dienstwaffe so weit nach links, dass diese auf das sündhaft teure elektronische Terminal der Tankstelle zeigte.

Mit einem undefinierbaren Gesichtsausdruck fuhr sich Friedrich zuerst mit der Hand durch seine rötlich blonden Haare, bevor er widerstrebend den Knopf unter dem Tresen drückte. Mit einem schmatzenden Geräusch fuhren die Flügel der Tür wieder in ihre Ausgangsstellung zurück, und der barfüßige Polizist kam lässig grinsend auf ihn zu. Missmutig bemerkte Friedrich die nasse Spur, die der Unterhösige auf den Fliesen hinterließ.

Als der Pferdeschwanz bei Friedrich an der Theke angekommen war, tatschte er mit gespielter Verlegenheit an seiner Hüfte herum und meinte zynisch: »Oooch, das tut mir jetzt aber leid, jetzt hab ich doch schon wieder meinen Geldbeutel vergessen. Muss ich wohl in der Jeans gelassen haben. So ein Pech aber auch. Dann schreiben Sie doch einfach wieder eine Rechnung an die Bamberger Polizei, seien Sie so lieb, ja?«

Friedrich war kurz davor zu platzen. Das alles war doch vollkommen surreal, wie in einem schlechten amerikanischen Roadmovie. Doch noch konnte er seine Nerven im Zaum halten, wenn auch nur mühsam.

Der Barfüßige nahm noch drei Schachteln Marlboro, winkte ihm kurz zu, verließ schließlich im leicht o-beinigen Watschelgang die hochgesicherte Tankstelle und wurde draußen von seinem kopfschüttelnden älteren Kollegen in Empfang genommen.

Kaum hatte der halb nackte Polizist seine Schiebetür passiert, hieb Friedrich bereits wieder auf den roten Knopf, und diesmal tat die Tür exakt das, wozu sie eingebaut worden war: Sie verschloss den Tankstelleneingang hermetisch mit einem leichten Schmatzen. Nichts und niemand würde jetzt noch dieses Etablissement betreten können, es sei denn, er war im Besitz eines kleinen Schützenpanzers, mit dem als Argument er um Einlass bitten könnte. Friedrich öffnete die Tür erst wieder, als der Freelander mit den beiden Bamberger Polizisten außer Sichtweite war. Seine Gedanken überschlugen sich. Weitere Schutzmaßnahmen, er musste definitiv weitere Schutzmaßnahmen ergreifen. Kameras, Kameras mit Gesichtserkennung, die würde er als Nächstes installieren. Eigentlich unbezahlbar, aber für seinen Seelenfrieden war Wolfgang Friedrich nichts, aber auch gar nichts zu teuer.

Als sein Laborleiter das alte Forsthaus verlassen hatte, schenkte sich Gerhard Irrlinger einen weiteren Single Malt ein. Wie naiv diese Welt doch war, wie einfältig die Gedankengänge der Menschen. Die Informationen über die gentechnischen Fortschritte in Brauns Projekt mit dem neuen Bienenvolk waren schon vor Wochen mehr als ausreichend gewesen, um zur Tat zu schreiten. Also war er nachts in das Labor gegangen und hatte das Gitter nach draußen gedrückt. Hätte er auf die Kleingeister unter seinen Wissenschaftlern gewartet, würde Santamon nie Gewinne machen. Immer dieses Moralisieren hier in Europa und in Deutschland im Speziellen. Natürlich war die Königin mit einem Teil ihres Volkes ausgeschwärmt, das hatten die Mitarbeiter seines Labors aber ziemlich lange nicht geschnallt. Dass dieser verschüchterte Volltrottel Hahn nicht sofort Meldung bei den Laborratten gemacht hatte, war natürlich das Beste gewesen, was Irrlinger hatte passieren können. Nicht, dass es ihm etwas ausgemacht hätte, wäre die Sache sofort aufgeflogen, nein, aber so war es ihm lieber, weil unwiderrufbar.

Jetzt brauchten er und Santamon nur noch abzuwarten, bis sich ihre Bienen gegen die alte europäische Biene durchgesetzt und flächendeckend ausgebreitet hatten. Und das würde nicht allzu lange dauern. Schon die Varroa hatte in Mitteleuropa leichtes Spiel, nicht zuletzt durch die tätige Mithilfe der Agrarindustrie und ihrer Pflanzenvernichtungsmittel. Santamon war mit »Roundabout« und seinem segensreichen Wunderinhaltsstoff Glyphosat natürlich ganz vorn mit dabei. Glyphosat war billig und absolut zuverlässig, einfach perfekt. Jetzt würde sich auch niemand mehr über das Bienensterben aufregen können, das angeblich durch Glyphosat mitausgelöst wurde. Nein, das würden die kleinen Viecher von nun an unter sich ausmachen, und am

Ende durfte Santamon mit seinen Bienenpatenten auch noch Geld kassieren. Die Sache war richtig gut gelaufen, dachte Irrlinger, während er in seinem Sessel sitzend genüsslich das Glas Lagavulin schwenkte.

Als Bill und George anschlugen, war es mit der Ruhe und Selbstzufriedenheit jedoch schon wieder vorbei. Die beiden Dobermänner standen winselnd an der Eingangstür und ließen sich partout nicht beruhigen. Sekunden später klingelte Irrlingers Mobiltelefon, und die Nachricht, die er erhielt, führte dazu, dass sich der Geschäftsführer von Santamon-Europa schnellen Schrittes auf dem Weg zum Pförtner befand. Der Anruf hatte sowohl eine gewisse Erregung als auch Befürchtung ausgelöst. Aber was davon berechtigt war, blieb nun herauszufinden. Auf jeden Fall war etwas sehr Interessantes passiert.

Als er das alte Trafohäuschen passiert hatte, konnte er bereits aufgeregte Stimmen und weiteres Hundegebell aus Richtung des Eingangstors vernehmen und erkennen, dass ein Großteil der Sicherheitsleute, die er eingestellt hatte, mit gezogener Waffe Posten bezogen hatte. Was war denn da los? Sofort schoss ihm Franziska Büchler durch den Kopf. War sie womöglich wahnsinnig genug gewesen, um durch den Haupteingang einzudringen? Wenn dem so wäre, konnte er nur hoffen, dass der Sicherheitsdienst die Schlampe erwischt hatte. Am besten tot, dann könnte er sich alles Weitere ersparen.

»Herr Irrlinger, da is a Verrückter unterwegs«, belehrte ihn sein Pförtner Georg Förtsch eines Besseren, während er Irrlinger durch den schmalen Pfortendurchgang vor das Tor führte. »Da war aaner da mit aam Auto und hat des da nagemalt. Bevor ich's merken gekonnt hab, isser wieder davogfahrn, aber die vom Sicherheitsdienst sin hinna nach, die wern den scho kriegn.«

Irrlinger hatte nur mit einem Ohr zugehört, die Sache war ihm aus ganz anderen Gründen suspekt. War der Aufstand vielleicht nur ein wohlgeplantes Ablenkungsmanöver, um ihn aus seiner sicheren Festung zu locken? Am Haupteingang war er schließlich ein leichtes Ziel für einen Attentäter. Misstrauisch schaute Irrlinger Richtung Waldrand und entdeckte überall die Schäferhunde mit ihren Führern, die das Gebiet um das Tor herum bereits durchsuchten. Alle Männer der Sicherheitsfirma hatten für diesen Fall ein spezielles Training absolviert und verhielten sich nun dementsprechend. Nein, aus dem Wald drohte ihm keine Gefahr. Er hob seinen Blick Richtung Wipfelwanderweg, der sich wie eine überdimensionale Schlange aus Balken und Bohlen in ungefähr zwanzig Metern Höhe durch die Bäume wand. Nichts. Nein, für die Aufregung musste es einen anderen Grund geben.

Pförtner Förtsch deutete nun stumm auf das große Stahltor am Eingang, das sich im Rücken Irrlingers befand. Er drehte sich um und zuckte unwillkürlich kurz zusammen, als er erkannte, was der Pförtner ihm zeigen wollte. Jemand hatte in Rot das Wort »Mörder« an das Stahltor gepinselt. An der Farbe hatte der Übeltäter nicht gespart, wie Blut hatten sich überschüssige Farbnasen ihren dünnen Weg Richtung Boden gebahnt. Aber das war nicht alles. Unter dem »r« der Drohpinselei klebte etwas in DIN-A4-Größe, das Irrlinger aus der Entfernung aber nicht richtig erkennen konnte.

»Was ist das?«, fragte er und lief auf das Tor zu. Zwei Männer des Sicherheitsdienstes begleiteten ihn mit erhobenen Waffen und beobachteten misstrauisch die Umgebung.

Vor dem Tor riss Irrlinger das Papier herunter. Der Fotoausdruck zeigte einen in einer Wiese liegenden aufgedunsenen Mann, der offensichtlich tot war. Die Gesichtszüge der verunstalteten Leiche waren nicht mehr zu erkennen, genauso wenig der Grund ihres Ablebens.

»Was soll der Scheiß?«, fragte Irrlinger seinen Sicherheitschef, der einen ratlosen Blick auf die Fotografie und den übel zugerichteten Toten warf, als ein Pick-up mit dem Verfolgungskommando auf der Straße auftauchte. Kurz vor dem Tor legte das Fahrzeug eine Vollbremsung hin, und mehrere Sicherheitsdienstler sprangen von der Ladefläche. Offensichtlich waren sie erfolgreich gewesen, denn sie zogen einen großen, kräftigen Mann unsanft vom Rücksitz des Toyota und schleiften ihn an seinen auf dem Rücken gefesselten Armen zu Irrlinger. Eine Minute später standen sich die beiden Männer Auge in Auge gegenüber, und Gerhard Irrlinger wusste sofort, mit wem er es zu tun hatte. Als er den Urheber der Schmiererei erkannte, legte sich eine seltsame

Ruhe über ihn. »Josef Schauer, ich hätte es mir ja denken können. Der grüne Biobaron aus Neudorf. Können Sie mir erklären, was der ganze Zirkus soll?«

Doch Schauer benahm sich weder kleinlaut noch schuldbewusst. Stattdessen war er außer sich und schrie Irrlinger an. »Der Mann ist tot, Irrlinger! Totgestochen von euren schwarzen Bienen. Ich weiß alles. Und glauben Sie bloß nicht, dass Sie mir wieder irgendeinen Scheiß erzählen können. Diesmal sind Sie zu weit gegangen. Sie und Ihre verfluchte Firma haben sich an der Schöpfung vergriffen, und das ist das Ergebnis!« Wütend zerrte Schauer an seinen Fesseln, am liebsten hätte er Irrlinger angesprungen.

Doch der zerknüllte das Foto und ging mit seinem Gesicht nahe an das von Schauer heran. »Ich habe keine Ahnung, wovon Sie reden, Schauer. Mir reicht's. Wenn Sie alle anderen in der Gegend gegen Santamon aufstacheln wollen, ist das Ihre Sache, aber das hier ist Sachbeschädigung, Schauer, Hausfriedensbruch und Verleumdung. Das wird Sie teuer zu stehen kommen, das kann ich Ihnen versprechen. Aber bis Sie wieder klar denken können, überlasse ich Sie der Polizei, Sie Möchtegernrevoluzzer. Erzählen Sie denen doch Ihre irrwitzigen Theorien. Schafft ihn fort!«, zischte Irrlinger und ließ das zerknüllte Foto auf den Boden fallen. Dann drehte er sich um, ging ohne Hektik wieder zurück in Richtung Pforte und warf noch einen kurzen Blick auf das blutrot verschmierte Tor. »Wischt das weg«, sagte er, und mehrere Leute inklusive Pförtner rannten sofort los.

Er war zu seinem Jeep zurückgeeilt, ohne jedoch Aufmerksamkeit zu erregen, war hinter der Abtei in einen Feldweg eingebogen und dann in Richtung Westen über die freie Flur gefahren. Rasen durfte er nicht, vielleicht war die Polizei mit Hubschraubern unterwegs, da hätte er sich mit einer zu schnellen Fahrt nur verdächtig gemacht. Also zuckelte er in gemäßigtem Tempo nach Westen in der Hoffnung, zwischen den anrückenden Polizeikräften durchzuschlüpfen. Grays Blick fiel kurz auf den weißen Brief auf dem Beifahrersitz. In der Hektik hatte er noch keine Gelegenheit gehabt, sich mit dem Inhalt zu befassen. Natürlich konnte es sein, dass der Brief für ihn und seine Suche irrelevant war, andererseits hatte ihn sein siebter Sinn noch nie im Stich gelassen. Die Büchler war nicht mehr in der Abtei, das glaubte er der Äbtissin, aber völlig reinen Wein hatte ihm die Schwester auch nicht eingeschenkt. Sie hatte ihm nicht getraut und deshalb versucht, den Brief vor ihm zu verbergen.

Im Rückspiegel waren keine Verfolger zu sehen, und auch Polizeisirenen waren nicht mehr zu hören. Sein Puls beruhigte sich langsam, als er den Wagen auf einer Anhöhe parkte. Am Horizont stand tief die Sonne, rechts unter ihm wurden in einem kleinen Dorf die Schatten lang und länger. Aus dem Tal klangen die monotonen Geräusche der Autobahn nach Suhl zu ihm herauf, rechts neben ihm zwitscherten irgendwelche Vögel. Eine ganz und gar unaufgeregte, sehr friedliche Stimmung herrschte um ihn herum. Er nutzte den Moment, um die Lage zu sondieren. Er hatte fliehen können, ohne mit der Polizei in Kontakt zu kommen. Natürlich würde die Äbtissin den Beamten von ihm erzählen, aber das würde ihnen nicht viel nützen. Sollten sie doch ein Phantombild von ihm zeichnen lassen.

Er war schon immer ein Verfechter des klaren Gedankens gewesen, noch nie hatte er Entscheidungen Hals über Kopf getroffen. Er stieg aus dem Wagen, ging um sein Fahrzeug herum zur Beifahrertür, öffnete sie und nahm Pfeife und seinen Tabakbeutel aus der Ablage der Tür heraus. In aller Ruhe stopfte er die Pfeife und zündete sie an, dann erst nahm er den Brief vom Beifahrersitz und ging mit ihm zur Frontseite des Jeeps, wo er sich mit dem Rücken an den Kühlergrill lehnte. Langsam, die Pfeife im Mundwinkel, öffnete er den Umschlag und nahm den zusammengefalteten Briefbogen heraus. Ein handschriftlich verfasster Text einer gewissen Franziska. Ein tiefes Gefühl der Befriedigung machte sich in Byron Gray breit, während er anfing, die Zeilen zu lesen.

Lieber Herr Haderlein,

meine Mutter hat mir gesagt, dass ich Ihnen vertrauen kann, und da ich auch Äbtissin Scholastika vertraue, wird Sie dieser Brief

sicher irgendwann erreichen. Ich selbst habe nur noch eine sehr ungenaue Erinnerung an Sie. Das, was damals während meiner Kindheit geschah, ist nun schon eine Weile her, auch wenn ich bestimmte Dinge aus dieser Zeit nicht vergessen habe und niemals vergessen werde.
Es ist mir durchaus bewusst, dass Sie mein Handeln nicht verstehen können. Sie sind ein Polizist, ein Vertreter des Gesetzes und des Guten, aber ich habe von der guten auf die schlechte Seite gewechselt, denn ich habe getötet. Doch währenddessen fühlte es sich für mich gerecht an. Ich habe gerecht gehandelt, auch wenn ich wahrscheinlich die Einzige bin, die das so sehen wird.
Natürlich könnte ich mich der Polizei stellen und aussagen. Vielleicht würde der Mörder meines Vaters dann für sehr lange Zeit im Gefängnis landen, aber vielleicht auch nicht. Glauben Sie mir, ich habe mich über Gerhard Irrlinger und seinen Mordclub der »Drei Eichen« sehr gründlich informiert. Der Mann hat es bisher noch immer geschafft, sich aus jeder schwierigen Situation zu befreien. Das kann und will ich nicht riskieren, und wenn ich ehrlich bin, will ich auch einfach nicht, dass er weiterlebt, egal, wo und wie. Auch wenn Sie es anders sehen mögen, Herr Haderlein, Gerhard Irrlinger, der Mörder meines Vaters, hat den Tod verdient. Nehmen Sie diesen Brief als das, was er ist: eine Erklärung, keine Rechtfertigung. Ich kann nicht leben, solange dieser Mann noch existiert. Ich kann es einfach nicht.
Ich werde Irrlinger seiner gerechten Strafe zuführen, auch wenn er noch immer glaubt, ich sei zu schwach und zu unbedeutend. Aber ich habe längst begriffen, dass man Menschen wie ihn nur mit ihren eigenen Waffen schlagen kann. Wenn es auch keine Pfeile sind, die ihn treffen werden, so wird der Gerechtigkeit trotzdem Genüge getan werden, glauben Sie mir das. Das Schicksal dieses Mannes ist besiegelt.
Bitte sagen Sie meiner Mutter, dass ich sie liebe, dass ich ihr danke für alles, was sie in den letzten Jahren für mich getan hat. Sie ist der liebenswerteste, ehrlichste und überhaupt wichtigste Mensch in meinem Leben. Deswegen werde ich sie von nun an schützen müssen. Ich werde sie niemals wiedersehen, auch wenn es mir das

Herz zerreißt. Ich bin so oder so allein und werde es von nun an für immer bleiben. Bitte sagen Sie ihr das.

Franziska

PS:
Doch ist so groß das Gelüst, mein Trauergeschick zu vernehmen
und in der Kürze den Schluss zu hören von Ilions Nöten.
Wenngleich schaudernd der Geist zurückbebt vor der Erinnerung,
will ich beginnen.

Byron Gray las sich den Brief mehrmals durch, legte ihn neben sich auf die Motorhaube und nahm mit der rechten Hand seine Beretta aus der Jacke, mit der er den Brief beschwerte. Nicht dass ein plötzlicher Windstoß das wertvolle Stück noch davonwehte. Die Arme verschränkt, stand er minutenlang an die Kühlerhaube seines Jeeps gelehnt und schaute der Abendsonne beim Untergehen zu. Ein Unbeteiligter hätte in ihm zweifelsohne einen Mann gesehen, der verträumt die romantische Stimmung des Momentes genoss und in die Weiten des Obermaintals sah. Ein Anblick, wie er friedlicher nicht hätte sein können. Niemand, der Byron Gray so betrachtete, hätte sich jemals vorstellen können, dass ihn einzig und allein eines beschäftigte: was Franziska Büchler genau vorhatte und wie er sie möglichst schnell finden und töten konnte.

Byron Gray rauchte seine Pfeife gelassen zu Ende, ohne Eile, ohne Hast. Es gab keinen Grund mehr dazu, denn er hatte den Brief. Der Brief bedeutete erstens, dass er Franziska Büchler jetzt finden würde, und zweitens, dass er damit schneller sein würde als die Polizei. Byron Gray wusste, dass er seinem Ziel nun sehr nahe war, und er begann, sich bereits auf die heimatlichen Smokey Mountains und seine Hütte im Wald zu freuen.

»Ich fahre dich jetzt erst einmal nach Hause, damit du dir neue Klamotten anziehen kannst. So, wie du aussiehst, gehst du mir nirgendwohin.« Haderlein machte seinem jungen Kollegen die Mama, während er nach links auf den Verkehr schaute und die Autobahn an der Ausfahrt Wattendorf verließ.

Lagerfeld nickte stumm. Er hatte vergeblich versucht, die Hose im Fahrtwind zu trocknen, aber nachdem sie bereits einmal hatten anhalten müssen, weil er das Beinkleid verloren hatte, sah auch er ein, dass es an der Zeit war, sich etwas Trockenes anzuziehen. So wie in der Tankstelle brauchte er im Büro nicht aufzulaufen, und außerdem lag die Mühle auf ihrem direkten Weg nach Bamberg.

Als Haderlein in die Straße zu Lagerfelds Zuhause einbog, stieg er verblüfft und unerwartet in die Bremsen. Vor ihnen ragte ein knallrotes Automobil in den Himmel, ein Monster von einem Gefährt. Haderlein schaute geschockt auf die rote Wand vor sich, gegen die er fast geprallt war, während Lagerfeld nach einer kurzen Schrecksekunde erkannte, was ihnen da die Zufahrt verstellte. »Ach du Scheiße, der Autokran«, stieß er hervor. »Den hatte ich ja völlig vergessen.«

Haderlein legte seinen Kopf auf das Armaturenbrett, um schräg nach oben zu schauen und die Höhe des Monsters abzuschätzen. Der Kran, den in dem rötlichen Licht der untergehenden Sonne eine fast feierliche Aura umgab, war gewaltig. »Wozu braucht ihr denn so ein Monstrum?«

»Das erklär ich dir später!«, rief Lagerfeld und sprang nach draußen. »Das hier kann dauern. Fahr du schon mal ins Büro und bring denen die Knarre aus der Itz. Ich zieh mich um, klär noch was mit dem Kran und komm dann schon irgendwie nach, tschau!« Rief's, warf die Autotür des Landrovers zu, rannte barfuß und mit nackten Beinen, seine nasse Hose, Strümpfe und Schuhe in den Händen haltend, um den Autokran herum und war Sekunden später verschwunden.

Haderlein schaute noch einmal voller Ehrfurcht auf das riesenhafte Gefährt, dann legte er den Rückwärtsgang ein und stieß zurück auf die Hauptstraße.

Sie hatte nun lange genug gewartet und mit sich gekämpft. Es war an der Zeit zu tun, was zu tun war. Sie musste sich beeilen, die Verfolger konnten nicht mehr weit sein. Als sie in der letzten Nacht mit Schwester Scholastika auf dem Bett gesessen hatte, waren ihr noch einmal Zweifel gekommen. Natürlich hatte sie der Äbtissin nicht die ganze Wahrheit gesagt, sie nur angedeutet. Aber sie hatte ihr von ihrer Kindheit erzählt, davon, dass sie hatte mitanschauen müssen, wie ihr Vater umgebracht worden war. Wie sie während ihres Studiums in den USA durch Zufall wieder auf den Mörder ihres Vaters gestoßen war und was die Entdeckung bei ihr ausgelöst hatte. Sie hatte der Äbtissin erzählt, dass sie danach nicht mehr dieselbe war und sie, Franziska Büchler, etwas getan hatte, was sie unumkehrbar auf die gleiche Seite gestellt hatte wie Irrlinger und seine mordenden Freunde.

Es hatte gutgetan, dass jemand einfach nur zuhörte, sich ihrer Seelenqualen annahm und das Leid zu teilen versuchte. Die Äbtissin musste gespürt haben, dass sie etwas vorhatte, was sie selbst als Mensch, der sich der Friedfertigkeit und Vergebung verschrieben hatte, niemals gutheißen konnte. Doch Schwester Scholastika hatte sie nicht bedrängt, sondern ihr schließlich nur alles Gute und Gottes Segen gewünscht, bevor sie ihr für die Nacht noch die Bibel und ein Buch gebracht hatte, das sie sich von ihr erbeten hatte. Als Jugendliche hatte sie es verschlungen, und es hatte ihr vor etlicher Zeit auch die Lösung geliefert, wie sie den Mörder ihres Vaters bezwingen konnte. Den Mann, den sie hasste wie nichts anderes auf dieser Welt. Den Mann, den sie tot sehen wollte, damit ihre gequälte Seele endlich Ruhe fand.

Heute Nacht in der Abtei hatte sie keine Sekunde Schlaf gefunden. Sie hatte noch einmal in dem Buch gelesen, das sie so geliebt hatte, und dann jenem Kommissar Haderlein einen Brief geschrieben, der gleichzeitig an ihre Mutter und an die Welt gerichtet war. Sie war sich sicher, dass die Äbtissin den Brief zuverlässig für sie aufbewahren und zu gegebener Zeit überbringen würde. Aber erst dann, wenn Gerhard Irrlinger tot war.

Byron Gray hatte so lange nachgedacht, bis die Sonne hinter dem Horizont fast verschwunden war. Diese Franziska schien sich ja verdammt sicher zu sein, ihr Vorhaben, Irrlinger zu töten, auch umsetzen zu können. Und genau das verstand er nicht. Selbst er als erfahrener Profi in bester körperlicher Verfassung sah sich außerstande, die Zäune um das Santamon-Gelände in Schmerb zu bezwingen. Er hatte sie zwar nur kurz begutachtet, aber was er bei seinem Besuch des Wipfelweges gesehen hatte, reichte vollkommen aus. Auch wenn er dieser Lady sehr viel zutraute, das nicht. Aber vielleicht steckte der Schlüssel zu ihrer Selbstsicherheit ja in dem kurzen Nachsatz des Briefes. Die Zeilen klangen nach einem historischen Textauszug, so als wollte sie dem Kommissar noch etwas mitteilen.

Gray holte den Laptop vom Rücksitz und stellte ihn auf die Motorhaube seines Jeeps, direkt neben die Beretta, die immer noch den Brief beschwerte. Mittels Bluetooth verband er sein Smartphone mit dem Rechner, stellte eine Verbindung zum Internet her, gab die Zeilen aus dem Brief in die Suchmaschine ein und harrte der Treffer. Er brauchte nicht lange zu warten. Die Ergebnisse wurden ihm sowohl in der altgriechischen Originalfassung als auch in der lateinischen Übersetzung und im Englischen, das er noch immer am besten verstand, geliefert. Byron Gray trat einen Schritt zurück, als er erkannte, aus welcher bekannten historischen Schrift die Zeilen stammten. Bilder tauchten vor seinem geistigen Auge auf. Bilder von uneinnehmbaren Stadtmauern, Schlachtengetümmel, Blut, Sand und Meer. Dann schließlich dieses berühmte Bild, das aus der Weltgeschichte nicht mehr wegzudenken war. Ein geflügelter Begriff, der immer dann Verwendung fand, wenn es um die Täuschung der Gegner ging. In diesem Moment wurde ihm klar, was Franziska vorhatte. Er wusste, wie sie den Mord begehen wollte, vor allem aber wusste er, wo sie sich aufhielt. Und wenn er jetzt nicht sehr schnell handelte, würde ihr Plan womöglich auch gelingen. Er trennte das Handy vom Laptop und wählte Irrlingers Nummer. Es meldete sich seine Sekretärin, die ihm mitteilte, ihr Chef sei gerade nicht erreichbar und wolle auch nicht gestört werden. Auch auf sein intensives Bitten hin war sie nicht dazu zu bewegen, Irrlinger zu benachrichtigen. Wütend brach Gray das Gespräch ab und warf alles, was noch auf der Motorhaube lag, auf den Rücksitz seines Wagens. Dann schoss er mit Höchstgeschwindigkeit über den vor ihm liegenden Feldweg hinunter ins Tal. Geschwindigkeitsbegrenzung hin oder her, er musste nach Schmerb, und zwar schnell.

Als Lagerfeld sich der Mühle näherte, befand sich Ute mit dem Vorarbeiter der Firma Bösel bereits wieder in wilder Diskussion. Ferdinand Gürtlers Gesichtsausdruck war an Jämmerlichkeit nicht zu überbieten. Er war es gewohnt, gegen jegliche Widrigkeiten der Baustelle im Allgemeinen zu kämpfen, dazu gehörten Frost, Bodenbewegungen, Lieferprobleme oder Wassereinbrüche. Er hatte in seinem Leben Tausende von Kubikmetern an Erdboden ausgehoben und noch mehr Kubikmeter Beton verbaut, aber so etwas wie diese Bauherrin war ihm noch nie untergekommen. Gerade regte sie sich über die Kosten des Autokrans und die finanzielle Nichtbeteiligung der Firma Bösel an jenem Gerät auf. Gesten- und wortreich verdeutlichte sie ihm die rechtliche Lage aus ihrer Sicht und war nicht davon abzubringen, dass sie als Bauherrin in gar keinem Fall dazu bereit war, die Kosten für den Autokran allein zu stemmen.

Ferdinand Gürtler kratzte sich verzweifelt an der Stirn und wartete sehnsüchtig auf den Moment, auch einmal zu Wort zu kommen. Er hatte bereits mehrfach heimlich auf die Uhr geschaut. Eigentlich hatte er längst Feierabend, aber weil der Autokran so dringend benötigt wurde, machte er Überstunden. Wenn dieses blonde Fegefeuer vor ihm jedoch so weitermachte, würden sie morgen früh noch hier stehen.

Lagerfeld versuchte, sich unbemerkt hinter den beiden Diskutanten ins Haus zu schleichen, was ihm aber kläglich misslang. Seine Ute hatte überall Augen, auch am Hinterkopf.

»Bist du irre, Bernd? Wie siehst du denn aus, und wieso rennst du halb nackt durch die Gegend?«, rief sie empört, während sie ihren Lebensgefährten ansah, als hätte sie ihn beim Sahnejoghurtklauen am Kühlschrank erwischt.

Aber Bernd Schmitt war ziemlich in Eile und nicht bereit, sich in die laufenden Baustellenverhandlungen einzumischen. Es gab weiß Gott Wichtigeres zu tun. »Muss mich umziehen«, nuschelte er in ihre Richtung und verschwand flugs im Haus.

Ute von Heesen konnte das nicht akzeptieren, wollte sich aber erst noch einmal Gürtler zuwenden, der jedoch auf wundersame Weise plötzlich verschwunden war. Sie sah ihn gerade noch in großer Distanz dem Kranfahrer winken. Also blieb ihr erst einmal nur, sich um das äußere Erscheinungsbild ihres Kommissars zu kümmern. Sie fand ihn in der Küche, wo er die Taschen seiner nassen Kleidung leerte. Ute von Heesen beschloss, sich vorerst nicht aufzuregen, sondern ihm eine halbwegs akzeptable Ersatzdienstkleidung aus dem Schrank zu holen: eine schwarze Jeans und ein paar Socken. Die passten zwar farblich nicht, aber den weißen Turnschuhen, die sie danebenstellte, würde es egal sein.

Lagerfeld murmelte ein paar undefinierbare Dankesworte und zog die neuen Klamotten an, während Ute sich einen Weidenkorb nahm, um den ehemaligen Inhalt aus Bernds Hosentaschen zu trocknen. Dabei fiel ihr Blick auf einen karierten Zettel. Neugierig nahm sie das Blatt Papier, weil ihr als studierte Historikerin die Verse irgendwie bekannt vorkamen. Zwar hatte sie nach etlichen Semestern Historikstudium in die Betriebswirtschaft gewechselt, aber dafür reichten ihre Kenntnisse gerade noch aus. »Seit wann beschäftigst du dich denn mit altgriechischer Mythologie, Bernd? Und was hat das mit Polizeiarbeit zu tun, wenn ich fragen darf?« Kopfschüttelnd betrachtete sie den Text vor sich.

Lagerfeld kapierte nicht ganz. »Wieso Altgriechisch, das ist doch Latein?«, fragte er mürrisch, während er auf einem Bein hüpfend versuchte, seinen rechten Turnschuh zuzubinden.

Ute von Heesen hatte es satt, dass ihr immer widersprochen wurde. »Natürlich ist das Latein, du Schlaumeier. Aber im Original ist es Altgriechisch. Das sind Verse aus der ›Ilias‹ von Homer. Es geht um das Trojanische Pferd. Du weißt schon, das hölzerne Teil, das die Trojaner in die Stadt gezogen haben und aus dem dann nachts die Griechen herausgekrochen kamen und Troja eroberten. Ilion ist in den alten Texten das Synonym von Troja.« Sie schaute ihn an, und Lagerfeld schaute ziemlich dämlich auf einem Bein stehend zurück.

»Das Trojanische Pferd?«, fragte er mit einem Gesichtsausdruck, der Ute ernsthaft an seinem Geisteszustand zweifeln ließ.

Ihr kam ein fürchterlicher Verdacht, der sich hoffentlich als Trugschluss entpuppen würde. »Bernd, bitte sag jetzt nicht, dass du noch nie etwas vom Trojanischen Pferd gehört hast. Und bitte erklär mir nicht, Troja wäre ein Flugsaurier aus der Kreidezeit.« Halb hoffnungsvoll, halb drohend sah sie Bernd Schmitt an, der immer noch wirkte wie ein abgestürzter Computer, den man wieder hochfahren muss. Immerhin hatte er jetzt beide Turnschuhe zugebunden und stand trocken und mit beiden Füßen auf dem Boden der Küche.

Dann aber erwachte der Computer schlagartig zu neuem Leben, und Bernd Lagerfeld Schmitt machte aus dem Stand einen Satz auf seine Ute zu, dass diese vor Schreck fast aufgeschrien hätte. Er rupfte ihr den Zettel aus der Hand und stierte auf die Zeilen, als würden sie plötzlich gülden leuchten und eine versteckte geheime Botschaft verkünden. »Das Trojanische Pferd«, flüsterte er heiser und fingerte hektisch nach seinem Handy, das mit den anderen Sachen im Weidenkorb lag. Ute sagte lieber mal gar nichts, sondern betrachtete verwirrt das Gebaren ihres Göttergesellen da vor sich. Der tippte, nein, er haute die Telefonnummer von Haderleins Handy in die Tastatur, bis der sich meldete.

Honeypenny war fertig mit dem Tagwerk, das sie für Huppendorfer noch erledigen sollte, und hatte eigentlich frei. Allerdings fehlten ihr zu ihrem Feierabendglück noch zwei gewisse Dinge: zum einen Riemenschneider, die sie in die Obhut Huppendorfers übergeben wollte. Sie hatte sich kurzfristig umentschieden, da Franz Haderleins Götterfrau nicht mehr daheim war. Und zum anderen ihr angebeteter Hubert Fiederling, der Riemenschneider nur kurz hatte spazieren führen sollen. Die beiden hätten schon längst wieder zurück sein müssen. Leicht besorgt stapfte sie los, um ihre zwei Lieblinge zu suchen. Sie folgte der üblichen Gassiroute Riemenschneiders und fand das Gespann denn auch inmitten der Rasenflächen an der blauen Schule. Ihr Hubert zerrte verzweifelt an Riemenschneiders Leine, die ihrerseits mit ihrem Rüssel hartnäckig im Rasen herumwühlte, da sie nach Egerlingen, Raupen und sonstigem Getier suchte. Honeypenny konnte es nicht fassen. Schaffte es ihr Hubert denn nicht einmal, sich gegen ein kleines Schwein durchzusetzen?

Hubert Fiederling bemerkte Honeypenny und ihr missmutiges Gesicht, und es dämmerte ihm, dass er sich gerade etliche Minuspunkte bei seiner Herzdame eingefangen hatte.

Diese schnappte sich die Leine und zerrte das kleine Ferkel aus seiner kulinarischen Fundgrube. »Mitkommen, alle beide«, blaffte sie in einem Tonfall, der keine Widerrede zuließ.

Das Trio erreichte die Dienststelle, als auch Haderlein seinen Freelander am Haupteingang parkte. Verwundert musterte er die drei, allzu happy schauten die ja nicht gerade aus der Wäsche.

»Sehr schön, Franz«, kam ihn Honeypenny entgegen, »gut, dass ich dich treffe. Wäre sehr nett, wenn du dein Schweinchen endlich an dich nehmen könntest, ich habe jetzt nämlich frei, verstanden?« Sie drückte ihm Riemenschneiders Leine in die Hand und griff sich dafür das linke Handgelenk Fiederlings, der sogleich ein Déjà-vu hatte, denn wieder wurde er willenlos von einer übermächtigen Kraft durch die Gegend gezerrt.

Haderlein schaute den beiden noch leicht amüsiert hinterher, als sein Handy klingelte. Auch das noch, natürlich ein Anruf im ungünstigsten Moment. »Ja, Herr Schmitt, was gibt es denn so Dringendes? Ich hoffe, Sie haben ein paar trockene –« Weiter kam er nicht.

»Franz, halt die Klappe«, unterbrach ihn sein junger Kollege unerwartet schroff. »Hör einfach nur zu. Ich weiß jetzt, wo Franziska ist und was sie vorhat. Trommel alles, was du an Bereitschaftsbeamten auftreiben kannst, zusammen und fahr mit denen nach Schmerb. Außerdem brauchen wir vom Staatsanwalt einen Haftbefehl, wir müssen irgendwie bei Santamon rein.« Lagerfeld hatte seine Ansage regelrecht durch das Telefon gebellt, ein untrügliches Zeichen dafür, dass er sich verdammt sicher sein musste.

»Moment mal, Bernd«, wandte Haderlein ein. »Einen Haftbefehl? Für Irrlinger? Das kannst du vergessen, wir haben noch immer nichts in der Hand, was auch nur annähernd einen Haftbefehl rechtfertigen würde. Der Staatsanwalt wird uns nur auslachen. Auch wenn wir mit der gesamten bayerischen Bereitschaftspolizei dort auftauchen, müssen die uns bei Santamon nicht reinlassen, wenn sie nicht wollen. Das ist eine regelrechte Festung, Bernd, eine Art Mini-DDR. Wenn du allerdings etwas gefunden hast, womit wir den Typ festnageln können, dann sag's besser gleich, dann bin ich der Erste, der den Staatsanwalt vom abendlichen Sofa klingelt.« Gespannt lauschte er ins Telefon, aber es herrschte plötzliche Funkstille.

»Mach einfach, Franz«, erwachte Lagerfeld einige Sekunden später wieder zum Leben. »Versuch, einen Haftbefehl oder wenigstens einen Hausdurchsuchungsbeschluss zu bekommen. Ich hab jetzt keine Zeit für große Erklärungen, ich kann dir nur sagen, dass Franziska Büchler in keinem Kloster mehr ist, sondern wahrscheinlich schon auf Santamons Firmengelände, wo sie es auf Irrlinger abgesehen hat. Wir treffen uns vor Santamons Haupteingang. Und nimm Riem–«

Einfach aufgelegt. Verwirrt schaute Haderlein erst auf sein stummes Handy, dann zu seinem Ermittlerferkel. Franziska sollte schon bei Santamon sein? Wie kam Lagerfeld denn darauf? Aber wenn Bernd Schmitt so hektisch war, musste an seiner Vermutung etwas dran sein. »Dann wollen wir mal lieber tun, was uns unser junger Kollege befiehlt«, sagte Haderlein zu seinem Ferkel, hievte es auf den Beifahrersitz des Landrovers und schlug die Tür zu. Dann spurtete er die Stufen zum Büro hinauf, um kurz Fidibus Bescheid zu stoßen, der die Bepo alarmieren sollte, denn einem Kommissar Haderlein würden die nach dem Fehlalarm an der Abtei heute sicher nicht mehr glauben.

Gerhard Irrlinger schloss die Haustür hinter sich und begab sich zurück in seinen Empfangsraum. Die Bienenkönigin war ganz offensichtlich auf dem Weg, die Welt zu erobern. Wie geplant hatte sie sich vermehrt und bereits ihr erstes Opfer gefunden. Das war Pech für den Kerl auf dem Bild, aber Glück für Santamon, bedeutete es doch, dass es ein Volk der neuen Bienenart gab, wild und durchsetzungsfreudig. Dieser Biofanatiker Schauer konnte vermuten, was er wollte, ohne Beweise ging in diesem Land gar nichts. Und jetzt hatte sich der Imker mit seiner unbedachten Aktion erst einmal selbst ins Abseits manövriert. Für Irrlinger lief alles nach Plan.

In seinem Sessel sitzend betrachtete er durch das Fenster die sich im Wind wiegenden Bäume vor dem Haus, bis die Sonne untergegangen war. Seine Gedanken kreisten um die zugegebenermaßen ereignisreichen letzten Tage. Die Hochzeit auf dem Staffelberg mit dem Mordanschlag auf den Bräutigam. Die kritischen Stunden in der Coburger Villa, wo alles wie geplant gelaufen war, bis die durchgedrehte Amazone aufgetaucht war. Aber Gray hatte die Situation souverän gemeistert. Dann die Wahl zur fränkischen Unabhängigkeit, die immer noch nicht entschieden war, sein Gespräch mit Zöder, dem er seinen Rückzug aus der Politik verkündet hatte. Und schließlich der heutige Tag, der mit dem Treffen auf dem Wipfelwanderweg begonnen hatte und mit dem Tod jener Franziska enden würde, die glaubte, sich mit ihm, mit Gerhard Irrlinger, anlegen zu können.

Er gönnte sich den letzten Rest des Single Malts und stellte das Glas zurück auf die steinerne Tischplatte, als sein Handy klingelte. Seine Chefsekretärin. Es musste etwas Dringendes sein, denn er hatte ihr ausdrücklich befohlen, keine Anrufe zu ihm durchzustellen. Innerhalb von Santamon konnte niemand mit seinem Handy telefonieren, Störsender verhinderten das. So konnte sich die Firma der uneingeschränkten Arbeitswilligkeit der Mitarbeiter sicher sein. Anrufe konnten nur auf die Handys von Mitarbeitern durchgestellt werden, wenn sie vorher durch Carola Zosig abgesegnet worden waren. Auch Irrlinger war von dieser Regelung betroffen, und er hatte Zosig untersagt, heute Anrufe von außen an ihn weiterzuleiten. Mit einer Ausnahme: die von Byron Gray.

»Ja«, meldete er sich kurz und knapp, dann hörte er sich das an, was Zosig zu sagen hatte, und zum ersten Mal an diesem Tag legte sich seine Stirn in Falten, die immer tiefer wurden. »Wenn es denn unbedingt sein muss«, beendete er schließlich das Gespräch. Es half alles nichts, die Zeit der Ruhe und Entspannung war vorbei, da es Menschen gab, die nicht fähig waren, eigene Entscheidungen zu treffen, wenn es darauf ankam. Irrlinger verabschiedete sich von Bill und George, ließ den Whisky Whisky sein und machte sich auf den Weg ins Büro.

Dieser Aegidius Braun ging ihm langsam ernsthaft auf die Nerven. Jetzt wollte er ihn schon wieder sprechen, diesmal sogar im Labor. Es sei absolut dringend und unaufschiebbar, hatte ihm seine Chefsekretärin erklärt. Es seien unerwartete Schwierigkeiten aufgetreten, die seine unbedingte Anwesenheit vor Ort erforderten. Carola Zosig hatte ihm nicht erklären können, was genau Braun damit gemeint hatte, aber wiederholt, es sei außerordentlich wichtig. Nun denn, wenn Carola das sagte, dann war es wohl tatsächlich besser, selbst nach dem Rechten zu sehen. Wenn Irrlinger überhaupt jemandem in seinem Umfeld vertraute, dann seiner lebenserfahrenen Sekretärin.

Gray hatte das Gaspedal bis zum Anschlag durchgetreten und auf der Bundesstraße durch den Steigerwald sämtliche Geschwindigkeitsbeschränkungen missachtet. Zwischendurch hatte er immer wieder versucht, Irrlinger zu erreichen, aber seine Sekretärin war hart geblieben, ihr Chef sei im Moment nicht zu erreichen. Irgendwann hatte er seine Bemühungen eingestellt und stattdessen begonnen, eine Art Strategie zu entwickeln. Sein Hauptproblem würde es sein, in das Gelände hineinzukommen. Am Tor kannte ihn niemand, der Sicherheitsdienst würde ihn sicher nicht durchlassen, und der Zaun war unüberwindbar. Er war schon kurz vor Ebrach, als ihm endlich der entscheidende Einfall kam. Er bog scharf nach rechts ab und schoss die Straße nach Schmerb hinauf. Kurz vor der Zufahrt zum Santamon-Haupttor bog er ein weiteres Mal nach rechts ab und folgte den Wegweisern zum Parkplatz des Wipfelwanderweges. So schloss sich der Kreis, dachte sich Gray, während er den Jeep auf dem leeren Parkplatz mit einer Vollbremsung und aufspritzendem Kies zum Stehen brachte.

Die Öffnungszeiten des Weges waren schon lange vorbei, der Eingang lag verlassen da, Byron Gray war allein. Er steckte die Beretta in das Schulterholster und suchte sich seine Einstiegsstelle von heute Morgen. Mühelos überkletterte er die Absperrung am Kassenhäuschen, lief die Holzstufen zum Wipfelwanderweg hinauf und von dort die zwei Kilometer durch die Baumkronen, bis er das Kioskhäuschen, den Treffpunkt mit Irrlinger, erreichte. Er rüttelte an allen Fensterläden, natürlich waren sie von innen verschlossen, aber die dicke Holztür hatte nur ein ordinäres Sicherheitsschloss, das für Byron Gray kein Hindernis darstellte. Er holte ein kleines Etui aus der Tasche, hantierte mit seinem Spezialwerkzeug an dem Sicherheitsschloss, und nach nur wenigen Sekunden öffnete sich die Tür. Im Kiosk verschloss er die Tür wieder, bückte sich und suchte in der Dunkelheit mit den Fingern den Boden nach Ritzen und Fugen ab. Schließlich fand er, wonach er gesucht hatte, und hob die schwere Bodenklappe an. Direkt unter ihm konnte er eine alte Eiche erkennen, die mit ihren ausladenden Ästen bis an den Kiosk heranreichte, nahe der Bodenklappe war eine Hängeleiter nach oben gerafft und fixiert. Er löste den Verschluss, und die Leiter fiel bis zum Boden hinunter. Byron Gray lächelte. Na also, er hatte seinen Weg auf das Gelände von Santamon gefunden und war in dessen abgelegenem Teil gelandet.

Auf seinem Weg zum Labor überlegte Gerhard Irrlinger, worin Aegidius Brauns Schwierigkeiten wohl diesmal bestehen könnten. Er wollte schwer hoffen, dass sein Laborleiter ihn nicht mit irgendwelchen Lappalien belästigen wollte. Aber so, wie sich Carola angehört hatte, war wohl eine ziemliche Katastrophe passiert.

Als er das Labor durch den Haupteingang betrat, bemerkte er sofort, dass in den vorderen Räumen kein Licht mehr brannte. Nur das eigentliche Labor war hell erleuchtet. Wahrscheinlich war nur noch Braun anwesend, um auf ihn zu warten. Irrlinger wollte die Labortür schon öffnen, als sich von hinten eine Hand auf seine Schulter legte. Überrascht drehte er sich um und blickte in das angespannte Gesicht von Byron Gray, der sofort einen Finger auf seinen Mund legte zum Zeichen dafür, dass der Geschäftsführer schweigen sollte. Irrlinger war perplex. Sein Verstand war zwar vieles gewohnt, aber das unvermittelte Auftauchen Grays warf ihn für einen Moment doch aus der Bahn.

»Ich konnte Sie nicht erreichen«, flüsterte Gray Irrlinger ins Ohr. »Ihre Sekretärin wollte mich nicht zu Ihnen durchstellen. Also musste ich einen anderen Weg finden, um Sie zu sprechen.«

Irrlinger wunderte sich. Hatte er Carola nicht ganz andere Anweisungen erteilt? »Was ist denn los?«, fragte er halblaut zurück, als er sich wieder gefasst hatte.

Byron Gray flüsterte ihm erneut etwas so leise ins Ohr, dass Irrlinger das Gesagte gerade noch verstehen konnte. Die Informationen lösten in ihm außerordentliches Unbehagen aus. Franziska Büchler war also hier. Erst jetzt bemerkte er die Waffe mit Schalldämpfer in der Hand des Amerikaners und begriff den Ernst der Lage. War die Frau etwa hier im Labor? Aber hatte nicht Aegidius Braun ihn hierherbestellt? Was für eine Verschwörung war da nur im Gange? Irrlingers Gedanken rasten.

»Wer arbeitet hier?«, flüsterte Gray.

Irrlinger überlegte kurz, bevor er antwortete. »Der Laborleiter, seine Biologinnen und ihre Assistenten«, flüsterte er leise zurück.

Byron Gray nickte grimmig. Biologin, das passte. Franziska Büchler hatte in den USA Biologie studiert und es anscheinend wie auch immer geschafft, bei Santamon eine Anstellung zu finden. Sehr clever, dachte er anerkennend. Aber damit, dass er ihren Brief abgefangen hatte und somit noch rechtzeitig hinter ihr kleines Geheimnis gekommen war, rechnete sie wahrscheinlich nicht. Geräusche waren zu hören, dann tauchte blondes Haar hinter dem Glas der Türscheibe auf. Gray schob Irrlinger auf die Seite, sodass dieser im Halbdunkel des Raumes nicht mehr zu sehen war, hob ruhig seine Beretta und wartete.

Langsam öffnete die blonde Frau die Tür und stand im Gegenlicht des Labors als dunkler Umriss vor ihm. Gray drückte dreimal kurz hintereinander ab, die Beretta gab jedes Mal ein halblautes »Plopp!« von sich, und die Frau wurde rückwärts in den Raum zurückgeschleudert, aus dem sie getreten war. Die Kugeln der Beretta hatten sie zweimal ins Herz und einmal in die Stirn getroffen. Noch bevor sie auf dem Boden des Labors aufschlug, war sie tot.

Als Franz Haderlein in Begleitung von Fidibus und Huppendorfer am Santamon-Gelände auftauchte, hatten die Einsatzfahrzeuge der Polizei bereits alles umstellt, was es zu umstellen gab, aber das war es mit den Möglichkeiten der Staatsmacht in Schmerb dann auch schon gewesen. Haderlein hatte keinen Durchsuchungs-, geschweige denn einen Haftbefehl erhalten. Als er mit Lagerfelds Wünschen vor seinem Chef stand, hatte der nur mit dem Kopf geschüttelt und ihn wie einen Schwachsinnigen angesehen. Also tat er das, was er tun konnte, und ließ vor dem Firmengelände optisch und akustisch die Muskeln spielen. Vielleicht konnte er damit ja irgendwie Eindruck schinden. Das klappte immerhin leidlich, zumindest wirkte der Wachdienst ein wenig nervös.

Der Kriminalhauptkommissar marschierte zum Haupteingang und verteilte verbale Drohungen. Beim Pförtner zeigte sein Gebaren durchaus einen gewissen Erfolg: Der arme Kerl zitterte wie Espenlaub und versuchte mehrmals, seinen Chef zu erreichen. Doch außer dessen Chefsekretärin, die ihm die Weisung gab, niemanden aufs Gelände zu lassen, kriegte er niemanden an die Strippe.

Die schwarz gekleideten bewaffneten Männer des Sicherheitsdienstes bauten sich jetzt den Beamten gegenüber vor dem schmalen Durchgang auf und signalisierten Unnachgiebigkeit. Das große stählerne Tor zum Gelände blieb verschlossen, daran ließen sie keinen Zweifel.

Huppendorfer und Fidibus schauten sich bereits vielsagend an, doch Haderlein bestand darauf, auf Lagerfeld zu warten. Wenn Bernd sagte, dass er wusste, was er tat, dann glaubte er ihm das. Sein junger Kollege war zwar manchmal etwas unkonventionell, aber ganz bestimmt kein Spinner oder Verrückter. Haderlein blickte mit Riemenschneider an der Leine nervös auf die Uhr und sich dann um. Die Bereitschaftspolizisten lächelten schon mitleidig zu ihm herüber. Wenn Lagerfeld nicht etwas ganz Entscheidendes auf der Pfanne hatte, dann würde die Bamberger Kripo sich heute ein zweites Mal bis auf die Knochen blamieren. Endlich klingelte sein Handy, und Lagerfeld war dran.

»Ist das Tor frei?«

Haderlein verstand die Frage nicht. Natürlich war das Tor nicht frei, es standen ja etliche Einsatzfahrzeuge mit Blaulicht davor.

»Sieh zu, dass das Tor frei ist, Franz«, schickte Lagerfeld sogleich die nächste Anweisung hinterher. »Bin sofort da!« Dann hatte er schon wieder aufgelegt.

Einerseits war Franz Haderlein erleichtert, dass sein Bernd ihn nicht hängen ließ, andererseits hatte er noch immer keinen blassen Schimmer, was der Kerl vorhatte. Aber bitte, er brach sich keinen Zacken aus der Krone, wenn er die Polizeiwagen anwies, etwas auf die Seite zu fahren. Es würde eh nicht mehr lange dauern, bis sie abrückten. Er ging zu den Beamten hinüber, und wenig später standen die Wagen am Wegesrand oder neben dem Pförtnerhäuschen. Der Sinn der Übung war allen jedoch mehr als rätselhaft.

Dann geschah etwas, was sämtlichen Beteiligten ganz sicher bis an ihr Lebensende im Gedächtnis bleiben würde. Hinter der Bergkuppe Richtung Ebrach konnte man leise das dumpfe Dröhnen großer Motoren wahrnehmen. Es hörte sich an, als wollte die Bundeswehr mit dem größten ihr zur Verfügung stehenden Gerät eine Manöverübung auf offenem Feld abhalten. Am Horizont folgte dem dumpfen Grollen dann auch bald darauf der Umriss des dazugehörigen Fahrzeuges. Es war kein Leopardpanzer der Bundeswehr oder Hubschrauber, nein, es war etwas viel Gewaltigeres. Als das Monstrum mit nicht unerheblicher Geschwindigkeit näher kam, erkannte Franz Haderlein als Erster der Anwesenden, was da auf sie zugeschossen kam, schließlich hatte er dem Koloss doch erst vor wenigen Stunden Auge in Auge gegenübergestanden. Und gleichzeitig ging ihm eine ganze Lichterkette auf, was Lagerfeld im Schilde führte. Die Erkenntnis traf ihn plötzlich und unvorbereitet.

»Nein«, kam es ihm noch fassungslos über die Lippen, dann drehte er sich um und rief: »Alle auf die Seite, in Deckung!« Schnell packte er Riemenschneiders Leine und brachte sich mit ihr, Fidibus und Huppendorfer im nächsten Gebüsch in Sicherheit. Er konnte gerade noch Lagerfeld im Führerhaus erkennen, der entschlossen nach vorn auf das Stahltor am Eingang deutete, neben sich einen verkniffen dreinschauenden Fahrzeugführer, dem die blanke Angst ins Gesicht geschrieben stand. Sekunden später krachte der obere Ausleger des Autokrans mit voller Wucht gegen das massive Stahltor Santamons, das wie Kinderspielzeug in zwei Teile zerlegt mit lautem Krachen und Poltern in den Innenhof des Geländes flog. Die gewaltigen Edelstahlscharniere der Torflügel hatten sich zu hässlichen Fragmenten verzogen und ragten wie Kunstwerke in alle Richtungen. Der Kranführer versuchte zwar noch, die wilde Fahrt seines Gefährts zu stoppen, kriegte aber die Kurve nach der Toreinfahrt nicht mehr hin, sodass er mit seinem Kranausleger auch noch den Trafoturm umknickte, dieser wie in Zeitlupe auf den Weg fiel und schließlich zerbrach. Als neben ihm der Autokran mit kreischenden Bremsen endgültig zum Stehen gekommen war, herrschte absolute Stille, nur ein leises, kraftloses Zischen war aus Richtung des so plötzlich gestoppten Kranfahrzeugs noch zu vernehmen.

»Das ist sie nicht«, sagte Byron Gray, nachdem er das Gesicht der getöteten Frau auf dem Laborboden betrachtet hatte. Zur Sicherheit holte er das Foto aus der Jacke, das das Konterfei von Franziska Büchler zeigte, aber auch Irrlinger schüttelte schon den Kopf.

»Nein, die Frau heißt Angela Haimer. Ist Biologin, soweit ich weiß.« Die Tote sah aus, als sei sie gerade auf dem Weg in ihren Feierabend gewesen. Vielleicht war sie nur zur falschen Zeit am falschen Ort gewesen, vielleicht aber auch eine Helfershelferin, wer wusste das schon. Gray zögerte nicht lange und bedeutete Irrlinger, ihm zu folgen. Gemeinsam begaben sie sich in die Sicherheitsschleuse, schlossen Mund und Augen und ließen die Desinfektionsprozedur über sich ergehen.

Wieder flüsterte Gray Irrlinger etwas ins Ohr, woraufhin dieser gegen das kleine Fenster klopfte. Die Gestalt im Bienenraum schien beschäftigt und trug weiße Schutzkleidung, weshalb sie nicht zu erkennen war. Die Person drehte sich aufgrund der Klopfgeräusche um und schien einen Moment lang unschlüssig zu sein, was sie tun sollte. Dann winkte sie Irrlinger zu, was nur bedeuten konnte, dass er in den Raum kommen sollte.

»Hierbleiben«, sagte Gray halblaut zu Irrlinger und lächelte kalt. Dann öffnete er selbst die Tür, ging mit erhobener Waffe hindurch und schloss sie hinter sich.

Die Wachdienstler standen noch völlig verdattert in der Gegend herum, während die Bereitschaftspolizisten auf das Gelände strömten. Niemand fragte mehr nach Durchsuchungsbefehlen oder sonstigen Berechtigungen. Die Situation mit dem vom Autokran zermalmten Stahltor war so abstrus, dass sich alle gängigen Konventionen und Vorgaben der Polizeiarbeit in Luft aufgelöst hatten. Haderlein rannte mit Huppendorfer zum Autokran, aus dessen Führerhaus gerade Lagerfeld mit einem bleichen Fahrzeugführer stieg.

»Mensch, Bernd, alles in Ordnung?«, fragte Haderlein sorgenvoll, aber Lagerfeld war mit seinen Gedanken schon einen Schritt weiter.

Direkt hinter Haderlein saß ein kleines Ferkel allein und verloren auf dem Weg und schaute mit großen Augen in die Gegend. So eine gewaltige Show hatte sie in ihrem ganzen Schweineleben noch nie geboten bekommen. So konnte man also auch Türen öffnen, aha. Die Aktion hatte ihr gehörigen Respekt eingeflößt, sie war sehr gespannt, wie es jetzt weiterging. Und es ging tatsächlich weiter, und zwar direkt mit ihr. Lagerfeld hielt ihr ein kariertes Blatt Papier mit irgendwelchen Schriftzeichen unter die Nase. Das Ding roch nach Wachs und Weihrauch, aber auch nach einem weiblichen Menschen. Ihr war schon klar, dass sie nicht nach Lagerfeld und seiner Ute suchen sollte, nach denen roch der Zettel ja auch, nein, da war noch ein älterer schwacher, fremder Duft. Nicht besonders stark, aber noch wahrnehmbar.

»Such!«, rief der Kollege ihres Herrchens. »Such, Riemenschneider!« Na, der tat sich leicht, der Gute, dachte sie sich leicht angenervt. Such, na klar. Und wonach sollte sie jetzt bitte suchen? Nach Wachs, Weihrauch oder Frau? Egal, irgendetwas würde schon zu finden sein. Sie senkte den Rüssel auf den Boden, lief im Zickzack über das Santamon-Grundstück, und es dauerte nicht lange, bis sie auf einen Geruch traf, der mit einem des Zettels übereinstimmte. Erstaunlicherweise war es nicht der Geruch nach Weihrauch oder Wachs.

Franziska alias Yasmin konnte jetzt nur noch warten und hoffen, dass alles nach Plan verlief. Aegidius Braun war in einem anderen Labor beschäftigt, dafür hatte sie gesorgt. Er hatte mit alldem hier nichts zu tun, und sie wollte nicht, dass er Schaden nahm. Sie hatte sich die Schutzmontur übergezogen und war in den Bienenraum gegangen. Wenn sie das überleben wollte, würde sie den Schutzanzug dringend benötigen. Kurz vorher hatte sie noch Angela getroffen, die etwas im Labor vergessen hatte, und ihr nahegelegt, umgehend zu verschwinden, Irrlinger würde jeden Moment hier auftauchen. Das sollte doch reichen, sie zum Gehen zu bewegen.

Yasmin traf ihre Vorbereitungen. Sie nahm den Deckel vom Kasten des Volkes mit dem vollen Namen Apis mellifera santamon 1, aber die Bienen beachteten sie gar nicht, ganz im Gegenteil, sie waren ein Abbild von Ruhe und Beschaulichkeit. Sie betrachtete sie einen kurzen Moment, sollten sie doch für den großen Plan ihre Erfüllungsgehilfen sein. Dann drehte sie sich um und ging zum großen Regal auf der rechten Seite, auf dem in Kopfhöhe kleine Gläser mit abgefülltem Honig standen. Jedes von ihnen war mit einem Schraubverschluss versehen. Ihre Augen glitten über die Etiketten, bis sie fanden, wonach sie gesucht hatten. Ihre Hand griff nach dem fünften Glas von rechts. »S1« stand darauf. Es war der Honig der Bienen, deren Kastendeckel sie gerade eben abgenommen hatte. Fast melancholisch betrachtete sie den goldfarbenen Inhalt des Glases, der sich optisch und von der Konsistenz her in nichts von normalem Bienenhonig unterschied.

Plötzlich wurde sie von einem Pochen an der Sicherheitsglasscheibe der Tür unterbrochen. Als sie sich umdrehte, sah sie in das Gesicht, das sie seit jenem Tag im Steinbruch von Ludvag Tag und Nacht verfolgt hatte. Das Herz schlug ihr bis zum Hals, sie zögerte einen Moment, und ihre Hände zitterten. Sie atmete tief durch, riss sich zusammen und winkte mit der linken Hand dem Mann, zu ihr zu kommen. Das Gesicht verschwand, und die Klinke der Schleusentür bewegte sich nach unten. Der Moment, auf den sie schon so lange gewartet hatte, war gekommen, und ihre Hände waren plötzlich wieder ruhig, ganz ruhig. Endlich würde sie diesem Mann Auge in Auge gegenüberstehen.

Der Mann, der durch die Tür trat, trug Jeans und Wildlederjacke und hielt eine Waffe in der Hand. Es war nicht Gerhard

Irrlinger, sondern derjenige, der an der gelben Villa in Coburg auf sie geschossen und sie am Bein getroffen hatte. Franziska war wie erstarrt, unfähig, sich zu rühren. Er taxierte sie, abwartend, ob und was sie tun würde. Aus dem Augenwinkel heraus sah sie wieder Irrlingers Gesicht hinter der kleinen Scheibe der Tür auftauchen. Erst jetzt wurde ihr klar, dass er nie und nimmer zu ihr hereinkommen würde, und Verzweiflung machte sich in ihr breit. Gerhard Irrlinger hatte den Mann geschickt, um sie zu töten, das war klar. Aber woher hatte er gewusst, was sie vorhatte? Jetzt stand der andere Mann vor ihr. Ruhig hob er die Waffe und zielte auf ihre Brust. Reflexartig ließ Franziska das Glas fallen. Es schien eine endlose Zeit zu vergehen, bis es auf den Fliesen mit einem Klirren in hundert Teile zersprang. Heller zäher Honig floss über die Scherbenstücke und breitete sich am Boden aus. Der Mann war kurz zusammengezuckt, aber jetzt hob er erneut die Waffe. Franziska schien es so, als würde er sich auf etwas freuen, das nichts mit ihr zu tun hatte. Dann kam das Summen.

Das Geräusch war so gewaltig, dass sie selbst erschrak, obwohl sie es in den Experimenten doch schon des Öfteren vernommen hatte. Von einem Moment auf den anderen waren die Bienen überall: auf ihrer Kleidung, auf dem Sichtfenster vor ihr, einfach überall. Sie hörte das fürchterliche trockene »Plopp!« und spürte den Schlag an ihrer Schulter sowie den darauffolgenden Schmerz. Sie taumelte zurück, hatte aber keine Zeit, auf die Schmerzen zu achten. Sie hatte nur noch Augen für den Mann mit der Pistole, der noch zwei weitere Schüsse abgab. Er verfehlte sie, und die Kugeln landeten weitab von ihr in Wand oder Decke. Der Mann wurde massiv von den Bienen attackiert, sodass er nicht mehr zielen konnte. Innerhalb kürzester Zeit war er vom schwarzen Volk regelrecht eingehüllt, und seine verzweifelten Schreie hallten durch den Raum. Doch die Bienen kannten keine Gnade, sie kannten nur den Trieb, ihren Honig zu verteidigen. Irgendwann lag der Mann reglos auf dem Boden, und Franziska konnte sehen, wie Gesicht und Arme anzuschwellen begannen. Nicht mehr lange, und das Herz des Mannes würde aufhören zu schlagen. Er war keine Gefahr mehr für sie, würde nie mehr eine sein. Sie legte instinktiv eine Hand auf das Loch in ihrer Schutzkleidung, nicht dass die Bienen auf die Idee kämen, dort hineinzuschlüpfen, und sie doch noch stachen.

Mit einem Mal kehrte der Schmerz an der Schulter in ihr Bewusstsein zurück, und sie wandte ihren Blick zu dem kleinen Fenster in der Tür. Ihr Todfeind starrte sie kalt an. Sekundenlang standen sie sich gegenüber und sahen sich in die Augen. Nach dem Schock des gerade Erlebten bemächtigte er sich ihrer wieder: der Hass auf den Mörder ihres Vaters. Vor der Tür stand Gerhard Irrlinger, der eigentlich vor ihr auf dem Boden liegen sollte, niedergestreckt von seiner eigenen Höllenbrut. Allmählich veränderten sich dessen Gesichtszüge, und sie sah, dass er lächelte. Ein dünnes, kaltes, grausames Lächeln. Während sein linker Arm etwas an der Wand neben der Tür zu suchen schien, ließ er den Blick nicht von ihr. Als sie das Zischen hörte, wusste sie sofort, was das Geräusch zu bedeuten hatte. Gas. Irrlinger hatte die Kohlendioxidventile geöffnet.

Der Sicherheitsdienst verzichtete auf jegliche Gegenwehr und wurde von den Polizisten entwaffnet. Ob das juristisch alles hasenrein war, interessierte niemanden mehr. Wenn die Polizei zu Methoden wie Autokränen als Rammböcken griff, dann streckten die Sicherheitsleute mal lieber die Hände in den Himmel. Alles andere sollten die Verantwortlichen unter sich klären.

Die drei Kommissare kümmerten sich nicht um das Tun und Treiben am Tor, sie ließen Fidibus als Oberaufsicht zurück und liefen mit gezückten Waffen hinter Riemenschneider her, die schnurstracks nach links auf ein allein stehendes Gebäude zusteuerte. »Labor 1« stand auf einem Schild neben dem Eingang. Riemenschneider blieb davor stehen und stieß mit ihrem kleinen Rüssel gegen die Tür. Lagerfeld öffnete sie vorsichtig und schaute hinein. Es war nicht viel zu erkennen und auch nichts zu hören. Er befahl Riemenschneider, an Ort und Stelle sitzen zu bleiben und auf sie zu warten, dann betraten sie das dunkle Innere. Der erste Raum war leer, aber hinter der nächsten Tür brannte Licht. Zu hören war dennoch nichts. Haderlein und Huppendorfer postierten sich rechts und links neben der Tür, die Lagerfeld einen Spaltbreit öffnete, um in den Raum zu spähen. Vor ihm auf dem

Boden lag die Leiche einer jungen Frau in ihrem eigenen Blut. Irgendwer hatte ihr in die Brust und in den Kopf geschossen, der Blondine war definitiv nicht mehr zu helfen.

Der Raum, in dem sie lag, war das eigentliche Labor mit einer Tischmittelreihe und haufenweise Gerätschaften drum herum. Ziemlich unübersichtlich das alles. Am anderen Ende befand sich eine weitere Tür aus glänzendem Metall, sodass sie, als sie aus dem Labor selbst nichts hörten, beschlossen weiterzugehen. Lagerfeld wieder voraus, Haderlein und Huppendorfer flankierten ihn rechts und links in einigem Abstand. An der Tür legte Huppendorfer sein Ohr an das kühle Aluminium und glaubte, ein leises Zischen zu vernehmen. Doch just als er den anderen von dem Geräusch berichten wollte, durchschlug direkt über seinem Kopf eine Kugel die Tür und blieb an der anderen Raumseite in der Wand stecken.

Franziska wusste, was das für sie zu bedeuten hatte. CO_2 war schwerer als Luft und geruchlos. Sie würde nichts von dem Gas bemerken, bis es die Konzentration von zehn Prozent überstiegen hatte, aber dann würde sie ohnmächtig werden und sehr schnell ersticken. Und bis es so weit war, würde es nicht mehr lange dauern, denn die Bienen um sie herum stellten bereits ihre Flugbewegungen ein und krochen nur noch auf dem Boden herum. Sie selbst bemerkte, wie ihr schwindelig wurde. Panisch überlegte sie, wie sie sich retten konnte. Irrlinger würde ihr dabei bestimmt nicht helfen. Dann aber fiel ihr Blick auf die Waffe, die neben der Leiche des fremden Mannes lag. Bereits mit ihrem Gleichgewicht kämpfend kniete sie sich auf den Boden und griff nach ihr. Sie wusste, dass ihr Plan gefährlich war. Die CO_2-Konzentration war in Bodennähe besonders hoch, und außerdem hatte sie noch nie eine Schusswaffe bedient. Als die Beretta endlich in ihrer Hand lag, wunderte sie sich, wie schwer das Ding war. Ihr Blick verschwamm, aber sie schaffte es, die Pistole zu heben und sich ein letztes Mal zu konzentrieren. Als das Gesicht Irrlingers schließlich in ihrem Blickfeld auftauchte, drückte sie ab, dann schwanden ihr die Sinne. Die kleine Italienerin fiel polternd zu Boden, und Franziska Büchler kippte bewusstlos zur Seite.

Huppendorfer schaute sprachlos zu dem nach außen aufgebogenen Aluminium direkt über ihm um das Austrittsloch. Dann legte er die Hand auf den Türknauf, nickte Haderlein und Lagerfeld zu, riss die Tür auf, und seine Kollegen richteten ihre Waffen auf den dahinterliegenden Raum.

»Hände hoch und keine Bewegung!«, rief Haderlein dem großen Mann zu, der mit dem Rücken zu ihnen stand. Als er sich umdrehte, sahen sie Gerhard Irrlinger vor sich stehen. Er trug einen unschuldigen Gesichtsausdruck zur Schau.

»Gott sei Dank, dass Sie gekommen sind, meine Herren. Ich glaube, man hat versucht, mich umzubringen.«

Haderlein zerrte ihn schweigend in das Labor und legte ihm Handschellen an. Als Lagerfeld und Huppendorfer das Loch in der Fensterscheibe der nächsten Tür bemerkten, schauten sie durch die zersprungene Scheibe vorsichtig in den Innenraum.

»Mein Gott«, entfuhr es Lagerfeld. Sofort rüttelte er an der Tür, aber sie bewegte sich keinen Millimeter. Stattdessen leuchtete bei jedem Versuch eine rote Warnlampe mit der Schrift »Desinfektion« auf. Lagerfeld stürmte zu Irrlinger und packte ihn mit beiden Händen am Kragen. »Wie geht die Tür auf?«

Doch Irrlinger zuckte nur mit den Schultern. »Woher soll ich das wissen, das müssen Sie das Personal fragen«, sagte er ruhig, doch diesmal waren die Kommissare bereit, über Grenzen zu gehen, besonders einer. Irrlinger spürte das kalte Metall einer Pistolenmündung an seiner Schläfe und erkannte die entschlossene Stimme des älteren Kommissars namens Haderlein, der ihn schon tagelang fanatisch verfolgt hatte.

»Die Tür – aufmachen!«

Ein gefährlicher Unterton in der Stimme Haderleins ließ ihn schließlich den Rückzug antreten. Es war besser, nicht alles zu riskieren. Die Zeit, die er hatte schinden können, müsste für seine Zwecke sowieso gereicht haben. »Ach, jetzt fällt es mir wieder ein. Sie müssen den roten Knopf über der Leuchte drei Sekunden lang drücken, dann beginnt die Desinfektionsbehandlung, und anschließend geht die Tür von allein auf«, sagte er emotionslos.

Lagerfeld und Huppendorfer stürmten zurück in die Schleuse und betätigten den besagten Knopf. Sie hielten die Luft an und die Augen geschlossen und konnten endlose Sekunden später den Raum betreten. Es war ein Bild des Grauens, das sich ihnen bot. Die Leiche des unbekannten Killers war bereits bis zur Unkenntlichkeit angeschwollen, daneben lagen eine zusammengekrümmte weibliche Person und eine Waffe der gleichen Art, wie sie sie heute aus dem Fluss gefischt hatten. Dann nahmen sie das Zischen wahr und merkten, wie ihnen das Atmen schwerer fiel.

»Gas«, stieß Huppendorfer hervor. Sofort packten sie die Frau in der Schutzkleidung und schleiften sie vor die Tür.

»Alle raus hier«, befahl Haderlein, nachdem er die Gasventile geschlossen hatte, woraufhin Huppendorfer und Lagerfeld Franziska Büchler über die tote Angela Haimer hinweg Richtung Ausgang zogen. Haderlein stapfte mit dem gefesselten Irrlinger hintendrein. Im Freien legten sie den regungslosen Körper Franziskas auf den Boden, nahmen ihr den Kopfschutz ab und öffneten den Reißverschluss der Montur, wobei sie das Blut in dem Anzug und die große Wunde unterhalb der linken Schulter entdeckten. Beim Versuch, Franziska zu beatmen, löste sich denn auch das schwarze Haar, und unter der Echthaarperücke kamen zusammengesteckte blonde Locken zum Vorschein. Aus Yasmin Bärnreuther-Aust wurde Franziska Büchler.

Lagerfeld versuchte sein Möglichstes, um die junge Frau wieder zum Leben zu erwecken, während Huppendorfer und Haderlein mit fahlen Gesichtern danebenstanden. Die Sekunden verrannen, und irgendwann hielt auch Lagerfeld inne und setzte sich auf. Noch einmal schaute er in das bleiche Gesicht und die aufgerissenen Augen und wusste, dass sie zu spät gewesen waren. Ein letztes Mal fühlte er den Puls, aber es gab nichts mehr zu fühlen. Franziska Büchler war tot. Umgebracht durch das Gas, durch den Blutverlust oder beides zusammen. Lagerfeld strich ihr durch das blonde Haar, schaute zu seinem Vorgesetzten und schüttelte den Kopf.

Als Haderleins Blick daraufhin zu Irrlinger flog, zeigte der keinerlei sichtbare Reaktion. Doch in ihm arbeitete es. Franziska Büchler war tot, Byron Gray war tot. In Gedanken bastelte er bereits an seiner Verteidigungsstrategie, die aus der Behauptung bestand, er sei von einem unbekannten Killer und einer bekannten Verrückten angegriffen worden. Der Unbekannte hatte im Labor wild um sich geschossen, und im Bienenraum hatte Franziska Büchler zuerst den Mann umgebracht und dann ihn ins Visier genommen. Daraufhin hatte er in Notwehr das Gas aufgedreht. Das würde vielleicht ein paar Tage Untersuchungshaft bedeuten, aber dann würde er wieder ein freier Mann sein, für immer. Mühsam verkniff er sich ein Lächeln, während er von den zwei bleichen, frustrierten Kommissaren und Huppendorfer abgeführt wurde. Schweigend gingen sie bis zum Tor, wo Ficibus bereits auf sie wartete.

Als er in ihre Gesichter sah, wusste er, dass es besser war, nichts zu sagen und stattdessen mitzuhelfen, das Chaos zu beseitigen. Haderlein und Lagerfeld folgten mit dem Santamon-Chef Huppendorfer, der neben dem Durchgang stutzte, als er sah, was direkt daneben an einem kleinen Stock im Wind baumelte. Ein kleiner gelber Wimpel flatterte im hellen Mondlicht und den Scheinwerfern der Einfahrt oben an den verbogenen Torpfosten im leichten Windzug. »DKB-Arena Oberhof« war darauf zu lesen. Huppendorfer war so verblüfft, dass er stehen blieb und die anderen fast auf ihn aufgelaufen wären. Haderlein schaute Huppendorfer fragend an.

»Was ist denn los, Cesar?«, wollte nun auch Lagerfeld leise wissen, der mit dem Tag nur noch so schnell wie möglich abschließen wollte.

Huppendorfer konnte gerade noch auf den Wimpel deuten, als in Richtung des Wipfelwanderweges ein Schuss fiel. Irrlingers Kopf wurde zur Seite geworfen, an seiner Schläfe wurde die rote Spur eines Streifschusses sichtbar. Wie betäubt blickte Irrlinger auf das Blut, das ihm auf die gefesselten Hände tropfte. Dann fiel ein zweiter Schuss, der sein Ziel diesmal präzise fand. Erst jetzt reagierten die Umstehenden, und zwar alle auf einmal. Haderlein warf sich über den zu Boden gefallenen Körper Irrlingers, während sich etliche Polizisten schützend vor die am Boden Liegenden stellten.

Haderlein sah sofort, dass Irrlinger tot war. Die Kugel einer kleinkalibrigen Waffe hatte ihn genau über der Nasenwurzel in die Stirn getroffen und war am Genick wieder ausgetreten, wobei sie ein Gutteil der Schädeldecke hatte mitgehen lassen. Irrlinger war hingerichtet worden. Aber von wem? Wo waren die Schüsse hergekommen? Haderlein schaute suchend Richtung Wipfelwanderweg hinauf in die Nacht.

Von oben konnten sie sehen, wie die Beamten Franziska auf den Boden legten und der Kommissar schließlich resigniert den Kopf schüttelte. Dann wurde Irrlinger in Richtung Tor abgeführt. Das Schwein hatte es also tatsächlich überlebt, während Franziska gestorben war. Sie hatte es ihnen prophezeit, so als ob sie es geahnt hätte. Gernot hatte sich auf dem Wipfelwanderweg im Stehendanschlag postiert, ruhig, konzentriert, genau so, wie er es beim Biathlontraining gelernt hatte. Die Entfernung war machbar, der Wind kam nur leicht von links. Die Polizisten waren mit dem Zielobjekt schon fast am Tor, als einer der Kommissare stehen blieb und auf die gelbe Windfahne zeigte, die sie gestern Nacht aufgehängt hatten. Es war so weit. Das Zielobjekt stand ruhig, mit dem Gesicht zu ihnen – ideal. Er drückte ab. Unten zuckte Irrlinger zusammen, ein Streifschuss an der Schläfe. Die Männer schauten suchend nach oben, jetzt musste es schnell gehen.

»Zwei bei rechts«, kam das routinierte Kommando von Reinhild, die mit einem kleinen Fernglas neben ihm stand. Gernot justierte ruhig, aber zügig am Diopter der Waffe nach. Beim Biathlon hatte er eine Scheibe von gut elf Zentimetern aus fünfzig Metern zu treffen gehabt, der Kopf dieses Ungeheuers war bedeutend größer. Er lächelte in Irrlingers Richtung, dann drückte der beste Schütze seines Jahrgangs erneut ab, und diesmal traf das Geschoss mit fünf Komma sechs zwei Millimeter Durchmesser genau ins Ziel.

Huppendorfer hatte keine Ahnung, wie er am schnellsten auf den Wipfelweg kommen sollte. Schnell fragte er einige der Angestellten Santamons, die bei dem Lärm aus dem Kasten gelaufen gekommen waren, und einer von ihnen schilderte ihm den Weg zum Kassenhäuschen und erklärte, wie er von dort aus weiterlaufen musste. Huppendorfer schnappte sich ein paar Polizisten und rannte die kurze Strecke zum Parkplatz des Wipfelweges, wo er in der

Dunkelheit einen Jeep stehen sah. Er überstieg die Absperrung und lief mit den Beamten den gesamten Wipfelweg ab, aber nichts und niemand war zu finden. Wer auch immer auf Irrlinger geschossen hatte, er war auf Nimmerwiedersehen verschwunden.

Als Huppendorfer enttäuscht wieder vor dem Santamon-Tor stand, versuchte er, sich durch die anwachsende Menge der Schaulustigen zum Pförtnerhäuschen zurückzuarbeiten. Er hatte es schon fast geschafft, als er schlagartig stehen blieb. Ein Duft, den er erst vor Kurzem zu ertragen gehabt hatte, allerdings am gefühlten anderen Ende der Welt in einem bekannten Zentrum des winterlichen Hochleistungssports. Der Geruch einer Gauloises, seiner verhassten Zigarettenmarke. Langsam drehte er sich um und schaute in die Gesichter zweier Mitarbeiter Santamons, die ihm seltsam bekannt vorkamen.

»Carola Zosig, Sekretariat«, war auf dem Namensschild einer älteren, akkurat gekleideten Dame zu lesen. Direkt neben ihr stand ein junger Mann, der unleugbar eine gewisse Ähnlichkeit mit ihr aufwies: »Udo Knoch, Hausmeister«. Huppendorfer schaute die beiden schweigend abwechselnd an, bis sein Blick an der Chefsekretärin hängen blieb.

Carola Zosig betrachtete interessiert ihre Fußspitzen, bevor sie ihr Gesicht hob und ihn unschuldig anschaute.

»Sie fahren nicht zufällig einen schwarzen Polo?«, fragte Huppendorfer leise.

Der Hausmeister sah sofort erschrocken zu der Chefsekretärin, fing sich dann aber wieder und setzte eine undurchdringliche Miene auf. Carola Zosig zog es vor, wieder den Boden zu ihren Füßen zu betrachten. Eigentlich wartete Huppendorfer darauf, dass die beiden jeden Moment flüchten würden, aber das Pärchen rührte sich nicht vom Fleck. In Cesar Huppendorfer tobte ein Tornado, seine Gefühle und Gedanken spielten »Hasch mich« miteinander. Nach endlosen Sekunden der Unschlüssigkeit drehte er sich schließlich um und schaute nachdenklich dem polizeilichen Treiben am Eingang zu.

Er ging den ganzen irrsinnigen Fall noch einmal durch, vom Anfang bis zum Ende, und er musste feststellen, dass er, obwohl Polizist, Mutter und Sohn nicht so einfach als schlechte Menschen abzustempeln vermochte. Er konnte die zwei nicht verhaften. Alles in ihm sträubte sich dagegen, und außerdem hatte er keine Beweise, noch nicht. Doch jetzt, da er die Wahrheit kannte, würde er auch welche finden, wenn er denn wollte, da war er sich sicher. Aber wollte er? Eigentlich nicht. Die Beweise sollte bitte schön jemand anders finden. Sein Entschluss stand fest: Er würde jetzt seinen Kollegen bei der Tatortsicherung helfen und morgen sehr, sehr lange schlafen. Nur die Thüringer Polizei suchte im Moment nach Gernot Fraas, und vielleicht würde das ja auch so bleiben.

Erst jetzt drehte er sich um und brachte der stocksteif dastehenden Reinhild seinen Mund ganz nah ans Ohr. Er war sich sehr sicher, dass ihr Gehör inzwischen wieder absolut auf der Höhe war.

»Was mich anbelangt, ich habe euch gerade vergessen«, flüsterte er leise der verblüfften Chefsekretärin zu. Dann drehte er sich um, ging durch die letzten Reihen der Beamten und Sicherheitsleute nach vorn, überquerte den Platz und meldete sich mit einem sehr enttäuschten Gesicht bei seinen Kollegen zurück. Lagerfeld und Haderlein schauten ihn fragend an, aber Cesar Huppendorfer schüttelte nur stumm den Kopf. Er warf noch einen letzten, undefinierbaren Blick auf die Leiche Irrlingers, dann drehte er sich ohne weiteren Kommentar um und ging zur grenzenlosen Verblüffung seiner beiden Kollegen einfach in Richtung des demolierten Autokrans davon. Während er sich vom Ort des Geschehens entfernte, atmete Kriminalkommissar Huppendorfer einmal kurz und entschlossen durch. Seine Entscheidung stand fest. Was den Tod Irrlingers anbelangte, nun, irgendetwas würden die Kollegen in den Bericht schreiben müssen, aber das war ihre Sache. Sich mit seiner privaten wie auch beruflichen Welt immer mehr im Einklang befindend, näherte er sich ohne jegliche Eile dem Wrack des Autokrans, neben dem sein verstörter Fahrer auf dem Boden hockte. Und irgendwer von der anwesenden Polizei musste sich ja schließlich auch um diesen armen Mann und sein verunfalltes Fahrzeug kümmern, dachte er sich.

Epilog

Nach Bekanntgabe des endgültigen Wahlergebnisses war sowohl in Franken als auch im Rest der Republik der Teufel los. Der bayerische Ministerpräsident Teichhuber war erst einmal für mehrere Tage nicht zu sprechen, während Manfred Zöder umgehend damit begann, sehr intensive Gespräche mit seiner Partei und dem Haßfurter Bürgermeister zu führen.

Mellifera S1 wurde zur dominierenden Bienenrasse in ganz Süddeutschland und breitet sich seitdem zusammen mit dem Genmais flächendeckend aus.

Santamon-Europa gab seinen Firmensitz in Schmerb auf. Das Gelände wurde renaturiert und dient nun wieder als Sitz für den Revierförster der Bayerischen Staatsforsten.

Reinhild und Gernot Fraas wurden bis heute nicht gefunden.

»Was mit den Bienen geschieht, ist sehr wichtig für Europa – und für die gesamte Welt. In den letzten zwei Jahren ist in den USA ein Drittel der Honigbienen aus unerklärlichen Gründen gestorben. 2007 wurden etwa achthunderttausend Völker vernichtet. In Kroatien starben fünf Millionen Bienen in weniger als achtundvierzig Stunden. Im Vereinigten Königreich geht jeder fünfte Bienenstock zugrunde, und weltweit berichten gewerbliche Imker seit 2006 über Verluste von bis zu neunzig Prozent. Was passiert da, und wie ernst ist dies für uns und die Zukunft der Menschheit? (…) Wir können nicht warten, bis alle Bienen ausgestorben sind, weil wir dann vor einem enorm schweren Problem stehen.«

Neil Parish vor dem Europäischen Parlament am 19.11.2008

Simultankirche Untermerzbach

Beretta M 9

Altes Forsthaus

Kantine

Trafo

Apis mellifera S 1

Abtei Maria Frieden

Mein von Herzen kommender Dank!

Ohne die Hilfe folgender Menschen und Organisationen wäre dieses Buch nicht möglich gewesen:

Josef Schauer, Arbeitsgemeinschaft der Institute für Bienenforschung/Celle, Mellifera e.V./Rosenfeld, Gen-ethisches Netzwerk e.V./Berlin, Europagruppe der Grünen/Brüssel, Greenpeace Deutschland, Dr. Dr. Uwe Greese, Dr. Habermehl, Michael Greubel, Stefan Haderlein, Landrover Deutschland, HUK Coburg, Konzertagentur Friedrich, Emons Verlag in Köln und ganz besonders meiner Maren.

Spezieller Dank geht an das »La Stazione« in Kaltenbrunn für die fränkisch-sizilianische Nahrungsaufnahme, das alkoholfreie Hefe und den konsequenten Koffeinnachschub. Ich danke dir, Josef, für die ungefragte, aber dafür regelmäßige Anteilnahme.

Herzlichen Dank an Roswitha und Edgar Vorndran für das Erstlektorat. Ihr seid aber auch die Einzigen in der Familie, die wirklich Hochdeutsch beherrschen.

Und ganz besonders danke ich meinen absolut unersetzlichen und tapferen Probeleser/-innen:

Martina Altmann, Martin Klement, Denise Appis, Uwe Schilling, Andrea Jahn, Josef Schauer und Beate Friedrich.

Ihr seid die Besten!

Helmut Vorndran
DAS ALABASTERGRAB
Broschur, 368 Seiten
ISBN 978-3-89705-642-8

»Modern und hochspannend erzählt.«
Bayerisches Fernsehen, Abendschau

»Ein Krimi, wie er sein sollte: Spannend von der ersten bis zur letzten Seite.« Fränkischer Tag

Helmut Vorndran liest:
DAS ALABASTERGRAB
Hörbuch, 5 CDs,
ca. 380 Minuten
ISBN 978-3-89705-804-0

»Ein ganz besonderes fränkisches Schmankerl.« Neue Presse Coburg

»Absolut hörenswert!«
Bamberger Stadtmagazin

www.emons-verlag.de

Helmut Vorndran
BLUTFEUER
Broschur, 400 Seiten
ISBN 978-3-89705-728-9

»Wer sich ins ›Blutfeuer‹ begibt, sollte mit einem ausgeprägten Sinn für skurrilen, tiefschwarzen Humor ausgestattet sein. Denn der Öko-Thriller eskaliert zum satirisch-sarkastischen Action-Krimi, der von der Provinz-Posse bis zur Splatter-Orgie so ziemlich alle Register zieht – ein B-Movie zum Lesen, sozusagen.« Neue Presse

Helmut Vorndran
TOT DURCH FRANKEN
Broschur, 256 Seiten
ISBN 978-3-89705-895-8

»Vorndrans kriminelle Fantasie ist überwältigend.« Neue Presse Coburg

»Vorndrans Ideen sind manchmal sehr skurril, aber immer sehr unterhaltsam. Wie in seinen beiden Romanen tauchen fränkische Typen auf, die es in ihrer Reinrassigkeit in echt überhaupt nicht geben kann. Alle mit Zügen, die man als echter Franke an sich selber oder an anderen sehr gut beobachten kann.« Mainpost

www.emons-verlag.de

Helmut Vorndran
DER COLIBRI-EFFEKT
Broschur, 320 Seiten
ISBN 978-3-89705-953-5

»Vorndran ist in seinem neuen Buch ein witzig-spannender Bogen zwischen der Fortschreibung der Agenten-Thriller älteren Datums und dem ironisch lächelnden Lokalkrimi gelungen. Trotz der deutlich regionalen Anklänge, auch in der Sprachfärbung, verdient das Buch Aufmerksamkeit über die Region hinaus.« Bayern im Buch

»Ein geschickt gebauter Polit-Thriller, der erschreckend nah dran ist an den realen Ereignissen rund um die rechte Szene.« BR Franken

Helmut Vorndran
DREI EICHEN
Broschur, 336 Seiten
ISBN 978-3-95451-123-5

»Vorndran entwickelt die Story mit Rückblenden und Parallelhandlungen und würzt sie mit trockenem Humor. Ein lesenswerter Krimi, skurril und hintersinnig.« Fränkische Nachrichten

»Helmut Vorndran ist mit ›Drei Eichen‹ ein mitreißender Krimi gelungen, der sich liest wie ein Kabarettstück.« Fränkischer Tag

www.emons-verlag.de